刘胡兰传

马烽 著

山西出版传媒集团

山西人民出版社

图书在版编目（ＣＩＰ）数据

刘胡兰传／马烽著．—太原：山西人民出版社，
2015.12
ISBN 978 - 7 - 203 - 09338 - 1

Ⅰ.①刘… Ⅱ.①马… Ⅲ.①传记小说—中国—当代
Ⅳ.① I247.5

中国版本图书馆 CIP 数据核字（2015）第 263574 号

刘胡兰传

著　　者：马　烽
责任编辑：李建业
装帧设计：刘彦杰

出　版　者：山西出版传媒集团·山西人民出版社
地　　　址：太原市建设南路 21 号
邮　　　编：030012
发行营销：0351—4922220　4955996　4956039　4922127（传真）
天猫官网：http：//sxrmcbs．tmall．com　电话：0351—4922159
E — mail：sxskcb@163．com　发行部
　　　　　　sxskcb@126．com　总编室
网　　　址：www．sxskcb．com

经　销　者：山西出版传媒集团·山西人民出版社
承　印　者：山西出版传媒集团·山西新华印业有限公司

开　　　本：720mm×1010mm　　1/16
印　　　张：22.25
字　　　数：287 千字
印　　　数：1—3 000 册
版　　　次：2015 年 12 月　第 1 版
印　　　次：2015 年 12 月　第 1 次印刷
书　　　号：ISBN 978 - 7 - 203 - 09338 - 1
定　　　价：59.00 元

如有印装质量问题请与本社联系调换

生的偉大

死的光榮

毛澤東題

前　言

　　山西省文水县，有个云周西村，村子坐落在晋中平川里。这原是个普普通通的农村，如今却变成个有名的地方了。

　　云周西村是革命女英雄刘胡兰烈士的故乡。她出生在这里，生活在这里，这里是她和敌人斗争的战场，也是她英勇就义的地方。人们为了永远纪念这位年轻的女共产党员，就在她故乡的村南，修建了一座规模较大的纪念馆和烈士陵园。

　　一进纪念馆的大门，迎面矗立着一幢汉白玉碑，正面刻着毛泽东主席亲笔题的八个大金字：

生的伟大　死的光荣

　　这是对她短短一生的总结，也是对她革命功绩的崇高评价。

　　碑的背面，刻着中共中央晋绥分局《关于追认刘胡兰同志为中国共产党正式党员的决定》。

　　纪念馆的院子很宽大，院子里栽满了花草。正面是一座庄严雄伟的纪念大厅，院子两旁是曲折的走廊和陈列室。在陈列室里，陈列着有关烈士生平的各种史料、遗物，公审凶犯的照片，以及党政军民各团体和国际友人们赠送的挽联、花圈、赞词。另外还陈列着全国各地以"刘胡兰"命名的各个先进集体的决心书、誓言、报捷信……

　　烈士陵园在纪念大厅的后面，这是一个很大的广场。陵墓在广场的

北端，墓后和两侧栽满了青松翠柏，墓前有刘胡兰烈士的一尊汉白玉雕像，神采奕奕，气宇轩昂。雕像旁边有一片围着栏杆的荒草滩，地上放着一个石雕的花圈。这里就是在 1947 年 1 月 12 日，她和另外六位烈士同时殉难的地方。

　　刘胡兰烈士为革命献出了自己宝贵的生命。她牺牲了，但却永远活在人们的心中。每年 1 月 12 日这一天，全省各界青年和文水县的群众，都要在这里举行隆重的纪念会。在平常的日子里，也经常有成百上千的青年男女来这里参观，凭吊。他们来自全国各地，来自各行各业。他们带来了千百万青年对烈士的衷心敬意；带走了建设祖国的勇气和信心。刘胡兰烈士的光辉事迹，鼓舞了千千万万男女青年的革命热情。千千万万的男女青年们，正在继承着烈士的遗志奋勇向前……

目 次

目次

目
次

苦命的孩子

刘胡兰家住在云周西村中间。

这是一户普通的中农人家。自己有一处破旧的四合小院，种着四十多亩碱薄地，养着一头老牛。爷爷名字叫刘来成，是个和和气气的老好人；爹名字叫刘景谦，又憨厚，又老实，平素连话都不说。父子俩都是村里有名的好劳力，放下镰刀提粪筐，一年四季不识闲。大爷（伯父）刘广谦在交城县做买卖——实际上是给一家杂货铺当勤杂工，担水磨面，搬运货物……每年没多有少总能捎几个现钱回来。买房置地不够用，称盐打醋倒也有余。奶奶是个把家过日子的能手，整天起来领着两个媳妇纺花织布，烧茶煮饭，料理家务。

这户人家，按说日子也还像模像样。可是那时捐又多，税又重，捐税的名目多得吓人：什么钱粮、水费、地方附加税、差车费、巡田费、临时军费、临时派款……从年初到年底，村公所送来的捐款条子，差点能贴半屋子。把这些捐税一缴清，地里打下的粮食就不多了。好在这户人家过日子很克俭，一年四季是粗茶淡饭，平素晚上连灯都舍不得点。这么着，日子还算能过得去，正像俗话说的那样：没有发了财，也没有倒了灶。

刘胡兰是这个家庭中的第一个孩子。在妈妈怀孕的时候，全家人都希望生个男孩，好顶门立户，承继刘家的香火。奶奶对这事特别关心，

整天起来求神拜佛，烧香许愿，一心希望神仙保佑给添个男孙子。可是结果偏偏生了个女孩子！好在这是第一个孩子，全家人倒也还高高兴兴。奶奶虽然多少有点失望，但也没有抱怨什么。不管男罢、女罢，总算是抱上孙孙啦！

隔了几年，妈妈又怀孕了，家里人又都抱着很大希望，奶奶又是整天起来求神拜佛……结果偏偏又生了个女孩子。这回，家里人都显得很不开心。奶奶简直有点生气了，人前背后常叨叨：

"一连生了两个'赔钱货'，犯了九女星啦，这不知还要生多少个'赔钱货'呀！"

妈妈听着这些话，心里当然不会好过，不由得眉头上就挽起颗疙瘩。

那时候，胡兰虽然才四五岁，可这是个非常聪明的小姑娘，每逢听到奶奶发牢骚，她就会向妈妈说："妈妈，我长大了一定当个男孩子。"有时候又瞪着两眼问妈妈："妈妈，女孩子为甚就不好？"

妈妈也说不出个道理来，只是抱着两个孩子叹气。有时候妈妈听着奶奶叨叨，也生气了，也会低声说几句气话：

"女孩子怎啦？不是人？"

话虽如此说，不过当时重男轻女是种社会风气。做媳妇的不开怀（不生养），当然要受一辈子窝囊气，开了怀生不下个男孩子，人前脸上也没光彩。妈妈一连生了两个女孩子，在家庭中的地位也就可想而知。而更糟糕的是，自从生了妹妹爱兰以后，妈妈就添了好多病，先是腰酸腿痛，后来是咳嗽气喘。热天还好一些，一到冬天病就越发厉害。胡兰五岁的那年，妈妈的病又犯了……

这时正是世道大动荡的 1935 年末尾，到处传说陕北的红军要东渡黄河来山西。阎锡山①的人把红军说得可怕极了，他们说红军是一些青面獠牙的"土匪"，到处"杀人放火"，到处实行"共产共妻"。说凡是不归顺他们的就杀，甚至造谣说，要归顺他们就得先杀了自己的父母，然后他们才相信你……总而言之，只要红军一来，世事就大乱了，无论男女老少，都得遭殃。可是暗地里也有人传说：红军就是共产党，专门杀富济贫，打土豪分田地，只要红军一来，贫苦人就有好日子过，倒霉的只是一些恶霸老财。另外又有人传说：《推背图》上早就注定了，要大乱三年，不管贫富，"在劫者难逃"……各种各样的谣传像风一样到处乱刮，闹得人心惶惶。这时候，阎锡山对民众的防共训练也更加紧了。早在前一年冬天，各村就成立了"好人团"②和"防共保卫团"。不过那时只是个空架子，这时候却不同了。"好人团"天天要召集全村民众训话，讲解省政府发下来的"防共须知"，教唱防共歌子……"防共保卫团"则是每天上午要集合起来操练，晚上还要打更守夜……

　　偏偏在这种乱糟糟的时候，妈妈的病一天比一天沉重，请医生看了几回也没好转，后来连床都起不来了。那时爷爷天天要去听"好人团"训话——人家说谁不去谁就是坏人。谁敢不去啊！爹天天要去"防共保卫团"操练——官家规定：年满十八岁和不出三十五岁的男人一律参加，爹恰好没出三十五，这就躲也躲不过了；奶奶要照管妹妹爱兰子，而大娘又要烧茶煮饭料理家务。这么一来，照护妈妈的责任就只好压在五岁的胡兰肩上。她每天起来要扫地、添火，给妈妈倒痰罐、打洗脸水、端水端饭，给妈妈捶背按腿……整天守在妈妈跟前，一步也舍不得离开。

刘胡兰传

妈妈看到自己的女儿这么孝顺，每天要做这么多事，心里感到又高兴，又难过，常常拉着女儿的手说：

"苦命的胡兰子，妈算把你累坏了。就是死了，妈也心满意足啦！"

每逢这时候，胡兰就抱着妈，哭着说：

"妈妈，你打我也行，骂我也行，就是不能死，我不让你死，爱兰子也不让你死！"

每逢这时候，妈妈总是噙着眼泪，苦笑着说：

"孩子别哭，妈很快就会好的。"

有天下午，妈妈的病忽然更加沉重了，全身疼痛，又咳又喘，直说胡话。恰好这天是村里最慌乱的一天。事情是这样的：前几天县里下令要各村选派一些"防共保卫团"员到城里去受训，准备万一红军来的时候，死守县城。按命令云周西要派三个人去受训，而且限定明天就要起身。可是村里怎么也派不出人来，哭哭啼啼，吵吵闹闹，谁也不愿去。后来就决定采取抽签的办法，哪个倒霉抽中哪个去。这天下午爹硬着头皮去抽签，爷爷、奶奶放心不下，也跟到庙上去了。大娘在忙着做饭，家里只留下胡兰一个人照护妈妈。她跪在炕上，一时给妈妈捶背，一时又给妈妈按腿，不知该怎么好了。妈妈不住声地咳嗽，咳得头上直出冷汗，忽然咳出了一大摊鲜血。这可把胡兰吓坏了，她大声叫喊大娘。大娘慌忙跑进来，一看这个阵势，忙给妈妈捶背、喂水……好半天妈才缓过气来。她喘着气对大娘说：

"大嫂……我是不行了，你……给我把新……衣裳拿出来……穿上吧。"

大娘忙说道："她二婶，临年末节（这时已快到旧历年），快别说那些不吉利的话了……"

妈妈打断她的话说道："自己的病自己知道……我也不想死……可这是一个人的寿数，没法呀……死，我倒不怕，我就是留不下这些孩子们……怕她们在后娘手里活不出来……"她流着眼泪哽咽得说不下去了。过了半天，才又接着说道："大嫂，咱妯娌们相处了七八年，我有甚对不住你的地方，也不要记到心里……万一我有个三长两短，孩子们就算托给你啦。"

大娘哭着说道："他二婶，这还要你嘱咐吗？"马上她又调转话头道："快别胡思乱想了。年轻轻的，别说这号丧气话。"

妈不听大娘的劝告，转过头来又向胡兰说道：

"胡兰子，你已经懂事了，爱兰子什么也还不懂。要是妈妈死了，你要好好照顾妹妹，听大娘的话，也不要惹奶奶生气……"

胡兰这时早已哭得像泪人一样了。她紧紧拉着妈妈的手，哭着说道：

"妈妈你不能死！我不让你死……"

大娘向妈说道："看你尽说丧气话，引逗得孩子多难受！"

妈妈苦笑了一声，一边用袖子给女儿揩眼泪，一边安慰道：

"傻孩子，别哭了。妈只是这么说说罢了。"过了一会儿，又向大娘道："大嫂，我觉着比刚才好点了，真的。你扶我起来坐一会儿好不好？……不怕，整天躺着真不好受！"

大娘忙把胡兰妈扶了起来，又给她背后垫了两个枕头。胡兰只见妈的脸色确实比刚才好看多了，黄蜡蜡的脸蛋上泛起两片红晕，眼睛也显得亮晶晶的。胡兰心里高兴极了。

这时妈妈说她心里觉得火烧火燎，实在想吃点凉东西，要是能吃块西瓜就好了。可十冬腊月哪儿来的西瓜啊！后来妈妈又说能吃几口梨也好。大娘说：

"这容易，刚才我还听见街上有卖梨的吆喊。"可是她马上又发愁地说："他们都不在家，谁去买呀！"

大娘自己不能去买，因为奶奶的家规很严，每年除了正月十五，平

刘胡兰传

时是不准许媳妇们到街上去的。

胡兰见妈妈很想吃梨，忙说："我去买！"

大娘一面从裤腰带里取出一角体己钱，一面又叮咛道：

"你能买得了吗？"

"能！"

胡兰接过钱来，正要往外跑，妈妈叫住她说：

"你先到观音庙上去看看，看你爹抽中了没有？——老天爷，可千万别抽中啊！——你叫他抽完签，不管是凶是吉，赶快回来，我有话和他说。"

刘胡兰听完妈妈的吩咐，应了一声，匆匆忙忙就往外跑。刚出大门，迎头碰上奶奶抱着爱兰回来了。奶奶问她干什么去，她把原盘实话告了奶奶。奶奶说：

"我刚从庙上回来。你别去了……"

胡兰忙问道："爹抽中了没有？"

奶奶喜眉笑眼地说："阿弥陀佛，多亏菩萨保佑，没有抽中！谢天谢地！真是福人自有天相！"

胡兰听说爹没有抽中，十分高兴，也顾不得和奶奶多说，跳跳蹦蹦跑到街上去了。

好些天没出来玩，整个村子都有点变样了。好多墙壁都刷白了，上边写了一些蓝色的大字。这是阎锡山统一发下来的标语，各村都必须写到墙上，什么"好人团结起来打败坏人！""消灭共匪人人有责！""妖言惑众，格杀勿论！"胡兰虽然不识字，可是看到白墙写着蓝字，觉得很不顺眼。街上冷冷清清，十字街口的井台旁，本来是全村人的"议事厅"，以往不论冬夏，总有一些人蹲在这里闲聊天，如今连个人影都没有了。家家关着大门，来往的行人都是愁眉苦脸地低着头走路，熟人们见了面也不打招呼，好像根本就不认识似的。街上到处是牲畜粪，到处是垃圾，到处都显得灰塌塌的。

胡兰为了给妈妈买梨，差点把全村都转遍了。开头她听见卖梨的在东头吆喊，等她跑到东头的时候，卖梨的转到后街里去了；等她追到后街的时候，卖梨的又转到西头去了；等她再追到西头的时候，卖梨的已经出村了。她站在护村堰上喊了半天，卖梨的也没回一下头，而且越走越远了——因为风太大，又是顶头风，卖梨的根本就没有听到。

胡兰站在那里真想大哭一场，真想转身回去，可是一想到妈妈想吃梨，勇气就上来了，她不顾一切地向卖梨的追去。追了好大一截路，终于追上了……

当她买上梨返回来的时候，心里又着急又高兴，着急的是，妈妈等了这么半天，一定等急了；高兴的是，终于把梨买到了。她想："妈妈吃了这几个梨，一定会好的。"她边想，边加快了脚步，恨不得一步就能迈到妈妈身旁。

当她跑到大门口的时候，只见两扇门上贴着四张白纸，院里传来一片哭声。她不由得愣了一下，可到底不知道发生了什么事情。等她跑到屋里的时候，只见地上支着一扇门板，妈妈直挺挺地躺在门板上，脸上盖着张白纸，身上穿着一身新衣服。爹已经回来了，一面失声痛哭，一面跪在地上给妈妈烧"断魂香"。胡兰一看这阵势，立时"哇"的一声扑过去，抱着妈妈的死尸号啕大哭起来，边哭边把买来的梨递到妈妈手里，可是妈妈的手已经僵了……

正哭着，奶奶匆匆忙忙进来了，要她赶快离开这里，说怕死人的"殃气"冲着，连哄带拉把她硬拉到了北屋里。

北屋是爷爷和奶奶的住房，也是全家人冬天做饭、吃饭、聚会的地方。屋里又是米面瓮，又是纺车、织布机，平素就够乱了，如今更显得乱糟糟。大娘含着两眼泪在忙着做供献；奶奶和隔壁双牛大娘在忙着扯孝布，给她姐妹俩缝孝衣；爷爷跑出跑进不知在忙活什么，大人们都忙

得晕头转向，谁也顾不得去抱爱兰。爱兰独自坐在炕角里不住声地啼哭，哭得嗓子都有点嘶哑了。胡兰想起妈妈嘱咐"要好好照顾妹妹"的话来，忙脱了鞋爬上炕去，一面哭泣，一面乖哄爱兰。

满屋子是小孩的哭声和大人们的叹息声……

爱兰哭着哭着就睡了。胡兰也不再哭泣了，她呆呆地坐在那里想心事，越想越觉得妈妈不会是真的死了。她临出去买梨的时候，妈妈不是已经好些了么？脸色变得那么红润，眼睛显得那么有神，还和她说了那么多话。怎么一会儿工夫就会死了呢？不会。说不定妈妈是睡着了，也许这阵已经醒过来了，也许妈妈正想吃梨哩……

她想到这里，急忙跳下炕来，正要到西屋去照护妈妈，爷爷走进来说：棺材已抬来，要孝子去"摔食钵子"。爷爷一手拿起妈妈经常使用的那个饭碗，一手拉上胡兰就往外跑。她跟着爷爷跑到大门口，只见门外放着个一头大一头小的木头箱子，原来爷爷说的棺材就是这么个难看的东西呀！她从来还没见过这玩意，不知道是做什么用的。这时爷爷把碗递给她，要她在地上摔碎，她也弄不清这是做什么。她急着要去看妈妈，也就顾不得管这些了。她摔了碗，匆匆忙忙就往回跑；刚跑到西房门口，奶奶又把她叫回了北房里，要她马上穿孝服。这是用粗针大线草草缝起来的白衫白裤，还有一双罩着白布的鞋。她穿好这些衣服之后，奶奶给她梳了一条缠着白麻的小辫，然后又给她头上包了一块白布。刚刚收拾完毕，爷爷进来说马上就要"入殓"。她听不懂这是什么意思，匆匆忙忙地跟着大人们走出来。

一出门，只见院里站着好多人，都是左邻右舍的乡亲们。那口棺材已经抬进来搁在了东棚下，棺材前边放着一张桌子，上面摆着一些香炉供器，还摆着几碟大娘刚烧下的干饼子。她买回来的那几个梨也摆在桌子上。胡兰没顾得细看这些东西，拔腿就往西房跑。刚跑了两步就被奶奶拉住了。这时只见爹和几个邻居从西房里把妈妈抬出来，放进了棺材里。她很想跑过去看看这是怎回事？可是奶奶紧紧拉着她不松手。这时又见大娘和双牛大娘往棺材里放了些什么东西，最后还盖了一床被子。胡兰从来也没见过这种事情，她想这一定是怕妈妈冷，也许这是给妈妈治病哩，说不定妈妈躺一会儿就好了……

她正这么胡思乱想着，奶奶把她拉到了棺材前，要她烧香、烧纸，还要她跪下磕头。她在奶奶帮助下都办了，一心希望妈妈在棺材里躺一会儿就会好的。当她磕完第四头起来的时候，忽见几个人抬着一块木板正要往棺材上盖。她猛地扑过去，抱着那块木板"哇"一声哭了起来，边哭边喊叫道：

"不要盖！盖住就把妈妈闷死了！"

她两只小手抓住棺材盖死死不放。奶奶过来拉她，她又踢又叫，号啕大哭。最后还是爷爷才把她抱过一旁。她见人们把棺材盖上，又见人们用木锁和钉子钉盖子，哭喊得更凶了，那一片"砰砰啪啪"的敲打声，把心都震碎了，那些钉子好像是扎到她身上一样。

在场的人们看到这个情景，忍不住都哭了。一些女人们边哭边低声说：

"唉！苦命的孩子，多可怜呀！"

按照这里的风俗，像这样的人家，人死了之后，至少要做一些"童男女"、"二人轿"之类的纸扎，至少要停灵七天，才能出殡。可是遇上这种兵荒马乱的年头，谁还顾得讲究这些排场呢？在第二天一清早，棺材就被抬出去埋了。

刘胡兰传

混乱的年头

自从妈妈死了之后，胡兰姐妹俩就和爷爷奶奶住在了一起。这一来，可给两个老人增添了不少负担，也增添了不少烦恼。爱兰生来就爱啼哭，哭起来没完没了。胡兰本来是个爱说爱笑的小姑娘，如今也爱哭了，特别是妈妈刚死了的那些天，动不动就流眼泪，一看到妈妈用过的那些东西就哭，看到大门口洒下的那一长溜荞麦皮①也哭，真个是天天起来泪洗脸。她知道从今以后再也见不到妈妈了，小心眼里怎能不难过呢？白天啼哭也还罢了，有时候夜里也会把爷爷奶奶哭醒来。有好几次，胡兰睡到半夜三更，忽然想起病着的妈来，就迷迷糊糊爬起来，推着身旁的奶奶道："妈妈你吃个梨吧！吃了梨就好啦！"当她弄明白自己是睡在奶奶房里，记起妈妈已经死了的时候，忍不住就会哭起来。每逢这时候，被推醒的奶奶和被惊醒的爷爷再也睡不着了。爷爷一袋接一袋抽烟；而奶奶则是不住声地长吁短叹。老两口就这样一直熬到天明。

眼看着两个没娘的孙女儿啼啼哭哭，眼看着胡兰她爹一天天消瘦下去，老两口怎能不痛心？怎能不烦恼呢？而更加使人烦恼的是世事动荡不安，时局一天比一天紧张，阎锡山的反共措施也一天比一天毒辣，搅害得老百姓们简直没法过日子了。

---

① 这地方习惯枕头里装荞麦皮，人死了之后，在出殡的那天，就把死者的枕头割开，把里边的荞麦皮洒到街上。

那时，虽然红军还没有过黄河，可是官家人说红军的探子已经偷偷过来了。今天说，凡是南方口音的就是红军探子；明天说，穿破烂衣服的就是红军探子；后天又说，身上带着红手绢和红布条的就是红军探子；后来连衣服上有红布补丁的，系红裤带的，以至口袋里装着红头火柴的……全都算成红军探子了。阎锡山下令悬赏捉拿红军探子，命令说："宁可错杀一百，也不放过一个。"警察局、侦缉队、城防军……到处乱抓乱捕，文水城的监狱里挤得水泄不通。南门外城墙根底天天在枪毙人。四门上经常悬挂着血淋淋的人头。

这一来，可把老百姓害苦了。人人自危，白天黑夜都在提心吊胆。领不到"好人证"①的人，连村子也别想出，胡兰爷爷倒是领到了"好人证"，不过是"三角证"②，出了村还是照样到处受检查，受盘问。三、六、九下曲镇逢集，爷爷也不敢去赶了，称不下咸盐只好吃淡饭，打不下煤油只好不点灯……遇上这种倒霉年月，有什么法子呢？可是就躲在村里不出去，也不得安生啊！差不多天天有官家人来扰害：有来清查户口的，有提着马棒来要临时军费的，还有过路队伍在这里"打尖"的……这些人一来，村子里就乱了，要吃要喝，要粮要款，三句话答不对就是一马棒，真个是闹得鸡飞狗跳墙。那时候，差不多天天有从祁县车站开往西山里去的队伍路过这里。他们声称是去"剿匪"，说一定要阻截红军过黄河。早在前一年，阎锡山就在黄河沿岸，修筑了好多碉堡，派兵重点把守。如今把主力部队也调到黄河岸上去了。官家人说，只要老百姓早早把临时军费缴清，给当兵的们发上双饷，凭着黄河天

---

① ② "好人证"是用白布印成的一种胸证。好人分三等，证也分三样：头等好人是圆形证，带这种证的人都是地主、乡绅、富商。带上这种证去哪里都是畅通无阻，遇到军警哨卡概不盘问。二等好人是方形证，带这种证的人大都是富农、富裕中农、中等商人。带上这种证，除了进城出县境，到处都可走动。三等好人是三角证，带这种证的人一般是中农、下中农、小商人，以及一部分贫农。带上这种证只能在附近村里行走。至于一些领不上好人证的穷人，就都算是"嫌疑分子"了，随时都有被当做红军探子抓起来的危险。

险，红军就是长着翅膀也飞不过来。可是过了没多久，忽然红军打过黄河来了，这消息一传开，首先着慌的是有钱人家。村里一些地主老财们，带上金银财宝，连夜逃进县城。县城里空气紧张透了，四个城门用土口袋堵了三个，留下的这个门也是半下午就上锁，全城戒严。城防军，防共保卫团，各商号的年轻伙计们……天天夜里蹲到城墙上守城。

村子里空气也很紧张，官家人早就宣传："红军杀人如割草……"谁能不怕呀？可是一般人家无处藏躲，只好求老天爷保佑。好多人家在神前烧香许愿。胡兰家更加一等，奶奶又信神又信佛，她供奉着好多菩萨神道，平素有事没事，每月初一、十五都要祭祀一番，如今遇到大难将要临头，更不待说了。天天领着全家人在各位菩萨神道前烧香磕头。爷爷磕头磕得有点不耐烦，曾经也提出过异议，他说："哼！'共党残忍杀人如割草，无论贫富皆难逃。'①我就不大信，红军也得吃饭吧？他们把老百姓都杀完，谁给他们种地呀！"

奶奶反驳说："就算不杀那么多人，可是万一咱们家的人碰到刀口上，老鬼，你说咋办？"

爷爷本来就有点怕老婆，听奶奶说得有道理，也就不敢吭声了，只好跟着奶奶东一头西一头地乱磕，求神仙保佑。奶奶对神仙的要求并不高，她只求红军别到文水来，就是到文水也别来云周西，就是来了云周西也别杀人……一句话：只要求神仙能保佑得全家平安无事，等世事太平了，就给各位神仙披红挂彩，上莲花大供。

在这样的日子里，胡兰好像也更懂事了。奶奶常指使她："去，给爱兰把脸洗一洗。""去，把爱兰身上的土扫干净。"胡兰也很乐意做这些事情。她牢牢记着妈妈临死以前对她说的那些话。一来二去照护妹妹的责任就全落在她身上了。每天除了白天哄着妹妹玩，晚上睡觉时候还

---

① 这是《防共歌》中第一段的开头两句。这首歌共六段，是阎锡山自己编的，并命令人人都必须唱，不会唱要受罚。

帮她脱衣服，铺被褥。清早起来时候又帮她穿衣服，叠被褥，有时还学着给妹妹梳小辫哩！凡是她能做的事，她都抢着做，真像是妹妹的个好保姆一样。

情况愈来愈紧急，红军过河不几天，听说已打到了孝义地面，消灭了阎锡山的好几团人马，把团长都给活逮住了。村里人得的消息晚，刚听到这个传说，接着就听说红军已经打到晋中平川来了。那两天，阎锡山的飞机整天从头上飞来飞去。有些耳朵灵的人说，隐隐听到有炸弹声，好像是在西南上响，看来红军离这里不远了，可究竟在什么地方，谁也说不清。人们都是提心吊胆地捏着两手心汗。

阴历二月二十六晚上，远远传来了枪炮声，这一下人们都慌了。胡兰全家人挤在奶奶屋里躲灾难。把被子钉到了窗户上，也不敢点灯，也不敢高声说话，只是默默地坐在那里长吁短叹。爷爷一袋接一袋地吸烟。奶奶跪在神前不住地磕头，不停地低声祷告。屋子里空气紧张极了，好像天马上就会塌下来。这一来，把孩子们也吓坏了。胡兰搂着妹妹挤在炕角里，拿被子蒙着头，连大气也不敢吭，后来就睡着了，就这样睡了一夜。而大人们则是一直坐到天明。

第二天，太阳还是从东边出来了，村子里平平静静，什么事也没发生。半晌午时候才听人们传说，昨天晚上红军是在汾阳县演武镇一带。可是半下午时分，又有人传说：昨天夜里红军攻了半夜文水城，后来就在开栅镇住下了。开栅镇离云周西走小路只有三十多里地。谁能担保红军不来这里呢？人们又提心吊胆地过了一夜。又过了两天，传来了新消息，说红军早已离开开栅镇，先头部队打到太原附近的晋祠了……

红军总算没来云周西，人们都松了一口气。只有和开栅镇沾亲带故的人家，在替亲友们捏着两手心汗。不久，传来了实讯：红军在开栅镇罚了大地主杜凝瑞八百石麦子，全部分给了村里的穷苦人，住了一夜就走了。什么"杀人如割草"全是造谣。那些亲眼见过红军的人，异口同

刘胡兰传

声地说，从来都没见过这样好的队伍，不打人，不骂人，公买公卖，对人又和气，又有礼貌。不论当官的还是当兵的，和老百姓们谈论起来都是一套一套，说得条条有理。他们说红军是工农的队伍，是为工农劳苦大众求解放，要打倒压迫人的土豪劣绅，叫穷人有地种，有饭吃……他们说这次到山西来，是要北上抗日。五年前，在国民党不抵抗主张下，日本鬼子侵占了东三省，如今又进兵热河，妄想吞并全中国。中华民族的优秀儿女，决不能甘心做亡国奴……这些话，人们听着都觉得新鲜，都觉得说得有道理。谁都没有想到红军是这样一支爱国爱民的好队伍。

那时候，人们还不敢公开说红军的好话。这些情况都是亲戚传亲戚，朋友传朋友暗里传开的，一传十，十传百，很快人们就都知道了。阎锡山的欺骗宣传不攻自破。连胡兰奶奶都抱怨说："官家人尽虚说，阎锡山就会哄人。"胡兰那时候根本还弄不明白这些事情，只是知道红军原来是坏人，如今又是好人了。她真想看看红军是个什么样子，要是红军能来云周西多好。其实有这种想法的人很多，特别是那些贫苦农民们，盼不得红军能赶快到村里来。可是这时红军早已离开晋中平川，转到西山里去了。而躲到城里去的地主老财们，陆续都回到了村里。城里的官家人也又到各村来扰害老百姓，又开始在各处抓人捕人，并且又派下了新的临时军费——据说是有好几十万南军（老百姓对国民党军队的称呼）开到了山西，帮助阎锡山"剿共"来了……又这样兵荒马乱地折腾了好些日子，世事才算慢慢平静下来。

世事平静了，可是胡兰家的人并没有脱了愁帽。家庭里没有一点欢乐。生活比以前也困难了。给妈妈办丧事花了一笔钱，临时军费又花了一大笔，只这两宗花项就把这些年来积蓄下的几瓮粮食全霍洒完了。而村公所又派出了杂捐、水费，一家子人张口要吃饭，伸手要穿衣，大人们怎能不愁呢？爷爷是一家之主，村公所的花名册上写的是他的名字，捐税派款都是向他要，而奶奶是这个家庭的实际掌权人，一切收支都经过她的手，她知道过日子的难处，因此老两口整天起来唉声叹气；大娘是每逢做饭就噘嘴——吃饭的人多，奶奶给的米面少，侍奉老的小的都吃完，最后当媳妇的只能吃个半饱；爹是个老实人，从前就不爱多说多道，如今更加一等，整天起来愁眉不展，络腮胡子长得有半寸长，也不剃一下，低着头出来低着头进去，把饭碗一搁就到地里去了，成天也不说一句话；胡兰是每日起来思念妈妈，虽然不像以前那样天天哭了，可也是整日起来皱着眉头。有时候一个人呆呆地坐在那里坐半天，有时也领上妹妹到街上去玩玩。她在村里结识了几个小朋友，其中一个叫玉莲，一个叫金香。她们几个人最能玩到一起。他们有时"跳方"，有时玩石子，有时也学唱歌。胡兰自学会唱《小白菜》，就经常哼这支歌。傍晚有时候领着妹妹，一面坐在门口等爷爷和爹下地回来，一面唱：

小白菜呀，

地里黄啊！

小小年岁，

殁了娘啊！

跟着爹爹，

本不错啊：

就怕爹爹，

娶后娘啊！

……

拿起筷子，

想起娘啊！

端起饭碗，

泪汪汪啊！

……

刘胡兰传

015

唱着唱着，就哭起来了。爱兰见姐姐哭，也就跟着哭开了。有回她们正唱着，爷爷和爹从地里回来了。爷爷听了直叹气。而爹眼里充满了泪水。他蹲下来搂着两个女儿，搂了半天，一句话也没说。

这天晚上，爹连饭也没吃，一个人回到西屋里倒头就睡了。后来爷爷劝胡兰说：

"孩子，人死了是不会活过来的；这是一个人的寿数，哭瞎眼也不抵事。你爹心里已经够难过了，别再唱那个歌子引得他伤心啦！"

胡兰真像是一个懂事的大孩子一样，她听懂了爷爷的话，从此以后，再也不唱这个歌子了。

月昏星暗夜

时光过得飞快，转眼又是一个年头。

庄户人家总是这样：去年盼今年是个太平盛世、风调雨顺年；今年又盼明年是个太平盛世、风调雨顺年。结果总是天不从人愿。不是闹兵祸，就是闹天灾。这一年也不例外。夏收算是平安无事，而一收完夏，就闹开旱灾了。

整个夏天，一连好几十天没下雨，秋庄稼干得快能点着火了。天天是晴空万里，连一丝云彩的影子都没有。庄户人家急得像热锅上的蚂蚁一样，整天起来坐卧不安。俗话说："头伏无雨，二伏休，三伏无雨干到秋。"如今已到二伏末尾，看样子，下雨的希望是愈来愈小了。好在这地方多少还有点水利建设——可以引汾河的水浇地。不过这一工程是周围几十个村庄合伙修的，各村轮流用水，需要二十几天才能轮到一次。人们天天盼，日日盼，一直盼到三伏快尽，这才轮到云周西村用水浇地的日子。

这一天，家家都起得很早。胡兰家起得更早。太阳还没有出山，爹和爷爷已经吃完早饭扛着铁锹到地里去了。

这一天，家里的人又兴奋，又担心。兴奋的是浇地的日子终于盼到了，眼看干旱的禾苗有救了；担心的是怕发生意外的问题——在这一带，以往常常为浇地的事吵嘴、打架，有时候还遭人命哩！如今遇上这

刘
胡
兰
传

017

天旱年月，水比油还贵，谁能担保不出事！

这一天，一清早起来，奶奶就忙领着胡兰给这个神仙烧香许愿，向那个神仙祷告磕头。目的只有一个：盼望各位神仙保佑得平平安安，把地浇完。自胡兰懂事时候起，奶奶每逢祭祀，她总是要胡兰跟着她一块烧香磕头。平素也常常给胡兰讲一些神通广大、佛法无边、因果报应的故事。她一心一意想把孙女儿培养成像她一样的人物。胡兰也很相信奶奶的话，每逢奶奶烧香的时候，用不着奶奶说话，她就会跟在奶奶后边，虔心诚意地给神仙磕头。

这一天，胡兰跟着奶奶，整整忙了一上午，才算把这件事情办理完毕。她完全相信，神仙一定会帮助她家很快把地浇了的。

到快吃午饭的时候，爷爷从地里回来了。她一见爷爷就高兴地问道：

"爷爷，咱家的地浇完了？"

爷爷没精打采地说："还没有哩！"

奶奶问道："水来了没有？"

爷爷说："水倒是按时来了，不过天旱，水小，恐怕轮到咱家浇地，总得到后半晌。"

爷爷匆匆忙忙吃完午饭，又给爹带上些吃喝，赶快回到地里去了。

爷爷走后，全家人都焦急地等待着浇地的时刻到来。连不爱多管闲事的大娘和不大懂事的妹妹，也不时到院里看看太阳偏西了没有？奶奶更是坐立不安，隔不了一会儿，就跑到门口去张望，看浇地的人回来了没有。可是一直等到太阳落山还没有一点消息。全家人正在惶惶不安的时候，邻居双牛大娘来了。双牛大娘只有老夫妻两口，双牛大娘是刚从地里送饭回来的，她带来个口信，说胡兰爹和爷爷让家里把晚饭送到地里去。奶奶忙问道：

"她双牛大娘，还没有轮上咱们浇地？"

双牛大娘不满地说："也许快轮到了。唉！说不清。"

双牛大娘走后，奶奶就抱怨开老汉和儿子："明明知道家里再没个男人了，父子两个就不会回来一个人取饭！黑天半夜，让谁给送啊！"转念一想，知道轮到浇地是一时三刻的事，万一回来取饭误了浇地的时刻，后悔就迟了。这么一想，也就不再抱怨老汉和儿子了。可是家里都是婆姨娃娃，黑天半夜谁给他们去送饭哩！这真是件作难事。胡兰见奶奶为这事发愁，忙说道：

"奶奶，我送去！"

"你？一个女孩子家，还能干了这事！"

"我能。"胡兰坚决地说。她最不爱听看不起女孩子的那些话，平素一听到奶奶抱怨妈妈没生男孩子，心里就恼火。今天也是这样，她见奶奶没吭声，忙又说道："我知道咱家的地在哪儿，我去过。"

"去过也不行，黑天半夜的，奶奶不放心。"

"天黑我也不怕。你忘了拾麦子那回，也是天黑以后我一个人回来的。"

这时，正好大娘已经把饭舀到罐子里了。胡兰说着提起饭罐子就走。奶奶忙喊道：

"放下，等我找个人送去！"

奶奶边叫喊，边追出大门。胡兰头也不回，径直向村外走去。奶奶又急又气地骂道：

"没见过这么个倔脾气丫头！真能把人气破肚！"她随即又叹了口气，说道："唉，要是个男孩子多好！"

刘胡兰提着饭罐出了村，沿着一条小路向前走去。这时天色已经是黑魆魆的了。月昏星暗，到处都看不到一点亮光。路旁的庄稼叶子在黑暗中发出"沙沙"的响声，有时像脚步声，有时又像低低的耳语。远处

石家坟茔里的老榆树上，有一只猫头鹰在叫唤，声音很凄惨，听着真叫人有点害怕。她边走边暗暗嘀咕："可不敢碰上鬼，可不敢碰上鬼尸。"接着又想道："万一碰上鬼可怎办呀！"她越这样想，心里越有点害怕，猛一抬头，忽然远远看见前边庄稼地里立着个黑影子。一眨眼工夫，黑影没有了。忽然黑影又立在那里了，再定睛一看，黑影又没有了。这一来，可把胡兰吓坏了，立时觉得头发根都竖了起来，背上也沁出了一些冷汗。她真想撒腿跑回村里去，可是转念一想，觉得不能这么慌张，还没有弄清是人是鬼就跑，多丢人！再说爹和爷爷还没吃晚饭哩，他们一定饿坏了，等急了。对，一定要快点把饭送去，万一那个黑影是鬼的话，就用唾沫吐他。奶奶说过，鬼最怕吐唾沫。她这么一想，就又开始向前走去。为了给自己壮胆，她大声唱起了当地大人小孩都会唱的一首民歌：

交城的山来，
交城的水。
不浇那个交城，
浇了文水……

她只顾唱歌，也就忘记了害怕，不知不觉已经走近那个黑影，只听那个黑影问道：

"是胡兰子吗？黑天半夜做甚去？"

胡兰从那人说话的口音中，听出了这是邻居石世芳。忙回答道：

"是世芳叔呀，我给爹和爷爷送饭去。"说着走了过去，这才看清石世芳拿着张铁锹，在拨浇地的小夹堰。怪不得刚才看见这里一时有个黑影，一时又没有了，原来是他弯腰拨土的时候，身子被庄禾挡住了。

石世芳听胡兰说是去送饭，忙说：

"把饭罐子给我，我给你捎去，你回去吧。"

胡兰摇了摇头说："不，我要自己送去。"

"嘀，真孝顺！"石世芳夸奖了一句，接着又说道，"那么咱们一块走吧。"

胡兰以为石世芳要送她，就说：

"你忙你的活计吧。我一个人敢去。"

石世芳告她说，他的夹堰已经拨完了，也正要到水渠上看看去。于是两个人便相随着，向水渠走去。石世芳用赞美的口气向胡兰说：

"你胆子真大！一个人黑天半夜就敢走这么远来送饭。真能干。有些男孩子……"

胡兰听世芳叔称赞她胆大，觉得很不好意思，心里说："真丢人，刚才还怕鬼呢！"她怕世芳叔继续称赞她，就忙用话岔开了：

"世芳叔，你甚时回来的?"

"太阳刚落山才赶回来。"

石世芳是个三十来岁的中年人。家里土地不多，生活过不了，经常在下曲镇给买卖家打杂，这一阵子正给一家粮店扛口袋。今天是抽空回村浇地来了。

两个人一路上说说道道，不多时已来到水渠上。一上渠道，胡兰只觉得眼前展开了一片新的景象。这里地势高，四面八方都能看见。只见渠道两边到处是灯笼火把，到处是一明一灭的小火星，像萤火虫一样——那是人们烟袋锅上发出来的亮光。渠道里的流水发出"哗哗"的响声，夹杂着嘈杂的人声，铁锹挖土声，青蛙的吼叫声……简直像唱戏赶会一样热闹。胡兰从来也没见过这样的场面。她高兴极了，心里说："多亏来送饭，要不什么也看不到。明天一定要把这些事告给玉莲和金香。"

他们沿渠道向上游走了不多远，影影绰绰看到前边有一伙人，正围

刘胡兰传

着一盏马灯在抽烟说闲话。走到跟前的时候，只见除了爹和爷爷之外，还有邻居双牛大爷、玉莲的爹等人。人们看到石世芳，热情地打招呼。爷爷一见孙女儿送来饭，又感动又生气，嘟嘟哝哝地说：

"这个死老婆子呀，黑天半夜，让这么大个孩子来送饭，真该死，回去非结结实实捶她一顿不行！"

胡兰没有替奶奶解释。她知道爷爷只是背后说说大话而已，真的到了奶奶跟前，恐怕连大气都不敢出。看样子，爹和爷爷都饿坏了，爷爷只嘟哝了那么两句，父子两个就急忙吃饭，什么话也不说了。

胡兰见渠里的水从地头上"哗哗"地流，可是人们坐在那里只顾扯闲话，谁也不动手浇地。她觉得很奇怪，不由得问道：

"怎么咱们还不浇地？"

爷爷没好气地说：

"首户们的地还没浇完哩，倒能轮到咱们浇？"

石世芳愤愤不平地接着说道：

"这是甚的些规矩？这只有财主们能活，穷人们就该死了！"

胡兰不知道他们说什么，忙问爷爷是怎么回事。爷爷边吃饭边告诉她说：浇地有个老规矩，不管你的地是在上游还是在中游，反正只有等地主老财们浇完，才能轮到你浇。而地主老财们都是好地，这村的好地偏偏又都在下游。这么一来，眼睁睁地看着水从地头上流过去，也只能干着急了。

正在这时，玉莲的二哥陈照德扛着张铁锹，沿着渠道从下游跑来了。这是个二十多岁的后生，个子不大，人样子很精干，走起路来更显得精神抖擞。他是去探听浇地消息的，所以一回来就被大伙围住了。人们争着抢着问：首户们的地浇完了没有？是不是咱们现在就可以浇了？陈照德气狠狠地说：

"狗日的们秋庄稼早浇完了。这阵正浇麦茬地哩！"

听他这么一说，人们又气愤，又焦急。眼看快到半夜，浇地的时辰很快就完了；眼看禾苗快旱死了，而地主老财们却在浇麦茬地，这简直是岂有此理。人们忍不住都乱纷纷地骂起来。陈照德气呼呼地说道：

"咱们也动手浇，不能光由他们摆布！"

石世芳接上说："要浇咱们一齐动手，人怕齐心，虎怕成群，大家都浇，看他们能把咱们怎样了！"

可是人们只是心里生气，背后骂街，说到动手浇地，都是你看我，我看你，谁也不敢接下音了。陈照德见人们不吭声，忙说道：

"你们不敢浇，我家先浇！"说着，不管三七二十一，拿起铁锹就挖渠堰。

石世芳见陈照德动了手，连忙就帮他挖土。不一时，渠堰被挖开了口子，渠里的水"哗哗"地流到了高粱地里。

有些胆大的人，见有人领头浇地，也就动手干起来了。

胡兰看到这种情形，心里又高兴，又着急，忙向爹说道：

"爹，咱们怎么还不浇？"

爹坐在那里只顾抽烟，没有答话。她转身又问爷爷，爷爷说：

"咱们不能冒这个风险。俗话说，小腿扭不过大腿去。我看要出事呀！"

果然不多一会儿，只见从下游跑来了一伙人。原来是老村长石玉璞亲自领着水头、巡田伕们，打着灯笼火把来了。石玉璞一见这里在浇地，立时大发雷霆道：

"怪不得水小了，是你们在私浇地呀！这是谁领的头？谁？"

人们吓得都不敢讲话了。有一些人悄悄又把挖开的口子堵上了。这时，陈照德站出来，挺着胸脯说：

"我领的头，你要怎？"

石玉璞冷笑了一声道："胆子不小啊！简直反了！"

陈照德道："渠是大家修的，水费大家摊。为甚许你们浇，就不许我们浇？"

石世芳也帮腔道："你们连麦茬地都浇了，我们的秋庄稼就该旱死！"

两个人你一句我一句，问得石玉璞脸红脖子粗，说不上话来。石玉璞恼羞成怒，吼三吓四要捆陈照德的爹陈树华老汉。陈照德生气地说：

"要杀要剐我顶着，捆我爹干甚？"

石玉璞不理他，指着陈树华老汉道：

"千中有头，万中有尾。你是一家之主，我就要和你算账！"回头又向水头、巡田伕们命令道："捆起来，吊到村公所！"

立时，陈树华老汉就被五花大绑捆起来。胡兰看到这个情形，心里又害怕，又生气。正在这时，爷爷拉着她，低声说道：

"快走吧，回去，回去！"

胡兰忙问道："咱们的地不浇啦？"

爷爷叹了口气说："还浇什么地！这一闹，更没指望啦。"

回来的路上，胡兰不住地向爷爷和爹提出各种各样的问题：渠是大家修的，为甚不准别人浇地？他们会不会打陈大爷？……爷爷什么也没告诉她，只是说：

"你悄悄的吧！你不懂！"

胡兰也就不开口了，可是心里却憋闷得慌，不由得为陈大爷担心。

第二天一起床，她就去找陈玉莲打听消息。玉莲告她说，村公所把她爹吊了一绳子，后来找下保人才放回来。

又一个混乱的年头

幸亏过了不久，落了一场透雨，快旱死的苗子才算缓过来。谁知刚脱掉一顶愁帽，又刮来一片愁云，天年刚有了好转，世事又乱了。

前些时候，人们就传说"卢沟桥事变"①，日本军队已经占了北平、天津，上海方面也打起来了。这些地方毕竟离云周西远得很，起先人们并没有放在心上，每天还是照样生活，照样忙自己的营生。可是后来时局一天比一天紧张。日本军队得寸进尺，国民党军队则是节节败退。不久，南口丢失，张家口陷落，接着是大同弃守——日本军队已经从北面打进山西地界！这一下，人们才认真关心起时局来了。

早些时候，县里"牺盟会"②的人就来村里宣传过抗日救国的道理。那时每逢召集人们开会，谁都是推三推四不愿去，就是去了的人，听了这些话也并不在意。而现在情况却完全不同了，不要说"牺盟会"的人来，就是从城里回来个普通老百姓，村里人也会把他围起来，问长问短。眼看日本军队已经打进山西，打到自己家门口，谁能不着急呢？

这时，从祁县回来的人带来个新消息，说他们在车站上看到一列列

---

① "卢沟桥事变"亦称"七七事变"。1937年7月7日，日本帝国主义驻中国军队，借口走失日本军人，炮轰宛平县城，从此揭开抗日战争序幕。

② "牺盟会"是"山西牺牲救国同盟会"的简称，这是一个地方性的群众抗日团体，于1936年秋在太原成立。

的兵车朝北开，车上坐的尽是一些穿着草鞋、背着竹篾草帽的兵，胳膊上带着白底蓝字的臂章，上边印着"八路"两个字。谁也弄不清这是什么队伍。后来"牺盟会"的人说，这就是当年的红军。如今国共合作，红军改编成八路军，开到前线打日本去了。

过了不多久，传来个好消息：开上去的八路军，在平型关打了个大胜仗，把日军最精锐的坂垣师团打得落花流水，整整消灭了敌人三千多人马，光汽车就炸毁了一百多辆……这一消息使人心大为振奋。人们都希望阎锡山的队伍也能像八路军这样英勇，给日军个迎头痛击。谁知接着传来的又是坏消息：阎锡山的队伍继续后撤，日军继续向南进攻，先占了代县，后占了崞县，眼看着一步步逼近省城，后来又听说日军飞机轰炸了省城太原。这一来，村子里空气也紧张了，人们到处在谈论这些事情。有的人说：阎锡山如今手里还有几十万人马，一定会死守太原，太原有他的万贯家产，他舍不得丢；有的人说太原一定保不住，因为从县城里回来的人说：省城里的机关、阔人们已经开始往南撤了，拉着金银财宝，载着各种物资的汽车、马车、摩托车……顺着太汾公路日夜不停地往南开。看样子就不是个要死守太原的架势。太原一放弃，整个晋中平川也就要落入敌手。许多人都感到悲观失望，整天起来惶惶不安，连秋收的劲头都没有了。

胡兰家里却很特别，一切照常，好像什么事都没有发生一样。

这户人家，向来不关心政治，平素连村里的事都不大过问，和邻居们也很少往来。真个是只管三尺门里，不管三尺门外。就是天塌下来，只要砸不到院子里，也没人着急。而这时候恰好又遇上正是秋收最忙的时候。爷爷和爹每天是天不明就上地割庄稼，天黑才回来；奶奶和大娘除了料理家务，天天是坐到南场里切谷穗、打豆子。家里的事都忙不过来，谁还顾得上操那份闲心呢？在这种情况下，小孩子们知道的事情，反而比大人多。胡兰除了每天照护妹妹，帮大娘刷锅洗碗，做些零星活外，断不了到街上去玩，常常听到一些和日本军队打仗的消息。有些事情她弄不明白，回到家里只好去问奶奶。

"奶奶，日本鬼子为甚要打咱们？"

奶奶不假思索地回答道："还不是为了做皇帝！"

"人家说日本鬼子是外国人，日本鬼子一来，咱们就变成亡国奴了。奶奶，甚是个亡国奴？"

"不知道。"奶奶说，"咱们做老百姓的，反正是个完粮纳税，管他当什么奴哩！你多管那些闲事做甚？能解饥，还是能解渴？"接着，奶奶又训诫道："以后少往街上跑，少说道'公家'的那些事情，免得惹是生非。只要能平平安安过日子，一年四季能有家常饭、粗布衣，就是前世修来的福。管他谁家坐天下呢？"

胡兰向来最听奶奶的话，奶奶的话对她说来就是"圣旨"，即使有时候奶奶说的完全不合她的心思，她也总认为奶奶的话是对的。尽管奶奶说了半天也没说清什么是个亡国奴；尽管奶奶说的那些话和她在村里听到的完全不一样，可是既然奶奶这么说，一定是有道理的。奶奶说的，还能有错吗？从这以后，她也就不再打听"公家"的那些"闲事"了。这一来，全家也就再没个人谈论这些新闻了。因此，尽管时局一天比一天紧张，但并没有影响到这户人家。

有天晚上，在交城县做生意的大爷，突然回来了。这才引起了全家的不安。

以往，大爷每年也回两三趟家。每次回来的时候，总是穿戴得干干净净，带着一些吃的用的东西。而这次回来却是穿着一身破旧衣服，满脸黑权权的络腮胡，而且是空着手回来的。大爷带回来个很坏的消息：太原已经沦陷。前天，交城也被日军占了。他是从虎口里逃回来的。

听了这消息，全家人都吃了一惊。但奶奶对这些事，并不在意，而是抢先问道：

刘胡兰传

"买卖怎啦?"

"倒闭了! 关门啦!"

"你的东西呢? ——铺盖, 衣服……"

"都丢光啦!"大爷长长地叹了口气说, "完啦, 一切全完啦!"

奶奶气得拍着手说: "唉! 今后这日子可怎过呀!"

大爷失业了。这件事对这个家庭是个很大的震动。全家人都显得愁眉不展。只有不懂事的爱兰特别高兴。以往, 大爷每次回来, 总要给两个小侄女捎点吃的东西, 这次大爷也没忘了这件事, 他给两个小侄女一人带回一小包冰糖来。爱兰有了冰糖吃, 怎能不高兴呢? 胡兰却不像妹妹那样, 她见大人们唉声叹气, 心里也很不好过。她知道大爷失了业, 再不能往家里捎钱, 今后日子也更不好过了。

大爷的情绪很坏, 满脸愁云, 两条眉毛都快连在一起了。他除了对失业的忧愁, 对时局也担着老大心事。他告诉家里人说: 看样子, 文水城也保不住, 敌人很快就会打到这里来, 也许整个山西都完蛋了。大爷灰心丧气地说:

"唉, 没有别的出路, 只好等着当亡国奴吧!"

胡兰正想问问大爷, 究竟什么是个亡国奴。她还没来得及开口, 只听大爷继续说道:

"以前'牺盟会'的人宣传说: 亡国奴不如丧家狗。我还有点不信, 看起来这话千真万确!"

接着, 大爷就讲起了日军占交城以后的一些情形。他说: 日军根本不把中国人当人看, 先不说奸淫烧杀, 光是侮辱中国人, 就叫人受不了。不管是谁, 见了他们都得鞠躬, 不鞠躬就打耳光, 要不就罚跪。有的日本兵叉开腿站在街当心, 要过路的人从他们腿裆下往过爬。还有些喝醉酒的日本兵, 更是想尽花样侮辱中国人: 往老百姓饭锅里大小便, 扯着老头们的胡子满街"耍狗熊"……更加使人气愤不过的是侮辱妇女。大爷说他亲眼看见有几个日本兵，把一个怀孩子女人的衣服剥光，让洋狗追着她满场子跑。那女人吓得又哭又喊日本兵们都拍手狂笑取乐。

最后，大爷气愤地说：

"这像两条腿的人干的事吗？简直是些四条腿的畜牲！"

胡兰听大爷讲了这些事，又害怕又生气。她真想不到当了亡国奴是这个样子！日本鬼子是这样一些坏蛋！虽然这和奶奶以前说的完全不一样，可是大爷还能虚说吗？

大爷在这个家庭中威信很高，他的话连奶奶也信服。平素，大爷说什么是什么，奶奶从不驳回。她知道大儿子是见过世面的人物，为人正直，性子孤傲，从来不爱说瞎话。因此这天晚上听了大爷说的这些事，全家人都很紧张。这才感到时局已万分危急，真正是大难将要临头了。奶奶一迭连声说：

"阿弥陀佛，这可怎活呀！"

爷爷忽然问道："阎锡山的队伍哩？为甚不打？"

大爷生气地说："打谁？就会打老百姓！"

他说，敌人还没有占太原以前，老阎的队伍就往南溃退。那些天，太汾公路上整天整夜过溃军。这些溃军打日本鬼子不中用，打老百姓可都有两下子，一来就把腰里的皮带解下来握到手里了，一说话三瞪眼，开口闭口离不开骂人的话。稍不如意，皮带就朝着你劈头盖脸地打。这些溃军简直就是"官"土匪，沿路抢劫。抢商号，抢民户，见甚抢甚。他住的那个杂货铺，在敌人来的前两天也被溃军抢空了。东家只好关了门，打发伙计们各奔前程。他今天好容易从城里逃出来，在半路上又碰到几伙零散溃军，把带出来的行李、衣物也给抢走了……

大爷越说越有气，边吃饭，边喝酒，边谩骂。骂日本鬼子，骂阎锡山，骂晋绥军。

"自古道：'养兵千日，用兵一时。'正当国难当头，夹着尾巴跑啦！老百姓完粮纳税图个甚？这还不如多喂几条看家狗哩！"

这真是关住门子骂皇上：不起作用，也惹不下乱子。大爷愤愤不平地骂了一气。后来又告家里人说，看样子零散溃军还多哩！说不定也会到这里来，要赶快准备准备。听了大爷的话，全家人连夜就挖坑打窖，埋藏衣物。虽然没有什么贵重东西，可是万一让溃军抢走，也不得了呀！

大爷回来不几天，溃军就来了。前几天，日军飞机就整天沿着太汾公路、同蒲铁路轰炸扫射。阎锡山的那些溃军像决了堤的洪水一样，离开交通干线，从整个晋中平川里漫下来了，村村都在过溃军。三个一群，五个一伙，一天不知要过多少起。老百姓们怕溃军扰害，各村都自动成立起了"支应站"。云周西也不例外。村南观音庙上安起灶火，点起茶汤壶，准备下烟、茶、酒、肉；还专门派下听差的民伕接待、引路——这像是送瘟神一样，即使多花点香烛钱也不在乎，只要快快离开村子，人们也就谢天谢地了。谁知这些溃军却是送不走的毛鬼神，吃饱喝足，仍然要到村里去抢劫。这一来，村子里大乱了……

自从开始过溃军，胡兰奶奶又像闹红军时候那样，整天起来领着全家人烧香磕头，求神保佑。奶奶并且下了"戒严令"：出入紧关街门——其实，平素她家也是关着门过日子的；不准小孩们到街上去玩——其实，奶奶不说，胡兰姐妹俩也不敢出院子了。不要说小孩，就连男人们大白天也是蹲在家里不出去。村里天天有溃军来扰害，街上时常传来溃军们的叫骂声，女人们的哭喊声……今天东家被抢了，明天西家挨搂了。人们躲都躲不及，谁还找着去惹祸呢？可是灾祸终于还是找上门来了。

有天上午，胡兰正跟着奶奶跪在神前烧香祷告，忽听外边传来一阵"咚咚"的打门声；接着是开门声；接着就听见在院里玩耍的爱兰"哇"

一声哭了。胡兰听见妹妹哭，也顾不得祷告了，爬起来就往外跑。一到院里就见爱兰趴在街门那里哭得死去活来；门外站着两个穿着灰军衣、戴着灰毡帽的溃军——看样子是爱兰开了门，一见是溃军吓哭了。这时只见一个溃军用枪头拨着爱兰骂道：

"妈的皮，滚开！滚开！"

胡兰一看这阵势也吓坏了，可是见妹妹吓成那个样子，她就不顾一切地跑过去，忙把妹妹抱过一旁。

这时大人们也都跑出来了。溃军走进院里来，大骂道：

"妈的皮，关着门干吗？老子们又不是日本兵！"

这天，正好大爷到庙上去支差。爷爷和爹都是胆小人，站在那里只是哆嗦，谁都不敢吭一声。溃军边骂边闯进了西屋里。胡兰趁机忙把妹妹抱到北屋。只听溃军在西屋里翻箱倒柜，奶奶一迭连声地求告。大概溃军们没找见什么值钱东西。不多时又撞到北屋里来了，奶奶也跟了进来。那两个溃军翻箱倒柜折腾了半天，也没找出一件值钱东西来，忽见布机上还有一匹没织完的布，一个溃军抓起炕上的那把剪刀就要往下剪。奶奶扑过去爬到织布机上央求道：

"好老总哩！求求你们，我还没织完，你们别抢走！"

另一个溃军边把枪栓拉得"哗哗"响，边骂道：

"妈的，老子们又不是土匪，谁抢你？再骂，老子毙了你！"

奶奶吓得趴在织布机上起不来了。胡兰也吓傻了。正在这时，恰好大爷回来了。大爷忙拦住说道：

"老总们消消气！"回头又拉着奶奶说道："妈，你快站过一边，既是老总们用得着，拿走吧！"

等溃军们拿着布走了之后，奶奶抱着织布机哭骂开了：

"千刀杀万刀剐的兵！好狠心呀！老娘一根线一根线纺下！……"

大爷忙说："快悄悄地吧。小心他们听见返回来！"接着大爷就告

诉家里人说："昨天下午大象镇出事了，溃军乱抢不要说，为了搜刮金银财物，把好几户人家的男男女女吊起来百般拷打，用烧红的火柱烫……有几个到现在还人事不省哩！丢点布算甚？人没受害就算万幸！"

经大爷这样一说，奶奶也就不敢再哭骂了。

大象镇离云周西只有五里地，这一消息把全村人都吓慌了。人们都怕被溃军抓住拷打，都不敢在村里待了。胡兰家也一样，每天天不明就往野外跑。这里原本是一马平川，偏偏这时候地里又没有庄稼遮掩，人们只好趴在渠堰后面、老坟茔里躲灾难，又挨饿又受冻，一直要熬到天黑才敢回来。这样一直熬了十来天，溃军才算过完。

溃军刚刚过完，地方上又闹开"黑军"①了。这时，日本鬼子虽然还没有占领文水县城，但阎锡山的县政府、区公所早已逃得无影无踪。这里变成了"真空"地带。各色各样带枪的人，乘机兴风作浪，扰害乡里。徐沟县的土匪头子乔效增，自封"司令"，到处招兵买马壮大势力。有一股常到文水平川来活动，号称"天下第一军"，到处明火执仗，打家劫舍，并且公开向各村要粮要款，要棉花要布匹。离云周西六里的南胡家堡，地主王寿珍也拉起一帮人马，叫做"自卫团"，王寿珍自任团长，也是公开向各村派粮派款，收捐收税，并且私设公堂，随意抓捕吊打群众，简直变成了这一带的土皇帝。另外还有一些流氓、地痞、退伍兵、大烟鬼，三三五五纠集在一起，随便起个番号，就算是个"部分"，到处敲诈勒索，开张白纸条就向各村要粮要款。

这一来，可把老百姓整治苦了，哪一"部分"也惹不起，哪一"部分"来也得支应。缴不完的粮，纳不完的税，受不尽的窝囊气。

这时正是旧历年除夕。本来这是农村中最大的节日，可是遇上这种年月，谁家还有心思过节呢？有的人家米缸面瓮早给倒干；有的人家好

---

① 这是老百姓对各种半公开土匪的总称。

不容易包下几个饺子也给"部分"端走了。三十晚上全村都是黑灯熄火。大年就这样无声无息地过去了。

过了大年不几天，日本鬼子就占了文水县城，接着又占了汾阳、孝义、平遥、介休……整个晋中平川全落到了敌人手里。占了文水的日本鬼子，大肆烧杀，把县城附近的沟口村全烧光了……

抗日队伍

1938 年春天，正当人们被"黑军"扰害得惶惶不安的时候，有一支队伍开到文水平川来了。这支队伍的服装不很整齐，其中有穿军装的，有穿工服的，也有穿便衣的。武器也是七杂八凑——七九枪、六五枪、老毛瑟、独角牛……背什么枪械的都有。开头，大家都闹不清这又是什么"部分"，都有点提心吊胆。后来才知道这是一支新成立的抗日部队，叫"工人武装自卫旅"①。接着又开来了"暂编第一师"②，这也是一支新成立的抗日队伍。这些队伍和阎锡山的那些旧军完全不同，不打人，不骂人，不拉伕，不调戏女人，公买公卖，和老百姓说话都是情情理理，说的都是抗日救国的道理。而且来到平川不多时日就办了一件大好事：把各路"黑军"收拾了个一干二净。老百姓都像吃了颗定心丸，夜里也能睡个安然觉了。

那时占了文水的日军，轻易不敢出城来；收拾了"黑军"，地方上也就平静了。这一来，胡兰家的生活又恢复了常态。爷爷、大爷和爹每天起来，没明没黑地上地劳动，奶奶和大娘的纺花车、织布机也又响动起来；而胡兰除了帮奶奶和大娘做活，常抽空找玉莲、金香她们玩。

---

① ② 这两支队伍都是在 1937 年秋太原陷落前成立的，与当时先后成立的抗日决死队、政治保卫队等抗日队伍，通称为"新军"。这些抗日新军里，许多领导骨干都是共产党员和"牺盟会"会员。

过了几天，又有一部分队伍开到云周西来了。这支队伍，比先前来过的那些队伍更好，对待老百姓更和气。队伍一来，就把街道打扫得干干净净，还在大街上写了好些标语，什么"打倒日本帝国主义"、"团结一致，枪口对外"、"坚决抗战到底"，等等。胡兰不认识这些标语，可是大街上那红火热闹劲儿可真吸引人。每天天刚明，村里就响起了嘹亮的军号声；接着，队伍开始早操了，那整齐的脚步声，"一、二、三、四"，"抗、日、救、国"的呼喊声，叫人听着都觉得精神抖擞。白天，队伍不是出操就是上课；傍晚，不是学唱歌，就是做宣传，要不就是帮老百姓干活。帮这家挑水，帮那家磨面，看到什么干什么，和老百姓真像一家人一样。这样好的队伍，老百姓怎能不喜爱呢？就连小孩子们也感到很高兴，男孩子们每天扛着根高粱秆学队伍出操，女孩子们不是围着队伍学唱歌，就是围着看小号兵吹号。胡兰和别的小孩子们一样，也是成天跟着队伍转，而且还常常跟着玉莲到她三舅石三槐家去玩。

驻扎在云周西的这部分队伍，是八路军一二〇师第六支队①的一个连，连部就住在玉莲三舅石三槐家，这里一下子就变成个热闹地方了。村里一些年轻人们，有事没事总爱到连部来坐坐，陈照德、石世芳成了这里的常客，他们常常领着一伙年轻人，来这里听张连长讲抗日救国的道理。这些道理胡兰不大能听得懂，可是她很喜欢听，看到人们那种兴高采烈的样子，她也感到很兴奋。

胡兰每天回到家里，总爱把自己看到的和听到的新鲜事讲给奶奶听。今天说，八路军就是当年的红军，是毛主席领导的队伍；明天说，队伍上不论当官的还是当兵的，一个钱都不赚，他们当兵就是为了打日

刘胡兰传

---

① 国民党为了限制八路军的发展，只给了三个师的番号（一一五师、一二〇师、一二九师），由于群众抗日情绪高涨，对八路军敬佩，自愿参军的人众多，于是各师就成立了许多游击支队。

本救中国；后天又说，这些队伍都很巧，还会缝衣服补袜子哩！……胡兰每逢谈起这些事来，总是眉飞色舞，而奶奶却是漫不经心地胡乱应承。奶奶就是这么个人，说起家长里短，她还有点兴趣，一说"公家人"的事就烦了。只要能安安心心过日子，她才不爱听这些"闲话"哩！

有天吃晚饭的时候，胡兰又说起了队伍上的事情，说队伍里什么样的人都有，有城里会造枪炮的人，也有乡下种地的人，还有念过书的学生……这些人都是好人。

奶奶不耐烦地说："好人，好人！人常说，好人不当兵，好铁不打钉。吃粮当兵的还有好人？"

胡兰听奶奶这么说，心里非常不高兴。小孩子们都是这样：凡是他们认为好的人，都不愿意别人说坏话。这些队伍明明是好人，怎么能说是坏人？可这话是奶奶说的，她又不敢反驳，只好噘着嘴不吭声。这时，忽听爷爷说道：

"我看这些队伍就是不赖。那天我挑着茅粪上地……"

奶奶打断爷爷的话说："你累得不行了，有个南方口音的排长，替你挑到地里。话说三遍淡如水，你说了够一百遍了，烦死啦！"

奶奶对爷爷说话一点也不留情面，几句话把爷爷顶得脸红脖子粗，一声也不吭了。

大爷像是替爷爷打抱不平，又像是做结论似的说：

"看起来，倒是些好队伍，规规矩矩。不过，尽新兵，不是正牌八路军，谁知道他们敢不敢和日本鬼子刀对刀、枪对枪打呢？是不是好队伍，要看实本事！"

胡兰忍不住问道："日本鬼子和六支队谁厉害？"

大爷随口答道："谁知道哩！"停了一会儿又说道："老阎的队伍有枪有炮，人又多，武器又好，结果都招架不住，一个个夹着尾巴跑了。这些队伍就算敢和日本鬼子打，单凭那么几支破枪能打得过吗？唉，难呀！"

其实有这种疑虑的人不只大爷一个，胡兰在村里听别的大人们也这么议论过，只是当时她并没有在意，自从这天晚上听了大爷的话，心里也不由得挽了颗疙瘩。大爷说得对，队伍的确是好队伍，武器的确不好，有的人连枪都没有，只有两颗手榴弹。就凭这武器，敢和日本鬼子打吗？能打得过吗？每逢她看到队伍的时候。不由得就想起了这些问题，她真想问问队伍上的同志，可是又不好开口。有时候，她们几个小朋友在一起，也谈论这些事，她们都希望抗日队伍比日军厉害，要是日军打来了，抗日队伍就像收拾"黑军"那样，把他们全收拾光，那该有多好啊！

过了没多久，正是春耕生产最忙的时候，文水城的日军打来了。

有天早饭后，爷爷、大爷和爹照例去上地，胡兰照例帮大娘刷锅洗碗。还没有收拾完毕，忽见大爷他们慌慌张张都返回来了，说是街上的人传说文水城的敌人打来啦！驻在村里的队伍天刚明就开走了，究竟是去打敌人，还是溜了？爷爷和大爷都说不清。

胡兰听到这消息，忽然想起件事来：

昨天下午，她领着妹妹去找玉莲玩。刚走到街上，碰到队伍从野外演习回来，一个个满身尘土，满脸汗污，雄赳赳气昂昂地唱着歌子，从大街上走了过去。当时，在街上的一些大人们又议论开了。有的说："这队伍天天练习武艺，看样子真是要和日本鬼子干一场哩！"有的说："不管敢不敢打，反正队伍驻到村里，就像门口贴了道'避邪符'，日本鬼子也就不敢来了。"这天正好村长石玉璞也在场，他冷笑一声说："别想得太好了。村里驻下这些队伍，就是个惹祸的根由，要没有他们，日军也许不来；就是来了，也不一定就杀人放火。我看他们是非把日军引逗来不可！到时候他们拔腿一溜，可就该上老百姓倒霉啦！"

胡兰想起村长石玉璞说的这些话，心里不由得暗自思忖：队伍真的溜了吗？不会。队伍上的同志整天说要打日本鬼子，保护老百姓。怎么会溜了呢？再说村长不是个好人，她亲眼看见他在水渠上抖过威风，还捆过玉莲爹，他的话还能信吗？可是为什么日本鬼子还没来，队伍悄悄就开走了？……唉！要是队伍真的开走了，要是日本鬼子真的打来了……

她正这么胡思乱想，忽听村西传来一片"轰隆轰隆"的爆炸声。响声很大，震得窗户上的纸都在"忽忽"乱抖。紧接着又响起了"噼噼啪啪"的枪声。很明显，抗日队伍和敌人开火了。胡兰忍不住拍着手叫道：

"这可好啦！队伍没有走。打起来啦！"

大爷冷冷地说道："高兴什么？这是开战，不是过大年放鞭炮！"

正在佛前忙着烧香的奶奶，也扭回头来斥责道：

"蠢丫头，连个死活也不知道了！这是甚时候？"

胡兰见奶奶生了气，没敢吭声。连忙过去跪在佛前，跟着奶奶向神灵磕头祷告起来。

枪声一阵比一阵紧密，奶奶的祷告声也一声比一声高——她不管谁胜谁败，只求保佑全家平安无事。胡兰却是虔心虔意地希望抗日队伍打个胜仗，她一遍又一遍地默念："求菩萨保佑，叫日本鬼子败了吧……"

过了有一炷香工夫，枪声渐渐稀疏，后来终于停止了。整个村子静悄悄的，听不到一点响动。静得真有点可怕，这比刚才响枪的时候，还叫人心焦，谁也猜不出是凶是吉。

又过了一会儿，街上渐渐有了人声和脚步声。大爷实在忍不住，便开门出去探听风声。这时，听着街上好像有很多人，还不断传来愉快的说笑声。胡兰正想跑出去看个究竟，忽听玉莲在门口叫她。她连忙跑了出去。玉莲一见她就上气不接下气地说：

"队伍打胜仗了！日本鬼子败啦!"

胡兰又惊又喜地问道："你听谁说?"

玉莲顾不得回答，拉上她就走。她们从大街上匆匆走过。街上到处是三三五五的人群，看人们那个兴高采烈的样子，就知道是在谈论这一胜利消息。当她们走到石三槐家门口的时候，只见不断有人走出走进。院子里挤满了人，队伍已经回来了，人们都在争着看队伍缴获回来的胜利品——日本鬼子的黄呢子大衣、钢盔、战刀……从这个人手里传到那个人手里。满院子是一片赞叹声，人们边传看这些胜利品，边听队伍上的同志讲述这一次战斗的经过。

事情是这样的：昨天晚上，六支队就得到文水城敌人要来这一带扰害的消息。今天天不明，他们就和驻在附近村里工卫旅的一部分队伍，布置到大象镇外面。早饭后不久，真的有一百多日军，在一辆装甲车掩护下杀来了。敌人愈走愈近，抗日队伍按兵不动。一直等到敌人走到跟前的时候，埋伏在汽车路两旁的突击队，猛然间扔过去几十个手榴弹，一下子就把敌人的装甲车炸毁了。跟在车后的日军立时乱成一团，还没等他们清醒过来，我们的机枪、步枪已一齐开了火，把敌人打了个落花流水。这一仗打得很出色，前后没用一个钟头，战斗就结束了。除炸毁一辆装甲车外，还打死好几十个日军。没死的日军吓得丢盔卸甲，仓皇逃回文水城去了。

抗日队伍真的打胜仗了！胡兰高兴得差点跳起来。她急着要去告诉家里人，甩开玉莲的手，转身就往家里跑。当她回到家的时候，大爷已早回来。显然家里人已经知道了这一胜利消息。只听爷爷一迭连声地称赞道：

"好队伍！有本事！要多有这样一些队伍，不愁把日本鬼子打败。"

大爷也是满脸喜色。胡兰心里暗暗说："这一下大爷就没话说啦!"谁知大爷听爷爷说完，接嘴说道：

"就靠这样的队伍想把日本鬼子打败？难!日本鬼子要那么容易被打败，也不敢侵略中国了。"接着又忽然转了话头，说道："不过，总算是些真心抗日的队伍。不管胜也好，败也好，敢朝着日本鬼子放枪的都是好队伍!"

胡兰听了大爷的话，很有点不高兴。谁都听得出来，大爷非常赞成打日本鬼子，可就是不相信这些队伍能把日本鬼子打败，而且把这一次的胜仗也说得太不值钱了。你看气人不？

事实上，这一仗意义非常重大。这是敌人占领文水城后，第一次到平川来活动，气焰万丈的"大日本皇军"，初出马就挨了一记响亮的耳光。这是抗日战争时期文水平川的第一个大胜仗，这一仗鼓舞了成千上万人的抗日热情。大家都看清楚了，这是一些真正打日本鬼子的队伍。这一来，共产党、八路军的威望一下子提高了。以前，人们只是听说共产党坚决主张抗日，八路军英勇善战。如今亲眼看到了：就在自己家门口，而且还不是正规的八路军，就把日寇打了个落花流水!人们怎能不兴奋呢？老百姓们到处在谈论这一胜利消息。抗日队伍打胜仗了，各村群众自动联合起来杀猪宰羊，慰劳军队，到处都在替部队搜集溃军遗留下的枪支弹药，一批又一批的青年参军了。抗日队伍一天比一天壮大，群众的抗日情绪也一天比一天高涨。

就在这时候，又传来个好消息：文水抗日县政府在西山里正式成立了……

新年新岁

　　文水县抗日民主政府在西山里正式成立了。

　　各村都张贴出了石印的大字布告，布告上县长的署名是"顾永田"三个字。顾县长在布告里号召全县民众团结一致，有钱的出钱，大家出力，坚持抗战到底！顾县长告民众说，抗日民主政府是人民自己的政府，要为广大群众办事情；还说，今后要减免苛捐杂税，努力改善劳苦大众的生活，以利生产，以利抗战，等等。

　　胡兰爷爷在街上听人们念了布告，喜滋滋地向家里人说：

　　"这可算遇上个好县长啦，今后只要能把捐税减免一些，这日子就好过了。"

　　大爷却不赞成爷爷的说法。他说：

　　"哪个县长上任不说几句好听的，都说是要替老百姓办事情，给民众谋福利。结果怎？哪个县长不刮地皮？哪个县长不是和财主们一个鼻孔出气？"

　　村里人们也是到处在议论布告上说的这些事情：有的人相信，有的人不信，而更多的人则是疑疑惑惑——布告上的话倒说得入耳中听，可是谁知道能不能兑现呢？

　　不久，事实逐渐把人们的这些猜疑打消了。

　　抗日政府成立后，第一件好事就是改造村政权。县里派来了一些工作人员，发动群众民主选举村长，说要选那些积极抗日、敢作敢为、能替劳苦大众谋福利的人办村事。云周西的人们挑来选去，最后把玉莲二哥陈照德选成村长了。在改选闾长①、邻长②的时候，胡兰家这一片的人，要选胡兰大爷当邻长，人们都觉得这是个正直人，一定会公道办事，决不会徇情舞弊。可是胡兰大爷坚决不干，他说："我把话说到头里，就是把我选上，我也不干！"邻居们都知道他那个犟脾气，后来只好选了别人。

村政权改选以后，接着村里又成立了农民抗日救国会、妇女抗日救国会、青年抗日救国会等群众组织。多少年来，村里办公事的都是穿着袍袍褂褂的财主们，如今一下子全换成了泥腿泥脚的庄户人。办公的地点还是村南的观音庙，不过这地方也变了。庙门口那两块写着"公所重地""闲人免进"的虎头牌早已摘掉，挂起了抗日村公所和各抗日团体的新牌子。从前，庄户人们除了缴粮纳税，平素没人来；如今这地方变成了热闹场所，整天有人出出进进。各抗日团体，都积极展开活动，到处在谈论抗日救亡的事情，村子里到处是抗日救亡的歌声。

这一年，真算是文水平川里的"黄金时代"，自从大象战斗以后，日军再没有敢出来扰害，地方上很平静。抗日政府又把一切苛捐杂税一笔勾销了，除了缴抗日救国公粮，什么花项也没有。而最叫老百姓开心的是废除了封建水规，浇地再不能由地主们独霸。这一年，不论贫富，家家的地都浇了。

这一年，庄稼长得出奇的好，高粱长得有一房高，谷穗长得有尺把长，绽开的棉花有拳头那么大……爷爷说，他种了一辈子庄稼，从来也没遇到过这样的好年景——种什么，收什么。就连田头地畔上胡乱点种的老南瓜，都摘得堆了半房子。

①② 抗日民主政府成立后，村政权组织形式仍沿用旧的闾、邻制：一村分为若干闾，设闾长；一闾分为若干邻，设邻长。每邻约管辖五六户人家。

粮食打得多，日子有了很大起色，前两年天灾人祸塌下的亏空全都补起来了。大娘做饭时候，奶奶对米面卡得也不那么紧了。

快过旧历年的时候，奶奶还给胡兰姐妹俩一人做了一件黑布新棉衣。样子很时新，穿起来真漂亮。可惜她们只试了试，奶奶就包起来放到柜子里了。说要到过大年才让穿。这有什么法子呢？只好等过年时候穿吧。于是姐妹俩整天起来扳着指头算日子，老觉得时间过得太慢，恨不得一下子就能跳到大年初一。姐妹俩整天起来念叨那首描写年前准备过节的歌谣：

　　　　二十三，打发灶君老爷上了天。
　　　　二十四，擦抹扫舍几件事。
　　　　二十五，买下白菜胡萝卜。
　　　　二十六，割下几斤猪羊肉。
　　　　二十七，洗了衣服洗了足。
　　　　二十八，蒸完馍馍再把油糕炸。
　　　　二十九，提上瓶瓶打下酒。
　　　　三十，贴起对联捏下扁食（饺子）。
　　　　初一，清早起来拜节，
　　　　东一头，西一头，
　　　　花生枣子赚下两兜兜。

事实也真像歌谣所说的那样，一过腊月二十三，全家人都开始忙着过大年的准备工作了。虽然并不一定像歌谣排定的日程那样行动，可是这些事情都必须赶着在过大年以前办完，因此大人们特别显得忙碌。其实胡兰也不消闲，奶奶有意指使她学着做家务。今天要她擦窗户上的玻璃，明天要她擦箱、柜上的铜器，后天又要她擦神前的锡香炉、锡香

筒、锡烛台……奶奶每逢指派她做一件活计，事先总要详详细细地教她一些具体办法。比方擦玻璃，奶奶告她说，先用湿布揩一遍，再用干布擦；要是玻璃上仍有云云雾雾擦不净，就用嘴呵几口气，然后再轻轻擦……再比方擦箱、柜上的铜器，奶奶告她说，先得用破湿布蘸上细炉灰，把铜锈擦掉，然后再用干布、废纸细细擦……奶奶是个操持家务的能手，不管做什么活计，她都有一套"操作规程"，就连扫地、倒洗脸水这些小事情，都有一定的做法。至于生火做饭、刷锅洗碗这些活，就更不要说了。偶尔大娘做饭时违背了"操作规程"，奶奶也会不满地说："少家没教，连这么点活也做不了！"

胡兰向来对奶奶就很信服。奶奶对处理这些家务事确实也有经验，不管什么活计，照着奶奶教的办法做，总是又省工，又见效。胡兰愈信服奶奶，愈听从奶奶的话，奶奶也就愈喜欢她。

爱兰年岁还小，平素奶奶也不给她分派什么任务，可她见姐姐做什么，也要跟着做什么。她根本不管奶奶"颁布"的那些"操作规程"，而是任由自己想怎做就怎做。这小姑娘性子很别扭，谁的话也不听，结果总要出乱子。这回也一样，擦玻璃差点把玻璃打破；擦铜器不但没擦净，反而把油漆箱、柜都弄脏了。不让她擦吧，她偏要擦；让她擦吧，她又给你胡来，反而给姐姐添了不少麻烦。

胡兰知道奶奶对各样活计要求很严格，多少有一点马虎也交代不下去。其实胡兰做活也不爱马马虎虎应付差事，凡是她应承下做的事，总是要专心专意做好，不让别人挑出一点毛病来。连着几天，她只顾忙着擦那些器皿，也顾不上玩了，金香和玉莲来找了她两回，她都没出大门一步。她把每一块玻璃都擦得明光净亮，把每一件铜器、锡器都擦得能照见人。虽然把胳膊累得又瘦又困，可是看着满屋子擦抹得亮堂堂的，心里觉得真痛快。而且更叫人开心的是，终于盼到了大年除夕——马上就要过大年了。

除夕下午，已显出了节日的气氛。里里外外打扫得干干净净，大门上贴起了鲜红的对联。每间住人的房子也都布置起来了，墙上钉着爷爷从集上买回来的新年画，窗上贴着奶奶剪下的红窗花。箱箱柜柜上、米缸面瓮上也都贴上了写着"福"字的红斗方……可真像个过年的样子，到处都是喜气洋洋。

　　胡兰姐妹俩，从来也没记得过过这样好的年，喜得不知该说什么好了。

　　晚上，全家人都坐在一起包饺子的时候，爱兰欢喜地说道：

　　"要是天天过年就好了。"

　　一句话把大人们都逗得笑了。爷爷说：

　　"要是天天都过年，那就把大人们愁死啦。"

　　胡兰迷惑不解地问道："为甚？过年不好？"

　　爷爷道："俗话说，小孩盼过年，大人愁腊月。腊月里这三十天（遇小尽是二十九天），难熬啊！"

　　爷爷长叹了一声，接着就说开了。

　　他说，除了一些财主富裕户，家家都是一踏进腊月门，就开始发上愁了：租要缴，账要还，印子钱（高利贷）要付利……一切债务都要清理。四处伸出手来要钱，不给哪头也过不去，窟窿多，补丁少，垒了东墙塌西墙，大人们怎能不愁呢？而且越临近大年，债主们催逼得越紧，一过腊月二十三，欠账户的日子更难熬，每日起来，要账的简直能踢塌门槛子。这时，债主们的脸子也比以前难看了，求情说好话都白费，不给现钱不起身。有些欠账户被逼得只好当衣物，卖家具，典房卖地，清理债务。到年除夕这一天，债主们催逼得更加凶狠：翻箱倒柜，端锅拆灶，上房揭瓦……各种逼债的手段都施展出来了。无力偿还债务的人家被逼得东藏西躲，寻死觅活，这样一直要闹腾到大年初一的黎明，啥时听到"接财神"的鞭炮响，债主们才"收兵回营"，欠账户也才能缓一

刘胡兰传

口气。

胡兰听爷爷讲完，忙问道：

"也有人向咱家要账吗？"

爷爷说道："往年间有啊！托祖宗的洪福，给留下几十亩地，咱们平素过日子又省吃俭用，到时候总算能还清。"

"金香家呢？"

"她家是债主。"爷爷说，"以往一进腊月，她爹就提着根铁丝扭成的棍子，到处收开烟账赌账了。"

大爷插嘴说："不是我本家本户咒他，靠赌博卖大烟发财，迟早还会有好下场？"

胡兰追着又向爷爷问道："玉莲家呢？"

"唉！日子难过呀！"爷爷叹了口气说，"玉莲家人口多，土地少，背着一脊梁债务。她家大人们一到腊月里，就愁得吃不下睡不着了，债主逼得简直喘不过气来。不说别的，有时候大年初一都吃不上一顿饺子……"

奶奶截断爷爷的话说："别再说这些败兴事了。那都是命里注定的，谁也怪不着。"她回头又向两个孙女儿嘱咐道："明天大年初一，可别乱说乱道，要说吉利话。"

奶奶告她们说，遇到有些不吉利的字眼，都要换个说法。比方看到饺子煮破了，不能说"破了"，而要说"赚了"。奶奶边说，边把一个制钱包到了饺子里，说：

"明天谁要能吃到这个宝贝饺子，谁的福就最大。"

临睡觉的时候，奶奶给她姐妹俩把新衣服都准备好，又给一人枕头下放了五分钱，说这是"压岁钱"。爱兰一挨枕头就睡着了。胡兰却是翻来覆去怎么也睡不着。脑子里不住地胡思乱想："玉莲家今年能不能吃上饺子？玉莲有没有新衣服穿？这会儿，债主是不是正逼着她家大人们要账呢?"……后来忽然又想起了死去的妈妈，"唉！要是妈妈能活到现在，也能过这么个好年，那该有多好啊！"想着想着迷迷糊糊就睡着了。睡呀，睡呀，睡得正香甜的时候，奶奶把她叫醒了。

今天奶奶叫她起床和往日不同，她觉得奶奶两手抱着她的头，一边拉，一边喊道：

"胡兰子，快长吧，快长吧！"

胡兰猛一下坐了起来，睁眼一看，只见满屋子明灯亮火，窗户上映着一片红光。大人们早已经起来了，爷爷、大爷和爹都穿着长袍，出来进去，正忙着往院里摆供献。看样子是要"接财神"了。

这时，奶奶已用同样方法把爱兰也叫起来了。姐妹俩都急忙换上早就盼着穿的新棉袄、干净裤子，还有年前大娘给新做的白鞋。穿好衣服，梳洗完毕，然后姐妹俩就高高兴兴地跑到院里去看"接财神"。

这时天色还不明，刚刚是鸡叫时分。用炭块垒的旺火早已点着了，照得满院子通红。院当中的供桌上摆满了各样供献，有干果，有供菜，有枣山山。其他各位神道——门口的土地爷，槽头的马王爷，锅台前的灶君爷，还有奶奶经常供奉的菩萨、仙姑面前，也都摆上了供献，点上了灯。奶奶平素过日子很俭省，对敬神却很大方。奶奶把各位神道前的供献检查了一遍，看看一切都齐备了，然后就让爷爷去开街门。奶奶向爷爷叮咛道：

"别忘了说开门的吉庆话。"

"记着哩！"爷爷边答应，边走去开街门。嘴里接着就数念道："大年初一把门开，金银财宝滚进来！"

按照这里的风俗，开门时候要放鞭炮。意思大概是通知财神爷：门已大开，一切准备齐全，欢迎光临。可如今是战争时期，附近村里又都驻着队伍，年前村公所就筛了好几遍锣：过年不准放鞭炮，怕的是引起误会。因此，这一项只好免掉。

刘胡兰传

爷爷开了街门，就开始举行"接财神"的仪式了。这事女人不参加，完全由男人们办理。爷爷率领着大爷和爹，先向当院供着的神位烧香、敬表（焚黄表纸）、磕头礼拜，接着又在各个神道前烧了香磕了头。

这一切办理完毕，然后大爷、大娘、爹又给爷爷和奶奶拜年。本来轮下来就该胡兰姐妹俩给长辈们拜年，因为孝服还没有满，这事就免了。

拜完年，天色刚明，平素爱早起的爷爷这时也不过刚起来，今天却已经要吃早饭了。这可真是稀有的一顿好饭，四盘菜，一壶酒，羊肉饺子。第一锅饺子是奶奶亲手煮的，奶奶为了凑吉庆话，捞饺子的时候故意用铜笊篱戳破了好多个。她一面捞，一面说：

"今年的饺子赚的真多！"

"这是全家的福气！"大娘笑嘻嘻地和了一句。

今年的饺子确实好！肉大，菜少，香油多，吃起来香气扑鼻。爱兰吃饺子真怪，一个还没吃完，就急着咬第二个——很显然，她是在找那个包着制钱的饺子。胡兰也一心希望吃到那个饺子，可她不像妹妹那样，而是吃完一个再夹一个。很快第一锅饺子吃完了。谁都没吃出那个制钱来。当第二锅端上来，胡兰夹起第四个饺子的时候，觉得饺子里有硬硬的一块。她放在碗里用筷子捅了捅，很硬，硬块中间还有个窟窿。不用说，这一定是那个有福气的饺子。她心里非常高兴，正想夹起来往嘴里送的时候，忽然停住了，不由得思忖道：这个福气饺子自己吃了吗？不行。爱兰多么想吃到这个有福气的饺子啊！她要是吃不到这个饺子，一定不高兴。要不夹到爱兰碗里吧？也不行，奶奶说过，那样就不灵了。怎么办呢？唉！真难。她愣了半天，忽然想起个主意来——趁着爱兰不注意，她偷偷把那个饺子放回了大盘里，放到了靠近妹妹的那一边。她眼睁睁地盯着那个饺子，只盼妹妹夹上它。可谁知这时爱兰把筷子一放，说要喝汤。胡兰劝她再吃几个，爱兰摇摇头说饱了。胡兰给妹妹端来一碗汤说：

"汤里泡上饺子最好吃了。你不信，试试看。说不定就能吃到那个有福气的饺了！"

"真的？"爱兰半信半疑地一面说，一面又往汤碗里夹了几个，可巧把那个饺子夹上了。她一口咬出个制钱，立时高兴地大叫道：

"奶奶，我吃到宝贝饺子了，我吃到了！"

奶奶夸奖道："我爱兰子真有福气！"

胡兰看着妹妹那么喜欢，也很高兴。

这一切前后经过，爷爷和大爷都看在眼里了。可是他们谁都没有说破。爷爷微笑地望着爱兰。大爷却用赞美的眼光盯着胡兰，弄得胡兰连头也不好意思抬了。

吃完年饭，奶奶忙把饭桌擦抹干净，摆了四碟花生、枣子等干果，接着又泡了一壶茶炖在砂鏊上，准备招待来拜年的人。

奶奶刚刚收拾停当，本家侄孙刘树旺领着儿子生根、女儿金香就来拜年了。父子们都穿着齐齐楚楚的新衣裳，刘树旺头上戴着一顶崭新的狐皮"火车头"帽，显得很神气。一进门就说了一连串吉庆话，嘻嘻哈哈地张罗给长辈们磕头。

胡兰爷爷、奶奶虽然不喜欢这个本家侄孙，可人家有礼有貌地来了，表面上也不能不应酬一番。奶奶还给金香口袋里装了两把花生、酒枣做年礼。

拜完年，大人们坐在那里喝茶、抽烟、说话。胡兰就拉着金香跑到院里去玩。

金香今天打扮得格外漂亮，穿着蓝市布裤，红绸袄，黑背心。鞋呀、袜呀全是新的。两条辫子上还插着两朵红绒花。胡兰详详细细看了金香这一身穿戴，忽然想到了陈玉莲，于是问道：

"这几天你见玉莲子来没有？"

刘胡兰传

"刚才我还碰见来，和她哥哥们相跟着，到她舅舅家拜年去了。"

"她是不是穿着新衣裳？"

"喏！我没留意看。"

正说到这里，大爷送出刘树旺父子来。金香连忙跟着她爹走了。

他们走了不久，陆陆续续又来了好几伙拜年的人，有本家本户，也有街坊邻舍。大约该来的人都来过之后，大爷和爹也相随着给别人家拜年去了。小孩子们最喜欢拜年，因为拜年就赚好多年礼，至少也能收回好多花生、柿饼等干果来。胡兰姐妹俩真想跟上大爷他们去拜年，可是奶奶不让去。奶奶说怕戴着孝冲撞了人家。

胡兰姐妹俩在家里闲着没事干，后来就相随着到街上看热闹去了。

街上真热闹，到处都打扫得干干净净，家家门口都贴着鲜红的对联，有的还挂着灯笼和花红纸吊挂。来来往往的人都是穿戴得齐齐楚楚，男人们穿着长袍大褂，女人们穿得花红柳绿，个个人都是满面春风。男人们见了面，互相抱着拳说："见面发财！"女人们见了面，互相说的也是吉庆话："她二婶，过年好呀！""王大妈，今年过年增福增寿呀！"

胡兰领着妹妹，在街上边走边四处张望，一心希望能碰到玉莲，看看她穿不穿着新衣裳？吃饺子来没有？正走着，忽听身后传来一片人声、脚步声。扭头一看，只见石世芳和陈照德领着一伙人，抬着几只杀好的猪和羊，说说笑笑向西走来。

胡兰觉得很奇怪，不知道他们这是干什么。她忙拉着妹妹站在路旁，等人们走到跟前的时候，她向石世芳问道：

"世芳叔，这是做什么？"

石世芳告她说是到城附近劳军去。胡兰惊问道：

"怎么到城附近劳军？城里不是驻着敌人吗？"

陈照德接嘴说道："是呀！城里驻着敌人，可是咱们这里太太平平过年。你知道因为甚?"

他不等胡兰回答,接着告她说,抗日队伍为了保护群众过节,年前就开到城附近警戒去了。

胡兰听他这么一说,这才想起,怪不得好几天清早都没听到吹军号了,原来是这么回事。她心里不由得暗自说道:"多好的队伍啊!真应当好好慰劳慰劳。"她望着劳军的人走远了,这才拉着妹妹继续往前走。走到玉莲家门口的时候,迎头碰上玉莲大爷陈树荣老汉,提着根长杆烟袋,从大门里走了出来。

这老汉有六十多岁,受了一辈子苦,打了一辈子光棍。人性很耿直,脾气很古怪。脸上分不出个春夏秋冬来,经常是恼悻悻的,好像刚和人吵罢架一样。这人又爱抬死杠,又爱咬死理,轻易不开口,说出话来能冲倒墙。往年正月初一,街坊邻舍都怕碰见他。碰见他,你热情地打招呼:"见面发财!"他冷冷地回答:"我倒运还没倒够哩!"要不就是把脖子一挺说:"我又没去明火抢劫,发甚财?"平素和家里人也是说不了三句话就顶板,和谁都弹不到一股弦上。小孩子们都很怕他,见了面都是躲着走。

这天,胡兰迎头碰见他从大门里走出来,想躲也躲不过了,只好硬着头皮问候道:

"陈大爷,过年好!"

陈树荣老汉出乎意料地笑着说:"以前年年倒运,今年算是熬到头了。怎么,给我拜年来啦?"

爱兰抢着回答道:"奶奶说,戴着孝不能拜年,怕……"

"怕把人家冲倒运哩!是吧?"陈树荣老汉把话接过去说,"你奶奶的忌讳真多。我不怕,我最喜欢穿白戴孝的人给拜年。走,非要你们到家里给我拜年不可。"不由分说,一手抓住胡兰,另一手抓住爱兰就往回拉。胡兰姐妹俩脱不得身,只好跟着他走了进去。

她们进了玉莲家，只见院里、屋里也是一派节日气象。玉莲和她哥哥们出去拜年还没有回来，她爹也出去了，只有她妈在忙着熬菜，热糕，准备午饭。她见胡兰姐妹来了，一面热情地招呼她们上炕坐，同时又一人给了两大把花生、枣子。胡兰推推让让不好意思要。陈大爷说：

"往年你们想要也没有，今年可是非给不行，快装起来。要不，我就生气了。"

胡兰听他这么说，只好装到了口袋里。看样子，玉莲家今年过得蛮不错哩！

陈大爷是自言自语，又像是对胡兰姐妹这么说道：

"今年这年过得还像个样子。俗话说无债一身轻，一点也不假。"

胡兰忍不住问他道："陈大爷，你家的债还清了？"

"挖掉啦！孩子们，那不是债，简直是贴骨疗疮！"

玉莲妈忙说道："大哥，大年正月说两句吉庆话吧！"

陈大爷随口说道："吉庆话不能当饭吃！你们哪年正月不说吉利话？哪年初一不接财神？可哪一年不是被债主逼得死去活来？差点弄得家败人亡鬼吹了灯！"

胡兰听他越说越不吉利，恐怕再待下去惹出更多的凶险话来。于是连忙站起来告别要走。大约陈大爷也看出这个意思来了，他笑着说：

"好，好，不说这些倒运事了。别走，咱们到我屋里说吉庆话去。"说着，拉上胡兰姐妹俩就到了他屋里。

陈大爷住的是一间小西屋，以前胡兰虽然没进来过。可是趁他不在时，从窗户眼上眄过。这小屋经常是炕不扫被不叠，又脏又乱，如今却完全变了。屋里打扫得干干净净，收拾得整整齐齐，雪白的纸窗户上贴着鲜红窗花，墙上钉着一张老鼠娶媳妇的年画，炉台那里还贴着个红纸写的神位，神位前放着香炉，摆着三碟供献。陈大爷顺手拿了一串供献着的柿饼，分成两半串，二话没说就硬塞到胡兰姐妹俩的口袋里。胡兰好奇地问道：

"陈大爷，你供的这是什么神？"

"什么神也不是。从前供神供够了，如今供的是抗日民主政府。"

胡兰不由得问道："抗日民主政府？"

"对，就是顾永田县长领导的那个政府。"陈大爷激动地说，"要不是顾县长，永远也还不清那些阎王债，也过不成这个好年！"

"顾县长给你捎来钱还债啦？"

一句话把陈大爷逗得哈哈大笑起来，他一面笑一面说道：

"嗨，真是个小孩子。全县穷人多的是，靠顾县长给钱还债，他出得起吗？"接着又说道："你知道是谁下的命令，打倒旧水规，把穷人的地都浇了？是顾县长；是谁下的命令，打倒印子钱，只还本钱不还利钱？也是顾县长！"

他说得很激动，很认真，好像听话的不是小孩子，而是两个大人似的。胡兰真有点迷惑不解。以前陈大爷根本就不和小孩子们答话，今天不知是怎回事，说起来没个完了。只听他继续说道：

"这还不算。后来顾县长又派彭秘书来，领导各村老百姓，在汾河里打坝，引水冬浇。县里还发放流通券①，又浇了地，又赚了钱。这真是盖上十八床被子也梦不到的好事，光这几宗就救了多少穷人呀？"

远处隐隐约约传来一片锣鼓声，爱兰道：

"姐姐你听，闹会会（秧歌队）的过来啦！"

---

① 流通券是文水抗日民主县政府发行的一种临时货币。以前阎锡山发行的那些省钞，本来信用就不高，太原失陷后，阎锡山及其省级机关纷纷逃往晋西南，省钞信用更是一落千丈，群众都拒绝使用。而敌人发行的伪钞，只能在敌占城市流通，出城即等于废币。在这种情况下，流通券就成了当时文水平川里唯一能通行的货币了。虽然纸张、印刷都很粗糙，但由于抗日民主政府威信很高，流通券也就很吃香，一元流通券相当于一元白洋。抗日民主政府在组织群众兴修水利时，发放了水利贷款（流通券），凡参加水利建设的群众，按劳取酬。故陈大爷有"又浇了地，又赚了钱"之说。

胡兰没理她。陈大爷叹了口气说：

"知道和你们说也是白搭，小孩子们就知道过大年，吃好的，穿好的……什么都不懂！"

其实他的话胡兰听懂了，虽然有些事情不完全清楚，但她明白了，顾县长的这些办法，使得好多穷人日子都好过了。

正在这时，院里忽然传来一阵急促的脚步声。陈大爷连向窗外看都没看就喊道：

"玉莲，到这儿来。"

果然是玉莲回来了。胡兰见她上身穿着件大红花布新棉袄，下身是一条半新不旧的蓝棉裤子。脸蛋冻得通红。一进门就高兴地大声嚷道：

"哦，好你个胡兰子，刚才我到你家去找你，你奶奶说你们出去了。我在街上到处找都找不到，原来你在这儿！"她缓了一口气说："闹会会的快过来了，看去罢。"

陈大爷喜滋滋地说："去吧，快看去吧。这年头，该你们好活啦！"

三个孩子相随着跑了出来。街上到处是等着看热闹的人，锣鼓声愈来愈近了。她们迎着锣鼓声向前跑去。胡兰心里非常高兴，今年这个年过得痛快极了。

人民的勤务员

1939 年春天，有天正吃午饭的时候，村子里忽然响起了锣声。村公所的公人（"村警"的俗称）石居山沿街叫喊，通知人们吃完饭到西头槐树场里去开会，说顾县长来了，要给民众们讲话哩！

听了这消息，胡兰全家人都是又惊又喜，谁都没想到顾县长会到村里来。爷爷吃惊地说：

"啊！县长来了？不能罢，怎么事先就没听到一点风声？"

奶奶接上说："这总是村里闹下大乱子了，要不县长来做甚！"

胡兰不知道他们说这话是什么意思，问了半天，爷爷才告她说，县长是个大人物，轻易是不到村里来的。从他记事起，县长只来过云周西两次。头一次还是在大清年间，那时候不叫县长，老百姓都称县大老爷。那次是新上任的县大老爷来拜会石玉璞的爷爷。那时，凡是新上任的县大老爷，都得和地方上有钱有势的人物交结好，才能坐得稳。石玉璞的爷爷是大乡绅，因此县大老爷就亲自上门来拜访。第二次县长来是在国民党年间，那是因为浇地闹下人命，来验尸的。这两次都是前两三天城里就来了公文，村里立时就开始准备：杀猪宰羊，清水洒街，黄土垫路……可真是"大人物出动，山摇地动"。村里人连明彻夜折腾好几天，才算把这次"官差"应付过去。爷爷奶奶经验过这号事情，因此骤然听说县长来了，怎么能不吃惊呢？

说道之间，村里又筛了第二遍锣，催人们赶快去开会。这户人家向来对开会不感兴趣，能不去就尽量不去，一定躲不过，总是去一个人应付。今天却和往日不同，听说是顾县长召集开会，都急着要去参加。男人们吃完饭一个一个都走了，奶奶引上爱兰也走了。胡兰匆匆吃完饭，连忙就动手收拾碗筷，揩抹桌子……她恨不得一下子就能把这些食具清理完毕。手忙脚乱，差点把一个大碗打了。大娘早看出她的心事来了，她边吃饭边说道：

"放下，等我吃完慢慢拾掇。你快走吧！"

胡兰笑了笑，没有说话。她虽然急着要去看顾县长，但她还是把每天该做的事都做完，这才匆匆离开家。

街上静悄悄的，连一个人影也没有。很显然，人们都是听顾县长讲话去了。

顾永田在文水当县长还不到一年工夫，已经在群众中树立了很高的威望。庄户人们每逢提起顾县长来，都是赞不绝口："这可真是万中挑一的好县长呀！"这个真是打上灯笼也难找的好清官呀！"就连大爷也常说："想不到这县长还真有两下子，布告上开的支票全兑现了！"平素，胡兰常常听大人们这么议论，她早就知道了顾县长是个好人，可是并没有放在心上。自从大年初一去了陈大爷小西房，听了陈大爷说的那些话，看了陈大爷供献的神位以后，不知怎的，心里老是挂记着顾县长，她真想亲眼看看这个好人。以前她曾经这么胡思乱想过："要是顾县长能来云周西，那就好了！"谁能想得到？今天顾县长真的到村里来了。

胡兰边急急忙忙往会场里跑，边不住地猜想：顾县长究竟是个什么样子呢？一定长得很威武，穿戴得很阔气。大概岁数也不小了，总有爷爷那么老。对，一定是这样，要不怎么能当了县长呢？

当她急急忙忙跑到槐树场里的时候，会早已开始了。场子里黑压压站着一片人，连四周的土围墙上和场西边的那四棵老槐树上也爬满了人。胡兰急着要看看县长是个什么样子，忙弯下腰从人缝中挤进去，一直挤到最前边。只见场棚前摆着一张桌子，有一个人正站在桌子跟前演说哩。她以为这一定就是顾县长，细细一端详，才看清原来是个很年轻的兵，穿着一身灰布军装，打着绑腿，腰里皮带上挎着支小手枪。胡兰看着有点面熟，好像在什么地方见过似的。猛然间想起来了，就在今天上午，她见过这个人，怪不得有点面熟呢。上午，她去地里给耕地的爷爷送开水，路过观音庙门口的时候，正碰上村长陈照德和农会秘书石世芳陪着一伙人从庙里走出来，其中有穿军装的，有穿便衣的，这个年轻人也在里边。他们边走边谈，不知在谈论什么。胡兰只听见这个年轻兵说的这么一句话："……我是什么？只不过是人民的勤务员……"胡兰知道勤务员是做什么的，村里驻队伍的时候，连部就有勤务员。八路军的勤务员也是很能干的，说不定也会演说。这人亲口说过他是勤务员，当然不会是县长了。那么顾县长是哪一个呢？她不由得向桌子后面瞭望。

桌子后面摆着好几条长板凳，凳子上坐着好多人。除了村里的一些干部以外，她认识的还有区长张有义，区农会秘书老韩，其余的一个也不认识了。她看了半天，也认不出哪个是顾县长来，正在这时，忽然有人拍了她一下说：

"怎么你这时才来？"

胡兰扭头一看，原来是金香和玉莲。她也顾不得回答她们，忙问道：

"哪一个是顾县长？"

"哪一个？！"玉莲说，"就是正在演说的这个呀。"

"真的？"胡兰真的有点不相信，他自己明明讲过是勤务员，怎么会是顾县长呢？可是玉莲赌咒发誓地说道：

"谁哄你谁烂了舌头。"

金香在一旁证实道："真的！一开头张区长就给大家介绍过了，说：'这就是咱们的抗日县长顾永田同志。'我们哄你做甚？"

胡兰听她俩都这么说，虽然很惊奇，但也不能不相信了。接着又问道：

"顾县长刚才说了些甚？"

玉莲忙说道："打日本鬼子的事。顾县长说鬼子打了二十个月。没亡了中国，三个月……是怎的个话呀？"

她扭头问金香，金香提示道：

"日本鬼子吹牛说三个月要灭亡中国，如今已经打了二十多个月，反倒打出好多好多抗日队伍来，中国也没亡国……"

玉莲拍着手说："对，对，对！就是这话。顾县长说一定能把日本鬼子打败！"

她们本来是低声谈论，陈玉莲一高兴就大声嚷开了。这一来，引得周围的人都瞅她们。有人不满地训斥道：

"这些女孩子吵甚？还不悄悄的。"

她们几个吓得都不敢吭声了。只听顾县长说道：

"……不过话又说回来了，要打垮日本帝国主义，并不是一件轻而易举的事情。有些人看到我们打了几个胜仗，就以为日本不中用了，很快就要垮台了。这种想法也是错误的。只有进行艰苦的持久战，才能取得最后胜利。为什么一定非持久战不可呢？"

顾县长一面端起桌上的洋瓷茶杯喝水，一面向会场里扫了一眼，满场子的人也都眼睁睁地望着他。会场里鸦雀无声，从来开会也没有像今天这样哑静过。连咳嗽吐痰的人也没有了。人们好像生怕漏掉一个字似的，静静地站在那里等他说下文。

玉莲听不懂什么是持久战，他悄悄向金香问道：

"金香，顾县长说的是什么'战'呀！"

"你真是个笨蛋，连个'吃酒战'也不知道。"金香自以为是地说道，"就是喝醉酒打架嘛！喝了酒打人最厉害了，我后爹喝醉酒，打起我妈来没轻没重。"

玉莲觉得她说得不大对劲，转身又低声问胡兰。胡兰说：

"我也弄不清……悄悄的，听顾县长说什么。"

这时顾县长已把茶杯放在桌上，继续又一字一板地讲开了。

玉莲听了半天，仍然听不明白；金香听得也没兴趣了。后来她们俩就说开了悄悄话。胡兰只顾听顾县长讲演，一点也没听清她们在嘀咕什么。其实，顾县长讲的话，胡兰也听不大懂，——又是什么日军的长处短处啦；又是什么中国的有利条件和没利条件啦；还有什么"三个阶段"啦！"犬牙交错"啦！……真不明白，这究竟说的是些什么？不过她还是专心专意地倾听，听着听着，她渐渐弄明白"持久战"是个什么意思了，心里不由得一股高兴，忙拉了玉莲一把，低声说：

"你知道那话是说甚？就是要打好多年，才能把鬼子打败！"

玉莲忙说道："我就知道金香说得不对。还能喝醉酒打战？要是八路军都喝醉……"

她说着嗓门又提高了。胡兰忙捅了她一下，吓得玉莲忙把后半句话咽了回去。这时只听顾县长说道：

"……不要看眼下文水平川里太平无事，说不定哪天，也许敌人会打到这里来，甚至在某些地方扎据点。即使环境变坏了，只要大家有抗日的决心和胜利的信心，团结一致，支援抗战，最后胜利就会提早到来！"顾县长停了一下，忽然提高嗓门向全场人问道："各位父老兄弟姊妹们，刚才我说的这些话有没有道理？"

"有道理！"人们异口同声地喊了起来。整个会场里像山洪暴发一样，震得四周围墙上的土都直往下落。接着就有些人乱纷纷地说道：

"说得太好了！"

"全是给人开心窍的话。"

"说得头头是道。"

……

顾县长满面红光，笑了笑，说道：

"你们以为我有多大能耐？以为这些道理是我讲的？不是。这是中国共产党毛泽东主席说的。毛主席著了一本书，叫《论持久战》，这本书就是中国抗战胜利的指南针……"

他的话没有说完，人们都交头接耳议论开了，会场里一片嗡嗡声，急得区长张有义连忙站起来要维持秩序，但被顾县长制止了。

顾县长向张区长摆了摆手说：

"不要紧，让大家说吧。"

人们先还是低声耳语，说着说着声音就高了。有的说："啊，是共产党的头前人说的呀！真有学问。"有的说："怪不得八路军老打胜仗，有能人指挥哩！"有的说："共产党说的这办法就是好，要是全国都听毛泽东的指挥，总能把日本鬼子打败。"

人们越说越有劲，哄哄嘈嘈说了好大一阵子。顾县长一直等人们静下来之后，才又继续刚才的讲话。他先还是说打日本鬼子，后来就说到种地的事了。他劝老百姓们要好好作务庄稼，支援抗战，说多织一尺布，多打一升粮，也是对抗战的贡献。还说今后要实行合理负担，要减租减息，要改革那些不合理的旧制度……只有这样，广大农民才能好好进行生产。粮食打多了，军队和老百姓都吃饱穿暖，打日本鬼子才更有劲头……

这些话，胡兰她们大部分都听懂了。而大人们听得更加起劲，会场里的空气也活跃了。人群中不时发出赞叹声和笑声。

顾县长讲完，张区长接上又说了几句，会就散了。可是有好些人站在那里不走；原先站在后面的人，都想更清楚地看看顾县长，这时一拥都挤到前边来了。胡兰发现陈大爷也在这群人里。只见他像是刚喝了酒似的，满脸通红，两眼湿润，大张着嘴，样子像是想哭，又有点像想笑。胡兰猜想陈大爷一定是高兴得过分了。

人们用好奇和感激的眼光望着顾县长，一直等到区、村干部们陪着顾县长离开会场，大家才陆续走散。胡兰她们一路上只听人们议论的都是关于顾县长的事情。有人说："这是个文武双全的人物，又有'肚才'，又能带兵打仗，打起仗来勇敢极了。没当县长以前，他在工卫旅，去年春天那几股'黑军'，就是顾县长亲自带着人马解决了的。"另一个人说，今上午顾县长在村里还和他拉闲话来，谈了好半天老百姓的生活和负担问题，他也根本没想到这就是顾县长。

胡兰正听得起劲，忽听金香向她问道：

"你猜顾县长多大？"她没等胡兰回答，就接着说道："十九岁。"

胡兰疑问道："十九岁？你听谁说？"

"顾县长讲话时候，玉莲悄悄告我的。你信不信？"

玉莲连忙赌咒发誓地说道：

"谁哄你们谁烂了舌头！今上午我二哥亲口说的。"

胡兰刚才听了人们的那些议论就很惊奇，如今听说顾县长只有十九岁，就更加惊奇了。她真没有想到，抗日县长是这么个样子，这和爷爷奶奶说的那号县长，没有一点相同的地方。她急于想把玉莲讲的这些事告诉家里人，正好这时快走到她家门口，她也顾不得和伙伴们打招呼，急急忙忙跑往家里。

家里人早都回来了，也正在议论刚才开会的事。胡兰进去的时候，只听大爷说道：

"……以前开会，那些演说的人们一开头总是说：'自从七七卢沟桥事变以来……把日本鬼子赶出鸭绿江。'全是空话，怎就能把日本鬼子打败？你看人家说的，真是有条有理，头头是道。听了这演说，不能不口服心服。"

爷爷说道："真是个好县长，又能说，又能干，上任还不到一年，

看给咱们办了多少好事。"

胡兰忍不住插嘴道:"听说才十九岁。"

奶奶道:"是啊,人们都这么说。甚也好,可惜就是太年轻,岁数太小了。"

大爷说:"岁数小怕什么,只要能干。秤锤虽小,还能压千斤哩!"

这天晚上,从开会回来到吃晚饭,从吃晚饭到睡觉,全家人说的都是这件事情。就连从来不爱多说多道的爹,都说了不少顾县长的好话。

这天晚上,胡兰心情比大人们还要激动,躺在炕上翻来覆去睡不着。脑子里老是浮现出顾县长的影子,看起来顾县长除了年纪轻,没有一点特别的地方,穿戴打扮和常来常往的那些干部们也差不多。可为什么那样有本事呢?就是靠了这个人,家家的地都浇了,庄户人家的日子才好过了,玉莲家的债务也还清了……他明明是县长,为什么偏要说是勤务员呢?唉,真不明白。

第二天早饭以后,胡兰打算去玉莲家。一出大门,正巧碰上农会秘书石世芳在井上挑水。胡兰忍不住向他问道:

"世芳叔,顾县长怎又当勤务员啦?"

"当勤务员?!"石世芳听着真有点莫名其妙,他把挑起的水桶又放下,问道,"谁说的,造谣。"

胡兰忙说道:"顾县长亲口说的。昨天上午你们从庙里出来,我听见他说的。"

石世芳想了想,忽然笑着说道:

"哦,那是打比方。顾县长是说,革命干部不能像旧日当官的那样,坐在老百姓头上,吼三吓四欺压人。而是应当勤勤恳恳给咱百姓办事情,就像勤务员一样,就是这个意思。"

胡兰听石世芳这么一说,心里好像明亮了。怪不得顾县长对老百姓这么好,原来是这么回事呀!

娶新妈妈

这一年，又是个出奇的好年景。连着两年大丰收。胡兰家小西房里存放余粮的那几个大瓮，又都满了。爷爷和大爷整天起来笑眯眯的；爹和大娘脸上也出现了笑容。只有奶奶特别，整天起来愁眉不展，一看见爹就唉声叹气，好像有什么心事似的。后来有个不认识的老婆婆，来和奶奶扯了几回家常，奶奶眉头上的疙瘩就慢慢解开了。再后来，隔不了几天，那个老婆婆又来了。一来，奶奶就点烟倒茶，热情接待。有一天，爹剃了头，穿起一身新衣服，跟上那个老婆婆走了。

胡兰觉得非常奇怪，忙问奶奶道：

"爹怎啦！做甚去了？"

"走亲戚！"

奶奶含含糊糊地说了这么一句，就又忙着去织布。胡兰也就不好再问了。

到傍晚时候，爹回来了，一进门就和奶奶嘀嘀咕咕，说了半天悄悄话。胡兰什么也没听到。

第二天晌午，那个老婆婆又来了。奶奶招待得更热情，更周到，还给吃了饭，喝了酒。后来奶奶又打开箱子取出一对银镯子，一个银戒指和两块花花绿绿的料子来，一股脑包在一个红布包袱里，递给那个老婆婆。老婆婆拿上红布包袱就走了。

刘
胡
兰
传

063

胡兰见奶奶把这么多好东西白白给了人，更觉得奇怪，不由得向奶奶问道：

"奶奶，你这是做甚哩？"

爱兰也问道："奶奶，她拿走还给不给咱们？"

奶奶没有立时回答。过了好一会儿，叹了口气，这才告她们说，爹要给她们娶一个后妈，那些东西就是订婚的彩礼。

爱兰听说爹要给她们另娶个妈妈，高兴得拍着手说：

"姐姐，我们也有妈妈了。这可好啦！"

胡兰却噙着两眼泪花花，向奶奶央求道：

"奶奶，我不要后妈。不要给我们娶后妈！奶奶，退了吧。"说着就哭起来了。

奶奶抚摩着她的头，安慰道：

"孩子，奶奶还愿意让你们遭后妈？可有甚法呢？唉！这都是命里注定的！再说你爹还不到四十岁，能让他打半辈子光棍！奶奶能侍候他一辈子吗？有朝一日奶奶咽了气，谁给他做鞋做袜，谁给他烧茶做饭？……"

奶奶还没说完，胡兰抢着说道：

"我。我侍候爹。"

爱兰听了姐姐和奶奶的谈话，隐隐糊糊觉得后妈大概不怎么好，有了后妈说不定还不如现在这个样子哩。于是也接嘴说道：

"我和姐姐侍候爹，也侍候奶奶和爷爷。"

奶奶道："孩子们，别说傻话了。人常说养女一门亲，你们还能在这家待一辈子？迟早一出嫁，你爹又留给谁侍候呀？"

接着奶奶就抱怨起来了：抱怨她自己命不好，抱怨胡兰娘死得早，抱怨胡兰姐妹都是女的……奶奶叨叨起来没个完。胡兰听着心里很不好过。她不想再听奶奶叨叨，后来就引上妹妹躲出来了。

天气很冷，西北风呼呼地号叫，街上冷冷清清。一眼望去，只看见有两个人——爷爷挎着箩头在东头拾粪；石玉璞家长工刘马儿在井上挑水。井台周围结着厚厚一层冰。刘马儿老汉胡子上也结着一串串的冰颗，头上却冒着一股股的热气。

胡兰没情没绪地在门口站了一会儿。看见妹妹冷得直跺脚，于是便领着她走到了金香家。

金香串门去了。她娘李蕙芳正和几个来串门的女人们扯闲话。李蕙芳很关心地向胡兰问道：

"听说你爹要给你们娶后妈，真的？"

胡兰没想到这消息传得这么快。她只好默默地点了点头。

"咳！我甚时说过假话！"

说这话的是二寡妇。这是个四十来岁的女人，描着眉，搽着粉，头发梳得光溜光溜，真个是蝇子飞上去也能滑倒。她男人早死了，可她一直没有改嫁。有人说她是舍不得那些房产土地；也有人说主要是舍不得离开那些男朋友。这女人，一年四季横草不拿竖草不拾，整天起来游门串户，到处翻嘴饶舌搬弄是非——不用说，这消息一定是她散播的了。只听她接着说道：

"唉，尘世上就数咱们女人心眼实了。男人们死了老婆，过不了几年又是新女婿。女人呢？男人死了，为了给死鬼骨头上增光彩，苦苦地守呀，守呀！连想都没想到要改嫁！"

李蕙芳是带着金香改嫁到这里来的。听了二寡妇的话，苦笑了一声说道：

"她二婶，你就别对着和尚骂贼秃了。谁能比得上你。将来总会有人给你盖个贞节牌坊。"停了一下又补充道："可就怕根基不结实盖歪哩！"

这一说，大家都抿着嘴笑了。

"别胡诌乱扯啦。"二寡妇连忙把话岔开，望着胡兰姐妹说，"唉，恓惶的孩子们要遭后妈了！以后的日子可怎熬呀！"

说到遭后妈，人们的话就多了，你一言，她一语，讲了好多后妈虐待前房儿女的事。特别是二寡妇，说起来没个完，一连说了好几件后妈残害前房子女的凶杀案。她说的有名有姓，活灵活现，听得人们背上直发冷，爱兰吓得脸都白了。李蕙芳一直没有开口，因为她也是后妈，她也有前房儿子。可是听二寡妇越说越凶险，忙打断她的话说：

"她二婶，别吓唬孩子们了。后妈也不会都是那样吧！"

二寡妇接嘴说道："反正后妈总是后妈！人常说，蝎子的尾巴后妈的心，最毒不过了。"

二寡妇故意说了这么几句，算是对李蕙芳刚才讽刺她的报复。

胡兰姐妹俩这天听了这些话，更加引起了对后妈的恐惧和憎恨。回到家里以后，今天求爷爷，明天求奶奶，一心盼望能打消这桩亲事，可是事实不能如愿，因为这时候，全家人已经开始筹办娶亲的事了。男人们忙着碾米，磨面，打酒买肉……女人们忙着做新衣，缝被褥，打扫新房，揩洗家具……胡兰姐妹俩一看到这情形，心里就难过。姐妹俩整天起来唉声叹气，整天起来在村里转悠。

这些天，队伍来往调动很频繁。从东山里开到西山里去的队伍，总是夜里穿过东边的封锁线（同蒲铁路），天明时候赶到这里来休息吃饭，等黄昏时候再起身，从西山里调往东山里的队伍也是这样，夜里穿过西边的封锁线（太汾公路），白天在这里吃饭休息，黄昏时候起身。每逢队伍一来，村子立刻就被封锁了，只准进，不准出。怕的是走漏了消息。村干部们也就忙起来了，忙着找房子，安排住处；忙着动员群众烧开水，熬米汤；忙着派民伕，派向导……村子里到处都显得有点紧张。人们暗里都在胡猜乱想，不知道为什么队伍要这么来回调动。

有天下午，胡兰领着妹妹正在街上玩，恰好又有一支队伍在村里休息。队伍里有好几个女兵，这下把整个村子都轰动了。这些女兵们，年纪都很轻，穿着灰布棉军装，系着皮带，打着绑腿，头发都剪得很短。一个个精神抖擞，满面红光。好多人围着看她们。她们一点也不拘束，大大方方地和人们说话，和一些老太太们拉家常。随后她们就站在一起唱抗日歌子。唱完歌子，就有一个女兵站在一个土堆上演说开了。她说如今在抗日的洪流中，出现了一股逆流，出现了一伙妥协投降分子。阎锡山就是其中的一个。阎锡山的旧军队和日寇勾结起来，要消灭抗日的新军和"牺盟会"，企图给他投降日寇铺平道路，如今在晋西地区已经打起来了……她说，英勇的抗日新军，在广大民众的支持下，一定会粉碎阎锡山的这一罪恶阴谋，抗日一定要进行到底！

人们听了这篇演说，都很气愤，有的人气得大声咒骂开阎锡山了。

刘胡兰很羡慕这个女兵。看样子顶大不过十七八岁，多么能干啊！要是自己也有那么大的话，也当个女兵，跟上队伍到处走，到处唱歌，到处演说，那该有多好！那样，娶来再厉害的后妈也不怕了，她就是个母老虎也不敢吃女兵。可是留下爱兰怎么办呢？能扔下妹妹不管吗？还有，怎么能舍得离开奶奶呢？……

她正这么胡思乱想，忽听吹起了哨子，队伍集合起来出发了。那几个女兵也背起背包，跟上队伍走了。这时天色已近黄昏。她拉上妹妹边往家走，边还在继续想刚才想的事："……奶奶吗？不管她，谁叫她要给娶后妈。唉！妈妈要不死就好了，那就不会有个后妈了。"

这时已不知不觉来到了家门口，只见门口贴着鲜红的对联，放着一面大鼓，院里摆着插屏、桌子，桌子上摆着香炉供器。家里来了好些亲友……不管她姐妹俩怎样反对，娶后妈的事已万事俱备了。

第二天一清早，吹鼓手就在门口吹打起来。天气很冷，门口烧着一堆高粱秆火，吹鼓手们就围着火堆边烤火边吹打。他们吹得很起劲，很好听。可是胡兰听着很不舒服，心里只觉得乱糟糟的，吃着油糕都觉得

刘
胡
兰
传

少滋没味。

早饭后，娶亲的起身走了。全家人都是喜气洋洋，准备迎接新人，只有她姐妹俩无精打采，没情没绪。整整一个上午，连一句话都没说。

半下午时分，村里响起了锣鼓声——娶亲的回来了。胡兰立时拉上妹妹跑了出去。奶奶只当她们去看新人下轿，谁知胡兰是为了不看这个热闹场面，故意躲上走了。

她拉着妹妹跑到附近一家大门洞里，搂着妹妹坐在冰凉的地上，听着喧天的锣鼓声，心里说不来是难过还是生气。爱兰忽然问道：

"姐姐，后妈要打我怎办？"

"不怕，有我！"

"你能打得过她吗？"

"我打不过，还有奶奶哩！"胡兰为了使妹妹安心，又找补了一句："奶奶一定会帮助咱们！"

正说到这里，忽听玉莲和金香叫她们。胡兰连忙答应了一声。玉莲和金香兴冲冲地跑了过来。玉莲奇怪地问道：

"你们坐在这里做甚？怎么不去看你新妈妈？"

胡兰没有吭声。爱兰天真地问道：

"她手里拿着棒子不？"

一句话把大家都逗乐了。陈玉莲边笑，边掏出一块冰糖来递给爱兰。爱兰连忙填到嘴里，欢喜地说：

"咝咝咝呀，真甜！"

金香连忙也掏出一块冰糖来给了胡兰。胡兰边往嘴里送，边问道："这是谁给你们的？"

玉莲忙说道："还有谁，问新媳妇要的。"

胡兰听说冰糖是她后妈的，"呸"的一声就吐到了地上。爱兰连忙也学着姐姐的样把冰糖吐了。

这时，忽听乐器又响起来。金香说大概是要拜天地了。她劝胡兰姐妹俩一块去看热闹，玉莲也劝说她们。但胡兰坚决不去，爱兰也不去。她两个见劝说不动，只好拉着手走了。

胡兰家院里挤满了看热闹的人。新人正在拜天地，见大小（给长辈们行礼，也就是介绍认识亲友们），在平素年间，这一仪式要等到第二天才举行；因为是战争期间，又是填房，一切从简，就凑在一天把事办了。当给亲友长辈们行完礼，轮到前房女儿给后妈行礼的时候，才发现胡兰姐妹俩不在跟前，满院子叫喊都叫不应。急得奶奶又拍巴掌又跺脚，不知道该怎办好了。

站在院里看热闹的金香和玉莲，忙告知奶奶胡兰姐妹俩在什么地方。奶奶连忙派爷爷去叫她姐妹俩回来，可是当金香、玉莲引着爷爷跑到大门洞底的时候，连胡兰姐妹俩的影子都没有。

这一下，全家人都急了，连忙分头满村子去寻找。直到上灯时分才找到。原来姐妹俩在她家南场里麦秸垛后边睡着了。当人们把姐妹俩抱回奶奶屋里的时候，两个人都醒了。爱兰一睁开眼就向奶奶问道：

"奶奶，后妈要打我们，你就帮我们打她，是吗？姐姐说的。"

奶奶对两个孙女儿今天的行为，非常生气。她原想把她们好好打一顿。可是一看到孩子们那个可怜样子，不由得心软了，不要说打，连骂都舍不得骂了，只是长叹了一声。

自从娶来新妈妈，胡兰姐妹俩每逢走到街上，村里一些女人们常常围着她俩问长问短："你后妈对待你们怎样？""后妈打你们了没有？"胡兰听到这些询问，只是摇摇头。因为后妈确实没打过她们，也没骂过她们，她怎么能说假话呢？要说后妈很好吧，她又觉得不像亲妈那样，因此她什么也不好说。爱兰却不一样，每逢听到人们问这些话的时候，她就会提起裤腿来说："看，这是我妈妈给做的新花花鞋，给我姐姐也

做了一对。姐姐真怪，她不穿!"

这两双鞋是后妈刚来那些天做的。这地方有这样一个乡俗：娶来新媳妇三天之后，当婆婆的就要给安排点针线活儿，试一试手艺。后妈一来到家，没等婆婆安排，就给前房女儿一人做了一双鞋，引得奶奶很高兴。一些关心胡兰姐妹的邻居们，听说后妈对她们还不错，也就放心了。可是也有的人说："新打的茅房还有三天香，以后的日子长着哩！是好是坏谁料得到呢。"胡兰本来心里就不太痛快，听了这些话，心里更结了个疙瘩。每天起来还是紧皱着眉头，轻易不言声。

有一天，她领着妹妹在街上玩的时候，碰到了农会秘书石世芳。石世芳问道：

"胡兰子，为什么不高兴?"

胡兰苦笑了一声，什么也没说。爱兰抢着说道：

"她不喜欢新妈妈，她说这个妈妈没有原来那个妈妈好。"

石世芳说："这倒是实情。谁都不愿意要个后妈，谁都知道后妈常常虐待前房子女。不过，这也得看是什么样的后妈。"石世芳说着蹲下来，一面掏出小烟袋来吸烟，一面说道："后妈也有三等九样，有坏的，有好的，也有中等的，不能枣儿核桃一起数。"他忽然扭转话头，向胡兰问道："你叫过她妈妈没有?"他不等胡兰回答，接着又说："听说你连妈都不喊一声，是吗？不管怎说，她总是你的妈，怎么能见了面不说话呢？俗话说两好并一好，你对她好点，她就对你更好，人心换人心嘛。"

石世芳虽然是村里办公事的人，可是对农民们的家长里短，也挺关心。夫妻吵嘴打架啦，婆媳闹不和啦，他总爱去说道说道，劝解劝解。对待小孩子们也是情情理理。有时候碰上些小孩子们在街上搬砖弄瓦，调皮捣蛋，他也不吼三喝四地训斥，而是把他们叫到一块，好说好道，并且还教他们做各种有趣的游戏。这么一来，小孩子们都很喜欢他，都很信服他。

这天，胡兰听了石世芳说的话，低着头没吭一声，可是她心里却认为说得很对。回到家里，有好几次想叫妈妈，可就是张不开口。

有一天，全家人正在吃午饭的时候，胡兰偷偷注意着后妈，当她看见后妈吃完一碗饭的时候，忙跑过去，鼓起勇气说：

"妈，我给你盛。"

奶奶听了这话，高兴地看了孙女一眼，长长地松了一口气。爹脸上也露出了笑容。他以前看着女儿一见后妈就板着脸，说话不带称呼，作爹的心里总觉着是个疙瘩。如今好了，女儿总算开始称呼妈妈了。后妈当然也很高兴，她也希望能和前房的女儿们相处得来，一家人和和气气过日子。胡兰第一次叫开妈妈之后，以后每逢和后妈说话时，总是妈妈长妈妈短地不离嘴，慢慢也觉得顺口了。不过她真正对后妈有了一点好感，还是在上小学以后。

刘胡兰传

一年级小学生

观音庙东边，有一排坐东朝西的旧瓦房，四周围着一圈土围墙，门口长着几棵老榆树。房舍不太好，院子却很宽敞。很早以来，这里就是村里的小学校。自从太原失守以后，世事一乱，学校也就塌台了。直到1940年春天，反顽固斗争①取得了胜利，晋西北抗日根据地建立了新政权②，村里的一切工作也逐渐走上了正轨，这才决定把小学恢复起来。

夏收过后，街上贴出了开办小学的告示。干部们也到处宣传念书的好处，动员男女学龄儿童报名上学。胡兰听到这消息非常高兴。她小时候每逢路过学校门口，总要停住脚步朝里边瞭一瞭，那琅琅的读书声、清脆的课钟声，给她留下了很深的印象。她很羡慕那些念书的孩子们，她也很想念书。可是那时候根本没这个可能。那时，上学念书的全都是

---

① 1939年12月，国民党开始发动了第一次反共高潮。阎锡山积极响应，下令解散"战地总动员委员会"等抗日团体。同时与日寇勾结，突然向驻防晋西南的决死二纵队和驻防晋西北的决死四纵队、工卫旅、暂一师等抗日新军发动进攻，企图一举消灭这些抗日力量。决死二纵队经过数周艰苦战斗，突破敌人层层封锁，转战于晋西北，与晋西北的各路新军共同配合，终于粉碎了阎锡山的这一罪恶阴谋，这就是有名的"晋西事变"。当时进步势力称阎锡山等为"顽固分子"，因而这一斗争也称"反顽固斗争"。

② "反顽固斗争"胜利后，为了保卫晋西北，坚持长期抗战，晋西北各界人民、军队、党派及群众团体共同选派代表，于1940年1月15日在兴县举行了军政民代表大会，建立了统一的抗日政权——晋西北行政公署（后改为晋绥边区行政公署），为了区别于阎锡山的旧政权，当时统称为"新政权"。

男孩子。如今可好了，女孩子也能上学啦。而且她听金香和玉莲说，她们都已经报名了。那天，胡兰听到这消息，连忙就跑回家去找奶奶。她估计奶奶一定会同意她报名上学。奶奶对她那么亲，那么疼，再说念书又是好事情，奶奶还能不赞成？谁知当她兴冲冲地跑回家去和奶奶一说，奶奶迎头给她泼了一瓢冷水：

"上学?！你倒想上天哩!女孩子家，要紧的是学会操持家务，学会织布纺花，念会几句书能怎?"

"念了书就能识字，就能……"胡兰正想把她听到的那些道理讲给奶奶听，奶奶却打断她的话说道：

"就能怎?！能成龙，还是能变虎? 再说，哪有个女孩子念书的?"

"村里好多女孩子都报名了，金香和玉莲也报啦!"胡兰恳求道，"奶奶让我也报了吧!"

"别人家的事情我管不着，咱家的事由不了你!"奶奶板着脸说道，"趁早死了这条心。哼! 念书，除非太阳从西边出来!"

胡兰听奶奶说得这么绝，噘着嘴低下头不敢再吭声了。可心里却是又急又气。她真没料到，奶奶竟是这个样子! 眼看金香、玉莲都要上学了，眼看有那么个念书的地方，自己就是不能去，怎能不急不气呢? 她忽然感到有点后悔，后悔不该这时候和奶奶说。如果爷爷和大爷他们都在家，说不定情况会好点。爷爷一定会赞成她上学，大爷也可能帮她说几句好话……可是如今已经迟了，奶奶把话都说绝了，她还能再改口吗?

胡兰正这么胡思乱想的时候，只听正在做饭的妈妈向奶奶说道：

"妈，依我看，念下几句书总有点好处……"

"有甚好处? 能当饭吃，还是能当衣穿?"

妈妈笑嘻嘻地向奶奶解释道："那倒是不能! 不过多一样本事，总比少一样本事强。学会点文化，记个账，写封信也省得求人。至少识下

几个字，也能认得票子。"

胡兰真没想到，妈妈会帮她说话，心里不由得感到高兴。她偷偷看了看奶奶，只见奶奶的脸色比刚才好看了，好像心眼也有点活动了。特别是说到票子的事情，正碰到奶奶的痛处，她因为不识字，吃过这个亏：把一块钱当成五毛花了。胡兰记得清清楚楚，为这事奶奶拍手顿脚后悔了好多天。

妈妈一连又说了好多上学念书的好处。奶奶思忖了半天说道：

"你说的倒也是个理。不过男男女女混搅在一起，能学出什么好来？"

"都是十来八岁的小孩子，只不过在一块念书……"

奶奶打断妈妈的话说道："俗话说，书房戏场，坏子弟的地方……"

奶奶的话没说完，村公所公人石居山拿着纸和笔登记上学的孩子来了。他笑着接嘴说道：

"大妈，这话可说的不在板眼上。世上坏人有的是，你当都是学校里教出来的？二寡妇恐怕连学校的门槛也没迈过，她从哪儿学会……这个，这个……"石居山忽然改口说道："如今的社会，不识字什么也干不成。你看看我，小时候没念下两句书，这阵办起公事来，咳！就连个公人都当不好。"

石居山是个精明能干的年轻后生，人样子长得挺漂亮，每年正月里唱秧歌，他总是扮女角，化装起来，把那些俊女人都比得少颜没色了。他从小在家务农，自从抗日政府成立，就到村公所当了公人。这人心眼灵，记性好，办起事来头头是道，说出话来有板有眼。他见胡兰奶奶对他的话很注意听，于是接着又说道：

"在村公所里，我一遇到文墨上的事，不由得就抱怨大人们：小时候不让念几年书，害得如今成了个睁眼瞎子。可是回头又一想，这能怪大人吗？不能。那时候穷得连肚子都填不饱，学费又那么贵，穷家小户谁家有闲钱供子女们念书？如今穷人们日子都好过了，念书又不掏学费，不出钱，不花票票……不分男，不管女，都能受教育，学文化，这有多好哇！这都是咱们新政权，咱们顾县长，不，顾专员①给谋下的福利呀！"他看了看奶奶，回头又朝胡兰挤眉弄眼地说道："你们真是有福气，遇上这么好的年头，可得好好学习呀！大妈，我可把胡兰的名字记上啦！"

奶奶连忙说道："居山，你先别记。家有千口，主事一人，这事总得等她爷爷回来商议商议呀！"

"大妈，你就别在我跟前来这一套了。街邻街坊，谁家还不知道谁家的匙大碗小？来成大爷是聋子的耳朵——样子货。这个家还不是靠你掌舵！"

奶奶笑着说道："咳，你这两片嘴呀！真能把死人说活！不过话可说到头里，要把我胡兰教坏，我可要找你算账哩！"

"放心吧，我给你打保票！"石居山扬了扬手里的纸说，"报名上学的女孩子多着哩！"

爱兰见奶奶已答应了姐姐的要求，急忙说道：

"奶奶，我也要上学！"

奶奶不高兴地说："好，上吧！咱们全家都搬到学堂里去好啦！"

妈妈怕她这么一搅，连胡兰也上不成学，忙说道：

"爱兰，你年纪还小，还不到上学的年龄，等明年再上吧！"

"对，对，明年上。"石居山边说，边把纸和笔递给妈妈，"景谦嫂，你识字，你来把胡兰的名记上吧！"

妈妈姓胡，叫文秀，小时候念过两年书，多少还识些字。她接过纸

① 晋西北行政公署成立后，顾永田被任命为第八行政专员公署专员，管辖文水、汾阳、交城等县。

刘
胡
兰
传

和笔来，略微思忖了思忖，便歪歪斜斜地写了"刘胡兰"三个字。其实原来胡兰的名字叫"刘富兰"，胡文秀为了和前房女儿拉得更亲近一些，就把"富"改成了"胡"。好在文水人说话鼻音重，这两个字念的是一个音。从这以后，"刘富兰"就改成了"刘胡兰"。

却说胡兰看着石居山拿上名单走了，真个是喜得心花怒放，立时就跑出去把这个喜讯告给金香和玉莲。两个小朋友听了也非常高兴，三个人过去常在一块玩，如今又能在一块念书了，怎能不高兴呢？

从这天起，她们每天都要到学校门口去探听几回，看看哪天开学？她们多么盼望能早点开学啊！盼来盼去，开学的日子终于来到了。

这天，天刚明，胡兰就爬起来，穿上奶奶给她准备下的干净衣服，梳了头，洗了脸，连忙背起妈妈连夜给她缝下的那个蓝布书包，在镜子前左照了右照。其实书包里连一本书也没有，里边只有大爷送给她的半截铅笔和用旧账纸订的个小本本。但她总觉得背起书包就像个小学生了。奶奶看到她背着书包照镜子的那副神气，又喜又爱地笑着骂道：

"看把你烧的，八字还没认下一撇哩，倒不知想吃几颗麦子的供献了。"

胡兰不好意思地笑了笑，忙取下书包，照常去帮妈妈和大娘烧火做饭，而且还故意装得和平常一样。可心里却是又兴奋又着急，同时还有点那个——她真有点舍不得离开妹妹。其实爱兰比胡兰还要那个——她更舍不得离开姐姐。

这天清早，爱兰显得很不开心，呆呆地坐在那里一句话也不说。胡兰早看出妹妹的心事来了。她连忙把自己所有的玩具找出来，全都送给了她，并且答应每天下学回来还是一样和她玩。妈妈也劝她说，只要再过一年，就可以和姐姐一块上学了。两个人哄劝了好半天，爱兰脸上才算有了笑容。可是当吃完早饭，胡兰走了之后，爱兰的脸色又阴了。

以前她真像是姐姐的影子一样，乍一离开，心里觉得很不自在，坐也不是，站也不是，不知该怎么好了。这天，连奶奶也显得有点心神不宁，天刚半晌午，就急得向爱兰说：

"你姐姐怎么还不放学？"

爱兰一连跑到学校门口去了好几回。当她看到姐姐放学回来的时候，喜得嘴都合不拢了。好像多年没见似的，拉着姐姐的手不停地问长问短。胡兰一上午没见妹妹，也觉得有好多话要说，她把开学时候村长讲话、教员点名、排课桌、发书本等等一切，全给妹妹讲了。她见妹妹听得很有兴趣，后来，每天下学回来，总要把在学校里听到的一些新鲜事讲给她听。给她讲老师讲过的故事，还教她唱新学会的歌子；而爱兰也总是要把家里的一切告诉姐姐。这一来，姐妹俩反而觉得比以前整天在一起更有意思了。

胡兰自入学以后，每天都是早早就走了，常常是第一名到校，从来也没有迟到过。她学习很用心，又听话，因此老师很喜欢她。而为这事却引起了奶奶的不满。

有天吃完午饭，忽然下起雨来了，雨下得很大很大。胡兰等了好一阵雨也不停。她急着要到学校去，也顾不得管雨大小，背着书包正要走，奶奶把她喊住了：

"你看不见下雨？今天别去啦。"

"下午还上课哩，老师说过，不准逃学。"

"怎么？你那老师的话就是圣旨？奶奶说的你就当耳旁风？"奶奶生气地说，"趁早把书包扔下，少去一次也误不了你中状元。"

妈妈也劝道："要去也等雨停了再去。"

"要是雨老不停，老下，老下，那就不要上学啦！"胡兰边说，边从墙上摘下顶破草帽戴在头上。

奶奶见她还是坚持要走，气呼呼地拍着巴掌咋唬道：

"好，好，好，走吧！有本事以后下刀子也去！"

胡兰知道奶奶说的是气话，但她没管这些，立时拔腿就跑了。这一下可把奶奶气坏了。以前孙女儿对她是言听计从，说一不二。她真没想到这孩子刚上了几天学，脑子里就只有个"学校"和"老师"，连她的话都不听了，怎么能不生气呢？

而大爷见侄女儿性格这么倔强，对念书这么认真，心里却非常喜欢。他自己就是这么个倔脾气人，不管做什么事，要不就不干，要干就一竿子插到底，即使碰到天大的困难也不回头，因此他也很喜欢这种性格的人。他见奶奶气得又拍巴掌又跺脚，不住声地叨叨，忙劝道：

"妈，我说你就别生那么大气了。既是你应许她上学，孩子这么专心专意念书，这有甚不好？难道说经常逃学才对？我看这孩子倒是满有志气，满有点出息哩！"

奶奶听大儿子这么说，细细思忖了半天，觉得这话也有道理。这件事也就这么过去了。可是后来，她觉得胡兰愈来愈不听她的话。她不只对胡兰不满，而且对学校和老师也渐渐感到不满了。特别是在1940年秋季以后，学校老师经常领着孩子们在村里做宣传，慰问过往的军队，给伤兵们端茶喂水，跳舞唱歌……奶奶对学生们干这些事非常反感，她常向胡兰叨叨：

"这算个甚学校？不好好念书识字，整天起来胡混，真不成个体统！一个女孩子家，站到大街上给人家唱，唱，唱，唱……你不嫌丢人败兴？"

每逢奶奶这么叨叨的时候，胡兰总要反驳几句。这一来，奶奶就更加生气了。而最叫奶奶生气的是，后来胡兰不再跟上她求神拜佛了。而且有一回她要胡兰烧香磕头，胡兰不但没照办，反而还说了些渎神的话，那回可是真正把奶奶气坏了……

事情的经过是这样的：

有天傍晚，胡兰下学回来的时候，只见妈妈在打烧饼。爹端着碗匆忙地吃饭。奶奶走出走进，不住嘴地叨叨：

"……黑天半夜，干这号担惊受怕的事情！你呀，真是个死心眼。你就不会说你有病，不能出远门！"

爹老老实实地回答道："我甚病也没有，能和人家说假话？公家派的差，还能不去？"

胡兰听不懂他们说的是什么，正想问妈妈，爱兰悄悄地告诉她说：

"今黑夜爹要给公家往西山里送布去哩！"

这一下胡兰明白了。她在学校里就听老师说，昨天夜里部队又打了个胜仗——袭击了祁县火车站，把敌人的仓库也收拾了。刚才她下学回来的时候，看见村公所门口停着两辆大车，车上装的都是整匹整匹的白洋布。显然爹是要往根据地去送这些胜利品。

这时奶奶还在不住嘴地叨叨。爹没有开腔，他放下饭碗，披了个夹袄，又用手巾包了几个饼子，就走了。胡兰顾不得去吃饭，连忙和妹妹也跟着爹跑出来，一直到了村公所。

庙院里非常热闹，出出进进很多人，有队伍上的同志，也有村里的老百姓。村长陈照德，农会秘书石世芳，还有石居山、石五则等公人们，正在忙着组织送布的人手。他们把民伕们编了组，点了名，讲了话，然后就让大家背上布出发了。

胡兰见爹也和大伙一块做抗日工作，心里感到很高兴，但同时不由得又替爹担心，她知道去西山里要通过敌人的封锁线太汾公路。她多么希望他们能顺利完成任务，平平安安回来啊！

第二天一清早，出去拾粪的爷爷，忽然慌慌张张地跑回来了，上气不接下气地说：

"坏啦！送布的民伕，给敌人打散了……"

爷爷也顾不得回答奶奶的问话，慌手慌脚地竟然把粪筐搁到箱子上，转身就又跑出去了。

全家人听了这么个不清不楚的消息，都很着急。胡兰头也顾不得梳，脸也顾不得洗，匆忙就跟着奶奶跑到了街上。

街上乱糟糟很多人。有些背着布跑回来的民伕，正在井台跟前向村干部们讲述事情的经过。他们说昨天夜里通过"汽路"的时候，刚过去有多一半人，就被敌人发觉了。敌人又打枪，又打炮，又叫喊。隔在路这边的人，看样子不能再通过，于是只好撤退了回来。

奶奶听他们说完，急得一时问这个，一时又问那个：

"看见我景谦来没有？我景谦到底过去了没有？"

有的人说出发时候他走在前边，大概过去了；也有的人说半路上见他落到后边了，也许没过去，有的说临过封锁线时究竟赶到前边去了，还是落到了后边，黑天半夜没看清……奶奶问了半天也得不到个实讯，只好和胡兰回到家里。胡兰见奶奶一进门就去收拾香案，知道奶奶又要为爹求神拜佛了。她怕奶奶要她一块烧香磕头，连忙揭开笼屉拿了两个窝窝，背上书包就往外走。奶奶在后边直喊她。她假装没有听见，一口气就跑到了学校里。

前些日子，老师专门讲过破除迷信的课。老师说世界上根本就没有神鬼，说活人拜泥菩萨是最可笑的了。老师还讲了好多生动的故事，证明弄神弄鬼都是自欺欺人的把戏。从那以后，胡兰每逢看见奶奶准备要烧香磕头，连忙就躲上走了。

这天，胡兰虽然又躲过了跟奶奶烧香拜佛这件事，但到了学校里以后，心情却很不安。她估计奶奶一定会为这事生她的气，说不定会和她闹一场。而更叫她不安的是，不知道爹通过封锁线了没有……整整一个上午，她都没和同学们讲一句话，心里老是翻来覆去想这些事。放学以后，她急着要回家去探听爹的消息，差点把书包都忘记拿了。一出校门，正好碰上妹妹跑来找她。妹妹气急败坏地告她说，送布的人们上午陆续都回来了，单单就是爹没回来，爷爷和大爷问遍了所有的人，都说过了封锁线以后，谁都没见过爹的影子。胡兰听了这消息，头都觉得大了。二话没说，拉上妹妹就往家跑。路上爱兰告她说，奶奶已经在神前许下口愿：只要爹能回来就上莲花大供。爱兰还告她说：

"早上你走了，奶奶可气坏啦。说等你回来，非好好打你一顿不行。姐姐这可怎呀？"

胡兰没管妹妹说的这些，她心里只想着爹。急急忙忙跑回去的时候，只见全家人都像热锅上的蚂蚁一样。连最能沉住气的大爷也急得跑出跑进，坐立不安。一家人饭都吃不下去了。下午胡兰请了假，没有去上学，和妹妹一遍又一遍到村口去瞭望，一直望到天黑，仍然没有爹的影子。

这天晚上，真像是出丧一样，一家人坐在那里，谁也不讲一句话，都在暗暗叹气，偷偷擦眼泪。后来大爷从村公所回来说，干部们对这事也很着急，决定派人沿路去询查，他也打算一块去。家里人正忙着打发大爷起身的时候，说也巧，爹突然回来了。全家人真个是又惊又喜。胡兰扑过去，拉着爹的胳膊，不住声地叫道："爹，爹……"她从来也没和爹这么亲热过，看到爹好好地回来，高兴得不知该说什么好了。这时全家人都围着爹问长问短，都急于想知道究竟是发生了什么事情。刘景谦本来就是个不会说不会道的人，家里大大小小乱纷纷地追问，更不知从何说起，跌嘴拌舌地说了老半天，人们才弄明白前因后果。

原来事情是这样的：他们被敌人发觉了的时候，他还在"汽路"这边。听到枪炮声，叫喊声，他以为敌人追出来了，他怕敌人把布抢走，连忙就钻了路旁的谷子地，跑了很远，这才躲在一条地塄后边。一直等到枪声停止以后，从谷地里跑出来一看，乡亲们都不在了。他悄悄摸到"汽路"附近看了看，到处都是静悄悄的，看不到自己人，也看不到敌人的影子。于是一阵小跑穿过了"汽路"。追了好半天也没追上前边的人，只好独自背着布往西山里走。天又黑，路又生，一路上经过的村子

刘胡兰传

又都有自卫队和儿童团放哨，左盘查，右盘查，耽搁了不少时间。当他把布送到指定地点的时候，才知道先过了"汽路"的那些民伕已经吃完饭，休息了一会儿走了。队伍上的同志要留他住一夜，他怕家里人着急，连觉也没睡，就一个人返了回来。

奶奶听爹说完，长长地叹了口气说：

"罢罢罢，谢天谢地，总算没出乱子！"接着她又向爹抱怨道："你呀，真是个死心眼，为甚要一个人乱撞乱碰？当时过不去，你不会返回来！"

爹说道："公家让把布送上山嘛，咱应承下了，还能不给送到？眼看一天比一天凉了，人家还等着做棉袄哩！"

胡兰刚才听爹讲了送布的经过，就非常感动；如今又听爹讲了这么几句，更加感动了。爹虽然没讲什么大道理，可她觉得爹说得太对了，句句都是实话。爹平素不声不响，对公家的事却是这么忠实！

爹总算平平安安地回来了。胡兰当然非常高兴，可是第二天，不愉快的事发生了。原来奶奶连夜蒸下好多莲花馍馍。吃完早饭逼着胡兰给神佛还愿上供。胡兰推说要去上学，奶奶大声斥责道：

"上学要紧，还是这事要紧？这是为你爹许的愿！要不是神灵佑护，他能平平安安回来？"

胡兰反驳道："爹是自己跑回来的，你供的神位就没出这个门！"

"你胡说什么?!"

胡兰想起玉莲和同学们学奶奶磕头拜佛的样子，脸上又一阵发烧，朝奶奶发恨说道：

"世上就没神！求神拜佛屁事也不顶！"

奶奶听她居然说出了这样的话，气得脸都白了，拍手顿脚地骂道：

"你这个死丫头，我看你是不想活了！你当昨天的事我忘啦？我还没和你算账哩！"

奶奶边骂，边顺手拿起根拐杖。爱兰一见这阵势，悄悄捅了姐姐一下说：

"姐姐，快，快跑！"

胡兰站在那里没有动。她见奶奶怒气冲冲地跑过来，举着拐杖要打她，心里反而倒平静了。她抬起头来望着奶奶说：

"奶奶你就是打死我，我也不会给泥胎烧香磕头！"

奶奶本来是想吓唬她，如今听孙女儿说得这么坚决，一时也没了主意，——打也不是，不打也不是。她举着拐杖愣了一会儿，忽然把拐杖一掷，一屁股坐在地上哭骂开了。骂胡兰，骂学校，骂教员，后来又骂开了胡文秀和石居山，说尽是他们害得她错打了主意，让胡兰上了学，学坏了……

胡兰没想到奶奶会这样哭闹，她又怨奶奶糊涂，又可怜奶奶，一时不知道该怎么好了。待了一会儿，才上前去搀扶奶奶，并劝道：

"奶奶，快回屋去吧……"

奶奶不听胡兰的话，哭得更厉害了：

"胡兰子呀，你不是奶奶的孙女子，你不要奶奶啦！"

胡兰正没法的时候，妈妈从屋里出来，对胡兰使了个眼色，意思是让胡兰走开。胡兰连忙背上书包到学校里去了。

这天胡兰放学回来，怀里像揣着个小鼓一样，一路上不住地敲打，愈走近家门，心跳得也愈厉害。她知道奶奶最痛恨的就是不敬神的人。以前，跟着奶奶烧香磕头的时候，多少有一点不专心，不恭敬，奶奶都要数说好半天。这回撞下这么大的乱子，奶奶还会轻轻饶过去？可是奶奶究竟会怎样呢？又猜不出来。

胡兰走到街门口站了一会儿，把心一横，硬着头皮走进了院子，心里说："管她呢。该怎就怎吧，反正不能跟上奶奶去迷信！"

爱兰正在院里独自玩跳方，猛一抬头看见姐姐回来，连忙跑过来，悄悄向姐姐说道：

刘胡兰传

"你走了，妈妈和大娘劝了奶奶好半天。后来奶奶就不哭了，也不骂了。后来奶奶就领着我上了供。后来奶奶还在神前替你祷告了一顿！"

"替我祷告?！"

"嗯，奶奶说你一定是在学校里中了邪气啦。求神仙不要见怪你。"

"奶奶还说什么来?"

"没有。"爱兰摇了摇头。忽然又说道："对啦，刚才我问奶奶说：'你还打不打姐姐?'她笑啦，她说不打了。真的，我一点也不哄你!"

胡兰听了妹妹的话，将信将疑地走进上房。只见奶奶正在纺花。脸色和和平平，好像什么事也没发生似的。奶奶既没有打她，也没有骂她，甚至连提都没提清早的那件事，一切都和往常一样。胡兰反而觉得更不自在了，真的就这样完了吗? 不会。那么奶奶究竟要怎呢? 猜不出来。唉，真叫人纳闷，倒还不如痛痛快快挨一顿打好受哩!

胡兰提心吊胆地吃完午饭，正要上学去的时候，可怕的事终于来了。奶奶扣着书包不给她，正式宣布，从今以后不准再念书了。并且立逼爷爷到学校去找教员，把胡兰的名字勾掉。全家人事先谁也不知道奶奶有这个打算，听了都很吃惊。胡兰也没料到奶奶会来这一手，急得"哇"一声哭了，两手抓着爷爷的衣服不让走。这可把爷爷难坏了，又不敢不听老伴的吩咐; 又看着孙女儿哭得可怜。走也不是，在也不是。不知该怎么好了。这时，家里人都忙着来解劝，有劝胡兰的，也有劝奶奶的。看样子奶奶的主意很牢靠，谁的话也不听，连大爷的话都不听了。爷爷愁得皱着眉头，只是不住声地叹气。憋了半天，才算想出个主意来，嘟嘟喃喃地向奶奶说道：

"我说，还是让孩子上吧。不管怎说，念书总是好事情。要她以后好好磕头烧香就是了。"回头又向胡兰道："兰子，敬神总不是坏事。只要以后你听奶奶的话，就让你念书。"

结果这些话等于白说，奶奶不同意，胡兰更反对，而且哭得更凶了。

正在这难分难解的时候，农会秘书石世芳恰好从门口经过，听到里面又哭又喊，不知发生了什么事情，于是急急忙忙跑了进来。他问清了事情的前因后果，忙向奶奶劝说，给奶奶讲了好多破除迷信的道理，最后说：

"大娘，你的本意也是为了孩子学好，可你要她学的正好是迷信落后。这一套，新社会吃不开。你这不是为她，这是害她。胡兰子不迷信，这是进步。就为这事你要她退学，这话能摆到桌面上吗？"

奶奶从前最怕村里办公事的人，如今对干部们也仍然是这样。她心里虽然不赞成石世芳的说法，但也只好打消了要胡兰退学的主意。

胡兰总算又能继续念书了。不过她也就念了这么半年，后来，唉！学校塌台了……

在阴暗的日子里

　　1941 年 1 月间，学校刚刚放了寒假。祁县、文水等县城，敌人同时增兵，形势一下子紧张起来了。阴历腊月二十三，正是家家户户祭灶的这一天，敌人偷偷集中了几个县的兵力，突然向文水平川展开了大规模的"扫荡"。一千多敌人分几路，合围驻在信贤村的工卫旅。工卫旅早已安全转移。敌人扑空以后，又去围攻东边的几个村庄，结果也没有找到抗日部队。敌人恼羞成怒，只好找老百姓出气。走一村烧一村，先烧了麻家堡，后点了高车村，然后又在南胡家堡放了一把火。南胡家堡离云周西只有六里地，站在护村堰上，远远望去，南胡家堡成了一片火海，把东边半个天都映红了。疯狂的敌人接连几天，从东"扫荡"到西，又从西"扫荡"到东。到处烧，到处杀，在峪口村，一次就集体屠杀了四十多个男人……一时间，文水平川里浓云密布，阴风惨惨。大年就在这恐怖气氛中溜过去了。正月十五，敌人同时在信贤、下曲、东庄等村扎下了据点。云周西正处在这三个据点的当中。从此苦难的日子开始了。

　　观音庙门口那些抗日团体的牌子早已摘掉。村里墙壁上的那些抗日标语，也已刷洗干净。从前常到村里来的县、区干部们，一个不见了，连村干部们也都躲藏了起来。村公所里只留下几个公人支应差事。据点里的日本兵、伪军、汉奸，三天两头到村里来，要粮、要款、要砖瓦、要木料、要民伕修碉堡……敌人一来，村子里就遭殃了，人喊马叫，鸡飞狗跳墙，乱成了一塌糊涂；敌人一走，村里又像是刚出过殡一样，到处都是灰塌塌死沉沉。

世事乱成这个样子，小学校根本就没开学。胡兰每天只好躲在家里跟奶奶学纺花，轻易连门都不出。这可称了奶奶的心啦，真个是正瞌睡捡了个枕头。不过她看见孙女儿整天起来愁眉不展，少情没绪，心里又有点不安，她常常劝胡兰说：

"孩子，趁早死了那条心。不要说学校关闭了，就是开着，这年头还念甚书哩！"

其实，胡兰不单是为了不能上学苦恼，眼看这里变成了日本鬼子的天下，眼看做亡国奴了，心里怎么能好过呢?她常常这么想：真的就这样当亡国奴吗？日本鬼子就永远不走了吗？不，不会的。顾县长说过，学校老师说过，抗日干部们也说过："一定要把日本鬼子赶出全中国，抗日战争一定要取得最后胜利。"敌人和汉奸们到处宣传说抗日队伍已经被全部消灭了，真的吗？不，不会！准是转移到山上去啦，说不定这会儿正在那儿和日本鬼子打仗哩！可是什么时候才能回到这儿来呢？

胡兰每天除了纺线，就是呆呆地坐在那里想心事。有时候她也把麻纸印的抗日课本拿出来翻一翻，虽然那些书早就念得滚瓜烂熟了，虽然书上的字早就模糊不清了，可是她一看到这些抗日书，心里就感到非常愉快。

有天晚上，她偷偷把课本拿出来，正要把破了的地方用糨糊和纸粘贴，奶奶忽然进来了。奶奶一看她拿的是小学念过的书，吃惊地说：

"你还不快快给我烧了，诚心给我惹乱子吗？要让那些挨砍刀的鬼子们搜出来，咱一家谁也别想活了。"

"他们搜不出来。我藏的地方谁也不会找到。"

的确，他们一家人谁也不知道胡兰把书藏在哪儿。

"没有不漏风的墙。快给我烧了。"

奶奶说着，一把夺过课本来，顺手就填到炉灶里。胡兰急忙跑过去，伸手要去炉灶里掏书，但她的手被奶奶抓住了。奶奶厉声喝道：

"你敢！"

胡兰眼睁睁看着抗日课本在炉灶里燃烧起来，冒起高高的火苗。很快火苗没有了，书变成一片黑炭，又渐渐化成了白灰。胡兰气得"哇"一声哭了，任凭奶奶怎么劝说，她也不理睬，只是一股劲哭。奶奶也生气了，一迭连声叨叨：

"你还哭，奶奶为谁？还不是为你，还不是为全家好？"

胡文秀听见女儿哭，婆婆吵，忙跑了进来。当她问清了事情的原委之后，向胡兰劝道：

"胡兰子，这事奶奶做得对。再说书已经烧掉，哭也没用了。你要是真心想学习，以后我来教你。"

胡兰觉得妈妈说得也有道理，就擦干眼泪不哭了。她又向灶膛里望了一眼，看见连课本的灰烬都没有了。

自从这天以后，胡兰每天就又开始学习了。她用一片盖罐子的小石叶当石板，找了几块石灰当石笔。妈妈每天教她两个字。她每天纺一会儿线，然后就在石板上练字。

这期间，金香和玉莲断不了来串门，几个人碰到一起，总是爱谈过去的事情，谈抗日队伍刚来时候的情形，谈大象战斗，谈顾县长到云周西来，谈抗日小学……一提到学校，大家情绪就高了，说起来没有完；可是一提到眼下村里的事，不由得都皱起了眉头。有什么好说的呢？说来说去尽是些丧气事。

这时，敌人比以前更加残酷了，天天到村里来搜寻抗日干部，为这事不知有多少人被吊打过。提起这些事来，真叫人心里难受。有一次，胡兰亲眼看见村公所公人石居山，被敌人拷打了个半死……

那天上午，胡兰忽然想到学校里去看看。自从去年放寒假以后，再也没有去过那地方，她真想看看，如今究竟变成个什么样子了。那天恰好是个阴天，还落着毛毛细雨，她估摸这样的天气敌人大概不会来。她也没有告奶奶，一个人便悄悄溜了出来，匆匆向学校那里走去。远远就瞭见观音庙墙壁上，写着好几条刺眼的标语，庙门口还贴着好些花花绿绿的宣传画。看样子这都是前几天敌人"宣抚班"来时候涂写张贴的。胡兰厌恶地朝地下唾了一口，扭头就走到了学校门口。小学校的牌子已经没有了，大门敞开着，不，门扇也没有了。从门口望进去，满目荒凉。她正望着，忽听背后有人叹着气说道：

"有什么看头呢？连门板也拉去盖了碉堡啦！"

胡兰连忙回头一看，原来说话的是村公所公人石居山。

她没有理睬他。她本来认为石居山是个好人，过去抗日干部们来了，吃呀，住呀，开会叫人呀，以及送信送文件呀，都是他的差事，工作非常积极。可是现在，哼！竟然支应起敌人来了。这号人，谁待理他呢。石居山好像并没在意，说了那么一句，然后就走进庙里去了。胡兰也迈步走进了学校里。一进学校大门，只见满地是碗大的马蹄印。到处是干草、马粪，到处是一堆堆的鸡毛和一摊摊的鸡血，发散出一股难闻的气息。她低着头走进教室。教室里也大变了，窗户上的玻璃全打碎了。屋子里空空荡荡，当地有一堆熄灭了的大火堆，上边搁着好几条烧焦了的桌腿。四周扔着许多鸡骨头、空罐头盒、破啤酒瓶……

胡兰看了屋里院外这些情形，心里又是气又是恨。她真没想到，敌人竟然把学校糟蹋成了这个样子！她默默地站在那里，不由得想起了过去……正想着，忽听门外传来一阵哭喊声和"唔哩哇啦"的叫骂声。胡兰吃了一惊，想道："是不是敌人来了？"她慌忙跑到大门口，伸出脑袋向外瞭望。果然是敌人来了。只见庙门口停着一辆大马车，台阶上站着好几个日本兵，披着黄色的雨衣，枪上插着明晃晃的刺刀。门廊下吊

刘
胡
兰
传

089

着一个人，两个穿便衣的汉奸，正用马鞭狠命地抽打。看不清被吊着的人是什么长相，但从衣服上，从哭喊声中，胡兰听出了那人是石居山。心里不由得有点幸灾乐祸："活该，谁叫你替敌人办事情。"她真想赶快离开这个地方，赶快跑回家去。可是她没敢这样做，敌人就站在庙门口，只要再往前走上一步，敌人就能看见她，万一敌人要开了枪怎办呢？她希望敌人快快"开路"。可是看来敌人没有一点马上要走的意思。她也就只好悄悄地躲在这里。

敌人在继续拷打石居山，打一阵，问一阵，问他区上老韩住在谁家？问他村里原来的干部们躲到哪里去了？问他救国公粮埋在什么地方？……敌人一时威胁，一时利诱。那些话，胡兰听得清清楚楚。敌人说，只要说了，马上就放开他，并且还许下给他很多钱；要是不说，马上就枪毙。开头，石居山只是求告，一口一个"不知道"，后来就大骂开了，骂日本鬼子，骂汉奸，还说："老子就不告你们，把老子枪崩了好啦！狗日的们，迟早不得好死，中国人非把你狗日的们打败不可……"

胡兰真没料到石居山是这么个硬汉子。他被打得昏过去，敌人用凉水把他浇活来，始终也没说一句真话。后来敌人就把他带上走了。胡兰清清楚楚地看见石居山被绑在大车后尾上，两条腿拖在地上，全身的夹衣服都被扯破了，湿淋淋的，脸上全是血污。大车走开的时候，他的头东倒西歪，两只脚在湿润的泥土路上划下了深深的两道沟……

胡兰跑回了家里。家里人已经知道了敌人拷打石居山的消息。奶奶见她回来，急得追问她到哪里去了。胡兰没敢说实话，只告奶奶说串门去来。她装得好像什么也不知道的样子，可心里却非常激动，老是惦念着石居山，不知道敌人把他带到哪儿去了……

有天晚上，大爷从外边游串回来了。自从这里变成敌人的天下以后，大爷整天起来在村里瞎游串，也不知道他是忙活什么。有时候回来满脸喜气，有时候又愁眉不展。这天他回来的时候，两条眉都快连到了一起。他告诉家里人说，石居山是被文水城敌人宪兵队逮去的。敌人用尽了各种刑法，石居山什么也没说，后来就被敌人活活打死了。大爷叹着气说：

"多可惜！是个好样的。"

胡兰听了真想痛哭一场。这时，大爷又讲了一件更加不幸的消息。他告诉家里人说，过大年那天，顾专员，也就是过去的顾县长牺牲了。接着他很沉痛地讲了顾专员牺牲的经过：

阴历腊月三十日晚上，根据地的人们也都在准备过大年。为了防止敌人突然袭击，顾专员带着一队人马，到了三道川一带巡视。果然日本鬼子趁老百姓过年的时候，进山里"扫荡"来了。顾专员带着队伍，掩护群众转移，接着，就在田家沟一带和敌人开了火，一直打了一夜，打死伪警备队长以下三十多人。在战斗快结束的时候，顾专员壮烈牺牲了。

大爷说完，全家人都哭了，胡兰哭得更伤心。这样一个好县长、好专员，再也见不到了，谁能不伤心呢？连落后的奶奶，也不住地唉声叹气，随即又跪到佛前烧香祷告，祈求顾专员和石居山的灵魂早日升入天堂。

顾专员的死，还有石居山的死，使得人们心里都很沉重。胡兰每天纺线的时候，经常用低低的声调唱在学校时学会的一首挽歌：

> 五月的鲜花，
> 开遍了原野。
> 鲜花掩盖着志士的鲜血：
> 为了挽救这垂危的民族，
> 他们曾顽强地抗战不息，
> ……

唱着唱着，眼泪把眼睛迷糊了，手里纺的线也断了。

就在这个时候，以前的抗日村长陈照德、农会秘书石世芳在村里露面了。他们和金香爹刘树旺合伙开了个"通兴成"杂货铺，在村里做开小买卖了。刘树旺经常到下曲、信贤敌据点去贩货。信贤村的大流氓焦大林和他是好朋友，伪军中队长杜子信又和焦大林是好朋友，这么着，他和伪军汉奸们拉上了关系。有时候这些人来了村里，也常到他家去赌钱，抽大烟，喝烧酒，称兄道弟，互相拉扯得很亲热。陈照德、石世芳居然和这么个人同流合污，村里好多人背后都在骂他们。胡兰对这事也很生气，而更叫她生气的是：这时伪村公所正式成立了。玉莲三舅石三槐，金香大哥刘生根，都在伪村公所当了公人。还有大爷，唉，竟然也给敌人办起了事情——当闾长了。这件事引起了全家人的不满。

那天傍晚，爷爷到"通兴成"去买碱回来时候，慌慌急急地向奶奶说：

"这，这，这，他们劝咱广谦当闾长哩……"

奶奶急问道："什么?！当闾长，谁要他当?"

"陈照德和石世芳。"

"广谦答应了没有?"

"不知道，我去时候他们正劝他哩，我一进去他们就不说了。你快说说广谦，千万别干这差事。"

胡兰听了这消息，非常生陈照德和石世芳的气。如今是日本鬼子的天下，当闾长就是给敌人办事，给敌人办事不就是汉奸吗？劝大爷当汉奸，这不是推着瞎子下枯井？她想大爷一定不会干这号事。大爷最恨的就是汉奸。大爷对抗日也是有信心的。前些时，他还为这事和爷爷争论过。爷爷听了"宣抚班"的宣传，回来叹着气说："一切都完了。"而大爷说："没那么容易。"甚至骂"宣抚班"的人是"狗汉奸"。像大爷这样的人，决不会答应干这号差事。她正这么胡思乱想，大爷回来了。

奶奶急忙问道：

"听说他们要你当闾长，你没有答应吧？"

大爷随口说道："答应了。当就当。"

"什么？你答应当了？"奶奶又急又气地说道，"这是什么年月？天爷，你怎么答应干这号事？这是当闾长，这是提着脑袋耍耍哩！"奶奶从来都不干涉大爷的行动，可是这回完全不同了。一迭连声地说："咱家人从来对公家的事不沾手，再说又是这种年月，公家的事是好办的？炒下豆子众人吃，打烂炒锅一人赔。我说趁早推了，歇歇心心过咱们的穷日子。"

爷爷对这事也很不满意，他抱怨道：

"好年头时候，让你排排场场当邻长，众人那么拥戴你，甚的光彩，甚的体面，你一推六二五，不当。偏偏在这个混乱年头，要担这些风险，你究竟打的什么主意？你妈说得对，趁早推了。"

大娘虽然没有说什么，但满脸不高兴的神色，而且不时偷偷撩起围裙擦眼泪。显然也是不同意大爷冒这个风险，担任这份差事。爷爷奶奶劝说了半天，也没起点作用。胡兰忍不住向大爷道：

"给敌人办事，那不就是当汉奸？"

"你懂个屁！"大爷说了这么一句，就再也不开口了。

胡兰当时虽然没敢再说什么，但心里却恨死了大爷。从这以后，连话都不和他说了。可是过了些日子，她渐渐发觉大爷不像是真心真意给敌人办事情。有时候他回到家里，还常常骂汉奸哩！胡兰真弄不清楚，大爷究竟是怎的个人。又过了不久，事情全明白了。

有天夜里，他们全家人刚刚睡下，忽听得一阵敲门声。爷爷连忙起来出去了。胡兰听着开大门的声音，接着就听见爷爷相随着一个人走进院子来了。他们"叽叽咕咕"说了好半天，听不清是说什么。后来那人低低地叫大爷起来，说是有队伍来了，让大爷去帮助起米面，给部队煮

刘胡兰传

饭吃。

过了一会儿，大爷起来相随着那人走了。胡兰从那人说话的声音中，听出了是农会秘书石世芳。她问爷爷是不是世芳叔？爷爷胡乱"嗯嗯"了两声。她连忙爬起来又问道：

"是咱们的抗日队伍来啦？"

奶奶接嘴说："小孩子家别管这些事，悄悄睡吧。"

胡兰只好悄悄又躺下，可是怎么也睡不着了。过了一会儿，忽听奶奶向爷爷问道：

"又是哪一部分？"

"石世芳说是县大队。也是从西山里下来的。"

"人多吗？"

"听说只有二十来个人。"

奶奶抱怨道："唉，大队伍又不来，老是这么几十个人半夜来半夜走，这算做甚？要让日本鬼子知道了……唉！咱这个广谦呀！偏偏要在这年头担这些风险！"

胡兰从他们的谈话里知道，确实是抗日队伍来了，而且夜里常常有小股队伍来。啊！原来是这样，原来石世芳他们暗里仍然在做抗日工作，大爷也偷偷做起抗日工作来了。胡兰心里高兴极了。

刘胡兰传

奇怪的客人

天气一天比一天炎热，已经是夏天了。

有天上午，胡兰认完字，又纺了一阵线，觉得家里又热又闷，便跑到南场里树下去乘凉。无意间从破墙壑口上看见有两个女孩子推着辆自行车，从金香家出来了。她认出了其中一个是玉莲，另一个是邻居的亲戚，名字叫黄梅。她们推出来的是一辆崭新的车子，大梁、衣架乌黑发亮，瓦圈、辐丝在太阳下闪着白光。坐墩上罩着一件做得很精致的红绒套，手把上吊着两个五颜六色的绒线球。一看就知道车主人是个很爱抖阔气的人！胡兰不由得问道：

"嗬，好漂亮的车子呀！这是谁的？"

黄梅道："准是金香家的客人的。"

胡兰问了半天才知道，原来她们两个是找金香来玩的，恰巧金香不在家，见院里搁着这么辆车子，引起了学自行车的瘾头，两个人便偷偷地推出来了。胡兰听她们说完，忙说：

"骑坏人家的怎办！"

玉莲抢着说："这是铁打的，又不是纸糊的，哪儿就能坏了！"

黄梅也说："就在门口学一小会儿，骑完就给人家送回去。胡兰，来，咱们三个一块学吧。"

胡兰本来对学自行车也很有兴趣，听她们说得有道理，也就同意了，忙从墙壑口上爬过去。三个人便在金香家门口轮流学开了。三个人谁也不会骑，只能是靠另外两个人扶着，慢慢兜圈子。而且因为个子小，只能从大梁下伸过一条腿去，歪着身子两脚一前一后蹬着走。三个人你学一会儿，她学一会儿，没过了半顿饭时，都已经是满头大汗了。可是谁也没有休息的意思。当第二次轮到胡兰骑上去的时候，右边扶车的黄梅热得实在忍不住了，不由得撒开一只手揩脸上的汗水，可巧就在这时候，车子的重心转向了左边，玉莲支架不住了，可着嗓子喊道："快，快，快扶住！"说时迟，那时快，只听"呼喳"一声，连人带车子全摔倒了。幸好车子倒在了左边，玉莲拉了胡兰一把，算是没有被压到车底下，只把左膝盖上碰破了一点。她揉着膝盖爬起来，急问道：

"车子坏了没有？"

黄梅和玉莲忙把车子扶起来，前后左右一检查，发现后轮碰断了两根辐丝，坐墩套弄脏了，车把也扭歪了。三个人都吓坏了，商量了半天，也想不出什么好办法来。村里没有自行车铺，没法换辐丝，自己又不会修理。商量的结果，只好就这样给人家送回去。玉莲主张三个人一块去送，要挨骂一块挨。黄梅不同意，她说有一个人顶着挨骂就行了。何必要三个人一块去受气！可是谁去干这件差事呢？

胡兰说："我骑的时候弄坏的，我送去吧。"

说着推上自行车就要走。黄梅忽然拉住她嘱咐道：

"院里要没有人，你悄悄放下就出来，不要惊动他们。你等一等，我先去看看有人没有。"

她说着，走到金香家门口，探头探脑向院里眄了眄，然后招了招手，低声说：

"快点，你脚步可轻点！"

胡兰蹑手蹑脚地推着自行车进了院里，果然一个人影也没有。只听见厨房里有锅、瓢、碗、筷的响动声，同时发散出一阵阵的油香。她轻

轻把自行车架子支起来，正想往外溜，忽然又觉得这么做不对。她想起在学校的时候，老师常讲，革命儿童一定要诚实，如果自己做错了事，要勇于承认错误。把人家的车子弄坏了，连告都不告一声，这对吗？她正想着，忽见黄梅和玉莲躲在门口直向她招手，意思很明白，是要她赶快出来。可是胡兰越想越觉得不对劲，心里说："挨骂就挨骂吧，反正不能偷偷溜。"于是她大声向厨房里问道：

"树旺嫂？院里这辆车子是谁的？"

李蕙芳在厨房里答道："那是客人的。"

话音刚落，从正房里走出一位客人来。看样子，这人有二十多岁，留着小平头，穿戴得非常阔气：上身是白纺绸衫子，下身是米黄色纺绸裤子，脚上穿着礼服呢千层底鞋。一只手上戴着手表，另一只手上戴着一个黄灿灿的金戒溜子。他走到自行车跟前，笑眯眯地对胡兰说：

"车子是我的。干吗？小姑娘，你想骑一骑？"

胡兰红着脸说："刚才我们学着骑，给弄坏啦！"

客人已经发现车把扭歪了。他两腿夹着前轮，一边纠正车把，一边说道：

"没关系，这不算坏。"

胡兰忙又指着后轮说道："这里给碰坏了。"她心里说："这可就该挨骂啦。"

客人看了看后轮，说道：

"摔跤了，是吗？碰着你了没有？"

胡兰本来是准备挨骂的，谁知客人不但没骂，反而关心自己碰着了没有。她难过地说：

"把你崭新的车子碰坏了……"

客人说："没有关系，甭难过。你敢大胆认错，这很好。你叫什么名字？"

李蕙芳沾着两手面站在厨房门口，接嘴说道：

"她叫刘胡兰，是我的远房本家。和我女儿金香是好朋友。按辈分，金香还该叫她姑姑哩，你看这个死鬼金香，走了半天了，连点酒还打不回来。"

经李蕙芳这么一打岔，碰坏自行车的事也就这么结束了。接着客人又问胡兰上学了没有。她告诉客人说，自去年冬天学校关了门，就不上了。客人感叹地说：

"唉，多可惜。不过不要紧，好好在家温习功课，学校将来总会再开的。"

胡兰什么话也没说。她能说什么呢？奶奶怕惹是非，早已把那些抗日课本烧了。当胡兰转身出来的时候，黄梅和玉莲已经跑得没影了。走了没几步，迎头碰上金香提着个玻璃酒瓶子回来了。胡兰忙问道：

"金香，你家今天来的那是个什么客人？"

金香说："我不认得。半前晌我后爹引回这么个人来，告诉我妈说是个贵客，要让好好招待哩。"

胡兰见金香也说不出个子午卯酉来，也就没有再追问下去，两个人说了几句家常话就分别了。可是这个客人的影子，老在她脑子里晃来晃去，一直到下午纺线的时候，还在思索这件事情。她边纺线，边忍不住向正在织布的奶奶说道：

"奶奶，今天前晌金香家来了个客人。"

奶奶头也不抬地说："那有什么稀罕！她家三教九流都结交，狐朋狗友多的是。"

"这个人穿得很阔气，像是个好人……"

奶奶打断她的话说："好人谁去她家？穿得阔要怎？唱戏的穿上龙袍，也成不了真皇帝！"停了一下，又责备胡兰道："早就和你说过了，少去她家。自古道'凤凰不入乌鸦巢'，她家那是赌博窟、是非坑，去她家能学出什么好来！"

　　胡兰本打算把上午发生的事情，一字一板地告诉奶奶，如今一看时机不对，也就不吭气了。她知道奶奶说的倒也是实情，金香家确实不是个好地方，她家里闲杂乱人很多，不是料子鬼、赌博棍，便是流氓、地痞，虽然也有穿戴得很阔气的，但没一个正经东西。可是她总觉得今天碰到的这个客人，和那些人不同。看样子既不像料子鬼，又不像赌博棍，听口音也不像本地人，这究竟是个干什么的呢？说是好人吧，不对；刘树旺说是他家的贵客，难道他的贵客还能成了好人？说是坏人吧，又不像，从今天上午他对待碰坏车子的态度，说的那些话来看，难道坏人还会这样子？

　　这天下午，胡兰一面纺线，一面这么胡猜乱想，她真想弄个明白，可是一时也得不出个结论来。

　　第二天清早，刚吃过早饭，金香跑来了。她把胡兰叫到门口说：

　　"胡兰子，我告你个事，昨天我家来的那个客人，你猜是谁？"

　　"谁！"

　　"是我舅舅。"

　　"你舅舅？"胡兰觉得很奇怪，忙又说道，"昨天你还说不认识，今天怎么一下又变成你舅舅了，难道外甥连舅舅也不认识？"

　　金香说："以前没见过。昨天晚上我妈才告我，说是我舅舅。"

　　"你舅舅怎么说的一口外路话？"

　　"我舅舅说的是京腔。他从小就在北平学生意，好多年都没回过家了。"

　　胡兰听金香这么一说，心里的疙瘩才算解开。接着金香拿出个小日记本来让胡兰看，说是她舅舅送给她的；又提起裤腿让看她的新袜子，说也是她舅舅送给她的。她还说，她舅舅这次回来就不走了，要在她家中常住，因为外祖父和外祖母早就死了，舅舅没有了家。最后她又告胡兰说：

"我舅舅还带回来个洋戏匣子（留声机）。唱得可好听哩！走，到我家听听去。"

胡兰真想去金香家开开眼界，看看稀奇。可是这时奶奶在院里说道：

"胡兰子，别出去乱跑，好好在家纺线吧。"

胡兰知道奶奶是不愿让她去金香家，于是应了一声。回头便对金香说：

"今天不去了，以后再去听吧。"

金香走了之后，胡兰忽然又产生了一点怀疑。她常听人们说北平是个大地方，老早就给日本鬼子占了。而金香舅舅是刚从那地方回来的，会不会是敌人派来的汉奸呢？她自己也知道这种猜想没有什么根据，可是心里总觉得有点惑惑疑疑。去年在学校时候，老师就常说："抗日儿童，要经常提高警惕，随时注意形迹可疑的人。"金香舅舅看样子可能是好人。但他是从敌占区回来的，万一要是坏人呢？最后她觉得不管金香舅舅是好人还是坏人，首先应当把这个情况向抗日干部们说一声。于是她跑回屋去拿了个线拐，边缠线，边就到了"通兴成"杂货铺。正好只有石世芳一个人，胡兰连忙向他说道：

"世芳叔，金香家从北平来了个客人，说是她舅舅……"

"对，是她舅舅。"石世芳接上说，"是在北平做买卖的，叫个李六芳。"

"你已经都知道啦？"

"对，对，我已经见过他了。"石世芳用赞许的眼光望着胡兰说，"怎么？你是怕这人有问题？"

"我不知道。我只是想告你一声。"

"对，对，你做得很对。不过这人一点问题都没有，纯粹是个好人！"

胡兰听石世芳说得这么肯定，心里的疑团也就解开了。

光荣的任务

金香舅舅李六芳，来到云周西村没多久，就和村里的一些人们混熟了。这是个精明强干的人物，能写能算，见多识广，对人又和气又热情，他和什么人都能谈得来，常常在街上和人们闲聊天。有时是说书说戏，有时是讲古论今，有时也谈北平城里的情形：什么天桥如何热闹啦，什么北海公园如何美丽啦，等等。他说得有声有色，而听的人都觉得津津有味。讲起生意经来，更是有条有理，一套一套。他告人说，他在北平的商号由于日本鬼子捐多税重赔塌了。如今打算看盘子作"走水"（就是买空卖空），积攒点本钱，以备将来世事太平了，重整旗鼓。村里一些做过买卖的人，都看出来这是个有胆有识的人。胡兰大爷刘广谦，轻易不评论谁好谁坏，全村近千人，他真正看得上眼的并没有几个，而对李六芳却十分佩服。在家里吃饭的时候，每逢提到李六芳，总是赞不绝口。胡兰本来对李六芳的印象就不坏，听大爷这么称赞，就更觉得他是个好人了。

这期间，胡兰在街上也曾碰到过李六芳。李六芳的记性真好，虽然那次送自行车只见过胡兰一次，可他已经认下了，而且连名字都能叫得出来。他叫胡兰到他住的地方去玩，胡兰本来想去听听留声机，可是她知道李六芳是住在金香家，也就只好不去了。后来，金香又来叫过她两回，她始终也没有去。她牢牢地记着奶奶的嘱咐——决不到那个乱七八糟的地方去。

秋收后的一天下午，胡兰在陈玉莲家，和玉莲玩了一会儿。刚离开这里要回家去纺线，一出大门，忽见伪村公所公人石三槐从西面急急忙忙走过来了，边走边向东面点头哈腰地大声说道：

"良民的欢迎，欢迎太君！"

胡兰急忙扭头一看，原来是有十来个日本鬼子和伪军从东面来了。她吓了一跳，正想转身退回院里去，这时石三槐已走到她面前。石三槐装着鞋掉了，一面蹲下来提鞋，一面低声急促地说：

"胡兰子，别走。快快去金香家告一声，就说……"

他的话没有说完，站起来又大声向东面说道：

"太君的辛苦，辛苦。村公所的咪西咪西。"

胡兰再看时，石三槐已经跑过去，引着鬼子和伪军，向通到观音庙的那条路上去了。她愣在那里，不知该如何是好。三槐叔讲的是些什么呀！"快去金香家告一声，就说……"说什么呢？她忽然明白了，显然是要她通知金香家："敌人来了。"可是把这消息通知金香家有什么意思呢？是不是说敌人可能去金香家抽大烟要钱，让他们准备一下？呸！去他的吧!谁替他们办这些龌龊事！

她正想走开，忽又想道：石三槐是个好人，过去做过好多抗日工作，还给一二〇师特务团当过通讯员，虽然现在是伪村公所的公人，可他和世芳叔很要好，常到"通兴成"杂货铺去闲坐。至于说和陈照德就更不要提了，他是陈照德的三舅。

她这么一想，觉得这里边一定有重要缘故。另外，石三槐和她说话时候的那种神态，绝不像是随便说的，他脸上的表情又焦急又严肃。看样子，很可能是有抗日干部在金香家，石三槐要她通知一声，让他们快快躲开。对，一定是这么回事。可是抗日干部会去这个乌七八糟的地方吗？也有可能。以前，县公安局的李股长就常去金香家，她曾经看到过

李股长从金香家出来过，还在"通兴成"杂货铺和刘树旺一块喝过酒……对，一定是金香家有抗日干部。

她一经这么想通，立时拔腿就向金香家跑去。刚跑到巷口，忽又站住了，思忖道：奶奶再三嘱咐不让去金香家，那么进去不进去呢？她站在巷口愣了半天，觉得这是件要紧事情，不能光听奶奶的。于是快步跑到了金香家。

一进门，只见金香妈李蕙芳正在院里做针线活，一见她进来，慌忙站起身，两手一拦说：

"胡兰，你找金香？金香不在家。"

看样子是不想让她到屋里去。胡兰急忙说道：

"三槐叔让我来告一声：敌人来了！"

李蕙芳连连干咳了几声，问道：

"在哪里？"

她眼瞪得有核桃大，脸上直变颜色。胡兰还没来得及回答，忽听正房里开起留声机来了。紧接着石世芳从屋门口伸出头来看了看，随即又向她招了招手说：

"胡兰子，你来，你来。"

胡兰见是石世芳叫她，连忙跑过去。一进屋，只见区抗联主任老唐、区长张有义、村长陈照德都在这里。桌子上堆着一堆麻将牌，样子好像是在赌博。金香舅舅李六芳穿戴得还是那么阔气，正忙着摆弄留声机。胡兰已经好久没见过老唐和张区长的面了，今天猛一下见到他们，不由得又惊又喜，心里说："怪不得三槐叔让来送消息，原来是我们的人来了。"她没等人们问她，连忙就把刚才在街上碰到的情形说了一遍。人们都用赞许的眼光望着她。胡兰被看得真有点不好意思，脸都红了。

这时忽听区长张有义说道：

"我看咱们快散吧！"

“要是出去在街上碰到敌人，更麻烦。”陈照德接嘴说道，“我看还是干这吧。”

他边说，边就动手洗牌。别人连忙也坐到了牌桌前，一起洗起牌来，弄出了“哗啦哗啦”的响声。

石世芳扭过头来向胡兰说道：

“胡兰，你到巷口玩去吧，好不好？要是看到敌人来，就跑来告我们一声。”

胡兰应了一声，连忙就跑出来，心里觉得又高兴又奇怪。高兴的是见到了区上的抗日干部，奇怪的是为什么他们偏偏要在金香家呢？真的是在那里耍钱吗？不会。他们不是那号人。再说真要是耍钱的话，也用不着放哨了！金香家是公开的赌博场，连据点里的敌人都知道。那么他们是在开会吗？可是开会为什么要和那个北平回来的买卖人开呢？……

胡兰边走，边思忖。这时忽听有人喊道：

“胡兰，快来吃落花生。”

胡兰忙抬头一看，只见金香坐在巷口一块石头上，悠闲悠闲地剥花生吃。胡兰忙走过去问道：

“你在这儿干什么？”

“什么也不干。”金香说着抓了一把落花生递给胡兰，接着又低声说道，“妈让我在这儿守着，怕有敌人来。”

“敌人已经来了，到庙上去啦！”

“真的吗？哎呀，这可坏了。你等等，我回去说一声。”

她说着站起来，急急慌慌就要跑。胡兰忙拉住她说：

“我已经到你家告诉过了。”

金香惊奇地问是怎么回事。胡兰忙把刚才碰到的情形从头至尾说了一遍。金香犯愁地说：

“回去我妈一定要骂我一顿。日本鬼子真可恨，我在这儿坐了老半

天他也不来，偏偏刚才离开了一小会儿——我到后街去买了点花生——偏偏就来了。"说着又从口袋里掏出一把花生来递给胡兰。

胡兰也没有推辞，接过来一边剥着吃花生，一边不由得又想起了刚才的那些疑问。她向金香问道：

"老唐和张区长干什么来了？"

金香随口说道："打牌。自我舅舅来了以后，他们常到我家来打牌，连这一回已经是第三回了。"

"他们是真的赌输赢吗？"

金香摇了摇头说："不知道。他们一来，妈就让我到巷口来守着。等妈叫我回去的时候，早就散场了。"

接着金香又告胡兰说，以前凡是有人到她家赌博，她后爹就让她给这些人们点烟、倒茶，末了赢家就会给她几个零花钱。自她舅舅来了以后，舅舅就不让她干这号事情了，而是让她学好，每天教她识字，有时候也给她讲故事。

正说到这里，石三槐哼着山西梆子从大街上走过来了。石三槐一看见胡兰就问道：

"我刚才让你捎的话，捎到了没有？"

胡兰点了点头。接着问道：

"敌人走了吗？"

"走了。是过路的。在庙上吃喝了一气就走了。"石三槐说完，就又哼着山西梆子到金香家去了。

这时金香也站起来说：

"看样子敌人不会再来啦。"说完也回家去了。

胡兰也站起来想回家去，可是又觉得没见到世芳叔，悄悄地离开这里不好。万一敌人要再来怎么办？于是她又坐下来。刚坐下不一会儿，石世芳从金香家出来了。他见胡兰还坐在那里，笑着说：

"快回家吧，没事了。"

两个人相随着走到大街上。石世芳边走，边用赞美的口气说：

"胡兰子，你今天办了件好事，很好。"

胡兰低声问道：

"世芳叔，金香舅舅是不是咱们的人？"

石世芳没有立时回答，停了一会儿，又严肃又认真地说道：

"是咱们的人。"

接着又嘱咐她不要和别人去讲。并且要她以后常到街上来玩，看到有敌人来，就去告一声李六芳。最后当他们分别的时候，石世芳又说：

"这些事你一定能办到，我信你。"

这一天，胡兰高兴极了。她之所以高兴并不是因为知道了这个秘密，也不仅是因为见到了区上的抗日干部，而更重要的是干部们信任她，给了她一个重要任务。世芳叔和她谈这件事的时候，完全是用和大人们谈话的口气。她对这一点，满意极了。

一本"天书"

从这以后，胡兰一有空闲，常站到门口瞭哨。就是在家里干活时候，只要听到街上有点风吹草动，也总要跑出去探听探听，看看是不是敌人来了。她时时惦记着世芳叔的嘱托，好像抗日干部们的安全，都担在她一人肩上似的。

有天早饭后，她正坐在炕上纺线，忽听街上传来一阵小孩子们急促的脚步声。她连忙停住纺车，跳下炕来跑了出去。刚到院里，迎头看见爱兰慌慌张张跑了回来。胡兰急忙问道：

"是不是敌人来了？"

爱兰边点头，边上气不接下气地说：

"我，我们正在街上玩跳方……远远看见……"她见姐姐没听她说完，急着就要往外走，连忙拦住说："姐姐别出去，鬼子已经进村啦！"

"不要紧，我出去看看就回来！"

爱兰见姐姐一甩手，匆匆跑了，很觉奇怪。以往姐姐和她一样，每逢听说敌人一进村，都是往家里跑，躲进屋子里。这回不知为什么，姐姐忽然胆子大起来，往街上跑呢？

胡兰匆匆跑出大门的时候，只见一大群敌人从东边走了过来，看样子都是伪军，人群中还有好些担挑着行李、包袱的民伕。胡兰急着要去金香家通知李六芳，她想要是快跑的话，一定能跑到敌人前边。转念一想，觉得不能这么做，万一敌人要追呢？那不是等于给敌人引路吗？她站在门口，眼看着敌人越走越近了。怎么办呢？忽然灵机一动，转身溜到了南场里，急忙从破墙壑口上跳下去，几步就蹦到金香家。一进院子就听得西屋里人声嘈杂。她撩起门帘看了看，只见满屋子烟雾弥漫，炕桌四边坐着四个人正在打麻将牌，炕上炕下还围着一圈看热闹的人。她见其中没有一个抗日干部，连忙退出来。一转身，正好李薏芳端着一壶茶进门，差点把水给碰洒。李薏芳着急地说：

"看你这个冒失鬼！啊，是胡兰呀！找金香吗？在北房听她舅舅讲故事哩！"

胡兰没顾得答话，慌忙跑到北房里，一进门就向李六芳说：

"敌人来了，很多，是从东边来的……"

金香没等胡兰说完，就急忙向李六芳说：

"舅舅，你要不要躲一躲？"

李六芳显得很镇静，他向胡兰问道：

"来的是伪军吧？带着很多行李，是吧？唔，看你跑得气都喘不上来了。快坐下歇歇。"他亲切地拉胡兰坐下，随即又很有把握地说道："这是信贤和东庄的敌人换防哩，不会到这里来。"

他的话音刚落，就听街上由远而近传来一片杂乱的脚步声。声音愈来愈响，随后又渐渐小下去，终于听不见了。显然敌人已经走了。胡兰觉得非常奇怪，李六芳怎么猜得这样准！他怎么知道来的是伪军，还带着行李？他怎么知道是两个据点的敌人换防呢？她正这么胡猜乱想，忽听李六芳笑着问道：

"胡兰，听说以前你怀疑我是……是汉奸，是吗？"

胡兰的脸"呼"的一下红了。心想："这一定是世芳叔讲的。"她正不知该怎么回答的时候，金香不满地说道：

"你尽胡猜，我舅舅能成了汉奸？你知道我舅舅是，是……"她把

下半句话咽回去了。扭头望着李六芳问道："告不告她？"

"你不告诉，她也知道。"

"哦，她已经知道了？"

金香惊奇地望着胡兰说："那你怎么说我舅舅是……"

李六芳打断她的话说："那是我刚来时候的事。胡兰怀疑的对，抗日的儿童就应当这样，随时都要提高警惕。"

"对，对，我记住了。"金香亲热地拉着胡兰的手说，"你进来的时候，舅舅正给我讲课哩，讲的就是根据地儿童抓汉奸的事。"

"讲课？有课本吗？"

"当然有，我舅舅给我编的。这不是。"金香随手把一个小日记本展开，递给胡兰说，"我考考你，你能念下来吗？"

胡兰接过来一看，只见上边一个挨一个写满了字。她小声念道：

"利、和、中、东……这个不认得。毛、女、民……这个也不认得。汉、日、红……这说的是个甚？"她见金香抿着嘴只管笑，忙说道："你尽哄人，横着竖着都联不成句话，这能算是课本？"

李六芳笑着说："这是'天书'。凡人看不懂。"

金香凑过来说道："我来给你念。毛主席是中国人民的大救星！抗日战争一定要胜利！妇女解放万岁……"

"哪有？哪有这些话？"

"这不是：毛、主、席……"

金香边念，边用指头一个字一个字指给她看。这一下胡兰明白了。原来金香不是按顺序念，而是跳着念，有时跳两个字，有时跳三个字；有的是从左往右念，有的是从下往上念……她觉得又新鲜，又奇怪，忍不住向金香问道：

"为什么要这么乱写？"

金香随口说道："万一落到敌人手里，他们也不知道写的是些甚！"

她见胡兰对这些"课文"很感兴趣，翻来覆去地看，忙又说道："以后要我舅舅一块教咱们吧。嗨，你老不到我家来……对了，你听不听留声机？就是洋戏匣子。我也学会拧了。舅舅，让我来给胡兰唱一会儿吧，她还没听过哩！"

李六芳同意了。金香连忙打开柜子，搬出个蓝色的小箱子，随后又拿出一沓黑色的圆片子来。胡兰见她把箱子打开，拿了一个黑片放在圆盘上，又摆弄了一阵子，那个黑片子转开了。小箱子里忽然有人说话了，这是一个低嗓子男人的声音："百代公司特请丁果仙唱《空城计》。"话音刚落，就响起了优美的乐曲，接着就唱开山西梆子了。胡兰从来还没见过这玩意哩！她觉得新奇极了。小箱子里好像装着好多人似的，锣鼓丝弦敲打得非常热闹，丁果仙那嗓音又清脆又洪亮，唱得好听极了。

这里一开留声机，把西房里看牌的那些闲人都招引来了。有两个人一进门就跟上留声机唱开了。胡兰本来想好好听一会儿留声机，见乱糟糟来了这么多人，忽然想起了奶奶的吩咐。奶奶不让她来金香家，不让她和那些不三不四的人搅混在一起。于是便抽身出来了。

回到家，胡兰纺了一会儿线，就复习前几天认下的一些生字。可是怎么也安不下心来，不由得老是想着金香那个小日记本。妈妈教她认的只是一些常用字，而李六芳教金香学的都是抗日话。她觉得金香学的那些又新鲜又有意思。金香说让她舅舅一块教她们，要是真能那样有多好！可就是，唉！要是换个地方就好了。

第二天下午，胡兰忍不住还是到金香家去了，心里说："要是她家有乱七八糟的人，就赶快回来。"

一进金香家的巷口，只见金香拿着只鞋帮，在她家门前坐着做针线哩。她看见胡兰，忙招了招手。胡兰跑过去笑着问道：

"这么冷的天，怎么坐到街上做活来了？"

金香悄悄地说道："我舅舅正和一些客人们说话哩！"

胡兰没有再往下问。她想：一定是又有抗日干部来了。她顺手拿过金香的鞋帮看了看，只见细针密线纳得十分工正，不由得惊问道：

"你什么时候学会的？纳得这么好。"

金香道："我哪会？这是我妈的营生。我嫌空着手坐到街上不好，顺手就拿出来了。"

胡兰忙说道："万一敌人碰见，要当场试你的手艺，可怎办呀！那不露馅啦？"

"啊！"金香边夺过鞋帮来藏到怀里，边说道，"唉！我怎么就没想到这一层呢？"

正说着，只听院里传来一阵自行车的响动，接着就见李六芳送出客人来了。客人一共有三个，穿戴的都像买卖人，胸前都戴着"良民证"。他们和李六芳点了点头，各自跨上车子，你东我西走了。李六芳亲切地向金香道：

"冻坏了吧？啊，胡兰也在这里。走，都到屋里暖和暖和去。"

他们一块儿回到北房里。李六芳让她们坐到热炕头上，又一人给倒了一杯热水。他好像一眼就看出胡兰的心事来了，笑着说道：

"胡兰，是不是听我讲'天书'来了？"

胡兰笑了笑，没有作声。金香一面从炕毡下取出那个小日记本，一面说道：

"舅舅，那你就给我们讲一课吧！"

"行啊！"李六芳喝了一口水，接过小日记本看了看，说，"来，你们念念这一句：'有、一、分、光，发、一、分、热。'看看哪个字不认得？"

她们先认会了其中的生字，然后李六芳就讲开了。他开头还是就这句话讲，后来就说到打日本鬼子的事上了。刚讲了几句，石三槐来了，进门来看了看没有外人，忙向李六芳说道：

"今上午伪区公所来了份公事，要村里指定一个人当情报员哩！"

金香插嘴问道："情报员是做甚哩？"

石三槐说："给敌人送情报嘛！"随即他又学着敌人的腔调说道："凡是村里来了八路军、游击队、抗日干部，统统报告皇军！"

"哦，那不坏了？"

"傻丫头！"石三槐笑着骂了一句。然后又向李六芳说道："这可是正瞌睡送来了枕头。世芳和照德让和你商量一下，看派个谁合适。"

李六芳想了想说："还是由你们决定吧。反正得派个可靠的，还得机灵点。"

胡兰见他们在谈论抗日工作，觉得应当出去看看，万一敌人来了，也好打个招呼。于是对石三槐说道：

"三槐叔，要不要我们到门口玩去？"

石三槐道："放哨吗？用不着。我天天和那些王八蛋打交道，还怕他们吗？"

李六芳向石三槐称赞胡兰："这小姑娘真机灵！昨天村里过伪军，她专门跑来告我呢！"

石三槐接嘴说道："嗬！顶事啦！真像个情报员哩！"他接过李六芳递给他的一支烟，边点着火抽，边又说道："老李，不是我替我们云周西吹牛。说到抗日，全村除了少数几家不可靠的，不论大人小孩，不含糊！俗话说，乱世显忠臣。环境好的时候，哪个村的人都敢喊：'打倒日本帝国主义！'环境变坏以后，这就看出哪个村老百姓的骨头硬了。为啥敌人把我们云周西叫成了'小延安'？这是有来由的。不说别的，就说保护抗日干部吧，不是我夸海口，住到我们村和住到保险柜里也差不多！"

接着他就说开了。他说，自从敌人开始大"扫荡"，区上、县上的干部一直就没离开过这个地区，而很多干部是隐蔽在云周西的。虽然敌

刘
胡
兰
传

113

人三番五次到村里来搜查，对群众威胁、利诱，甚至严刑拷打，但从来没有一个人说过实话。就连一些普通的家庭妇女，在这一场残酷的斗争中也表现得十分坚强。

"就说去年正月二十九那一回吧，真悬！要不是妇女们，可闯下乱子了。"石三槐狠狠抽了几口烟，然后一字一板地说道，"以前，敌人都是早饭以后到村里来搜查。干部们则是天一明就躲到野地里去了，到天黑才回村。那天，敌人耍了个新花招，叫什么'拂晓袭击'。半夜里偷偷地包围了村子，街上五步一岗，十步一哨，把守了个严，单等着天明以后干部们自投罗网哩！谁都没防住狗日的们这一手，你看怕人不？可巧那天玉莲娘——就是我姐姐——起早啦，她出去倒尿盆觉察啦，慌忙回家拿了个簸箕，假装去刘莲芳家借米，通风报信——她知道有几个区干部住在那院里。——可是，还没走到刘莲芳家门口，就给敌人的步哨截住了。敌人拿刺刀逼着她往回返，还不准她高声说话。她看出敌人是怕惊动人们哩！就装着害怕哭喊开了：'皇军大人，呀，呀，我是好人……'气得敌人拿枪把子揍她。她哭喊得更凶了……"

胡兰连忙追问道："后来呢？"

石三槐说："把干部们惊动啦！他们没往村外跑，爬墙跳屋藏起来了。那回也多亏刘莲芳骨头硬，要不也得出漏子！"他扔掉烟头，用脚踩灭火星，擦擦手又说："敌人那天在街上白等了一清早，后来就敲门击户搜查开了。他们发现刘莲芳家一间空房里好像住过人，于是就拷打追问她。后来又把她捆到院子里，浑身浇上冷水冻。这女人受了好多刑罚，始终都没落一句口供。等敌人走了之后，她全身衣服都变成了冰筒。那回把她冻得大病了一场。"

他们三个人只顾听石三槐说话，谁都忘记讲课那码事了。李六芳感叹地说：

"这些事，将来都应该写成书。"他像自言自语地说道："上级常常教导我们：要发动群众，相信群众，依靠群众。这话说得真对!"

胡兰听了三槐叔讲的这些事，心里非常激动。刘莲芳被敌人浇水冻的事，她以前也知道，大爷也提到过，可并不知道当时她家真住着抗日干部。原来抗日干部一直就没离开过这里，原来早就有许许多多人在保护这些抗日干部了。听了这些消息，叫人浑身都感到有劲。她不由得想道："碰见金香放哨已经两回了，金香一定常常做这工作，可是自己呢?"她觉得有点惭愧，暗自说："以后看吧!"

奶奶的"女儿经"

　　前一个时期，奶奶见胡兰整天钻在家里，不是闷着头纺花，就是悄悄地认字，轻易连大门都不出。她感到很满意，曾经用夸奖的口气说："这就对啦！闺女家就应该这样！"最近一个时期，她发觉孙女儿又有点变了。不只变得有说有笑，而且还常常拿上线拐出去串门哩！这叫奶奶又有点不放心了。她常常现身说法，劝告胡兰："一个姑娘家，从小就要守点本分。我像你这么大的时候，真个是大门不出，二门不迈。就是村里有了红火热闹，大人们不放话，也不敢私自跑出去看看。哪像你这样，成天起来游门串户。俗话说：'人串门子惹是非，狗串门子挨棒槌。'以后没事少到外边去跑野马。"

　　前一个时期，胡兰根本就不想到外边去。如今却是再也不愿意老待在家里了。她觉得待在家里，就和关在个小箱子里一样，简直闷得人透不过气来。家里的生活像钟表一样，转过来转过去，没有一点变化，没有一点乐趣。男人们天不明就上地，天黑才回来。累上一天，到家吃过晚饭倒头就睡了。女人们除了烧茶煮饭，不是做针线活，就是纺花织布。整天待在家里，成年累月像坐牢一样。不要说谈论国家大事了，平素连笑话都不敢高声说。奶奶的家规很严，有好多讲究：不准媳妇们高声说笑，有客人来不准媳妇们多嘴多舌，做饭时不准锅瓢碗勺乱响乱动……以前她对胡兰管教得还不怎么严格，如今却一天比一天紧了，连抬脚动手都管起来啦。她一心要按她的老办法培养孙女儿，经常向胡兰说：“已经是十一二岁的姑娘了，你当还是小孩子吗？坐没坐相，站没站相，走起路来‘通通通’捣得地皮响，一点规矩也不懂。将来做了媳妇，公婆面前可怎交代呀？人家骂你是小事，还得骂家教不严呢！娘家人也得跟上你丢脸！”胡兰最不爱听奶奶的这些话了，什么出嫁呀，做媳妇呀，听着真叫人讨厌。可奶奶偏爱说这号话：“胡兰子，从小就要学得有点眼色。看见大人们装烟就点火，看见大人们口干就倒茶。手勤点，嘴甜点，将来做了媳妇才会讨公婆的喜欢。你别噘嘴，这全是为你好。俗话说，不听老人言，吃亏在眼前。将来出嫁了看谁受制！”

奶奶一天到晚地叨叨，不是数说孙女儿，就是数说媳妇们，再不就是讲些神神鬼鬼的迷信话。胡兰在外边听人们谈论的尽是打日本鬼子、闹革命、妇女解放这一类的新鲜事，回到家里听奶奶说的却是这一套，唉！听得人真腻味，简直是活受罪。因此尽管奶奶不让她串门，胡兰还是一有空就往外跑。好在奶奶只是这么说说而已，并没有认真干涉孙女儿的行动。后来奶奶发现胡兰常去金香家，可就真的生气了。为这事胡兰没少挨过骂。其实胡兰也很讨厌金香家，她常常暗自抱怨那些抗日干部们：全村将近二百户，哪家不能去？为甚偏偏要去这个倒运地方？李六芳那么个好人，怎么就结了这门亲戚？唉！要是他不是金香的舅舅就好了。

其实，李六芳根本不是什么金香的舅舅。他是第八军分区“文（水）、汾（阳）、交（城）敌工站”的站长。敌工站是专门做敌伪工作的机构，当然就要住在敌占区了。文水县地方比较适中（北连交城，南接汾阳），而云周西在这一带说来，群众基础比较好，党的力量也比较强——从1939年就建立起党的支部了。因此敌工站就把这里作为联络点。李六芳假充金香舅舅住在她家，其中也有许多缘故：他是敌工站的站长，派到各地去的人经常要和他取得联系。如果住在普通老百姓家，

人来人往容易暴露目标。而金香家平素闲杂乱人就很多，搅混在这些人中间不会引人注意。刘树旺又和附近各据点的伪军、汉奸有许多瓜葛，那些人都知道刘树旺是吃什么饭长大的，不会怀疑他家住着抗日干部。即便露出一点蛛丝马迹，人熟地熟，也好疏通。至于刘树旺本人，虽然流氓成性，见钱眼开，抗日不抗日都无所谓，但他也得给自己留条后路。再说县公安局、村干部们早已给他做了一些工作。更重要的一点是：可以通过刘树旺向伪军、汉奸开展工作。这就是李六芳长期住在金香家的原因。

这些来龙去脉，胡兰当然不知道。可她是个聪明姑娘，因为常去金香家，渐渐也就看出点苗头来了。她觉着李六芳和别的抗日干部不大一样，常常有各式各样的人来找他。他本人也常常骑着车子出远门，有时三日五日不回来。有时还和刘树旺一块进据点去哩！胡兰觉得很奇怪，有回她忍不住问起了石世芳。石世芳对她说："不该知道的事少打听。我不是已经告过你了，李六芳是抗日干部，做的是抗日工作，咱们大家都要保护他。就这话！"胡兰听世芳叔这么讲，也就不再问了。她仍像先前一样，一有空闲就往金香家跑。陈玉莲也常去金香家，这样她们三个人又经常在一起了。

有天下午，胡兰和玉莲从金香家出来，正好胡兰奶奶从金香家巷口路过。奶奶的脸色一下子就变了，等不得回到家里就训斥开了：

"你是诚心要气我吗？你的记性给猫吃啦？和你说过多少遍了，好话全当耳旁风。金香家是甚地方，你不知道？她家是有糖哩，还是有蜜哩？整天扑到那里做甚？岁数一天比一天大了，和那些秃五拐六混在一起，你就不嫌丢人败兴？……"

一路上胡兰只是低着头，悄悄地听奶奶训斥，什么话也没有说。她已经摸住奶奶的脾气了。奶奶叨叨的时候不能回嘴，一回嘴叨叨的就更加没完没了啦。再说也没什么好说的，她能说什么呢？难道能把真情实

话告给奶奶吗？要是奶奶知道金香家住着抗日干部，知道自己常给抗日干部们站岗放哨……嗐！那就更坏了。恐怕奶奶连家门也不让出了。

奶奶从街上叨叨到院里，从院里叨叨到屋里，越说越有气，并且声色俱厉地提出了最后警告：

"我可把话说到头里：以后再看见你去那个灰地方，小心我剥了你的皮！"

胡兰仍旧没有开口。她知道奶奶是在吓唬她。心里说："我才不怕哩，量你也舍不得。哼，反正我没在金香家办坏事！"

第二天上午，胡兰把该做的活做完，又纺了一会儿线，然后就又到金香家去了。去的时候，只见金香家的那头大青骡子拴在门口，大青骡子的屁股正好对着街门。胡兰怕它踢，没敢进去。正在这时，金香家新雇的那个长工老张，挑着两筐粪从院里出来了。这是个五十多岁的老汉，短粗个子，四方脸盘，满脸的络腮胡子。头上戴着顶旧毡帽，身上穿着套缀满了补丁的黑棉衣。胡兰第一次在金香家见到这人的时候，听他说话口音不是本地人，还以为是山上下来的抗日干部呢。当时金香就告她说是长工，胡兰还有点不相信。后来才知道他是孝义县人，因为阎锡山实行"兵农合一"①，逼得没法生活了，这才带着老婆孩子逃到这里来。可巧那几天刘树旺收赌账，收回头大青骡子来。他一心想拴车马养种地，当个甩手掌柜的。于是经人们说合，就把这老汉雇下了。这老汉不只手脚勤快，对人也非常和气，和小孩子们说话都是不笑不开口。

---

① "晋西事变"后，阎锡山与日军密切勾结，积极准备向抗日根据地"开展政权"。阎锡山在他统治的晋西南地区实行了"兵农合一"暴政，其主要之点是：凡十八至四十七岁的青壮年，每三人编为一组，其中一人为常备兵，入营作战；其余两人为国民兵，在家种田。与此同时，又将各村土地划分为若干份。每个国民兵领种一份。每年除了向地主缴租，给阎锡山完粮纳税，服役各种勤务之外，还需给常备兵五石小米十斤棉花。这些沉重的负担，压得国民兵简直喘不过气来。而那些没资格领取份地的老弱病残，只能帮国民兵种地，取得少许报酬，生活就更加悲惨了。

这时，他见胡兰站在门外不敢进来，一面赶开牲口，一面又笑嘻嘻地向胡兰道：

"李先生和东家到下曲镇赶集去了。快进去吧，玉莲和金香正学着剪窗花哩！"

胡兰朝他笑了笑，连忙就跑进北屋里，果然见金香、玉莲坐在炕上在剪窗花。玉莲一见胡兰进来，劈头就问道：

"你奶奶昨天因甚骂你？又是嫌你串门？"

胡兰没有立时回答，她坐到炕上，翻看了一阵窗花，然后叹了口气说道：

"我看谁家也比我家过活得痛快。"

"唉！一家不知一家，和尚不知道家。"坐在窗户跟前做衣服的李薏芳感慨地说，"家家都有本难念的经哩！"

玉莲说道："你奶奶这号人真少见。我看整天把你拴到她裤带上就好啦！"

话音刚落，忽听胡兰奶奶在门口吆喊胡兰。玉莲忙又说道：

"你别理她。"

金香不安地说："要不你快躲起来吧！"

胡兰冷静地说："躲过初一躲不过十五。我又没做下见不得人的事，她还能把我吃了！"

这时她听见奶奶喊着她的名字走进院里来了，忙答应了一声。李薏芳连忙下炕，撩起门帘，把气势汹汹的本家奶奶迎进来。一面让座、倒茶，一面又笑嘻嘻地说道：

"奶奶你可轻易不来呀！"

奶奶本来装着一肚子气，进来的时候，就打算当场把孙女儿狠狠训骂一番，同时也算对李薏芳提出警告：以后不要招引胡兰到这里来。可是她见侄孙媳妇这么热情接待，又见姑娘们规规矩矩地在学剪窗花，也

刘
胡
兰
传

就不好发作了。她接过李薏芳敬给她的茶，呷了一口，然后叹了口气，向胡兰说道：

"家里忙得团团转，你是整天起来串门子。和你说过总有千遍万遍了，东耳朵进，西耳朵出。你眼里还有老人吗？"她训了胡兰一顿。回头又向李薏芳道："她们常来你家串门，也给你家添麻烦……"

李薏芳并不是糊涂人，她早已猜到本家奶奶说这话的用意了，连忙接嘴说道：

"我早就和胡兰、玉莲说过了，劝她们少到我家来串门。不是我嫌她们，奶奶你也知道，我家名誉不好，我就怕落些闲言淡语哩。可她们总不听。她们来了，我也不好撵上走！"李薏芳一字一板地往下说着："再说她们一来总是在这屋里，闲杂乱人只在西屋，轻易也不到这里来。她们在这里不是听她舅舅说书说戏，就是在一块做营生。首数胡兰手勤了，从来也没有空着手来串门。这孩子有礼有貌，循规蹈矩，这都是奶奶的好教导。我常向金香说，要能学到她姑姑的一半好，我也天天烧高香啦！"

李薏芳连表白带解释，顺便又给奶奶戴了顶高帽子。一席话说得奶奶更加不好发火了，她撇了撇嘴说：

"罢，罢，罢，你还夸奖她哩！说起来真能气破肚。身材长了那么高，可就是长人不长心，全没点做闺女的谱！我天天说、日日劝，全是为她好，瞎！好经念给聋施主——白费唾沫！"

奶奶越说越起劲，接着就说开她的那一套"女儿经"了，又是什么她做闺女时候大门不出呀，二门不迈呀！等等。平素奶奶在家里讲这些"女儿经"的时候，不论妈妈还是大娘，都得表示"洗耳恭听"，没人敢当场回驳一句。而胡兰虽然听不入耳，但也不去理睬她。今天情况却不同了，金香和玉莲听着听着，忍不住笑出声来了。金香脱口说道：

"天天关在家里，那不把人憋闷死了！"

玉莲接嘴说道："老鼠倒天天在洞里钻着哩！也没学……"

"奶奶，茶凉啦，换一杯吧。"李薏芳怕奶奶听了生气，忙用话岔开了。

在奶奶大谈"女儿经"的时候，长工老张就进来了。他只是蹲在炉灶前烤火、抽烟，一句话也没说。这时，忽然笑嘻嘻地向奶奶说道：

"你老说的，倒也是一番理。古话说，国有国法，家有家规，不依规矩不能成方圆……"

"好话呀！"奶奶没等他说完，忍不住就赞美开了。

老张继续说道："你老苦口婆心，全是为了后辈们好。不过如今不是清朝，早就不时兴这些老规矩了。古话说，识时务者为俊杰。像咱们这些上了年岁的人，也得看开点哩！全照老规矩行事，不只行不通，反倒遭众人笑话。"他抽了几口烟，接着又说道："依我说，只要不越轨，闺女媳妇们出来散散心，也没甚了不起。身正不怕影儿斜。肚里不寒，不怕吃西瓜！"

奶奶虽然并不完全赞成老张的说法，不过她觉得这老汉讲的也有点道理。她一面听着讲，一面翻看那些窗花。后来她忍不住向李薏芳称赞道：

"啊，我还不知道你有这么大本事哩，丹凤朝阳、喜鹊登梅……唉！就是剪得毛毛碴碴不规矩，可惜了样子啦！"

李薏芳忙说道："我粗手笨脚，还能画出这么好的样子？"她边指了指长工老张，边解释道："这都是她张大爷的手艺。"

奶奶听了不由得"哦"了一声。胡兰也感到很奇怪。这时李薏芳继续说道：

"昨天晚上才知道，她张大爷过去是油画匠，油门刷窗，画炕围子①

① 晋中平川居民均睡暖炕，炕周围墙上油漆彩画着各种图案，花卉、山水、人物，等等，俗称"炕围子"。

全在行。"

奶奶不胜惋惜地说："怎么就当了长工啦！把好好的手艺也可惜了！"

"是啊！"李薏芳道，"她张大爷字眼上也深哩！"

张大爷叹了口气说道："没甚，小时候在村学里念过几句塾书。唉！这年头，世事乱糟糟，人们连日子都过不了，谁家还起房盖舍、油漆彩画哩！"

奶奶点了点头说："这也是实情话。唉，这个日本鬼子就把人们害苦了。你的花样可画得真好。一看就知道是个高手。"

李薏芳道："奶奶也剪一个吧！也让我们学学。"

"人老眼花啦，连剪子尖都看不真切了。"

李薏芳道："不过你老人家身子倒还壮实。快六十的人了，天天还纺花织布，真难得！"

"唉，生就的受罪命，每天不做点活，手都发痒哩！"奶奶说着站起身来，向胡兰道，"怎么，你还不走吗？"

她见胡兰坐着没动，叹了口气，竟自走了。

李薏芳情情理理地把奶奶送到大门口。当她返回来的时候，只听金香劝胡兰道：

"……还是早点回去吧，要不，你奶奶又要骂你了。"

玉莲接嘴说道："胡兰都不怎的，你怕甚？哼！我要是遇上这么个顽固奶奶，豁出来一天和她吵十八架啦！"

张大爷慢条斯理地说道："光吵架不是个法子。她是长辈，不是仇人。再说这号老人也有她的长处哩：克勤克俭，会过日子，会操持家务。可惜，就是脑筋太旧，赶不上社会潮流。可这也不能单怨她，她一辈子就是那么活过来的……"

"那就完全由她摆布吧？"玉莲忍不住插了这么一句。

"也不能那样。"张大爷继续说道，"管得对的一定要听，管得不对也不能老吵架。要多开导，多劝说。人常说，话是开心的钥匙……喏，光顾和你们说闲话了，圈还没垫完哩！"他慌忙把烟袋别在腰带上，走出去了。

李薏芳做结论似的对胡兰说道："张大爷说的可句句都是好话呀！"

胡兰没有作声，低着头只顾学着剪窗花。她一连剪了好几个，然后和李薏芳说了一声，拿上窗花就离开了。她今天违背了奶奶昨天的警告，到金香家来，原先就准备回去挨奶奶的责骂，也豁出来吵一架了。可是刚才听了张大爷的那些话，她改变主意了。这天她一进家门，就笑嘻嘻地向奶奶说：

"奶奶你看，这是我剪的，贴起来吧？"说着忙把窗花递给奶奶。

奶奶一个个拿起来对着窗户看，一边看一边说：

"大年也过了，还贴甚窗花哩。先放起来吧！"接着奶奶就叨叨开了，不过口气却缓和多了，"我说的话，你就一句都不听！要出去散散心，也挑个好人家，偏偏就挑中那个烂泥坑啦？"

"奶奶，你今天不也看见啦，我们……"

"不管怎么说，她家总不是个好人家。"奶奶随口说道，"俗话说，常在河边走，难免踏湿鞋。赌博场、料子馆，臭名在外。即便自己行得正，走得端，常去那地方，外人提起来名声也不好听啊！以后还是少去点好。"

软骨头和硬骨头

1942 年开春以后，李六芳比以前更忙了。他整天骑着自行车到处跑，不是进据点，就是去汾阳，去交城。有时半月二十天都不回来。这一来，胡兰去金香家的次数自然少了。奶奶也就不再整天为这事生闲气了。不过胡兰并没有遵守奶奶的那一套"大门不出，二门不迈"。她还像过去一样，每天一有空闲，总要到村里去串串门。去玉莲家，去石三槐家，去续根婶婶家……一句话：抗日干部常去哪里，她就往哪里跑。

这期间，村里情况也比以前有了好转。虽然从表面上看起来仍然是敌人的天下，一切伪组织——什么自卫团呀，护路队呀，情报员呀……都有。实际上，这一切全是聋子的耳朵：样子货。暗地里政权还是在抗日干部们手里掌握着，抗日政府的一些政策法令，又能行得通了；公粮、军鞋又照样往山里送了；区里、县里的干部们，白天偶尔也露面了——他们都穿着便衣，胸前也都戴着"良民证"。不认识的人见了，还当是老百姓哩！

这期间，据点里的敌人、汉奸虽然断不了到村里来清查户口，可是什么破绽也没查出来。这么着平平静静过了几个月，村里没出一点漏子。

后来，敌人在路上逮捕了抗日队伍中的一个软骨头，可就坏事了，差点出了大乱子。这件事给刘胡兰留下了很深的印象。

事情发生在这年夏收时候……

晋中平川的妇女们，平素一般都不参加田间劳动。特别是年轻妇女，不要说下地干活，偶尔到地里走走，街上人都笑话哩。按照这里的乡俗，只有夏收时期例外，每年一到麦子开了镰，除了地主老财家，普通人家的一些大闺女小媳妇，都扑到地里了。不过她们并不是参加收割，而是在收割过的地里拾麦子，赚点体己。粜了麦子的钱，愿买衣服首饰哩，还是愿买吃吃喝喝，任其自便，老人们一概不管。这也是老乡俗了。

胡兰最喜欢过夏天。夏天不只能拾麦子赚点零花钱，买些手绢、袜子、香胰子等日用品，而且可以自自由由在地里到处跑——小时候她倒是常到地里去，这两年不行了。奶奶把它完全当大闺女管教，平素根本不让出村。连给爷爷他们送水的差使，也交给了爱兰。这一来，去地里的机会就只有拾麦子这个时期了。

今年麦子长得不错，开镰也早。每天胡兰都是早早吃完饭，就和妹妹上地了。有时也和金香、玉莲她们结伴上地。有天天气非常热，拾到半晌午，爱兰热得受不了，就和金香、玉莲先回去了。

胡兰又拾了一阵，看看太阳已经偏西，这才赶忙背起麦子往回返，走到半路上，迎头碰上玉莲慌慌张张跑来了。她一见胡兰就上气不接气地说：

"胡兰子，坏了。金香妈叫狗咬啦……不是老百姓的狗，是日本鬼子的洋狗，咬得可厉害哩！是阎正引着日本狗来咬的……"

胡兰不由得吃了一惊，她连忙接住玉莲问道：

"到底是怎回事？"

"你回村去就知道了。我二哥让我叫张大爷去哩！"玉莲边说边摔脱手跑了。

胡兰急忙向村里跑去，一路上不住地胡猜乱想。她真弄不明白，怎

刘胡兰传

127

么阎正会领上日本洋狗咬李蕙芳呢？前天晌午，她和玉莲去叫金香拾麦子的时候，在金香家见过这个人，是个二十多岁的后生，能说会道，样子长得很精干。她们去的时候，正好区农救秘书老韩也在那里。这后生一边吃饭，一边和老韩说话。说的全是根据地打日本鬼子、闹生产的一些新鲜事，她们听得都入迷了，差点忘了拾麦子。后来她们到了地里，才听金香说这人叫阎正，是县政府的交通员，来给老韩送文件的。唉！怎么这人能干出这号事来呢？难道他也是汉奸？

胡兰越想越糊涂。当她走回村里的时候，只见街上三个一群，五个一伙，都是在议论这件事。她一言半语听了几句，仍然闹不清前因后果。远远看见井台前围着一群人，有的端着饭碗，有的提着空水罐、拿着镰刀——看样子是刚从地里收工回来的。村公所公人石五则站在台阶上，挥舞着手，好像演说一样。

胡兰走过去，只听石五则说道：

"……我听着汽车响，走出门一看，来了一汽车'皇军'，看样子是从城里来的。带着一只洋狗，还捆着个后生。我就知道里边有文章。我忙叫三槐、生根他们去支应。抽身子出来就去通知给咱的人。老韩问我捆着的那个后生什么穿戴，什么长相。我一说，老韩吃了一惊，他说：'准是阎正这家伙叛变啦。'他让我赶快通知金香家的人躲开……"

"你通知了没了？"有人插嘴问道。

"当然通知了。金香妈正在院里洗衣服哩！坏就坏在那堆衣服上啦！"

石五则好像故意卖关子，只顾点火抽烟，不往下说了。人们催了几次，他才接着说道：

"后来等我领着日本鬼子去的时候，金香妈早躲上走了。我只说这可没事啦，嗨！谁知人家在那一堆没洗的衣服里挑出来件小布衫来，让洋狗闻了闻。洋狗转身就跑，一直就把日本鬼子引到了刘玉成家院里。

就出下这乱子了。真他娘的，想都没想到。"

胡兰听他说完，还是没弄清金香妈究竟怎了。她正想问问身旁的陈树荣大爷，只听陈大爷向石五则问道：

"后来呢？后来怎啦！"

石五则见众人眼睁睁地望着他，他抽了一袋烟，这才告诉大家说，敌人到了刘玉成家，恰好金香妈在那里，正和刘玉成的媳妇、邻居马儿嫂几个妇女做针线活。洋狗一进屋，各处闻了闻，一口就叼住了金香妈的衣服。于是敌人就开始审问她，要她说出老韩在哪儿？敌人没问下个结果，后来就拉进那个被捆着的后生和她对质。那后生说他是县政府通讯员，前天来给老韩送文件，在她家见到老韩，并且还在她家吃了饭。他说他是前天黑夜过"汽路"被俘的。他劝金香妈说："事情已经包不住了，你就说了实话吧！要不，我活不成，你也活不成！"金香妈一口咬定根本这没回事。近两年来，她连老韩的影子也没见过。敌人审问了半天，她也没松口。后来敌人就让洋狗咬她，咬一阵，问一阵，咬得她满炕打滚。鲜血把炕上的白毡子都染红了，但她始终就是那两句话。这样一直折腾到半晌午，敌人看看问不出个所以然来，后来就走了。等敌人走了之后，他们才把金香妈抬回家去。

陈大爷听石五则说完，忍不住喊道：

"好样的，像个云周西的人！"

别的人们也连声赞叹着，逐渐走散了。

胡兰听了李薏芳的这场遭遇，心里又难过，又高兴，又焦急，简直说不来是什么滋味。她匆匆跑回了家里，只见爷爷他们早已收工回来了。他们一边吃饭，一边也在谈论这件事情。有的骂阎正，有的称赞李薏芳。奶奶则不管谁是谁非，一见胡兰的面就絮叨开了：

"以前不让你去那地方，你还噘嘴哩。你看看悬不悬？万一要碰到浪里，不翻船也得惊吓一场。唉，这种年月，这种世道，公家的事还是

少沾染点吧！遇上个节骨眼，就是个过不去，后悔都来不及了。"

奶奶的这后半截话，显然是说给大爷听的。大爷皱了皱眉头，没搭腔。胡兰也没有吱声。她急着要去看望李蕙芳，匆匆忙忙吃完饭，搁下碗就往外走。奶奶连忙喊住问道：

"你急着要去哪儿？"

"我去看看树旺嫂。"胡兰直截了当告诉了她。

这一下引得奶奶又叨叨开了："人家是躲着是非走，你是专往是非窝里扑哩。刚才说甚来？你聋了？"

胡兰一本正经地说道："奶奶，平素常去人家，如今眼看着人家遭下难了，还能躲着不去看望看望？情理上也说不过去呀！"

奶奶觉得孙女儿说得也有点道理，无可奈何地叹了口气说：

"看看就回来。"

胡兰应了一声，转身就跑到金香家。金香家上房里有好几个人。李蕙芳昏昏沉沉地躺在炕上，身上盖着块白被单，被单上沾满了血水和汗水。她披头散发，在枕头上滚来滚去，不住声地哭喊：

"哎呀呀，我不知道，我甚也不知道……呀，呀……咬死我也不知道呀……"

屋里很闷热，有的摇着扇子给她扇凉，有的人在说着安慰的话，说是石三槐和金香哥哥已经到下曲请医生去了，很快就回来。金香趴在她妈身旁，哭得像泪人一样，嗓子都哭哑了。

胡兰看到这情景，心里十分难过。她紧紧抓住李蕙芳的手，眼里充满了泪水，一句话也说不出来。

刘树旺蹲在椅子上，悠悠闲闲地扇着蒲扇抽着咽，好像个没事人一样。他听着李蕙芳又哭又喊，不耐烦地说道：

"咬住牙关忍着点么！咳！没一点骨头。蚂蚱掉了条大腿还照样欢蹦乱跳哩！狗咬了几口，有啥要紧！"

谁也没有理他。他说完就拍打着蒲扇出去了。

李蕙芳哭喊了一阵，后来慢慢入睡了。人们怕惊醒她，陆续都走了。胡兰又陪着金香坐了一会儿，劝得金香不哭了，这才轻手轻脚走了出来。

到了院里，只见刘树旺蹲在院里阴凉下，一手把着个酒壶，一手拿着块豆腐干正自斟自饮；长工张大爷正在炉灶前忙着烧火和面。看样子金香全家都还没顾上吃午饭哩。胡兰见张大爷一个人忙不过来，二话没说，挽起袖子就帮他动弹开了。他们一面做饭，一面谈起了李蕙芳遇难的事。张大爷忍不住向胡兰说道：

"你是没看见伤，咬得真厉害！腿上的骨头都露出来了。算得上是个硬骨头！"

刘树旺接嘴说道："只能说没下软蛋！哭哭喊喊算啥硬骨头哩！你看看过去那些英雄好汉们，那才是真正的硬骨头哩！"

接着他就说开那些"英雄好汉"的故事了。他说从前这一带有个好汉，身上连一个钱也没带，就到一家大宝局去赌博。他把腿往宝盒跟前一伸道："我押上这条腿！"这就是说输了你砍我这条腿，赢了我砍你的腿。开赌场的也不是省油的灯盏，一见他来这一手，立时几个人扑上去按倒，用烟袋、铁尺浑身乱打，差点把半个身子都打烂了。可那好汉连哼都没哼一声。后来开宝局的头家说："你叫我声爷，我就饶了你！"那好汉说："你叫我声爷，我就翻过身来让你打这半边！"

刘树旺说完，赞美道：

"你看人家那骨头多硬！"

胡兰惊异地瞪着两只大眼问道："他为什么让那些人那样打？"

刘树旺随口说道："为什么？意思大啦！这一下就创开牌子了：输下钱没人敢要，赢了钱非给不行。头家也得奉承他哩！走到哪里都是吃香的，喝辣的，好不威风。喏！"他摇了摇小酒壶，随即向上房喊道：

"金香打点酒去！"

胡兰忙说道，"金香照护病人哩！树旺哥，你就少喝点吧。"

刘树旺站起身来说："喝不足不过瘾。唉，死的没人啦。"说完提着酒壶走出去了。

胡兰扭头向张大爷问道：

"真有那样的硬骨头吗？"

张大爷想了想说道："难说，也许有。其实，比这号人骨头硬的也有。那天，老韩讲过个硬骨头。他说信贤村有个庄户人叫武艾年，是个共产党。共产党里这种硬骨头多哩！那年闹红军……"

"你说那个姓武的怎回事吧？"

"听老韩说，日本鬼子在信贤扎下据点以后，在这个姓武的家里搜出一份共产党的文件来，立时就把他五花大绑起来，拉到日本'红部'。日本太君亲自给他松了绑，敬烟敬茶，封官许愿，要他供出村里共产党的组织，村里谁们是共产党？他一句话也没说。日本鬼子火了，当场就给他上刑，内五刑外五刑全使上了。死过去好几次，可他就是咬着牙不开口，后来日本鬼子就用铁条撬开他的嘴，用老虎钳子拔他的牙，拔一颗，问一阵，要他说话，他还是不言声。结果把满嘴的牙全拔完，可他从头到尾，至死都没有吐一个字。"

胡兰忍不住赞叹道："哦！这才是真正的硬骨头哩！这比树旺哥说的那人要硬得多。"

张大爷说道："那当然。金香爹说的那号人，也算硬骨头。不过这两种人不能比。那是闯光棍的流氓，为了甚?为了白吃白喝，指着肉身子讹诈，根本就算不上什么英雄。不要说和那个姓武的比，就是比起我们内掌柜的来也差远了。你说哩？"

胡兰点了点头，没吱声。她知道张大爷说的"内掌柜的"就是指李蕙芳。她从李蕙芳身上，不由得想到阎正，后来又想起了韩华。韩华也是县政府的交通员，是个闷声不响的年青后生，以前常到云周西来。今年春天，有次从山上下来送文件，走到离云周西七里的北贤村，和一伙敌人遭遇了。敌人围住要搜查他。韩华怕文件落在敌人手里，猛然抽出手枪打倒一个敌人，拔腿就跑。敌人随后就追。他一气跑到个老坟茔里，边和敌人战斗，边点火把文件烧毁。后来眼看着敌人从四面包围过来，敌人叫喊着要活捉他。于是他就用最后一颗子弹自杀了。胡兰当时听到这个消息，曾经感动得哭过，她真敬佩这个交通员。她只当交通员个个都是好样的，可谁知这回恰碰了个软骨头！胡兰想着想着，忽然向张大爷问道：

"阎正那么个后生，那天在这里和老韩说话，你也听见来，打日本鬼子闹革命的道理，他全能说出来，怎么会办这号事呢？"

张大爷道："古话说：'人不可貌相，海水不可斗量。'唉，说空话谁也会。烈火才见真金哩！"

"怎么八路军①里也出这种人？"

"俗话说，最干净的米里，也难免杂着几颗谷子哩！"

胡兰和张大爷说说道道，不知不觉把饭做好了。她又替换金香照看了一会李蕙芳。等金香吃过饭，她才回到家里。

这天下午，胡兰没有上地拾麦子。她一回去，就坐在院里，用棒槌打开她的麦子了。奶奶要她拾完一起打，她不听；妈妈劝她明天中午晒晒再打，她也不听。谁也不知她急着打麦子要做甚。因为这是她拾的麦子，大人们只是说了说也就不管了。

第二天，早饭后，胡兰包了一包麦子，到村里去换了十来个鸡蛋，然后就用手巾提着去了金香家。

李蕙芳已经清醒过来了。她靠着一叠被子，半躺半卧在炕上。脸上

---

① 抗日战争时期，群众把所有脱产的抗日人员，均称为八路军。

没有一点血色，全身扎满了绷带。胡兰一看就知道是医生来过了。

李薏芳看见胡兰，显得很高兴，说：

"哎，胡兰子，总算又见到你了。"她见胡兰提来一手巾鸡蛋，忙又说："拿那来做甚呀，我这里有的是。"

金香忙揭开一个竹篮上面盖的手巾，只见里边全是吃的东西，有鸡蛋，有挂面，有点心。金香告胡兰说，这都是抗日干部和邻居们送来的。她要胡兰把鸡蛋拿回去，胡兰说：

"各人是各人的心嘛！"

"那就留下吧。"李薏芳说了这么一句。随即又感慨地说道："唉，真没想到，众人这么待承我。我也活得像个人了。"

她好像存着一肚子话，再也憋不住了。接着就向胡兰倾诉开了：她说她是个苦命人。五岁上死了母亲，九岁上死了父亲。十六岁就嫁给南庄一家姓武的。丈夫是个败家子，先学会抽大烟，后学会吸料面，三下五除二，把一份家当踢蹋了个净光。卖完房子卖完地，然后就卖老婆，半斤大烟土就把她卖给了刘树旺。这一下，母女俩就算跌到火坑里了。刘树旺是打老婆的能手（据说前一个老婆就是被他折磨死的）。他打老婆简直像衙门里拷打犯人一样，皮鞭子，铁棍子，水蘸麻绳……调着样地使用。一年四季，她身上就没断过青伤紫伤。那时候，她挨了打也没个申诉处，只能背地里抱着女儿哭泣。要不是留不下金香，她早寻死上吊了。自从抗日政府成立以后，提倡男女平等，刘树旺就不敢那么公开行凶了。特别是后来抗日干部们常到她家来，刘树旺就更不敢欺侮她母女俩了。她觉得这些抗日干部就像自己的亲人一样。因此抗日干部一来，她总是从心眼里感到喜欢……

正说之间，马儿嫂看望李薏芳来了。她问了问伤情，又问吃饭怎么样，还不住嘴地称赞李薏芳。最后她问道：

"啧啧啧，你怎能忍住哇？当时痛不痛呀？"

李薏芳苦笑了一声说："都是人生父母养，又不是生铁铸下的，怎能不痛。"

"要换个别人，可真要下软蛋了。你可真硬！"

"我是受了软骨头的害，我要再当了软骨头，还不知道连累多少人受害哩。"李薏芳十分激动地说道，"当时我横了心啦，要死要活就这条命，反正从我这儿卡住就完了。"

马儿嫂听着，不住地点头称赞。

胡兰听了也很感动，她真没想到，她这个本家嫂嫂还有这么点志气。

两个小通讯员的死

这年夏天，真是个倒霉的季节。自从阎正被俘，李蕙芳被洋狗咬了之后，接连又发生了好几件更加不幸的事情：

区长张有义牺牲了！他是在云周西南边五里的赵村遇难的。那天下午，张区长正在屋里核对公粮账目。在门口放哨的房东老汉慌慌急急跑进来，告他说敌人进村了。张区长连忙把公粮账目藏起来，还没来得及往外走，敌人已经进屋了。进来的是个汉奸，一进屋就用枪比着张区长，得意地说："区长先生，今天可算找到你了。请吧！"张区长猛扑上去，摔倒那个汉奸，拔出手枪来就往外冲。谁知一出大门，就被埋伏在门外的敌人打倒了。敌人抓住了负伤的张区长，连忙在街上截住一辆拉麦子的空大车，立时就要往信贤据点拉。张区长平静地说："你们就别麻烦老百姓了。要想从我嘴里掏点秘密，那是枉费心机。趁早给我补上一枪算了。"敌人好容易抓住个抗日区长，怎么能轻易打死呢？当敌人正要往车上抬他的时候，张区长说："别动手。我自己能动！"他说着挣扎着站了起来，趁敌人不防备，一头撞在大车轮上壮烈牺牲了……

这真是一个晴天霹雳。不要说抗日干部，就连老百姓们听到这消息，都是悲愤交加。胡兰和金香、玉莲都哭了。紧接着，又传来了个凶讯：一二〇师"民运工作队"①的指导员李贯三和他的通讯员，在汾河西工作的时候，由于汉奸告密，两个人同时被捕了。敌人为了宣扬这一"赫赫战果"，把他俩押解到祁县城，给戴上写着"共匪"的纸帽子，吹打着洋鼓洋号，架着这两个八路军去游街。敌人万万没想到，这个被拷打得半死的八路军指导员，在游街的时候，忽然精神抖擞，好像是另换了一个人似的。他沿街向群众宣传抗日道理，揭露敌人的罪恶，痛骂无耻的汉奸……他的通讯员也大声呼喊抗日的口号。这一来，把敌人吓慌了，连忙卷旗息鼓，也不游街了，立时给他们嘴里填上手巾，匆匆忙忙就拉到了杀人场……

这件事，胡兰是听老韩讲的。老韩讲到李贯三牺牲的时候，像小孩子一样"呜呜"地哭了。他说他懂得了抗日的道理，后来参加了革命，都是李贯三同志的教导。胡兰并不认识李贯三，可是当她听到这些消息的时候，也同样感到很难过。而最使她感到悲痛的，则是胡区长的两个小通讯员的死。

这事发生在夏末秋初的时候。

有天傍晚，胡兰去南场里抱柴火，听见墙外有金香和玉莲说话的声音。她爬到墙壑口上向外看时，见她们正和胡区长的两个小通讯员，在金香家门口闲聊天。胡区长并不是这个区的区长，不过他断不了到云周西来。有时是路过，有时大约是来找李六芳联系工作的。每逢他来的时候，总相随着这两个小通讯员。这两个小通讯员，一个叫武占魁，年纪约有十五六岁，可是看起来像个大人似的，又老实，又稳重，话都不爱多说一句；另一个叫王士信，年纪比他稍大一点，可是比起武占魁来又爱说，又爱闹，完全像个小孩子。这两个小通讯员，胡兰也认识。以前

---

① 抗战初期，八路军一二〇师曾抽出一部分政治工作人员，组成"民运工作队"，分赴各地参加地方工作，发动群众，组织群众。李贯三同志所在的这个队，1938年春天即来文水平川开辟工作。

刘胡兰传

他们来的时候，胡兰听他们讲过好多新鲜事。这天，胡兰见金香、玉莲和他们谈得很起劲，忍不住想去听一听。她连忙把柴火送回家，转身就跑到金香家门口。去时只听王士信眉飞色舞地说道：

"……不只去过兴县蔡家崖、北坡①，我们还看见过贺老总哩！你们知道贺老总是谁？就是贺龙司令员！"

玉莲说道："由你吹吧！反正吹牛皮不犯死罪。"

王士信着急地说："谁哄你们是小孩子。要不你们问老武。"他把武占魁称为"老武"，好像显得他们都是大人似的。

武占魁一面机警地向四处瞭望，一面漫不经心地说道：

"是见过。"

玉莲向王士信说道："那有甚了不起！我看八路军里首数你们当小鬼②的舒服了，又不打仗，又不工作，每天起来到处转悠……"

"你可把通讯员看扁了。不是吹牛，革命队伍里，首数通讯员重要了。"王士信自豪地说，"一切重要通知、重要文件、重要情报，全靠通讯员传递哩！还有保护首长，还有……"

金香接嘴说道："还有被敌人捉住以后下软蛋！领上敌人搜寻抗日干部！"

"你胡扯，简直是造谣！"

"我造谣？我妈是怎给敌人的洋狗咬伤的？"

"只出了阎正那么个厌包，你不能说所有的通讯员，连我和老武也……"

玉莲道："你别吹牛。阎正比你还会吹哩！"

王士信急得脸红脖子粗，一迭连声地说：

"你，你，你们……"

---

① 兴县北坡村是中共中央晋绥分局所在地，蔡家崖是晋绥军区司令部所在地。

② 小鬼是当时对小八路军的一种昵称。

开头，胡兰见他们只是斗嘴玩，如今见王士信有点动气了，连忙说道：

"不能枣、核桃一齐数。通讯员里有的是硬骨头。像韩华，还有李贯三的小鬼……"她停了一下又说道："张大爷说得对，烈火才见真金哩！"

王士信脸色逐渐缓和了："这说的还像话。实对你们说吧，当个好通讯员不容易，要勇敢，要机警，还得有气节。气节最重要了。气节，懂不懂？就是……"

武占魁忽然打断他的话，指着南边问道：

"那个人是不是你们村的？"

胡兰忙抬头一看，见是爷爷在护村堰上给牛割草哩。还没等她开口，玉莲就抢着说道：

"那是胡兰爷爷。"

武占魁松了口气。王士信接着就又谈开"气节"了。他说了半天也没说清楚气节究竟是个甚。胡兰插嘴道：

"是不是就像韩华那样，宁死不当俘虏；就像信贤武艾年那样，把牙全拔了也不吐一个字；还有，像张区长那样……"

王士信高兴地说道："对，对！就是这，这就是气节！"

他们从气节谈到在这一带牺牲的烈士，从牺牲的烈士谈到抗战胜利。后来不知怎么就说到了抗战胜利最后牺牲的那个人是谁？王士信说：

"实对你们说吧，要让我现在打仗死了，我不怕。我就怕当最后胜利时候死的那个人——眼看着最后胜利就差那么一点点了，可自己一眼都看不上，多冤。"

玉莲故意向不爱说话的武占魁问道：

"喂，小鬼，偏偏轮上你当最后牺牲的那个人，你怎办？"

武占魁说道："轮上当就当。少了那么个人胜利不了嘛！只好当。"

他说得很简单。不知怎么，胡兰听了却非常感动。她觉得王士信说的也是真心话，谁能不愿意活着看到抗战胜利呢？她忽然想道："万一轮上自己当那个最后牺牲的人呢？"她觉得武占魁说得对："只好当。"要不胜利不了呀！

胡兰正这么胡思乱想，忽听奶奶喊她吃晚饭。她只好离开他们跑回家里。

第二天，天快明的时候，村里突然响了几枪。清脆的枪声把全家人都惊醒了。胡兰见爹和妈已起来了，她也急忙穿衣起床。

这时枪声大作，中间还夹着手榴弹的爆炸声。这下把全家人都吓慌了，谁也不知道村里发生了什么事情。胡兰猜想一定是住在村里的干部们出事了。她急于想弄个明白，也顾不得害怕了，拔腿就往外跑。刚走出屋门，就听远处传来一片"唔哩哇啦"的喊声，同时有人叫道：

"捉活的！"

"投降吧！"

胡兰不由得吃了一惊。妈妈在屋里连声喊她回去，她没有理。慌忙跑到大门口，从门缝中向外张望。只见街上灰蒙蒙，空荡荡，看不见有什么变化。这时枪声停止了，北边传来一片杂乱的脚步声。随着脚步声，只见从北边巷口一前一后跑出两个人来。前边的一个穿着件白布小褂，看样子像武占魁，出了巷口边往南跑，边不住声叫喊："狗日的们，有本事来活捉老子。"紧跟在他后边的一个光着膀子，只带着个红兜肚，样子像是王士信。他一出巷口就往东拐了。接着就从巷口追出一伙子穿黄衣服的日军和穿黑衣服的伪军来。敌人出了巷口，叫喊着直往南追。胡兰心里又急又气，直抱怨武占魁，为什么不拐弯呢？正在这时，只听拐向东街的王士信边打枪，边大声喊道：

"老子在这儿，别找错目标！"

立时，就见有几个敌人向东街追了过去。胡兰急得直跺脚。她忽然觉得有一只大手抓住了她的胳膊，一扭头，才看清是爷爷。爷爷气急败坏地说：

"你是不想活了。还不回屋去！小心你奶奶捶你！"

爷爷一直把她拉回了上房。奶奶一见面就骂开了。胡兰好像没听见一样，心里只想着武占魁和王士信。她真弄不明白，他们不赶快跑，为什么要那么叫喊？这不是诚心和自己的性命开玩笑吗？

外边枪声又响起来了，同时还夹杂着手榴弹的爆炸声。过了一会儿，枪声停止了。街上传来一片杂乱的脚步声、日本兵的说话声、伪军的叫骂声、打门声、哭喊声……乱糟糟混成了一片。随后就听见石三槐在街上叫喊村里的人，后来又叫喊大爷的名字，说是要赶快派人给"皇军"抬担架。大爷只好硬着头皮出去了。

胡兰心里说不出来是甚滋味，又担心，又着急，又有点高兴——看样子敌人一定有伤亡，要不怎么叫人抬担架呢？可是武占魁和王士信究竟怎样了？他们脱险了还是……唉！真叫人悬心。要不是奶奶盯着，她早跑到街上去了。

街上乱了好大一阵，渐渐平静了。到吃早饭时，大爷低着头走了进来。他说死了一个伪军，伤了两个伪军、两个日本兵。胡区长的两个小通讯员也牺牲了，一个死在村南头，另一个死在街东头。

胡兰听到这个沉痛的消息，泪水像断线珠子一样滚了下来，吃到嘴里的一口饭，怎么也咽不下去了。全家人听到这消息也不住地唉声叹气，都急着打问起根由头是怎回事情。大爷说，听街上人们讲，昨晚胡区长和两个小通讯员，住在了村北大门院里。天快明的时候，他们正准备起身走，发现敌人把院子包围了。当时胡区长一面趴在二门跟前向大门口的敌人射击，一面督促两个小通讯员赶快跳墙跑。两个小通讯员则坚持要胡区长先走。正在这时，大门外的敌人开始向院里冲进来了。两

个小通讯员为了要吸引开敌人，掩护胡区长脱险，他们一连向敌人扔了两颗手榴弹，然后就叫喊着冲了出来。这样终于引开了敌人，使胡区长脱险了。

胡兰听大爷这么一说，这才明白了武占魁和王士信为什么要一边跑，一边叫喊。原来他们是故意要引开敌人。他们为了掩护胡区长脱险，连自己的命都不顾了。胡兰觉得很悲痛，可是同时又不由得产生了一种敬佩的心情。她决心要去看看这两个死者，于是放下饭碗就往外走。虽然奶奶喊她、骂她，她好像没听见一样，头也不回地跑出去了。

街上到处是三三五五的人群，都是在议论这件事情。胡兰听人们说，尸体已移到观音庙那里去了。她随着一些人向南走去，远远就看见庙旁护村堰上围着一伙人。当她走过去的时候，只见武占魁和王士信静静地躺在两块门板上。武占魁穿的那件白布小衫，几乎全被鲜血染红了，紧闭着双目，紧闭着嘴唇，好像睡着了一样。他的战友王士信，躺在他身旁的另一块门板上，光着膀子，带着鲜红的兜肚，脸上全是血迹，连眉眼也分辨不清了，只露出一行白白的牙齿，咬着一根手榴弹的导火线。胡兰望着这两个死去的小通讯员，一点都没觉得害怕。她知道他们再也不会活过来了，可她总觉得他们好像并没有死，昨天晚上他们说话的声音，好像还在耳边回响……

村公所的公人拿来两领席子，把尸体盖了起来。有人质问为甚连口棺材也不给装？公人们悄悄地说，白天不敢这么做，只好等晚上再入殓。人们有的不住地揩眼泪，有的赞叹着。胡兰只觉得鼻子里一酸，忍不住哭出了声。她哭着走回了村里，迎头碰上了世芳叔。世芳叔紧锁着双眉，他一见胡兰就劝道：

"胡兰子，别哭了。人死了是哭不活的。要紧的是心里永远不要忘了他们，要学习他们这种……品质。"他停了一下又说，"这笔血债，还有好多笔血债，迟早要清还的。就这话！"

胡兰一向对世芳叔就很信服，她觉得世芳叔讲得很对，对极了。

两个小通讯员牺牲之后，这一带情况越来越坏。许多抗日干部都撤回山上去了，老韩走了，李六芳不知到了哪里，连陈照德也不常见了。这时敌人开始了第五期"强化治安"①运动，统治更加残酷，手段更加毒辣，汉奸特务们活动得更加厉害。老百姓的日子更加不好过了。

---

① 日军为了"确保"其占领区，从 1941 年 3 月 3 日到 1942 年 12 月底，共实施了五期"强化治安"运动。一期比一期严酷，一期比一期狠毒。其主要内容是：整顿伪政权伪组织；扩大伪军队伍；大规模掠夺物资；对根据地实行经济封锁；在敌占区实行"配给制"；加强特务活动；大搜大捕……总之就是企图以恐怖手段消灭一切抗日力量。

刘胡兰传

挖掉敌人的耳目

人们咬着牙，又熬过了一个年头。

1943 年春天，还是老样子：敌人统治还是那么残酷，伪军汉奸们还是到处行凶作恶，抗日干部还是轻易看不到……

到快要夏收的时候，情况突然起了变化，大批抗日干部从山上回到了平川，一些武工队①、小股游击队也涌到平川里来了。他们带来了许多好消息，说是毛主席提出了"挤敌人"的号召，根据地的军民展开了反"蚕食"斗争；接敌区都在围困敌人的据点；民兵们大搞地雷战，把敌人的好多据点都挤掉了……

胡兰听到这些消息，心里非常高兴，而更叫她高兴的是，干部们说要镇压一批罪大恶极的汉奸，打掉敌人的这些耳目，重新在敌人心脏地区建立我们的抗日根据地……

这时夏收已经开始。胡兰上地拾麦的时候，一和金香、玉莲她们碰在一起，总要谈论这些事情。她们多么希望能很快先把这些汉奸们收拾干净啊！

有天下午，胡兰相随着妈妈和妹妹在村北拾麦子，拾着拾着，不知不觉走出有二里多远，快到保贤村了。她们正打算往回返，可好发现了

---

① 武工队是"武装工作队"之简称，其成员大多是能文能武的角色，一面战斗，一面做群众工作。

一片刚收割完的麦地。她们舍不得离开，于是就在这片地里拾开了。

胡兰正低着头拾麦子，忽听一阵车铃响，忙伸直腰，抬头一看，只见大路上有个人骑着辆崭新的自行车向这里驶来。这人穿着一身雪白的纺绸衣服，头上戴着顶软草帽，眼上架着副黑色二饼子①，车把上吊着好些点心包、硬纸盒。他嘴里哼着小曲，悠悠闲闲地过来了。胡兰觉得这人很面熟，好像在什么地方见过，可就是一时怎么也记不起来了。当这人从她面前过去的时候，胡兰忽然看见他的后衣襟被风吹起，露出支手枪头来。胡兰猛一下想起来了："这不是信贤据点的谍报组长刘子仁吗？没错，是他。"去年秋天这家伙经常领着敌人来云周西搜查抗日干部，在村里打过好多人。后来听说张区长的牺牲，就是他领着敌人干的。这个狗汉奸，在这一带作恶多端，老百姓都恨透了。前些时，胡兰就听干部们说要坚决镇压他。可是刘子仁这家伙很鬼，他听到风声不对，最近轻易连据点的门也不出了。有时到外村去活动，也是带着一哨人马。因此一直没找到个下手的机会。

今天胡兰偶然碰到刘子仁单独出来，不由得感到高兴。她眼睁睁地望着这个狗汉奸骑着车子进了保贤村，连忙把手里一把麦子递给妈妈说：

"妈，我有点事，我回去一下。"

"怎啦？甚事？"

胡兰没顾得上回答，拔腿就往村里跑，急着要把这个消息报告给干部们。

当她跑回村里去的时候，一连找了好几个地方都没找见他们。这时胡兰跑得全身衣服都湿透了，心里急得火烧火燎。她想："一定得把这消息告诉给他们，要不误了这么个好机会多可惜啊！可是他们究竟到哪

---

① 老乡们把眼镜称之为"二饼子"，"黑色二饼子"就是墨镜。

里去了？唉，要是到了外村，那可就糟啦。怎办呢？"

胡兰低着头在街上慢慢往前走，边擦汗，边喘气，边想主意。她不好随便向外人打问，更不好随便告诉别人。她想："要不去告三槐叔吧。三槐叔总会有办法的。"她正这么想，忽听背后有人喊道：

"喂，喂，让让路。"

胡兰扭头一看，见是玉莲六哥推着一推车麦子过来。这是个十五六岁的小伙子，小名叫六儿，小时候是村里的"孩子王"，整天起来领着孩子们颠三倒四，打架斗殴。以前胡兰非常讨厌他，见了面都不想理他。近几年六儿大变了，变得有礼有貌，规规矩矩，平素常给抗日干部们站岗放哨，传递消息。他还掩护过一个负责干部哩！这样一来，胡兰也渐渐对他有了点好感，碰在一起也有说有笑了。这天，胡兰一看是六儿，忙低声向他问道：

"看见你二哥他们了没有？"

"有情况吗？"

"不是。你见他们来没有？"

六儿见胡兰满脸焦急的神情，知道一定是有重要事情。他没有追问，忙停下推车，机警地向周围看了看，然后低声向胡兰说道：

"大概是在张大爷瓜地里哩！"

胡兰听完，转身就跑出村，直向张大爷瓜地跑去。

张大爷从去年冬天就不在金香家当长工了，他租了金香家几亩地，又向邻居们借了几件工具，说是要自己刨闹哩。去年冬天，他整整拾了一冬天粪，正月里都没歇过一天。一开春就带着老婆孩子上地动弹开了，种了几亩庄稼，又种了几亩西瓜和甜瓜。前几天，胡兰在街上还碰到过张大爷，张大爷要她去他瓜园吃甜瓜，说他种的"五月黄"①已经

①　"五月黄"是一种早熟的甜瓜品种。

146

有成熟的了。胡兰知道，去瓜园吃了瓜，张大爷一定不会要钱，白吃吧？她自己又不愿意。老汉那么穷苦，辛辛苦苦好容易种下点瓜，怎么好白吃呢？因此胡兰一直没去。每逢上地拾麦子路过瓜园地头，她都是远远绕开了。今天可是不能不去了。

胡兰跑到瓜园的时候，果然见陈照德和石世芳都在这里，另外还有区助理员老王和武工队的几个同志。他们坐在瓜园的凉棚下，有的在抽烟，有的在吃瓜，有的在帮助张大爷扭熏蚊子的艾绳。胡兰见没有外人，忙把刘子仁去保贤的消息告给他们。陈照德高兴地说：

"真是说着曹操，曹操就到。"他回头又向胡兰问道："你看得准吗？"

胡兰忙又把她看到的详细情形说了一遍，连刘子仁穿的什么衣服，车子上带的什么东西，手枪别在哪儿都说了。王助理员看了看西沉的太阳说：

"这家伙一定是到他姘头家去了，今晚上准在那儿过夜，他一个人绝对不敢黑夜回据点。这可是个好机会！"

接着他们几个人就商议开了行动计划，谁也顾不得理胡兰了。张大爷用赞美的口气向她说：

"胡兰子，这可是替老百姓办了一件好事，真应当记上一功。"

胡兰被他称赞得有点不好意思。她觉得自己在这里没什么事了，于是连忙起身要走。石世芳叫住她嘱咐道：

"胡兰，事情没成功以前，你可别和人讲！"

胡兰点了点头，这才忙离开瓜园。刚走到地头上，张大爷随后追来了。他把两个半黄的大甜瓜递给胡兰说：

"嗨，你看看，把什么都忘了。"

胡兰推辞不开，只好接住。这时太阳已经快落山，她估计妈妈和爱兰一定已经回了家。因此也就没去找她们。回家的路上，她只觉得口干

舌燥——跑了这么半天，怎么能不口渴呢。她看了看那两个甜瓜，没舍得吃，拿着瓜一气跑回了家里。

妈和爱兰早已回来了。妈妈正忙着和大娘做晚饭哩。妈妈一见她就问道：

"刚才你急急慌慌做甚去了？"

胡兰随口说道："我口渴。我去张大爷瓜园里买了……不，他给了我两个甜瓜。"

胡兰这是第一次说谎，自己都觉得脸有点红了。她边说，边忙把两个瓜给了奶奶。

奶奶见孙女儿这么懂事，这么孝顺，不私自吃别人送的东西，心里感到很高兴。不过她没有称赞胡兰。她向胡兰说道：

"无亲无故，怎好白吃人家的呢？是多少钱，明天递给人家。"

奶奶就是这么个人，她从来不占别人的便宜，别人也休想沾她的光，和谁家共事都是这样，小葱拌豆腐：一清二白。奶奶说着把两个甜瓜掰成几块，然后向全家人说道：

"一年的瓜果，都尝尝鲜吧。"

胡兰也拿了一块，她吃着甜瓜，却并没有感到甜瓜的滋味。心里说不来是焦急，还是兴奋。一晚上都觉得有点坐卧不安。夜里也没有睡安稳，一夜醒来好几回。

第二天醒来的时候，早饭已经做好了，她从来都没有这么迟起过。虽然奶奶并没有说她什么，可她自己觉得非常不好意思。低着头匆匆吃完饭，她急着要去打听消息，正好玉莲和金香来找她。胡兰以为她们一定是来告诉她好消息，谁知她们是来叫她一块去拾麦子。胡兰忍不住向玉莲问道：

"你二哥哩？"

"睡觉。鸡叫才回来。夜里不知干什么去了。"

金香接嘴说道："那还用问吗？总是工作。我舅舅也是天快明才回来。喝了口水，骑上车子又跑了。"

胡兰忙问道："听他们说什么来没有？"

两个人都说没有。胡兰见这两个平素消息最灵通的人都不知道有什么新消息，也就用不着再向别人打听了。她一面相随着她们往外走，一面不住地胡猜乱想：难道没把这个狗汉奸打死？是昨晚刘子仁返回据点去了呢还是他们没找见他？……

村子里和往日一样。地里也和往日一样：到处是割麦子和拾麦子的人；大路上不时有拉麦子的大车、独轮车走过……一切都和往日一样。胡兰她们见一群妇女、小孩，正在一片刚收割完的地里拾麦子，她们便也参加进去了。胡兰边拾麦子，边还在想那件事，愈想心里愈感到不安。她拾麦子本来是个快手，可是今天还没有金香拾的多哩。

太阳渐渐升高，天气也渐渐热了起来。金香说她口渴。她们正要到渠上去喝点水，恰好大路上走来个卖杏的。边走，边不住声地吆喊：

"卖甜杏来，麦子换杏！"

每年一到夏天，总有一些小贩担挑着黄杏、甜瓜等应时水果，到村里地里来换麦子。金香一见卖杏的歇在了地头大树下，也不去喝水了，连忙就跑了过去。胡兰和玉莲也跟着她来到了大树下。这时好多拾麦子的妇女小孩也围过来了。有些小孩，二话不说，脱下小布衫就坐在大树下揉开麦子了。有些妇女则是忙着看货，搞价钱。卖杏的是信贤村人，以前也常到云周西来卖干果鲜货，村里好多人都认识他。他自卖自夸地说：

"这是真正的甜核杏，简直是一个一个挑选出来的。价钱就别争了，这是照本卖哩。你们猜因甚？因为今天遇了件喜事！"

接着他就说开了。他说汉奸刘子仁被游击队镇压了。同时被镇压的还有另外一个汉奸，叫王益龙。听说是在保贤村抓住的。游击队把枪毙

这两个汉奸的布告、传单都贴到信贤据点里去了。

人们听到这消息，都十分高兴，胡兰就更不要说了。她抓住金香的手不住地摇晃，激动得连话都说不上来了。随后她把上午拾的麦子全揉下来，换成杏，分给了两个好朋友。金香和玉莲觉得非常奇怪，她们从来也没见胡兰乱买过零食吃，怎么今天突然变了！

这天，胡兰简直高兴极了。她觉得自己真正做了一件对抗日有利的事，怎么能不高兴呢？晌午回到村里，见人就宣传这个好消息，不过她和谁也没讲昨天下午的事。她才不爱去夸功哩。

刘子仁和王益龙被镇压，算是给了汉奸们个初步警告。这一来，信贤据点里一般的敌伪人员，都不敢公开为非作歹了。而伪区长白瑞棠却满不在乎，照旧给敌人当忠实走狗。后来武工队写信警告他说，如果再不回头，就是刘子仁的下场。他回信说："要我回头也不难，先把你们的脑袋缴来！"这封信是刘树旺从据点里捎回来的，不要说抗日干部们看了气得不行，就连胡兰她们听了也都气坏了。抗日干部们决定要镇压他。可是这家伙躲在伪区公所里根本就不出来。而伪区公所又紧靠着敌人的碉堡。看起来这事很难办。可是谁知没过了五天，胡兰听世芳叔说，武工队跑到据点里，终于把白瑞棠枪决了。原来武工队是化装成文水城的宪兵队，一清早骑着自行车大模大样进了据点的，他们到了伪区公所，把所有的敌伪人员集合起，训了话，然后就把这个死心塌地的汉奸打死了。

白瑞棠被镇压，轰动了整个文水平川。接着其他各区的武工队，也镇压了几个罪大恶极的汉奸。连城里的大汉奸温培成也被武工队枪毙了。这一来伪军汉奸们都惶惶不安，纷纷向抗日政府、抗日部队写悔过书，拉关系，再也不敢为非作歹了。

枉费心机的奶奶

抗日战争已经进入了第七个年头。

刘胡兰一年一年长大起来。这年，她虽然只有十四岁，可是个子长得快和妈妈一样高了。人样子也愈长愈漂亮了，圆圆的脸，脸色白里透红，每逢笑起来的时候，脸蛋上便出现了两个小小的酒窝。两条小辫早已变成一条长长的大辫子，又粗又黑，看起来更像个大姑娘了。一切言谈举动也满是大人气了，见了人有礼有貌，做起活来有条有理。这些年，她跟着奶奶和妈妈，学会了不少操持家务的本事，以前她只会纺花缠线，刷锅洗碗，敲敲边鼓，打打下手。如今她已学会了烧茶煮饭，还学会了纺线织布，一切针线营生也能拿起来了。论人品，论长相，论手工，都算得上全村数一数二的好闺女。左邻右舍提起胡兰来，没个不夸奖的。奶奶每逢听到人们称赞孙女儿的时候，自己脸上也觉得很光彩。不过奶奶对胡兰并不十分满意，别的方面她倒也挑不出孙女儿的什么毛病来，奶奶不满的只有一条——胡兰还像过去一样，一有工夫就往外跑……唉！这事简直变成奶奶的一桩心病了。如果孙女儿光是出去串串门，散散心，说说闲话，拉拉家常，倒也罢了。——这几年奶奶也看开了些，她已觉察到完全照老规矩行不通。要想把闺女们管得"大门不出，二门不迈"，难！最使奶奶不满的，还不是孙女儿常去串门，而是她发觉胡兰在村里竟然做起抗日工作来了。

其实，这并不是什么新鲜事，早几年胡兰暗中就已经参与村里的抗日活动了。那时候，村里没有什么群众性的抗日组织，原来的妇救会、青救会等团体，在1941年形势恶化以后，无形中散了。那时候胡兰只是和金香、玉莲她们偷偷给抗日干部站站岗，放放哨，通个风，报个信……村里一般人不晓得，她自己回到家里又不声张，奶奶当然也就不知道了。自去年秋天，平川形势好转以后，村里的各种抗日团体，暗中逐渐又都恢复起来了。妇救会也恢复了，会员都是从全村妇女里挑选出来的骨干分子。不用说，胡兰和金香、玉莲她们都被挑选上了，另外还有黄梅子、梁桃桃、玉莲新过门的二嫂芳秀，也都成了妇救会的积极分子。妇救会平素除了暗地里做军鞋、做军袜，给隐蔽在村里的干部、游击队缝补衣服、拆洗被褥等等之外，她们还经常三三五五聚在一起，偷偷阅读根据地的报纸，阅读各种油印的传单和捷报，也常常分头到各家各户去串门——挨门挨户做宣传。

开头，奶奶并不知道孙女儿的这些行径。妈妈倒是晓得，不过她一直替女儿瞒着婆婆。直到"抗粮斗争"开始以后，奶奶可就弄明白胡兰经常往外跑是怎回事了。

这年秋天，敌人大量向平川农民搜刮粮食。秋收还没结束，伪区公所就给各村派下粮来了，并且三令五申要限期缴纳。就在这时候，抗日政府暗里领导群众，展开了一次巧妙的抗粮斗争：一面让各个"伪村公所"向敌人虚报灾情，要求减免；一面又通过各个抗日组织发动群众抗粮。办法是：软顶软抗，尽量拖欠，万不得已时，少缴一点，并且要缴坏粮，把多余的好粮食及早埋藏起来，以防敌人搜查。当时，村里所有的抗日团体都动员起来了。妇救会也召开了紧急会议，讨论了上级的指示，然后就按人分户，分头去串联群众。那几天，胡兰可真忙坏了，又要说服奶奶，又要串联邻里，又要向领导上汇报情况，整天起来东家进西家出，有时忙得连饭时都误过了。这一来，奶奶也就看出点苗头来了。后来，她到左邻右舍一打听，才知道胡兰早就参加了村里的抗日活动。奶奶听到这消息，好像当头挨了一闷棍，简直气昏了，腿软得差点走不回家来。她真没想到孙女儿会背着她干这号凶险事！愈想愈生气，愈想愈着急，愈想愈伤心……

这天晌午，胡兰从外边回来，刚一进院子，就听奶奶在北屋里喊她。她连忙跑进去的时候，只见奶奶脸色恼得怕人，一见面就气冲冲地向她吼喊道：

"哼！你做的好事，你的胆子可真不小！简直是胆大包天！你是吃了老虎心豹子胆了，还是鬼迷了心窍啦？你说！"她像法官审犯人一样，又拍桌子，又打板凳，眼睛瞪得有鸡蛋大，鼻子里直出粗气："你眼里还有老人吗？你是诚心要气死我？诚心想毁这个家？你竟敢背着我干那号凶险事！往后你再敢出去给我招灾惹祸，我饶不了你！"

开头，胡兰见奶奶这么大发雷霆，不由得吃了一惊，以为自己闯下什么塌天大祸了。听着听着心里也就明白了。她知道反正迟早免不了要闹一场，索性挑明算了。她等奶奶训斥完，这才不动声色地说道：

"奶奶，你先歇一歇，让我慢慢告诉你。"她一面给奶奶倒了一杯水，一面继续说道，"我没做什么丢脸的事。村里成立了妇救会，我参加了。就这么点事。这有甚？还犯得着你老人家动那么大的肝火？"

"咹？咹？这事还小吗？你说得倒轻巧！"奶奶忍不住又动火了，"妇救会闹抗日！你知道不知道？"

"知道。就是因为这个我才参加的。"

"你这不是成心惹祸招灾？这是甚年月？这是甚世道？日本鬼子就住在家门口，说个来就来了。抗日！抗日！这是要要的事？万一有个一差二错，后悔都来不及了。"奶奶振振有词地接着说道："人家是躲着是非走，你是专挑着火坑跳！图名哩，还是图利哩？公家又没逼着你参加，为甚找那些不自在？趁早退出来！"

　　胡兰听了又好笑，又好气。她没有直接反驳奶奶。她忽然问奶奶道：

　　"奶奶，说真心话，你愿意不愿意早点把日本鬼子打走，早点过太平日子？"

　　奶奶接嘴说道："我又不是汉奸。我盼不得日本鬼子立刻死光，要能早点赶走这些瘟神恶煞，我天天烧高香哩！"

　　"你又盼望早点胜利，又不让抗日，日本鬼子还能自动塌了台？"

　　一句话问得奶奶一时答不上来了。停了一会儿，她这才气悻悻地说道：

　　"就凭你们妇救会，就能把日本鬼子打败？盖上十八床被子做梦去吧！"

　　胡兰笑了笑说道："奶奶说得对，光凭妇救会当然不行。打日本鬼子主要靠八路军、游击队。不过没有各方面的配合也不行啊！就像织布一样，光有织布机，没有梭也织不成布。"接着她就一字一板地给奶奶讲开了道理。

　　奶奶真没想到，孙女儿平时不声不响，讲起抗日道理来却是一套一套，说得头头是道，条条有理。她知道自己辩不过胡兰去，于是突然打断她的话，威喝道：

　　"听着，你要革命，要抗日，趁早滚得远远地！以后你再敢闹这些事，就别踏进这个家门！"

　　胡兰也忍不住发火道："我还正想到西山里去哩！"

　　"你走，你走，你有本事一辈子别回来！"

　　奶奶嘴里虽然这么诈唬，心里却有点虚了。她晓得孙女儿的脾气，说得出就干得出。她也知道八路军里有的是女兵。万一孙女儿真的走了，可就哭瞎眼也没用啦。奶奶愈想愈有点怕，后悔刚才不该把话说绝，如今弄得软，软不得；硬，硬不得，不知道该怎么收场才好。正在这个时候，恰巧胡文秀进来了。

其实胡文秀一直就站在门外听着，只是自己不好插进来。跟上女儿劝婆婆不行，跟上婆婆劝女儿不对。如今见奶奶孙女儿说崩了，事情愈说愈严重，她恐怕闹出个事来，这才连忙跑进来打圆场。她刚一进门就听胡兰说道：

"我走就走，奶奶你当我……"

胡文秀连忙打断女儿的话说道："胡兰子，快别和奶奶顶嘴了。"回头又劝婆婆道："妈，你老人家也少说几句吧。大人不见小人的过，谁在火头上，也难免说句气话。"

"我这可真是好心做了喂猫食啦！"奶奶自怨自艾地说，"好心不得好报。吐出真红血来，人家还说是胭脂水哩！"

胡文秀忙又劝解了几句，奶奶也就凑着台阶收场了。

第二天，胡兰还是像往常一样，办完家里的事，然后就拿着针线活去串门——进行抗粮斗争的宣传。抗粮斗争的这种做法，受到了广大群众的拥护。她分工负责串联的那几家，全都动员好了，并且有的人家已经开始行动了：连夜挖坑打窖，准备埋藏粮食。工作进行得很顺利，心情也就特别舒畅，她早就把和奶奶争吵的事忘了。

奶奶这些天表面上倒也没什么，心里却像十五个吊桶打水一样，七上八下不安生。她决心不让孙女儿去干这些凶险事，可是一时又想不出什么好办法来。打吗？骂吗？关起来吗？不行。那样会逼出乱子来；好说好劝吗？不抵事。唉，真不知道该怎么管教才好了。奶奶为这桩事可没少费脑汁。思来想去，最后终于想出个花招来了。

有天晚上，胡兰正坐在灯下纺线，奶奶进来了。奶奶看了看胡兰纺的线，然后和和气气地说道：

"胡兰子你听着，奶奶和你说个事。"

胡兰忙停住纺车，两眼望着奶奶。她猜不出奶奶有什么重要事对

她说。

"今年年景不赖，粮食打得不少，奶奶谋算着给你做套新衣裳。"奶奶坐在炕沿上，一字一板地说，"要阴丹士林呢还是要花花洋布呢？随你挑，随你拣，心爱哪样扯哪样。只要你答应奶奶一件事：以后少到外边去跟上旋风撒黄土。"

奶奶觉得这一招准能把孙女儿降服。胡兰从小长了这么大，从来没穿过一件细布衣服，一年四季，从头到脚全都是老粗布。女孩子家谁不愿意穿戴得好点，谁不愿意打扮打扮呢？她见胡兰只管抿着嘴笑，于是接着又说道："后日下曲镇逢集，跟你爷爷到集上扯去。……"

"就这事吗？"胡兰微笑着问道。

"只要你听话，安安生生待在家里，等过年时候，奶奶再给你买件卫生衣（绒衣）。"

胡兰心里直想笑："奶奶可真舍得下本钱！"心里虽然这么想，嘴里却没这么说。她见奶奶等着她答话，忙说道：

"奶奶，你也别给我扯什么衣裳了。你常说，戏子穿上龙袍也成不了真皇帝。这年头，日子很艰难，能有粗布衣、家常饭，也就算不错了。我知道你是怕我在外边惹下乱子。奶奶你放心，我又不是傻子，不会拿着脑袋故意往刀刃上撞。我们只是暗里做做军鞋，缝缝衣裳，也没甚大不了。队伍拼着命打日本鬼子，咱们就给做做针线活还不应当？再说，谁的额头上又不刻着'妇救会'三个字，敌人他还能认出来？"

一席话说得奶奶目瞪口呆，坐了一会儿，只好叹着气走了。

从胜利到胜利

　　抗粮斗争闹得敌人手忙脚乱。如果只是少数村子抗粮不缴，这好说，如果都是硬顶硬抗，这也好办。敌人感到最棘手的就是：村村都呈报灾情，村村都派人请愿，要求减免，村村都只缴一点点坏粮——不是掺砂带土的，就是秕了的沤了的——不要说人吃，喂马都不是什么好饲料。

　　敌人急于想弄到大批粮食。左一道公文，右一道命令，说什么不缴粮就要杀头呀，枪毙呀！说得凶凶险险。可是各村都齐了心，只是求情说好话，粮食还是不缴。后来敌人就派上军队，赶上大车，挨村挨户搜查开了。花了好多工夫，费了九牛二虎的气力，才抢到一点粮食。

　　抗粮斗争基本上胜利了。这一来更加鼓起了人们抗日斗争的勇气。就在这年冬天，抗日政府组织了一次大规模的"反抢粮"运动——把敌人抢去的粮食夺回来！给敌人一个更加沉重的打击。县里专门成立了"反抢粮"指挥部，各村都成立了"反抢粮"小组。"反抢粮"的第一个目标是下曲据点的粮库，这是敌人在文水平川的一座大粮仓，存放着上百万斤粮食。据点里经常驻守着一中队伪军，据点周围有铁丝网，有壕沟，有吊桥。一到夜晚吊桥就收起了，通行也就断绝了。要从这里把敌人抢去的粮食夺回来，并不是一件轻而易举的事情。但是由于事先已掌握了敌人内部情况，行动计划订得很周密，准备工作做得很充分。结

刘胡兰传

果这一艰巨的任务，很顺利地完成了，而且干得非常出色。

那是在一个寒冷的夜晚。我们的地下人员用酒灌醉了伪军中队长。早已串联好的两个伪军班长放下吊桥，引导游击队包围了睡梦中的敌人。然后一万多有组织的群众，赶着大车，推着小车，拿着绳子扁担，分成几路冲进据点，打开仓库——仓库里一袋袋的粮食堆积如山，粮袋都是用白洋布缝成的，搬运起来非常方便。只用了半夜工夫，就把敌人准备运走的这些粮食收拾了个净光。除了夺回大批粮食，还活捉了伪军中队长以下九十多人。紧接着，西社据点的粮库，在一夜之间也被我们"反抢"光了。

敌人接连遭受了这么惨重的损失，简直气疯了。想报复都找不到个对象——八路军、游击队吗？神出鬼没不知在哪里。老百姓吗？摸不清是哪些村子的人。敌人妄想找到一点线索，于是就出动大队人马，挨村挨户搜查开了。这一手，我们早已估计到了，夺回来的粮食早已埋藏了，粮袋早已销毁了——人们连夜把那些洋布口袋染了色，缝成了被褥，裁成了衣服。游击队为了转移敌人的视线，这时也大肆活动开了，今天在这里打一下，明天在那里打一下。闹得敌人晕头转向、惶惶不安，只顾提防游击队，也就顾不上搜查老百姓了。

不久，我们的大股部队也开下山来了。1945年初夏，八路军一二〇师六支队和县游击大队，接连在云周西一带打了几个胜仗。这一来，群众情绪更加高涨，村里的各个抗日团体也更加活跃了。

胡兰自从向奶奶挑明自己是妇救会员之后，每逢出去参加村里的抗日活动，再不像过去那样偷偷摸摸、躲躲闪闪了。干脆明来直往，事事扑到前头。奶奶明知道拦阻不住孙女儿，可是仍免不了常叨叨。指槐说柳，话里常常也捎带大爷。有回，大爷听奶奶叨叨得有点不耐烦了，说道：

"妈，你别整天叨叨，日本鬼子要不打来，谁也不会去闹抗日！等抗战一胜利，什么妇救会呀、农救会呀，自然都要散摊子。到那时候，不要说胡兰一个女孩子，就是我，也不会再招揽村里这些公事了。"

奶奶觉得大儿子说得也是一番理。真个是，要不是日本鬼子打来，村里也不会成立什么妇救会，胡兰也就不会整天往外跑了。她想："要是真能把日本鬼子打走，孩子们往外跑跑也值得。等赶跑了日本鬼子，胡兰自然就会在家安安生生过日子了。可是，唉！仗已经打了七八年，究竟哪天才能熬到头？牛年，还是马日？"

奶奶也盼望抗战胜利，可就是觉得有点遥遥无期。谁知道就在这年秋天忽然传来个好消息：日本无条件投降了！抗日战争胜利了！

那是 8 月中旬的一天下午。胡兰和奶奶、爷爷正在地里打掐棉花，忽然发现大路上来来往往有好些人，有骑自行车的，也有步行的。他们不时停下来，和地里干活的人们指手画脚地谈论。开头，谁也没有在意，那几天北辛店正唱戏，以为是看戏的人回来了，和人们说戏哩。随后发现有些锄地的人，扛上锄头往村里跑，村里又有些人叫喊着往外跑；接着就听见村里隐隐传来一片锣声。他们只当是有了情况，全家人都慌了，弄不清是回村里去对，还是就待在地里好。后来大爷跑到地头上向人们一打听，才知道是日本无条件投降了，而且是昨天就宣布投降了。胡兰他们听到这消息，简直高兴炸啦。胡兰和妹妹高兴得又是笑、又是叫，拉着手不住地乱蹦乱跳，一连踩倒好几棵棉花。要在平常情况下，非挨大人们的一顿骂不可，可是如今谁还顾得管这点小事呢？连奶奶都压倒两棵棉花哩。奶奶一听说抗战胜利了，"通"一声就跪在地上，不住地拍手，不住地磕头，不住地念叨：

"谢天谢地，可算把日本鬼子打败啦！可算活出来啦……"

爷爷和大爷他们也是乐得手舞足蹈，好像一下子都变成小孩子了。

这时天色还早，可是谁也安不下心来再干活。于是早早就收了工。

胡兰跟着家里人走出棉花地，忽然想到应当赶快把这个消息去告给

张大爷。张大爷的瓜地离村子很远，大约他还不知道哩。前几天听说苏联红军出兵东北的时候，张大爷就说："看样子快胜利啦！两面夹攻，日本鬼子还能不败！"老汉猜得真准。要是他知道日本鬼子已经投降，不知该多高兴哩。

胡兰想到这里，拔腿就往张大爷瓜园里跑。路上不时停下来，向地里干活的人们传播这一消息。她跑到张大爷瓜园里，连着喊了几声，也没人答话。她连忙走到瓜棚下，只见瓜庵里空空荡荡，张大爷的行李不见了，只留下一地零乱的麦秸。瓜庵旁炉子里的火也熄灭了。胡兰看到这情景，不由得愣住了。怎么回事呢？张大爷上哪儿去了？她向四处看了看，忽然见旁边高粱地里有个人在锄地。胡兰认出了那人是世芳叔的哥哥石世辉，忙跑过去问他道：

"世辉叔，你知道张大爷上哪儿去了？"

石世辉边揩头上的汗，边说道：

"大概是给扣起来啦。半下午，我远远瞭见来了两个背枪的人，我只当是来买瓜吃的，后来才看见他们把老张带上走了，连行李也卷走了。"

"啊！"胡兰忍不住惊叫了一声。忙问道："谁家扣上走了？因甚？"

"弄不清。我也正纳闷哩！"

胡兰见他说不出个子午卯酉来，忙告他说日本投降了。石世辉吃惊地问道：

"日本投降了？真的？！"

"真的。日本投降了。"

胡兰说完。转身就往村里跑，一路上不住地胡猜乱想：究竟谁家把张大爷扣上走了，是据点里的敌人呢还是游击队？说是据点里的敌人吧，敌人为什么要扣张大爷？难道张大爷是抗日干部？显然不是。张大爷怎么会是抗日干部呢？以前她亲耳听世芳叔讲过，这老汉是逃难来的。这些年来，除了种地就是拾粪，从没见他做过什么抗日工作。当然不会是抗日干部了。再说日本已经投降了，敌人扣这么个普通老百姓做甚？她想：如果不是敌人扣走，那么一定就是被游击队扣走了。游击队为什么要扣张大爷？难道他是汉奸吗？不像。这些年来没见他做过一点坏事，也没进过一回据点。那么个和和气气的老好人，怎么会是汉奸呢？胡兰忽然又想道：也许他是故意装成那个样子，表面上做好人，暗里给敌人通风报信……

胡兰只顾这么胡猜乱想，不知不觉已走到了观音庙前。猛听得"叭喳"一声响，忙抬头一看，只见三槐叔把庙门口伪村公所的牌子摘下来摔断了。另外几个公人们正踩着凳子，在刷洗墙上敌人写下的那些标语。庙院里发出哄哄嘈嘈的讲话声。胡兰看到这情景，感到异常兴奋。她见三槐叔一面用脚踩摔断的那块牌子，一面不住声地骂：

"狗日的，让你一辈子也翻不起身来！"

胡兰忍不住也跑过去帮他踩。石三槐一见是胡兰，笑着大声说道：

"胡兰子，日本投降了，胜利了！咱们可算熬出来啦。你看看，观音庙也解放了，又变成咱们办公的地方啦！"

胡兰只是笑，她高兴得简直不知该说什么好了。她向石三槐问道：

"三槐叔，据点里的敌人哩？还在吗？"

石三槐兴冲冲地说道："听说朱总司令已经下了命令啦！要各地的敌人赶快缴枪，不好好缴就收拾狗日的们！"

胡兰忽然想起了张大爷被扣的事，她想应当赶快告给干部们，万一张大爷是被敌人扣走，也好早点设法营救啊！想到这里，忙向石三槐说道：

"三槐叔，张大爷……"

"张大爷么？"石三槐抢着说道，"正在庙里和陈区长、李六芳他们开会哩！"

胡兰惊问道："和陈区长开会?! 我刚才听说有两个背枪的人，把

他从瓜园里扣上走了!"

"胡说八道。没那回事。哦,哦……"石三槐若有所悟地说道,"那两个带枪的么?那是县里的通讯员,请老张回来开会的。日本投降了,有好多工作都等着他拿主意哩!"

胡兰听他这么一说,不由得发愣了,觉得奇怪极了。怎么张大爷和陈区长他们开会?怎么好多工作要他拿主意?她正想开口问,忽听石三槐笑着说道:

"你觉着很奇怪,是不是?你知道张大爷是谁,是金香家的长工?是种瓜的老头?……"

胡兰急忙问道:"张大爷到底是个甚人?难道也是抗日干部?"

"对,对!"

"他比陈区长还大么?"

"对,对。他是县里的负责干部哩!"

"啊!"胡兰真个是又惊又喜。谁能想得到呢?那么个不声不响的老头,原来是个大干部,这么多年,一点都没看出来。她忍不住问道:"三槐叔,你早就知道啦?"

石三槐摇了摇头说:"不,今天下午才知道。乍一听说,我也吃了一惊。"

胡兰忍不住又问道:"张大爷是县里的什么干部?他为甚要受上那么大的罪,住在咱这地方呢?"

石三槐道:"我也闹不清。大概总是有原因的。"

这些问题石三槐确实闹不清,而张大爷长期隐蔽在这地方确实也是有原因的。张大爷并不是一般的县干部,他是中共文水县委委员,那时候党是秘密的,自然他的身份也就不能公开了。云周西一直就是文水平川抗日的中心地区,部队、政府,以及各个群众团体的干部常来常往,为了加强这个地区的工作,统一领导,于是党委就把张大爷派来了。

胡兰一听说张大爷也是个抗日干部，不由得心里一阵阵高兴。今天可不比寻常，振奋人心的事情太多了。胡兰听见街上很热闹，就往村里跑去。

整个村子好像沸腾起来了，满街满巷到处是人，有男有女，有老有少，三三五五围在一起又说又笑。一些小孩子们在街上跑来跑去，乱叫乱喊。井台那里聚集着一伙年轻人，兴高采烈地敲打着锣鼓，叫着，跳着，嘴里不停地打着呼哨……抗战抗了八年多，终于胜利了，人们怎能不狂喜呢？

胡兰回到家的时候，只见满院子香烟缭绕，奶奶正虔心虔意地在各个神道前烧香礼拜。妈妈和大娘忙着在东棚下做晚饭，东棚下发散出一阵阵扑鼻的油香，全家人一个个都是喜眉笑眼，真像是过年过节一样。这天的晚饭也比平常丰盛得多，除了稀粥老咸菜，特意炒了一盘鸡蛋，烙了几张油饼。大爷还打来一壶酒。男人们喝了几盅酒，话头也多了，从日本投降说到抗战开始，从抗战开始又说到日本投降。说来说去，都觉得多亏有个共产党、八路军，要不也不会有今天。后来他们就说开家务事了。

大爷打算辞掉闾长，还是到交城买卖家去帮工，奶奶打算积存几瓮粮食，修理修理房舍，而爷爷则是想把老牛卖了，添点钱买条大犍牛……总之都觉得天下太平了，今后该安安生生过日子啦。

胡兰无心听这些家务事情。不知怎回事，心里老是想着张大爷，她很想看看这老汉。匆匆忙忙刷洗完锅碗，就跑了出来。在街上正好碰上了金香和玉莲，她就叫上她们一起去看张大爷。

她们去的时候，张大爷刚开完会，正端着碗吃饭哩。他的胡子全都剃光了，红光满面。啊，原来他并不是老头，看起来连四十岁也不到哩。张大爷一看见胡兰他们，就亲热地打招呼。胡兰她们也好像见到多年没见的亲人一样，心里都感到热乎乎的。她们围住张大爷，又说

刘胡兰传

163

又笑又埋怨，埋怨他不早点告诉她们。张大爷只是咧着嘴笑。后来金香问道：

"张大爷，你这么大的干部，这些年来就能吃下那么大的苦去？"

张大爷说："没啥！革命需要么！有许多人为了革命，为了打败日本鬼子，把性命都牺牲了，咱这算啥？不算啥！"他边吃饭，边又说道："你们想想，要是没有千千万万先烈们流血牺牲，抗战能胜利了吗？胜利来得不容易啊！"

玉莲忽然插嘴说道："要是日本迟投降几年，我一定参加队伍。嗨！这下可没咱们的事干了。"

张大爷说道："没事干了？！打败日本帝国主义，并不等于革命成功。这才刚刚是个开头，事情还多着哩……"

张大爷的话还没说完，有几个区干部来了。看样子他们是找张大爷商量什么重要事情，胡兰她们只好走了出来。

这天晚上，胡兰心情非常激动，半夜都没有睡着。张大爷说得对，胜利来得的确不容易啊！顾县长壮烈牺牲了！张区长壮烈牺牲了！武占魁和王士信壮烈牺牲了！李贯三和他的通讯员壮烈牺牲了！还有韩华、武艾年、石居山……以及许许多多不知道姓名的英雄们壮烈牺牲了。想起这些烈士们来，胡兰心里又是敬佩，又是感激。

两只金牙的故事

好消息不断传来，下曲据点解放了，信贤据点解放了，文水县城解放了⋯⋯

新解放的地区需要人去工作，以往常住在云周西的一些干部陆陆续续都调走了。张大爷走了，李六芳走了，连世芳叔和陈照德也调到了区上。世芳叔担任了区抗联组织部长，陈照德担任了区长。

那些天，胡兰又兴奋又有点惶惶不安——抗战胜利了，妇救会还要不要？以后该做些什么呢？有时候她和金香、玉莲、芳秀碰在一起，也常常谈这些事，她们也同样闹不清楚。就连妇救秘书张月英，也说不来个七长八短，谁知道以后妇救会还有什么用处呢？正当她们彷徨无主的时候，区妇救秘书苗林之引着县里的一个女干部来了。她们一来就召集妇女们开了个会。她们告诉大家说，抗战虽然胜利了，可是革命并没有成功，贫苦农民没有彻底翻身，妇女也没有解放。贫苦农民要想翻身过好日子，妇女要想得到解放，只有团结起来，彻底打倒封建剥削——这比打日本鬼子还要困难。她说妇救会决不会取消，大家也不能松劲。妇救会的名称今后可能改成妇女联合会，该做的工作还多着哩！这些道理胡兰她们虽然弄不十分懂，但心里总算有底了。

县里来的这个女干部名字叫吕梅，年纪有二十来岁，个子很高，身体很壮实，剪发头，穿着一身灰布制服。讲起话来有头有尾，办起事来

干脆利索。看起来真像个军人似的。她是县抗联的妇女干部，又兼任着这个区的抗联主任。那时候区公所住在大象镇，吕梅自和妇女们开过会以后，常骑着自行车到云周西来，很快就和胡兰、金香她们熟悉了。

有天上午，吕梅又来了。一进张月英家的院子，听见屋里有好些人嘻嘻哈哈说笑。她走进去的时候，只见屋里有好些年轻姑娘和媳妇们。胡兰和金香、玉莲也在这里。她们手里都拿着针线活，一面做营生，一面在说笑。大家见吕梅来了，都热情地和她打招呼。吕梅笑着问道：

"你们在谈论啥？怎这么热闹？"

金香忙向胡兰说道："胡兰你张开口，让吕梅姐看一看。"

胡兰抿着嘴，直往后躲。

张月英道："有啥不好意思，你让老吕看看嘛！"

胡兰把嘴抿得更紧了，只是"咕咕"地偷笑。吕梅越听越不明白是怎回事。这时有几个女孩子跑过去，拉着胡兰，"胳吱"她。胡兰忍不住笑出声来。一张嘴，露出了黄灿灿的两个虎牙。吕梅这才弄明白，原来是胡兰镶上金牙了，怪不得人们这么逗她呢。

当时在晋中平川，很流行镶金牙，不论是县城里，还是集镇上，到处有镶牙馆。连村里唱戏赶会时候，也有许多临时的镶牙摊。一些年轻人们，特别是年轻妇女们，都喜欢镶两颗金牙——其实根本不是什么金牙，而是用洋铜片把两颗虎牙包起来。就包这两颗金牙也得花一二斗粮食。

吕梅见胡兰也镶上了金牙，本来也并不觉得奇怪，因为村里镶金牙的人很多。可是她忽然想起以前听人们说，胡兰奶奶过日子很仔细，平素舍不得枉花一个钱，怎么舍得花一二斗粮食给胡兰镶金牙哩？她随口问道：

"镶牙是你奶奶给你的钱吗？"

玉莲抢着说道："哪儿是她奶奶给的钱，是人家胡兰拾麦子赚下的。前天到下曲赶集才镶上。"

一些妇女们听了，都乱纷纷地赞美开了。有的说胡兰真有点志气，拾了一夏天麦子，没舍得买一点瓜、桃、梨、果，办了一件正事；有的说胡兰本来就长得很漂亮，如今镶上金牙更漂亮了；还有一些没有镶上金牙的说，明年一定要好好拾一夏天麦子，赚下钱也镶两颗。有几个妇女向吕梅说道：

"吕同志，你不镶两颗？"

"你要镶上一定更漂亮。"

吕梅笑了笑说："我的牙又没坏了，镶那干吗？再说我们干革命的人也不兴这一套。"

她随口说了这么两句，人们都没在意，胡兰也没有表示什么。接着她们就谈开别的事了。

这天晌午，胡兰回到家里，一面帮妈妈拉风箱烧火做饭，一面拿了个小镜子，张开嘴左照右照。今天清早照着镜子梳头的时候，还觉得这两颗金牙黄灿灿的挺好看，如今却越看越觉得不顺眼了。吕梅同志的话好像还在耳边回响："我们干革命的人不兴这一套！"吕梅同志就不爱穿戴打扮，也不搽油抹粉。所有她见过的女八路，也都是那么朴朴素素。而自己整天说要革命，却打扮成了这个怪样子——好好的牙上包了两个洋铜片！虽然村里有好多年轻妇女镶着金牙，她是看样学样才镶上的。可是为什么不学革命干部那种朴素作风，而偏要学这个呢？

胡兰越想越生自己的气，越想越后悔。她忽然下了决心："趁早抠的扔了！"

吃完午饭以后，奶奶见胡兰照着个小镜子在摆弄牙，起初奶奶以为她是在剔除嵌在牙缝里的食物，随后才发现她是用小刀抠那两颗金牙。奶奶忍不住惊叫道：

"你这是干甚？哎，哎？"

刘胡兰传

167

胡兰边把抠下来的洋铜片扔进火里，边笑了笑说道：

"镶这不好。"

"不好当初为甚要镶？"

"当初以为镶上好，现在才知道根本就不该镶。"

奶奶气得说道："不让你镶，你闹着非镶不可；好容易镶上，又抠的扔了！你当扔的那是甚？是钱，是粮食，是自个一穗一穗拾来的。为拾这点麦子，差点晒脱一层皮，你就不心疼！"

胡兰苦笑着说："心疼也没办法。奶奶你别说了，算我办了一件错事！全怪我。"

奶奶还在不住嘴地叨叨，胡兰也就不再理她了。

第二天，吕梅发现胡兰的金牙不见了，她惊问道：

"你的金牙哩？"

胡兰笑了笑说："抠的扔了。"

吕梅听了觉得这姑娘真有点志气。她没有当面表扬她，可是心里却很称赞胡兰这种行为。后来在中秋节劳军的时候，吕梅见胡兰表现得很积极，整天起来东家进西家出，忙着收集慰劳品，同时她把自己仅有的一点积蓄也都买成月饼捐献了。在秋收的时候，区妇联号召妇女们参加田间劳动，胡兰也是积极响应，整天下地干活。吕梅看到这些情形，更觉得这个姑娘可爱了。

走出家门

有一天傍晚，胡兰和妹妹从地里摘棉花回来，刚进门，金香就跑来找她。她见金香站在门口向她招手，猜想一定是有什么重要事情。连忙把棉花放下，跑了出去。还没等她开口问，金香就抢先说道：

"胡兰子，我要走啦。学习去。"

"到哪儿，是不是去妇女训练班？"

金香高兴得似乎连话都说不出来，只点了点头，"嗯嗯"了两声。

前几天胡兰就听吕梅说，县妇联打算在贯家堡开办个训练班，抽调一些基层干部去学习。没想到这么快就办起来了。她忙向金香问道：

"咱们村还有谁去？"

"张月英、阎芳珍、李明光。"

"还有谁？有我和玉莲没有？"

金香摇了摇头。接着说道：

"我也觉得很奇怪，怎么没有你和玉莲呢？"

胡兰没有吭声，心里不由得想道：是自己不够条件？还是把名字漏掉了？她觉得这是个很宝贵的学习机会，无论如何不能轻易放过。想了想，向金香说道：

"不知道苗林之同志走了没有？我想去找她问问。"

金香忙说道："已经到贯家堡去了。吕梅姐还在村里，你求求

她吧！"

当她们跑到吕梅住的地方时，只见吕梅正在院子里往自行车上绑行李，看样子就要走了。陈玉莲也在这里，她两手抱着膝盖，噘着嘴坐在台阶上。一看就知道玉莲也是为这事来的。

吕梅一见胡兰，就笑着说道：

"嘿，又来了一个。也是想去学习吗？"

金香接嘴说道："为什么没有胡兰和玉莲？"

玉莲恼悻悻地说："不够资格，不够条件！他们就是看人下菜碟，专欺侮老实人哩。就算我不行吧，胡兰也不行？论工作，论人品，不比她们哪个强！"

吕梅一面捆绑行李，一面笑着说：

"玉莲的火气可真不小啊。有这么多积极分子要求去学习，我这个训练班主任当然是双手欢迎了。"

接着吕梅告她们说，本来村里干部提受训人名单的时候，也提到了她两个，她自己也很希望她们两个能去学习。可是在研究名单的时候，估计到她们家庭一定不会同意，于是就又把她们的名字取消了。她回头又向玉莲说道：

"你妈刚去世不久，你爹病着，也得有个人照顾吧。"

玉莲赌气说："我不是看病先生！家里又不是死的没人了。端茶倒水的事，我二嫂她们还办不了？"

正说着，区上的通讯员推着自行车进来了。他说要帮吕梅送行李去贯家堡。吕梅说用不着，她能带得动。但通讯员不管三七二十一，三把两下就把吕梅的行李解卸下来，绑到自己车子上了。一直没有开口的胡兰，见吕梅马上就要走了，急忙问道：

"吕梅同志，像我们这样的条件，训练班要不要？"

吕梅随口说道："当然要。刚才我已经说过了，取消了你们的名字，主要就是估计到你们家庭不会同意。你想想，你奶奶能舍得放你去吗？"

胡兰紧接着追问道："不是说那些，就说你们要不要吧。"

吕梅说道："这还要再问吗？只要你们能想法打通家里人的思想，就可以来。"

通讯员半开玩笑半认真地插嘴说："现在哭着鼻子要求去，说不定住上三天就又哭着鼻子要求回来哩！闹革命可不是个简单事，得吃苦哩。训练班吃的住的可不比你们家里……"

玉莲打断他的话说道："用不着你操这份闲心！我们也不是去享福。"

通讯员吐了吐舌头说道："嗬，好厉害。牛皮不是吹的，火车不是推的，是金子是黄铜，炉子里一烧就看出来了。"

吕梅忙向通讯员说道："快走吧，别斗嘴了。"回头又向胡兰和玉莲道："我先去贯家堡筹备去，后天报到，大后天开学。你们要是来不及，迟两天报到也行。万一家里不同意，以后还会有这样的学习机会。"说完，和通讯员推着自行车走了。

玉莲高兴地从台阶上跳起来说："我去，我一定去！我和我二嫂说说，让她照护我爹。我哥哥他们能出去干革命，我就不能出去？"

金香见玉莲拿定了主意，也高兴了。她看看正在低头沉思的胡兰，说道：

"要是咱们三个能一块去多好哇。唉，就怕你奶奶这一关不好过哩！"

胡兰叹了口气没说话。

玉莲向金香道："等我和我家里说好了，咱们两个一块去帮胡兰劝说她奶奶去。"

金香随口说道："咱们去才不顶事哩。"接着又给胡兰出主意道：

刘胡兰传

"你先回去和你奶奶说说，要是不行就去找村干部们，让干部和你奶奶去说。"

胡兰还是没有说话。过了一会她才说道：

"等我想一想再说吧。"说完，低着头走了。

玉莲看了金香一眼说："我走不成问题。就怕胡兰走不成哩！"

她急着要去告诉家里人，说完转身就跑了。

金香很为胡兰着急，她想去帮胡兰劝说她奶奶，又怕图事办不成，反挨一顿骂；想去把这事告给干部们，又觉得胡兰还没拿定主意，自己先去告也不好。后来她想，要是妈去劝胡兰奶奶，也许还能说上话。她匆匆回到家里，把这事和妈一说。李薏芳撇着嘴说道：

"八张纸糊了个脑袋，我有那么大的脸面？那不是找着去挨骂？"停了停又说道，"我看胡兰是十有十去不成，你也别操那份闲心了。枉费心机！"

金香碰了一鼻子灰，也就不再说了。

第二天，早饭后，金香正和妈整理行装，拆洗被褥，玉莲跑来了。两眼通红，一脸怒气。她告金香说，她二嫂倒是愿意全部担负照护她爹的责任，可她爹听说她要走，把她骂了一顿，死活不让离开家。后来她大舅来了，也把她骂了一顿。玉莲又急又气地骂道：

"都是些老顽固。哼！连革命都不让革！"

金香忙说道："你不会到区上找你二哥去？"

李薏芳道："你别多嘴了。就算她二哥答应，她爹不放还不是枉然！"

正在这时，胡兰也来了。李薏芳见胡兰紧皱着眉头，眼圈发黑，笑着说道：

"又来了一个。怎么，和你奶奶吵架了吧？"

胡兰苦笑着摇了摇头。玉莲和金香齐声问道：

"和你奶奶说了没有？让不让你去？"

胡兰斩钉截铁地说："去！当然要去。"

金香高兴得停下手里的活计，抬起头来说：

"呀，你奶奶同意啦！"

李蕙芳道："这可是天睁开眼啦。真是太阳从西边出来了。"

玉莲听说胡兰也要走，更急了，向胡兰问道：

"你怎么和你奶奶说的？怎就把她说通了？"

"我根本就没和她说。"

李蕙芳说道："呵，你是想偷跑哇。胡兰子你再好好想想，这事可做不得，奶奶知道了不闹翻天！"

胡兰道："我早想过了，只有这办法。"

说着坐在门槛上，告她们说，昨天晚上她想了半夜，她觉得要打通奶奶的思想好好放她走，万万办不到；找干部们去动员奶奶，也不会有好结果——她硬卡住不让走，干部们也不能强迫她呀？思来想去，觉得要想走出这个家门，只有这个办法。胡兰最后说道：

"反正生米作成熟饭了，她能怎？大不了是吵闹一场。我已经到了训练班，她还能把我拉回来。"

玉莲听她说完，高兴地拍着手叫道：

"好！到底是胡兰心眼稠。对，就是这办法！咱俩一块偷跑，走了再说。"

李蕙芳担心地说："姑娘们，你们为什么一定要这会儿去？以后再去不是也一样吗？"

胡兰说道："迟早也是闹一场。树旺嫂，你不用担心，天塌了有我顶着哩。"

玉莲心急地说："咱们快回家准备一下吧。"

胡兰忙制止住她说："你可千万别敲锣打鼓，惊动家里人。要是让

刘
胡
兰
传

173

他们知道了，不用说走，连大门也出不来啦。"

金香惊异地问："那你们就不带行李啦？"

胡兰满不在乎地说："没有行李的八路军多着哩。"

她们又商量了一下明天走的办法，然后就各回各家了。

胡兰回到家里，看见院子里铺好了席子和竹帘，奶奶正往上面摊棉花。胡兰忙帮奶奶往开摊。她还像往日一样帮奶奶干活，可是心里却十分激动。从她出生到如今，还没离开过这个家哩！现在很快就要走了，虽然不是出远门，而且一两个月就会回来，可是总觉得有点那个——又有点高兴，又有点难过。高兴的是好容易有了这样一个学习机会，能够多学一点本事，今后能多做点革命工作了；难过的是自己这么不声不响地走了，奶奶一定会伤心，爱兰和妈妈也一定会想念……她不由得暗暗抱怨开奶奶了：奶奶要是多少开通一点，好说好道，商商量量就能答应自己走的话，那该有多好？她老人家也就不用着急、生气，自己也就用不着这么偷偷摸摸了。可是偏偏奶奶就是这么个死脑筋，有什么办法呢？

胡兰帮奶奶摊完棉花，然后又把爷爷、奶奶的被褥拿出来搭到院里绳子上。她看见炕头起扔着爷爷的一双破袜子，忙找了块粗布补好。随即又把织布机上的尘土和棉花毛擦洗干净。然后又向奶奶说道：

"奶奶，把你身上的衣服换下来，我给你洗洗吧。"

奶奶心疼地说："胡兰子，你今天干了不少事啦，明天再洗也不晚。"

妈妈也说："胡兰子，放着吧，明天我给奶奶洗。"

胡兰笑了笑说："我也没事干呐。"说着就硬逼奶奶把脏衣服换下来，打水洗开了。

中午，爱兰下学回来了。胡兰拉着妹妹坐在街门口，一面检查她的功课；一面嘱咐她好好学习，回家来还该帮爷爷奶奶做些事，听妈妈的话。胡兰知道爱兰的脾气很别扭，她不喜欢妈妈，有时候她做错了事，妈妈说说她，她还顶嘴哩。胡兰就怕自己走了以后，爱兰不听妈妈的话，因此特别嘱咐一番。

下午，胡兰仍然不停手脚地帮助奶奶和妈妈做了好多活，她好像恨不得把所有的活都干完咧。

晚上，胡兰躺在炕上，翻来覆去睡不着觉。她很想把自己去受训的事告诉妈妈。妈妈是比较开通的，大约不会阻拦她。可是她又一想，觉得不能告诉她。要是让爹听见走漏了风声，非坏大事不可。她觉得还是谁也不告诉好，心里说："等到了训练班再写信告诉家里吧。"主意一定，她就呼呼睡着了。

第二天吃了早饭，胡兰虽然急着要走，可她还是耐着性子刷洗完锅碗，又跑到北屋去看了看奶奶，然后这才告妈妈说：

"妈，我有点事出去一下。说不定一下子回不来。"

胡文秀知道女儿经常参加村里的活动，也就没有追问她出去干什么。胡兰走出来的时候，只见玉莲正在门口等她。玉莲又兴奋又着急地说：

"快走吧，你看她们已经起身了！"

胡兰扭头一看，只见金香和张月英、李明光等几个人背着行李，说说笑笑顺大街向东走了。胡兰等她们走了之后，这才拉了玉莲一把，朝南边观音庙那里走去。玉莲边走边不时回头向后看。胡兰说道：

"你别老扭头往后看，越这样越会引起人们的疑心。"

"不知怎回事，我心里总觉得不安稳，老怕有人跟着。"

"你把心放平。不要老想这事就好了。"

玉莲悄悄地走了一阵，忽然问道：

"你什么东西也没带吗？"

"没有。"

刘胡兰传

"我只带了一双袜子，套了这么一件绒线衣。"玉莲说着撩起小布衫让胡兰看了看。接着又说道："我本来打算拿件棉袄，怕他们看出来，就没敢拿。"

"你拿袜子和线衣，他们没看见吗？"

"拿袜子谁也没看见，穿线衣的时候我爹问我来，我说冷哩，他就再没说个啥。"

她们说说道道，不知不觉已经走到了村外。看看后边没人跟着，连忙跑下护村堰，钻进了庄稼地。在庄稼地里绕来绕去走了好一阵，这才找到一条朝东北方向去的小路。看看离村远了，这才奔跑起来。一直跑了二里多地，总算追上金香她们了。

金香她们正坐在路旁等她们哩。金香一见她们就高兴地说：

"你们可来了，我们已经等了好一阵啦。我还怕你们摆不脱身子咧。"

玉莲长出了口气说："这可算跑出来了。快累死啦！"

她说着正要坐下歇歇，胡兰忙说道：

"这儿离村还不远，咱们快走吧。"

金香她们忙背起行李又走，一边走一边说道，说的都是去了训练班的事，越说越高兴。玉莲就唱起歌来，大伙也一起跟着唱开了。正唱着，忽听背后有人喊叫。回头一看，原来是玉莲大舅追来了。她们一下都惊呆了。这时正走到一片割过庄稼的地方，四处平展展的连个躲藏的地方也没有。

金香慌的说：

"这怎么办呀？"

玉莲说："坏了！要不我跑吧？"

她们正不知如何是好，玉莲大舅已经追到跟前了。只见他满脸汗水，一副怒容，气得胡子都噘起来了。他又喘气又跺脚，向玉莲大声叫骂道：

"好你个黄毛丫头，你想偷跑？倒跑了个快！昨天我就看见你不对劲儿，心神不定，恍恍惚惚。哼，你想在我面前捣鬼，还嫩点哩！你躲甚？还不快快给我滚回去。"

开头，玉莲有点吓傻了，惊慌失措地直往金香、胡兰背后躲。如今听她舅舅这样大骂，她也火了，站出来大声说道：

"我就是不回去！参加革命我有自由，你管不着。"

"自由？倒是个屁！"大舅简直气炸了，"我管不着？你看我管着管不着。你不回我拖也要把你拖回去。"他扭头又向众人说道："你们这是啥的种做法？你们要自由，自你们的由，为什么要勾引这么一点个孩子！她出去能做个啥？"

张月英把脸一沉说："你可把话说清楚，谁勾引谁来？我们这是去受训，去革命！你当我们做什么见不得人的事去呀！"

大舅仍气汹汹地说："哼！开口革命，闭口革命，骒马也要上阵，母鸡也要叫鸣啦！"

几句话把大家都激怒了，乱纷纷地责问道：

"你胡说什么？你敢骂人？"

"我们干革命也不对啦！你不革命，还不让人家革命！"

"咱们找干部们评评理去。"

大舅自知理亏，也不再和她们争了。他像老鹰抓小鸡一样一把抓住玉莲的手就往回拖：

"走！跟我回去！"

玉莲"哇"的一声大哭起来，边哭边叫喊：

"我就是不回去，割走脑袋，身子也不回去！'

她一屁股坐在地上，死也不肯起来。

大舅看看无法，放开玉莲，掏出旱烟袋来，堵在大路上抽起烟来

刘
胡
兰
传

了。一边抽烟一边劝玉莲道：

"大人们也不是一定不让你走，你们家里也不是没有干革命的，你二哥、你六哥不都在外边吗？可你就不想想，你妈刚病死不久，你爹又病得躺在炕上爬不起来。他一听说找不见你了，哭得像个泪人一样。你先回去安抚安抚老人。等你爹的病好了，再出去也不迟呀。革命就非今天革不行？迟三退五，等你爹病好再革就误下啦？"

妇女们觉得这话也是一番理，就劝玉莲道：

"你就先回去吧，等你爹好了再来。"

玉莲觉得自己要不回去，大舅是不答应的。这样吵下去，耽误得久了，万一胡兰家的人也追来，还要连累得胡兰也走不成哩。想到这，她站起来，从裤带上扯下那双袜子，递给胡兰，随手又脱下那件线衣也交给胡兰，流着眼泪说道：

"你什么东西也没带出来，拿到训练班去穿吧。"

胡兰接过东西，安慰她道：

"你就迟去几天吧，等你爹的病好了再来。我去和吕梅同志说一下，有什么文件给你留着。"

玉莲点了点头，也不理大舅，转身就向村里走了。玉莲大舅连忙站起来，跟上玉莲走了。

大家见他们走远了，忍不住都叹了口气。这才背起行李向贾家堡走去。

178

一场风波

这天吃午饭的时候，奶奶发现胡兰不在家，问家里的人，都说吃完早饭出去就没回来。奶奶一边叨叨，一边忙打发爱兰去寻找。过了好一阵，爱兰回来说，没有找到。奶奶生气地说：

"我就不信找不到，她还能飞上天去！"

说着下了炕，拄着拐杖亲自出马找孙女儿去了。当她走到井台旁饭场上的时候，只听一些端着碗吃饭的人们风言风语说，今天村里有几个女孩子参加八路军了。胡兰奶奶不由得一愣，忙问道：

"谁家闺女们？"

人们乱纷纷地说道，

"怎么，你还不晓得？！"

"金香、玉莲，还有……"

"还有你家胡兰子。"

奶奶听说胡兰参加了八路军，只觉得耳朵里"轰"一声，头都有点大了。她急忙问道：

"到哪里去了？到哪里去了？"

有人告她说，早饭后见胡兰和玉莲朝南走了。又有人说，三四个人相随着朝东北走了。谁也说不清去了哪里，最后才有人告她说：

"你问玉莲去吧。她大舅从半路上把她截回来了。"

奶奶心里又急又气，二话没说，拄着拐杖，一口气就跑到陈玉莲家。

一进门，只见陈玉莲两眼通红，坐在炕上发呆。她也不管三七二十一，向陈玉莲劈头就问道：

"胡兰子她们究竟到哪里去了？你说！"

陈玉莲觉得不能告诉她，回答说：

"我不知道。"

胡兰奶奶生气地说："唉？你不知道？！你怎么能不知道？哼！你们通同作弊，一块偷跑出去当八路军，你怎能不知道！快说，到哪里去了？"

陈玉莲仍然没有告诉她。奶奶更加生气了，脸气得像块红布，把拐杖在地下戳得"咚咚"响，一迭连声乱嚷嚷。这老太婆虽说年纪已经不小了，可是讲起话来仍然是高喉咙大嗓门。她这么一嚷嚷，左邻右舍以为是吵起架来了，一拥来了好多人。人们问清是怎么回事以后，有些老太太也就帮着奶奶劝玉莲，要她说出胡兰究竟去了哪里。可是人们左说右劝，陈玉莲还是不说。她觉得自己已经被落后的舅舅拉回来了，还能再让胡兰也走这条路？不，决不能"出卖朋友"！她不管人们怎样劝说，一口咬定"不知道"。胡兰奶奶急得又戳拐杖，又跺脚，大声咋唬：

"你今日不说就过不去，过不去！"

玉莲也生气了，大声回答说：

"过不去你把我杀了！"说完用被子蒙上头，倒在炕上再也不起来了。

正闹得没法收场的时候，玉莲的大舅来了。他向人们问清了情况，忙向胡兰奶奶说道：

"胡兰她们的事，金香妈一定知道。女儿是她亲自打发走的，当妈的还能不晓得去了哪儿？大嫂，你去问问金香妈，准能得个实信。"

胡兰奶奶听他这么一说，只好就着梯子下了台，忙说道：

"好吧，那我就去找金香妈问问去。"

说着拄起拐杖急匆匆地出了门，一口气就跑到了金香家。

金香妈李薏芳刚吃完午饭，忽见本家奶奶来了，又见她脸上气色不好，早已猜见是怎回事。她忙让座，忙倒茶。胡兰奶奶根本不理这一套，她自恃是长辈，开口就骂：

"哼！你干的好事！你把我胡兰子勾引到哪里去了？你这个搅家精！你这个败家怪！你说。"

李薏芳赔着笑脸说："奶奶你坐下，先喝杯茶，你听我慢慢告诉你。"

胡兰奶奶也不坐，也不喝茶，站在地上把拐杖戳得"咚咚"响，一迭连声地骂道：

"这可算是刘家的风水楼楼盖歪了。家里走了风，坟茔里冒了气啦！真是人家败，娶的媳妇赛如怪。你盼我刘家倒了楣，败了兴，你就畅快啦。你这个引魂公鸡勾魂鬼！金香是你养的，你下的，拖油瓶带来的，你要让她上山南，去海北，由你。你为甚要勾引我胡兰子？你说！明告你吧，今日你不给我把胡兰子找回来，我就和你这个败兴鸟过不去！"

李薏芳本来也是个能说会道的人物，可是被本家奶奶这么一吵嚷，一时有点晕头转向，把该说的话也想不起来了，只是跌嘴拌舌地说：

"奶奶，你老人家先别生气，你老人家先歇一歇！"

胡兰奶奶见侄孙媳妇理不直，气不壮，吵嚷得更凶了。可是忽然一下子就煞住了，屋子里立时静了下来。李薏芳觉得有点奇怪，一抬头，才看见是新上任不久的农会秘书石五则进来了。石五则问道：

"你们这是吵嚷什么？"

李薏芳一肚子委屈地说："问我要胡兰子哩！"

接着也打开了话匣子，她哭着向胡兰奶奶说道：

"奶奶，你一进门，不问青红皂白，武马长枪把我骂了一通。骂就骂吧，你是长辈。只要有理，就是打我几下，我也没话说。不过你得把事情闹清楚。胡兰走了，你说是我勾引的，有什么真凭实据？她又不是三岁五岁的小孩子，我能哄了她，骗了她！她已经是有主有意的大闺女了。她一心要革命，你都挡不住，我能挡住？不要说不是我勾引的，退一万步说，就算是我动员的，这也不是什么见不得人的事。一不犯国法，二不犯家规。我究竟错在哪里？过在哪里？今天倒要请奶奶指点指点！"

李薏芳这么不软不硬的几句话，把胡兰奶奶说得当下就是个下不了台。石五则忙打圆场道：

"老人家也是急糊涂了，骂已经骂啦，算了罢。"他回头又向胡兰奶奶道："大婶，胡兰她们是到贯家堡妇女训练班学习去了，顶多一月四十天就回来。不用怕，我给你打保票。学好本事，慢慢也能熬成个干部，如今男女平等，女区长、女县长有的是，将来你跟上孙女儿享不尽的荣华，受不尽的富贵……"石五则大概觉得说得有点不合适，忽然煞住了。停了停又说道："好啦，别在这里瞎吵闹了，回家歇歇去吧！"

胡兰奶奶听石五则这么一说，也就不敢再说什么了。好在她已弄清胡兰的下落，心里已有了底，于是便匆匆离开了金香家。

当她回到家的时候，已经是半下午了。男人们早已吃完饭，两个媳妇还在饿着肚子等她。她们已经知道发生了什么事情，见婆婆恼悻悻地回来，怕惹她生气，谁也不敢向她问长问短，只是忙着张罗给她做饭。谁知这么一来，惹得她更加生气了。她气呼呼地向胡兰妈说：

"胡兰子走了，你就一点也不放在心上？连打听都不打听一下？咹？"接着就摔盆打碗地骂开了："不是你养的，知道你也不心疼。你就恨不得我胡兰子离开这个家哩！这下可算称了你的心，如了你的意啦！我苦命的胡兰子呀！要是亲妈活着，也不会离开这个家呀！"

她说着就伤心地哭起来。胡文秀也被骂得偷偷哭了。

奶奶立逼胡兰爹送她到贯家堡，说非把胡兰找回来不可。后来胡兰大爷说：

"已经半下午啦，去了怎回来？明天去也误不下事。"

经过大儿子再三劝解，她的火气才消了些，暂时平静下来。

第二天上午，妇女训练班正式开学了。吕梅给大家做完学习动员报告，回到队部，刚刚端起一杯水，金香慌慌张张跑进来了，一进门就惊慌失措地说道：

"哎呀！吕梅姐，坏了。胡兰奶奶找上门来啦！"

"什么事？"

"要胡兰回去哩！"

"哦！"吕梅不由得叫了一声。她昨天见胡兰来报到，只当是她家里同意她来的。当时因为忙着要安排学员们的住处，也就没顾得打问这件事。如今听金香这样一说，心里也就明白了。忙问道：

"胡兰是偷跑来的？"

金香点了点头，说道：

"她奶奶哭闹得可凶啦！非要见你不行。这可怎呀？"

"我去看看。"吕梅放下茶杯，连忙跑到胡兰她们住的地方。

一进院子，只听西房里传来一片哭喊声、叫骂声。吕梅以为是胡兰和她奶奶吵起来了，赶忙三脚两步跑了进去。只见胡兰奶奶坐在炕沿上哭骂，胡兰爹蹲在地上低着头抽烟。一些同学们围着胡兰奶奶在解劝，满屋子也看不到胡兰的影子。这时只听胡兰奶奶哭着骂道：

"……翅膀长硬了，会飞啦！好狠心呀！黑不言白不语就跑啦！不行！跑了和尚跑不了庙，我要见你们主任。我拼上这老命不要了，也不能让她参加八路军……"

吕梅忙劝她说，妇女训练班不是八路军，胡兰只是来参加学习，学习完，还要回去的。胡兰奶奶一抬头，认出了吕梅。于是一把鼻涕一把泪，哭得更伤心了。吕梅左说右劝她都不听，一把抓住吕梅的手诉说道：

"好我的主任哩！这个没良心的胡兰子呀！我从小把她抚养了这么大，劳心费力，呕尽了心血，她竟自撇下我跑啦。天呀，这可不行呀！"接着她又老泪横流地央求道："好主任哩！我求求你，高抬贵手，放我胡兰子回去吧！我没有她不行呀！你行行好，放了她吧，积德积寿哩……"

吕梅忍不住打断她的话说道：

"老太太，你这话可说得不在理！是她自愿来的，谁也没有强迫她，更没有把她扣起来……"

"我这是急糊涂了，拙嘴笨舌，不会说话，你可别见怪呀！"奶奶喘了口气，接着又央求道，"求你看在我这老脸面上，叫她跟我走吧。你们八路军人很多，也不在乎她一个……"

吕梅被她缠得真是哭笑不得。她没想到，训练班刚开头，就碰了这么件倒霉事，心里不由得窝了一肚子火。她见胡兰奶奶还在不住嘴地叨叨，忙说道：

"好，好，我给你把胡兰找来，你亲自和她说好了！"说完转身就走了出来。一出门，见金香躲在门口偷听，忙问道："你看见胡兰到哪儿去了？"

"不知道。大概到街上去了。"金香大声说完，抿着嘴笑了笑，然后又向北屋指了指。

原来胡兰一听说奶奶来找她，早早就躲在房东元祥嫂家了。吕梅走进北屋，只见胡兰好像个没事人一样，坐在炕上窗户跟前，正逗房东的小孩玩哩。她一见吕梅走进来，"呼"一下脸红了。吕梅道：

"怎么？闹了半天你是偷跑出来的？"

胡兰不好意思地笑了笑说："就算是吧！反正参加革命总不犯法。"

"你看看，你奶奶闹成什么样子了！"

"不管她怎么闹，反正我既来了，就决不会再回去。"

"我不是要你回去。咱们一块去好好说服她，说服得她同意了不更好？"

"我要能说醒她，也就用不着偷跑啦。"

在炉灶前做午饭的元祥嫂说道：

"这姑娘肚里有根主心骨！刚才我还劝她，奶奶这么老远跑来了，还能不去看看，可她就是不去。你不见她，她不闹翻天！这事可怎收场呀？"

胡兰胸有成竹地说道："不怕。她闹一会儿，找不到我也就死心了。——你们是不知道，我奶奶就是这号人！她要见了我，拉拉扯扯，事情反倒更麻烦了。"

吕梅觉得胡兰说得也是一番理。看样子她是决不会去见奶奶的，吕梅也就不好再勉强她。刚才吕梅对胡兰还有点恼火，如今反而有点喜欢这个姑娘了。她爱抚地向胡兰笑了笑说：

"你一定不愿去，那就算了。我试着劝说吧！"说完转身走了出来。

胡兰从窗玻璃上望着吕梅走进了西屋，接着就听见奶奶在西屋里又哭闹起来了，比刚才哭闹得还要凶。拐杖戳得地皮"咚咚"响，边哭，边喊叫，一时说要和胡兰断绝关系——以后各是各，不要这个孙女儿了，一时又说胡兰今天要不跟她回去，她就不活了。又是说要跳井呀！又是说要上吊呀！说得凶险极了。元祥嫂向胡兰劝道：

"姑娘，你还是去劝劝奶奶吧。为这事断了情义可划不来啊！万一老人家一时想不开，有个三长两短可怎呀？"

胡兰摇了摇头，很有把握地说：

"你放心吧，不会。"

她知道奶奶这只不过是吓唬人的话。奶奶对她亲得离都舍不得离开，还能舍得断绝关系？至于说寻死上吊，更是没影的事。奶奶整天起来磕头拜佛求长寿，怎么会为这么点事就寻短见呢？胡兰担心的倒不是这一些，而是怕奶奶哭闹得久了，上了火闹下病。她真想跑去劝劝奶奶，可是自己怎么能去呢？过了一会儿，听见奶奶哭闹的声音渐渐小下去，西房里传来一片"嗡嗡"的说话声，她猜想一定是吕梅她们劝解奶奶哩！又过了一会儿，金香跑进来了，一进门就笑眯眯地向胡兰说：

"你总算把你奶奶熬败啦！"她没等胡兰追问，接着就又说道，"吕梅同志劝说了好半天。你奶奶看着没指望了，后来就问：'啥时候就学完啦？'吕梅同志告了她。还说等学习完了保证把你送回去。元祥嫂，借给我们两个碗、两双筷子——吕梅同志留下你爹和奶奶吃饭哩！"

金香说完，从元祥嫂手里接过碗筷，匆匆跑出去了。元祥嫂笑着向胡兰说道：

"啊！想不到你这么点个人，把你奶奶的心都摸透啦！"

胡兰苦笑了一声，长长地舒了一口气。

这天，胡兰躲在元祥嫂家，直等到吃完午饭，看着吕梅她们送奶奶和爹走了，这才跑到院里来。金香叫她赶快去吃饭，她没有答理，轻手轻脚走出大门。远远看见爹用小车推着奶奶向西走去，她悄悄地尾随在他们后边，一直送到村外。她站在护村堰上，望着他们远去的背影，心里不住地念叨："奶奶呀，奶奶，把心放宽些，可千万别气病啊！"

隔了两天，爱兰看望她来了。胡兰一见面就急着打问奶奶身体怎么样？爱兰告她说奶奶身体很好，和过去一样。她给姐姐带来一条棉裤、一张被子，说是奶奶让送来的；妈妈还给她捎来一些梳头洗脸的日用品。

这一来，胡兰才算放心了。

四十天的变化

　　妇女干部训练班总共开办了四十天，临结束的这一天，开了个结业座谈会。当天下午，大部分人都走了，金香和玉莲也走了。玉莲是前几天才来的，她爹病故了，办完丧事就往这里跑，算是赶着学习了几天。这天胡兰没有和她们一块走，虽然她也很想早点回家，可她是学习小组长，还得做总结，只好留下了。

　　第二天一清早，胡兰起来洗了洗脸，连早饭也顾不得吃就往家跑。路上又是兴奋又是担心，兴奋的是马上就要看见家里人了。离开了四十天，她确实也有点想念他们；担心的是怕奶奶见了她怄气。可是这会儿她最想念的还是奶奶，不管奶奶会怎样训骂，她还是想赶快见到她。

　　胡兰正走着，忽听背后有人喊她的名字，连忙收住脚步。扭头一看，原来是石世芳。她立时高兴地叫道：

　　"呀！世芳叔，你好。你从哪里来？"

　　石世芳说他在南胡家堡下乡，抽空回家去拿件衣服。接着向胡兰问道：

　　"学习结束了？怎么样，有收获吧？"

　　胡兰笑着点了点头。

　　他们相随着向村里走去。路上，胡兰兴奋地向石世芳讲开了训练班的一些情况，她说她们过得完全像部队一样的生活。每天清早起来出早

操，白天不是上课就是开讨论会，傍晚不是学唱歌，就是帮助村里的烈、军属们干活。训练班里没有炊事员和管理员，生活问题完全是由学员们自己料理，大家轮流值日做饭，舀米洗菜，担水拾柴，什么活也干。生活比在家里要苦一些，但很愉快。大家相处得真像亲姐热妹一样，临分别的时候，有好多人都哭了。她说她们学习很紧张，内容也很丰富。李县长、区委唐书记都给她们讲过课。除了讲当前形势、政策法令和有关妇女工作的一些问题之外，还讲了毛主席的两篇文章，一篇是《中国革命和中国共产党》，另一篇是《怎样分析农村阶级》。虽然她们文化低，看不懂原文，可是意思都能听懂。这两篇文章对她们教育很大。她感慨地说道：

"以前真是个糊涂虫，什么革命道理也不知道，只知道个打日本鬼子。"停了停又笑着说道："以前我连八路军和共产党都分不清。我只当参加了工作就是八路军，八路军就是共产党，共产党就坚决抗日……"

石世芳好像故意考问她似的问道："那你说说，共产党是怎回事？"

胡兰随口说道："共产党是无产阶级的先锋队……"她偏着头想了想，红着脸说道："原话我记不得了。反正共产党员都是一些最革命的人，他们闹革命不只是要打倒日本帝国主义，还要领导群众打倒封建，打倒剥削，让全中国的穷苦人都过好光景。为了革命，他们可以牺牲一切。共产党真伟大！"

石世芳喜得说道："看来你们学习得挺不错哩！"

胡兰道："可惜时间太短，总共才学了四十天。"

石世芳道："时间是短点，可是好多工作等着人去做，也不好再延长了。"停了一下又说道："在实际工作中也一样能学习。懂得了一些道理，再在实际工作中锻炼锻炼，提高更快。做做实际工作再学习点道理，道理也就不是空道理了。"

胡兰点了点头说："吕梅同志也这么说来。"

接着她告石世芳说，她们在学毛主席那两篇著作的时候，特意请贯家堡农会秘书李宝荣作了一次报告。他讲了村里地主恶霸剥削压迫农民的许多事实，大家听了都很气愤。当时贯家堡正在搞反奸反霸斗争，她们也参加了。特别是听了一些贫苦农民的控诉，更加引起了大家对地主恶霸、封建势力的痛恨，也才更进一步懂得了毛主席那两篇文章的意义。胡兰讲到这里，激动地说：

"要想打倒吃人的旧社会，非革命不可，即使有天大困难，也要革命到底！"

石世芳点点头说："对，完全对！"

前些日子，吕梅向区委汇报训练班学习情况的时候，石世芳也听了。吕梅特别提到了刘胡兰，说这姑娘学习很用功，很刻苦，要求革命的热情也很高。如今一路上听了胡兰的这些议论，更加感到她思想上有了很大进步。石世芳心里说道："这的确是个好苗苗，以后应当好好培养培养。"

他们说说道道，不知不觉已经进了村。石世芳回他家去下，胡兰便一个人向西头走来。正走着，远远看见有个老头背着粪筐，在街上拾粪哩。虽然看不清眉眼，但胡兰一眼就认出来那是爷爷。她正想叫喊他，爷爷已经拐进朝北的那条胡同去了。

正是小学校放早学的时候。小孩子们背着书包，吱吱喳喳地叫喊着满街奔跑。街上不时有挑水的、卖豆腐的、赶着毛驴驮炭去的人走过。一切都像往常一样，可是胡兰看到这些情景，觉得格外亲切。一路上她热情地向碰到的熟人们问好。人们也亲热地和她打招呼。走到家门口看见爹正在南场里翻粪堆，天气很冷，可是他头上却热气腾腾。胡兰亲热地喊了一声爹。爹抬起头来惊奇地望了她一眼，咧开嘴笑了笑说：

"嘿，嘿！回来啦！"

胡兰也朝爹笑了笑，然后就叫喊着"奶奶，奶奶！"跑回家去了。一进北屋，只见奶奶坐在炕上纺线，大娘抱着小孩坐在箱子上喂奶，爱兰正在帮妈妈刷洗锅碗。家里人突然见胡兰回来，真个是又惊又喜。奶奶立时停住纺车，惊喜地"哦"了一声。她没等胡兰说话，就抢着说道：

"你还知道回来？你还认得这个家吗？"

话虽这么说，口气却很亲切，而且满脸笑容，眼睛都显得亮了。

胡兰笑了笑，一面问候妈妈和大娘，一面从笼屉里拿了个窝窝头吃了起来。奶奶见她还没吃饭，要妈妈另给做点白面。胡兰连忙拦住了。爱兰见姐姐只是啃干窝头，忙给倒了一碗开水，接着又给舀了一碟酸菜。胡兰见妹妹更懂事了，也知道帮妈妈干活了，心里感到非常高兴。她爱抚地望着妹妹，正想说话，忽听奶奶惊叫道：

"啊！怎么把辫子也剪啦！弄得男不男女不女，像个甚？"

"我大爷到哪去了？"胡兰怕奶奶在这事上纠缠，忙用话岔开了。

奶奶不满地说道："忙公家事！一个个都是喝了八路军的迷魂汤啦！刚从交城回来的时候，说的是不沾公家事；后来鬼迷心窍当了间长，左说右劝也不听，说是甚时等打败日本鬼子就不干了；如今鬼子早投了降，可他还不把间长推掉，又说要等打败阎锡山哩。唉！真没法说！我就知道，只要迈出一只脚，跟着就是两条腿，越干越入迷，只管外头不管家里……"

胡兰本来就敬佩大爷，听奶奶说大爷的思想也变了，仍然当间长，就更加敬佩大爷。她忽然想起吕梅同志讲课时说的一段话来。吕梅同志说："有些人并不懂得什么革命道理，也没有打算要闹革命，对国民党、共产党都无所谓，可是实际斗争教育了他们，使他们逐渐认清了谁是朋友，谁是敌人……"胡兰觉得大爷正是这种人。这时她听奶奶还在不住声地叨叨，一时抱怨大爷，一时又抱怨世事。她说：

"好容易把鬼子打败，如今自己人又打起来啦！他们龙争虎斗为了个甚？还不是为了做皇上。可老百姓跟上遭殃了。"

胡兰听奶奶越说越糊涂，忙笑着向她问道：

"奶奶，你说鬼子是谁打败的？是八路军还是阎锡山？"

"这还要问吗？我又没瞎了眼！"

胡兰见奶奶对这一点还明白，于是接着就给她讲开了道理。她说抗日时期阎锡山躲在晋西南，和日本鬼子勾勾搭搭，整天起来反共，闹摩擦。抗日战争一胜利，就跑回来抢夺胜利果实。抢占了晋中平川各县城，抢占了太原，收编了日伪军，大举向解放区进攻。妄想消灭共产党八路军，妄想像过去一样，当土皇帝作威作福……

胡兰一字一板地讲着，妈妈和大娘也用心地听，爱兰听得连锅碗都忘记刷洗了。谁都没想到，胡兰走了四十天，懂得了这么多道理，话说得入耳中听，连奶奶最后也不得不笑着说道：

"倒也是实情话。"

胡兰吃了两个窝窝头，喝了点开水，又和奶奶、妈妈她们拉了会儿家常。然后就找金香去了。她想找上金香和玉莲，一块去向村干部们汇报汇报学习情况。

一进金香家院子，就听金香在上房和她后爹刘树旺闹架哩。金香大声说道：

"我母女们不是你的牛马！不是你的奴隶！不受你这压迫！还像从前那样想骂就骂，想打就打，不行！我们妇女解放啦，平等啦！"

"好大的口气，真他妈的不知天高地厚！"这是刘树旺的声音，"告你说吧，老子是船板做的棺材：漂流了半辈子啦！什么事没经过见过？你他妈出去刚跑了三天半码头，就要和老子平起平坐，闹自由平等！你他妈还嫩点哩！你他妈再敢嘴犟，看老子敢不敢揍你？"

"你打，你打，你碰我一根毫毛也不行！有的是说理地方！"

"好他妈厉害！跳蚤带串铃——别他妈假装大牲畜！打你！哼！想得倒不错，老子还怕脏了手哩！"

刘树旺满脸通红地走了出来。胡兰问他为甚吵架。他理也不理，提着根长杆烟袋，嘴里嘟嘟喃喃地骂着，走出去了。

胡兰跑进上房，只见炕沿下洒着一摊稀饭，碎碗片飞了满地。金香脸红脖子粗地站在那里，还在不住声地吵嚷。李薏芳一面收拾碎碗片，一面劝解道：

"他已经走了，你少说一句吧。惹恼他，回来够咱们吃喝的。"

金香气呼呼地向她妈说道：

"你还怕他哩！你的思想就没有解放。"

她忽然看见胡兰进来，就向胡兰说道开吵架的事了。

原来吵架是因为刘树旺起来得迟，嫌稀饭在火上熬稠了，"啪"一声把碗摔了，一边骂，一边挽起袖子要打李薏芳。金香见又要打她妈，就和刘树旺吵开了……

胡兰知道金香平时很怕刘树旺，每逢刘树旺发脾气的时候，她总是偷偷躲到一边，连大气也不敢出；如今见她腰粗了，气壮了，居然敢和刘树旺唱对台戏，心里不由得感到一股子高兴。她忍不住称赞了金香几句，回头又向李薏芳说道：

"他那号人就是欺软怕硬。你越怕他，他越欺侮你。以后他再要无故打人，到妇联会告他去，有人替你做主哩！"

"那敢情好！"李薏芳道，"你们学了四十天，胆子都学大啦！呀！胡兰吃胖了。你回来，奶奶和你闹架来没有？"

胡兰摇了摇头。李薏芳接着就说开胡兰走后，奶奶来向她吵闹的事。胡兰听她诉说完，劝慰了几句。然后就叫上金香，又去找上玉莲，一块找干部们汇报去了。

第一个职务

　　胡兰她们回到村里的第三天，吕梅来了。那天下午，胡兰正在屋里纺线。三槐叔跑来找她，说吕梅在村公所叫她去开会哩。胡兰听说吕梅同志来了，立时就跑到了观音庙上。当她走进西房办公室的时候，只见金香和玉莲早来了，农会秘书石五则也在这里。不知吕梅正和他们谈论什么，一看见她进来，就停止不说了。笑着向她说道：

　　"快坐下，我们正说你哩！"

　　胡兰见金香和玉莲都用神秘的眼光看着她，一时摸不着头脑。她坐在凳子上，不安地向吕梅问道：

　　"我怎啦?"

　　"要给你分派点任务。看你接受不接受吧！"

　　胡兰一听说是要给她分配任务，忙说道：

　　"只要我能做了，我一定接受。"

　　吕梅说道："那就好。现在村里妇女工作没人负责，李明光调到区上去了；张月英怀着小孩，又害着病，这事你也清楚，她没学完就回来了。今上午我和村干部们研究了一下，先让你代理妇联秘书……"

　　"我?!"胡兰吃惊地站了起来。她真没想到吕梅给她这么一副重担子挑。她急忙说道："吕梅同志，这事我可干不了。你要我跑跑腿，叫叫人还行。我怎么能负起这么大的责任呢?"

刘
胡
兰
传

193

吕梅笑着说道："我就知道你要说这些话的。"接着又认真地说道："工作总得有人搞呀！你们刚学习了，还不懂得妇女工作的重要吗？妇女占人口的一半，不能没有人管。"

胡兰说道："可是我干不了呀！我又没经验又没本事。"

吕梅道："你说谁能干得了？谁有经验？经验是从工作中得出来的，谁也不是天生就有一套领导妇女工作的本事！不会就慢慢学习吧。你领头干，让金香和玉莲帮助你。怎么样？"

胡兰默默地听着，心里不住地盘算。她觉得吕梅同志讲得很对，妇女工作是很重要，这工作必须有人做，这个担子是很重，困难也一定很多。可是既然领导上把这副担子委托给自己，怎么好不承担呢？她翻来覆去想了半天，见吕梅同志等着她答话，就点了点头说：

"我就怕把工作搞坏哩！"

吕梅看出胡兰已经答应了，回头又对金香和玉莲说道：

"怎么样？你们也同意了吧？"

金香和玉莲说，只要胡兰答应领头干，她们也就没甚意见了。

石五则向她们鼓气地说："胆大一点，不要畏畏缩缩的。不怕，大叔给你们撑腰，有啥困难找我。"

吕梅告她们说，有事除了和村干部们研究，要多和群众商量。她说，目前要做的工作是整顿妇女组织，把冬学办起来，利用冬学向妇女们进行革命教育。

吕梅讲完，接着他们研究了一下工作如何进行。决定明天就召开全村妇女大会，会上宣布胡兰代理妇联秘书的事，并由她讲话动员上冬学。吕梅因为还有重要任务，不能参加明天的会。她把开会的事委托给石五则办理。然后就骑上自行车走了。

第二天早饭后，胡兰听着街上敲锣召集妇女们开会，心里不由得紧张起来。她把昨晚费了九牛二虎气力写下的讲话提纲装在口袋里，慌慌忙忙就跑到村公所。

从前日本鬼子在的时候，村里从来没开过妇女大会，有事只分片开小型会。今天头一次开大会，妇女们还没这个习惯哩。村公所的公人绕村敲了两三遍锣，才稀稀拉拉地来了十多个人。又等了老半天，村公所的院子里总算热闹起来了，黑压压坐了满地人。妇女们叽叽喳喳地说笑着，你的衣服好看啦，她的头发梳得光啦，东家长、西家短地扯起来就没个完。人常说，三个妇女一面锣，五个妇女一台戏，一点也不假。七八十个女人聚在一起，真快把天也吵塌了。石五则大声嚷叫了一阵，才算安静下来。石五则站在台阶上宣布说：

"张月英生病请假了，和上级研究以后，妇联秘书决定暂时由刘胡兰同志代理，金香和玉莲帮助。现在咱们就欢迎胡兰子讲话吧。"

石五则说完，带头拍了几下手。人们都没有鼓掌欢迎的习惯，而且有的人拿着针线活，有的抱着小孩子，也腾不开手。只有少数几个妇女"噼噼啪啪"拍了几下子。掌声拍得不响，可吵嚷声又起来了。胡兰红着脸站到台阶上，刚讲了没几句话，她的声音就被妇女们的说笑声音淹没了。

"呀，这是刘景谦家闺女吧？倒长了这么大啦！"

"模样长得真俊。不知道有婆家了没有？"

"他二婶，你看人家那头发，剪得和八路军一样啦！"

"三嫂，这一个穿白戴孝的是谁？"

"陈照德家妹妹。"

"那一个哩！"

"那一个吗？刘树旺婆姨带来的那闺女。"

……

昨天晚上胡兰虽然做了充分准备，她把该讲的话一句一句都想好了。可是她从来没对这么多人讲过话，看见一院子人都望着她，还指指划划议论，心里就慌了，好像步枪卡了壳，怎么也讲不下去了。人们

刘胡兰传

见她这个样子，吵嚷得更凶了。有个妇女开玩笑地高声叫道：

"胡兰子，讲的还没唱的好听呢，给大家唱一个吧。"

一下子引得大家都哄笑起来。会场也乱了。胡兰站在那里又急又羞又气，脸更红了，头上也冒出了汗珠。她真想跑下台阶，找个地方躲起来。可是又一想，觉得那不是等于开小差吗？还能就为点小困难耽误了正事？这么一想，心里反而平静了。她一动不动地站在台阶上，望着大家，心里说："你们不安静，我就不讲话。咱们看谁熬过谁去！"

这时，金香、玉莲见人们吵得太不像话了，很替胡兰着急。她们又拍手又跺脚又叫喊，想要维持会场秩序，可谁也不理这个茬，气得她两个简直想哭了。后来还是石五则站起来大声训斥了几句，人们才稍稍安静了些。胡兰于是提高声音，认真地讲道：

"各位婶子大娘，我和金香、玉莲都是你们从小看着长大的，我们都没有工作过。要论本事，在座的好多人都比我们强。就像我吧，不要说别的，连个话也讲不好。今后我有什么不对的，还得请大家多指点……"

胡兰没想到这几句预先没准备的话，倒起了很大作用。会场里马上鸦雀无声了，人们都静悄悄地等待她说下文。接着她就顺顺利利地讲下去了。她首先说了说在抗日时期云周西妇女们对革命的贡献，在那样残酷的环境里，给部队做军鞋做军袜，掩护抗日干部……一说到这些，人们的情绪都高了。然后她才说到要办冬学的事情，她把办冬学的目的、好处，什么人能上冬学等等，详详细细地说了一遍。最后她就号召青年妇女们报名登记。

胡兰讲完话，立时就有四五个积极分子报了名。胡兰她们都很高兴。可是当登记完这几个人之后，再没有一个吭声了。胡兰又问了两遍，仍然没人吭声。会场里静悄悄的，好半天没一点声响。后来渐渐有些人窃窃私语起来，接着就嚷嚷开了。胡兰她们等了半天，催问了好几次，还是没有一个报名的。这时胡兰看见后边站起两个妇女来，以为她们要报名，就高兴地招手叫她们过来。谁知她们说要回家奶孩子去哩，拍了拍屁股上的土，扭身走了。接着又有几个人站起来，说要回家做饭去哩，说着也走了。这几个人一走开，别的人也坐不住了，乱纷纷地站了起来，拍打着身上的尘土。胡兰她们大声叫喊也没人听了。急得金香、玉莲跑到门口去挡，也挡不住。石五则一看这情形，忙低声向胡兰道：

"算了，开不成啦！散会吧。"

胡兰听农会秘书这么一讲，只好宣布散会。

胡兰她们见第一个妇女大会就有始无终，开成这个样子，心里都很丧气，特别是玉莲，嘴噘得能拴住驴。石五则安慰她们道：

"和群众办事不能着急，性急吃不上热豆腐。反正上级让讲的话咱们都讲了。冬学慢慢办吧。"他看了看太阳又说："时候也不早了，你们也该回去啦。"

胡兰她们从庙里出来，往家走着，三个人谁也不说话。走着走着，追上了前边一伙子妇女，只听她们议论道：

"要说吧，上冬学也是好事情。"

"是呀，我倒也想报名，就怕俺婆婆不让上。"

"我就不让我媳妇去。庄稼人上那个有什么用呀！省下时间纺二两线不比那强？"

"万一要是不上，人家要罚可怎办呢？"

"息心吧。就凭她们三个毛丫头，办冬学？没的事。要能办起来，我炒的吃二升壁虱（臭虫）。"

……

胡兰听了这些议论，心里说不来是什么滋味。她偷偷看了看金香和玉莲，只见她两个气得脸色都变了。

这天，胡兰在外边装了一肚子气，回到家里，奶奶也没给她好脸

刘
胡
兰
传

色。奶奶听说她当了妇女干部，脸上立时阴云密布，眉眼恼得怕煞人，又是拍桌子，又是打板凳，可就是一句话也不说。这真比打一顿骂一顿还难受哩。到吃饭的时候，奶奶开口了。胡兰刚端起饭碗，奶奶拖长声调说道：

"噢，当了妇女干部也要吃饭呀？开会还开不饱？……"

胡兰实在忍不住了，她没等奶奶说完，把碗一放，跑到妈妈屋里，趴在炕上哭起来了。爱兰随后也跟了进来，想劝解姐姐，可是又不知从何说起，只是连声说：

"姐姐别哭了，姐姐别哭了。"

胡兰没有理妹妹，还是趴在那里啼哭。她心里觉得又委屈又气恼。她真没想到，刚刚接受工作第一天，就受了这么多窝囊气！以后该怎干啊？她越哭越伤心，越哭越泄气，真想马上就去找吕梅，推掉这个职务不干了。可是回头又一想：要是吕梅同志问为什么不干了，怎回答呢？不知怎么一下，她忽然想起张大爷来了。张大爷为了革命，受了多少窝囊气呵！还有那两个小通讯员，为革命把性命都牺牲了……难道自己为这么一点小事，就不工作了？不革命了？像话吗？上级交给自己这么一副担子，怎么能随便扔下不管呢？自己是主要负责人，却是这个样子，那么金香和玉莲又该怎样呢？

胡兰越想越觉得不应该这样，甚至觉得自己根本就不该生这些闲气。生气有什么用呢？难道一生气，困难就解决了？至于说到奶奶，奶奶就是这么个人，自己也不是不知道，应当好好劝说她、开导她。光恼气也解决不了她的思想问题啊！

正在这时，妈妈进来了。妈妈劝道：

"胡兰子，你还不知道你奶奶那脾气！别哭了。快起来，擦一把脸吃饭去吧。奶奶的火气也下去了。"

其实胡兰早已经不哭了。她见妈妈好心好意来劝解她，忙爬起来，梳了梳头，洗了洗脸。正要跟着妈妈去北屋，一抬头，只见奶奶也进来了。奶奶用和解的口气说道：

"怎么？我就连一句话也不能说了？还得三请四唤吗？"

胡兰忙说道："奶奶你别多心，我刚才不是生你的气。我刚才心里有点不痛快。"

她说完，忙跑到北屋里，匆匆吃了一碗饭，然后就找金香和玉莲去了。

走到金香家，恰好玉莲也在这里，她两个正坐在一块生闷气哩。她们一见胡兰来了，都发开牢骚了，都闹着要辞职，不干了。胡兰问道：

"咱们都不干，妇女工作叫谁干呢？"

玉莲气呼呼地说道："谁有本事谁去干！反正我不受这份窝囊气！"

胡兰笑着问道："你说，叫石玉璞老婆干还是叫二寡妇干？"

她反问了这么一句，然后才认真地告她们说，刚才她自己也有一肚子委屈，也想着要辞职，可是后来一想，觉得不能因为遇到这么一点困难，听了几句闲言淡语就打退堂鼓。接着胡兰又向她们讲了一些革命道理。最后又说道：

"吕梅同志上课时候不是讲过吗，'闹革命就是和困难做斗争，越是遇到困难，越要挺起腰杆来。'比起人家遇到的那些困难来，咱们这算个啥？"

金香发愁地说道："可是没人报名上冬学，怎办呢？"

玉莲接嘴说道："依我说谁不来就罚，看她们来不来？"

胡兰忙说道："不能那么做。咱们从庙上出来的时候，你们不是也听见了，有人想上学，可就是怕家里大人不同意。各家有各家的困难哩！我看光靠大会号召也不行，还得个别动员哩！像抗日时期组织抗粮斗争那样，一家一户去串联。看看妇女们都有些什么困难。婆婆不通的说服婆婆，丈夫不答应的劝解丈夫。"

金香和玉莲觉得胡兰这个主意也许有门，于是三个人立时就分工到各家劝说去了。

连着几天，她们都是东家门进，西家门出，可是差不多把全村都跑遍了，报名上冬学的人还是不多，连她们三个都算上，满共还不到十个人。金香和玉莲又有点泄气了，发愁地向胡兰说：

"就这么几个人，冬学办不办呀？"

胡兰坚决地说："办！有几个算几个，先办起来再说。"

奶奶之死

　　妇女冬学终于办起来了。虽然只有十来个人，但大家的情绪很高，学习劲头也很大。晋中农村冬天习惯吃两顿饭，每天一到吃完下午饭，不等召集，上冬学的妇女们就自动跑到东头庙上。她们借用庙里的一间大房子作课堂，有时念边区发下来的冬学课本，有时读报，有时学唱歌。胡兰天生有一副好嗓子，在贯家堡受训时又学会了许多新歌曲。每逢她教唱歌的时候，连一些没参加冬学的年轻妇女也跑来瞧热闹。瞧着瞧着，渐渐也就报名入学了。一些落后的老太婆们，开头不准自己的媳妇女儿往那里跑，可是后来看到冬学又念书又认字，尽学好，心眼儿慢慢也活动了。冬学人数逐渐增加，后来一直发展到五十多人。

　　妇女冬学办起来不久，奶奶就病了。开头只是伤风感冒，头痛发烧。乡下人对这种病向来就不重视，奶奶自己没当回事，家里人也都没在意。谁知有天早晨，奶奶下炕洗脸的时候，摔了一跤，一跤就摔得昏过去了。家里人七手八脚忙抢救：有的曲腿，有的掐"人中"，有的哭，有的叫。闹腾了好半天，奶奶才算喘上气来。可是嘴里不断吐白沫，呆呆地瞪着两只眼睛，一句话也说不出来。这下可把全家人吓慌了，不知怎么才好。还是大爷有点主见，他向邻居借了辆自行车，连忙跑到下曲镇请来个医生。医生看过脉，说这是中风不语，得赶紧治，要不很危险。医生给扎了几针，开了个药方。奶奶连着吃了两服药，仍然不见好

刘胡兰传

转，还是不会说话，每天还是昏昏迷迷，似睡非睡，似醒非醒。

自从奶奶病重以后，胡兰日日夜夜守护奶奶，妇联会有些工作只好暂时交给金香和玉莲去办理。她多么盼望奶奶快点好起来啊！

有一天，区上来了通知，要各村妇联秘书到大象去开会。胡兰想既然开会，一定有重要事情，不能不去。她和妈妈说了一声，就到大象开会去了。

傍晚，当她开完会返回来的时候，远远看见妹妹站在村边向她招手。胡兰吓了一跳，只当是奶奶病重不行了。当她跑到爱兰身边时，才看见妹妹满脸笑容。不等她开口问，爱兰就高兴地说：

"姐姐，奶奶会说话啦！什么都能说了！……"

胡兰一听是这么回事，提到半空中的心才落到肚里。她不等爱兰说完，赶快就往家飞跑。一进院子，听见妈妈在上房里说道：

"你老人家别着急，胡兰就快回来啦。"

接着又听见奶奶少气无力地说道：

"胡兰到哪儿去了？……"

胡兰三步并作两步，跑到上房，只见全家人都在屋里。灶火上熬着药壶，满屋子药味。奶奶躺在炕上，脸色黄蜡蜡的，不住嘴地念叨：

"……胡兰到哪儿去了？你们快给我把她找回来。"

胡兰跑过去，拉住奶奶的手说道：

"奶奶，你看我这不是回来了。你好点了吗？"

奶奶一见胡兰，眼睛都显得亮了。她紧紧握住孙女儿的手说：

"兰子，你上哪儿去来？我一天都没看见你。又是去工作？……奶奶眼看不行了……你别离开我，奶奶只求你听我一句话……以后再也不要出去工作了。"

奶奶用哀求的眼光望着她。胡兰看了奶奶一眼，不由得低下头。近两年，胡兰虽然经常和奶奶进行思想斗争，可无论谁胜谁负，奶奶从未示弱过。她虽然日夜盼望孙女儿有一天能回心转意，听从她的教导，坐在炕上和她一起纺线，关在屋里和她一起织布。但脸面上可从来没表现出请求的意思，言语里也没露过一句软话。现在，奶奶用这样的口气和她说话，用这样的眼光望着她，胡兰心里又难过又惶恐。她很想使重病的奶奶高兴高兴，但是这个要求她实在做不到。她又埋怨奶奶糊涂落后，又心疼奶奶病情严重，心里乱糟糟的正不知怎么回答才好，奶奶却催促道：

"兰子，你说话。你答应奶奶吧。"

妈妈用手捅了胡兰一下，同时对她使了个眼色。胡兰知道妈妈的意思是要她哄奶奶高兴。可是她不愿意欺骗奶奶。再说要是奶奶拿住话柄，以后出去工作就更要打麻烦了。这时她见奶奶不住地咳嗽，连忙倒了一杯开水，一面用小勺给奶奶喂水，一面用旁的话岔开。她说：

"奶奶，你安心养病吧。我守着你，你病不好，我不离开你。"

奶奶喘了喘气说："我的病还能好？我看好不了啦。唉，请医吃药花了多少钱啦，我看二亩地的粮食也不够。"

大爷忙说道："妈，你不要操这些闲心啦。只要把病治好，花上二十亩地的粮食也值得。"

奶奶说道："自己的病自己知道，我看是白花钱。"奶奶停了停，又向大爷说道："我死了以后，你们弟兄们千万不要分家。你是长子，你也知道，你兄弟老实，没出息。我担心他自己过不了日子。唉，过日子难呀，要精打细算，不该花的钱，一个也不要乱花。"

接着奶奶就断断续续地说开过日子的事了。爷爷、大爷都劝她安心养病，不要多说话。可是奶奶还是不住嘴地说。她向妈妈和大娘说道：

"我千不好万不好，总是你们的老人，我就是有九十九样坏处，也会有一样好处，不要记死人的过。你们也有当婆婆的时候，当家方知柴米贵，过日子不容易呀……"

刘胡兰传

奶奶一席话，说得妈妈大娘都哭了。

奶奶挣扎着伸出了两只手，用力脱下一只银戒指来，说道：

"兰子，你过来。奶奶没有什么值钱东西，这个戒指，在奶奶手上受了一辈子苦，留给你做个提念吧！"

她边说，边给胡兰戴到了手指上。胡兰望着那只没有了光泽的银戒指，眼泪像断了线的珠子一样落了下来。奶奶继续又说道：

"我死了以后，办丧事，千万不要瞎铺排，咱们小门小户人家，能过得去就算了，省下就是赚下的……"

大爷忙打断她的话说道："快不要说这些丧气话了。眼看病情一天天见效嘛。赶快把这一茬药吃上吧。"

大爷说着把药倒在碗里。妈妈赶快倒了些开水。一家人侍候奶奶吃了药，奶奶一会儿就睡着了。

胡兰本想趁空去找金香和玉莲，把今天在区上开会的内容向她们说道说道，可是又怕奶奶醒来找不见她生气。想了想便叫妹妹去唤金香和玉莲。妹妹走了不多一会儿，听见院里响起杂乱的脚步声。她猜想是她们来了，忙迎了出去。玉莲一见面就急着问道：

"区上开会说甚？甚事？"

"发动妇女纺线。"

金香问道："给自己纺吗？"

"不，给公家纺。"

胡兰一面回答，一面把她们引到妈妈屋里，这才从头给她们传达为什么要发动妇女纺线。她告诉她们说，现在形势很紧张，阎锡山除了军事上准备向解放区大举进攻以外，同时进行经济封锁，不要说军用物资，就连布匹都不准运进解放区……

没等胡兰说完，玉莲就抢着说道：

"给咱们分配了多少任务？"

胡兰说道："二百斤棉花。时间规定是一个月，不过越早完成越好。"

玉莲道："这好办，咱村的妇女大多数都会纺花，二百斤棉花不成问题。"

胡兰道："我也觉得这项工作比办冬学容易得多。咱们先统计一下，全村一共有多少会纺线的妇女，二百斤棉花每人该纺多少。计算好了，棉花一到很快就能分下去。"

正说着，爹在北房喊胡兰，说奶奶醒了又叫她哩。胡兰应了一声。金香说：

"你快照护你奶奶去吧。这事交给我们办，遇到什么问题再来找你商量。"

胡兰点了点头，送金香、玉莲走后，就回北房看奶奶去了。

连着几天，奶奶老是病得要死要活。胡兰心里很着急，一直守在她身边。奶奶睡着的时候，她也曾找金香和玉莲一块儿研究了妇女纺线名单，觉得没什么问题，也就放心了。

过了两天，爱兰拿回四斤棉花来，告姐姐说是玉莲给她的，让胡兰和妈妈两人纺。胡兰忙问妹妹道：

"棉花在哪儿领的？你看见金香和玉莲把棉花分完了吗？"

爱兰道："在庙上领的。金香和玉莲一面发棉花，一面和人吵架哩，还有一堆棉花没发完。"

胡兰听了这话，悄悄对妹妹说：

"你把棉花拿到妈妈屋里去，回来守着奶奶。我去看看她们。我不回来你不要离开。"说完就出去了。

胡兰走进观音庙办公室，看见炕上还堆着一大堆棉花。金香和玉莲的头上、身上沾满了棉花毛，两个人愁眉苦脸地站在那里。农会秘书石五则坐在圈椅里说：

"你们事先不做思想动员工作，不了解情况，发棉花的时候当然要出问题。"他抬头看见胡兰进来，又说，"你看，胡兰子一时不在，你们就出了问题。胡兰子做工作就比你们细心得多。"

胡兰不好意思地笑了笑说："五则叔，你别把我说得过了头，什么工作不是我们一块儿研究着做的。"回头她又向金香和玉莲问道："出了什么问题啦？"

金香指着炕上的棉花说："你看，剩下四十斤棉花怎么也发不出去了。"

胡兰问她们是怎回事。金香这才告她说，原来计划每人纺两斤，可是今天发棉花的时候才发现，有的害病不能纺，有的住娘家去了回不来，还有的小孩儿多，说甚也不接受这个任务。

石五则向金香和玉莲说道："人家不接受任务，是你们的话没有说到。跟人家吵架也解决不了问题呀！再说，有小孩的和没小孩的一律分配给两斤也不合适。……"

胡兰忙说道："五则叔，这不怪金香和玉莲，这是我的错误。我原来想得太简单了，没估计到有这么多问题。"接着胡兰像自言自语，又像对金香她们说："是啊，孩子多的和孩子少的不一样，有孩子和没孩子的不一样，做活快和做活慢的又不一样，一家一个情况，一人一个样样。唉，怎么我事前就没想到这些呢？"她低着头沉思了一阵，然后抬起头来，对石五则说道："五则叔，你看这样行不行：我们分头访问访问妇女，再了解一下情况，确实有困难的就照顾，能多纺的动员她们再多纺些。我们干部也再多纺些，无论如何要完成这二百斤棉花的任务。"

石五则点点头说："除了到户访问，还可以利用上冬学的时间，动员妇女积极分子多纺些。"

这事就这样决定了。胡兰她们当天就挨门逐户去访问妇女。晚上，胡兰又到冬学里，把纺线的意义和分棉花的情形对大家说了说，然后检讨道：

"这事全怪我想得不周到，办法又少，事先又没和大家多商量商量，结果就出下这糊糊了。可是不管怎么说，也不能把棉花交回区上去呀！"她望了望金香和玉莲，接着又说道："分剩下的这些棉花，我们几个再多纺些。也希望能纺的、纺得快的再自报些，完成这个任务。"

胡兰带头自报再多纺两斤。金香、玉莲和她二嫂芳秀也都自报多纺两斤。胡兰看见世芳婶坐在前边，就说：

"世芳婶，你再多纺点吧？"

"我再多纺点倒行，就怕到时候纺不出来哩。"

胡兰笑着说："你少睡会儿觉，多熬点油就纺出来了。"

世芳婶也笑了笑说："行，那就再给我一斤吧。"

她们这样开了头，妇女们就自报起来，有的自报多纺一斤，有的自报多纺半斤，一会儿就把剩下的棉花分配完了。

事情办得很顺利，胡兰很高兴。当她领上棉花回到家里的时候，见大娘和妈妈在给奶奶穿寿衣，胡兰吓了一跳。妈妈忙说：

"没事，这是给奶奶冲冲喜。"

胡兰明知这是种迷信，可是在这种情况下也不好阻止。她把棉花放到柜子里，忙爬上炕去帮忙给奶奶穿衣服。奶奶穿上寿衣，又昏昏沉沉地睡去了。

爷爷对两个媳妇说："你们都睡去吧。今夜我来守着她。"

大娘和妈妈操劳了一天，都累了，听了公公的话，各自回屋去歇息。胡兰知道昨夜爷爷和大爷轮流看守奶奶，爷爷也够累了。她就让爷爷先睡，自己看守奶奶，她说：

"这会儿反正我也睡不着。爷爷你先睡，后半夜再换我吧。"

爷爷听孙女儿这么说，就先睡下了。

胡兰坐在奶奶身旁，想起今天分棉花的事，她觉得这是个教训，做

刘胡兰传

工作不能图省事，重要的是先调查研究，弄清情况，才好办事。要不就脱离群众，给工作造成好多困难。在妇女训练班的时候，吕梅讲过这问题，怎么到用的时候又忘了呢？有了今天这一教训，今后可不会忘了。她正想着，奶奶动了一下，睁开了眼睛。胡兰忙问道：

"奶奶你好点吗？"

奶奶"嗯"了一声。胡兰忙倒了点水，用小勺喂给奶奶。奶奶喝了几口，呻吟了几声，便又合上眼皮睡着了。

夜静了，外边没有一点响动。爷爷的鼾声更响了。胡兰不由得打了两个呵欠，身子觉得有点困倦，眼皮也觉得有点抬不起来了。她为了驱走瞌睡，忙振了振精神，然后轻手轻脚地打开柜子，拿出一卷棉花来，边搓棉花条，边守护奶奶。搓了不多几条，忽听奶奶喃喃呐呐地说道：

"那是点灯哩？唉，像是放火哩！……不知道过日子的艰难……"

胡兰以为奶奶嫌灯头太大了，她正想往小拨一拨，只听奶奶又说道：

"真造孽！洒了那么多米！还不快捡起来……"

胡兰这才知道奶奶是说梦话。她望了望奶奶，见她双目紧闭，睡得很甜，只是一只手伸到被子外边了。灯光下看起来，那只手简直像是干树枝权子，上边爬满了青筋，长着很厚的老茧。胡兰一面把奶奶的手填进被窝里，一面想道：奶奶苦熬苦受了一辈子，两只手都变成这个样子了，哪里像是女人的手哩！奶奶万事聪明，就是有一点不明白：家里这吃的穿的所有一切，明明是两只手劳动换来的，她偏说是神灵赐给的，整天烧香磕头，求神拜佛，叫别人也跟着丢人败兴。她忽又想道：奶奶这么迷信、落后，难道是天生下的吗？不。正像李县长讲课时候说的那样，是旧社会吃人的封建礼教毒害的！要是自己也生长在那个年代里，还不是和奶奶一个样吗？多亏共产党、毛主席，才使自己懂得了一些革命道理……

胡兰愈想愈痛恨旧社会，愈想愈觉得妇女工作的重要。她一面想，一面不停地搓棉花条，不知不觉把一卷棉花搓完了。这时恰好奶奶醒了。胡兰忙问道：

"奶奶喝水吗？"

奶奶摇了摇头。

"奶奶你觉得怎样？头还痛吗？"

奶奶又摇了摇头，接着说道：

"兰子，快睡吧。唉，奶奶把你也累倒了。"

"奶奶，我一点也不瞌睡。你睡吧。"

"我也不想睡了。"奶奶望了一眼那堆棉花卷，说道，"好久都没纺线了，怪不得病哩，就是不动弹的过。"

胡兰不想让奶奶多讲话。可不知怎么奶奶这会儿有了精神，讲起话来没个完，像是好人一样。她看见胡兰搓完了棉花卷，就说：

"兰子，你要不睡就纺线吧。"

"奶奶不怕吵吗？"

"不怕，奶奶听听纺车声，也许会好了。"

胡兰看了爷爷一眼，见他睡得正香。她知道爷爷睡觉沉，不怕纺线吵，忙从地下把纺车搬到炕上纺了起来。奶奶笑了笑说：

"我年轻时候，咱们家的日子还不如这会儿好过，我夜里纺花舍不得点灯，只点个香头，后来就连香头也不点了……"

"那能纺匀？"

"能，功夫是慢慢练出来的，功到自然成。先闭着眼纺，闭一会儿睁一会儿……"

胡兰也见过奶奶黑夜纺线不点灯，只是胡兰没有学过。这时她高兴地说：

"等奶奶好了，也教我练练这功夫。"

刘胡兰传

奶奶微笑了笑，合上了眼睛。

夜深了，纺车发出均匀的"嗡嗡"声。胡兰觉得这声音好像小时候奶奶拍着爱兰睡觉时哼的歌声。她想，奶奶听着这种声音，也许睡得更甜更香。

胡兰不停地纺着，有时也闭着眼练习。她见奶奶睡得很安稳，就更放心地纺起来。

半夜里，爷爷起来替换胡兰的时候，才发现奶奶不知什么时候早已停止呼吸了。

奶奶死了，被埋葬了。

奶奶活着的时候，胡兰不爱听她叨叨，时常想躲开她，如今却是常常思念奶奶。每当她看到奶奶亲手给她戴上的那只银戒指，眼睛里不由得就涌出了泪花花；每当望见供桌上奶奶的灵位，忍不住失声痛哭了。有时夜里睡下也断不了想起奶奶来。她知道奶奶虽然思想落后，可是奶奶还有很多长处：她勤勤俭俭一辈子，从来没埋怨过生活苦，从来没叫喊过操劳家务累。胡兰从小长了这么大，插针引线是奶奶把着手教的，纺花织布是跟奶奶学的，省吃俭用的好品德是奶奶传给的。虽然奶奶常常骂她，可无论奶奶怎么骂，也压不过这骨肉情。奶奶对她的疼爱是什么也掩盖不住的啊！

胡兰为了摆脱想念奶奶的苦恼，就收拾开西屋南间，自己住在一个小房房里，她把全部精力都用到了工作上。每天除了出去照料村里的工作以外，从早到晚总是坐在屋里纺线。前几天为了办理丧事，耽误了纺线，现在要赶着纺出来。她觉得自己是妇女干部，只能提前纺完，不能落在别人后边。胡兰有时候晚上一直纺到半夜。她为了节省灯油，只点个香头，按照奶奶临死那天晚上告她的办法练习。开头不习惯，断了头老接不上，后来练了几天才慢慢顺手了。

这期间，吕梅曾来看过她一次，对她安慰了一番，鼓励她好好工作。金香和玉莲也常来找她，有时候搬着纺车来一块儿纺线，有时候晚上也就住在了这里。有些纺完线的妇女们，也跑到这里来交线。有些婆媳吵了架的，也到这里来找胡兰她们解决……小房子里一天比一天热闹起来，无形中变成妇联会办公室了。

在干部们的带动下，全村妇女纺线任务很快就完成了，二十天纺了二百斤棉花。因为云周西妇女提前完成了任务，纺的线又好，得到了上级的表扬。胡兰她们当然很高兴，妇女们也觉得脸上光彩。她们见这几个姑娘对工作又认真又负责，还真有点本事哩！过了不久，全村妇女就把胡兰选成了正式的村妇联秘书，金香和玉莲也被选成了妇联委员。

刘
胡
兰
传

一双坏军鞋

在自卫战争期间，不论军队还是地方上，到处都是又紧张又忙碌。村妇联会的工作也是一件赶一件。胡兰她们刚完成了纺线任务不久，区上又给她们分派下做二百双军鞋的任务。部队经常行军作战，没有鞋子不行啊！

胡兰接受了上回分棉花的教训，觉得首先应当给大家讲清道理，打通思想，才能把军鞋做好。她和妇联委员们商议了一下，大家都同意她的意见。于是她们就召开了个妇女座谈会。

会上，胡兰先给大家讲了讲当前的形势。她说，自从日本投降以后，蒋介石和阎锡山这些反动派，一面抢夺胜利果实；一面收编日伪军，大举向解放区进攻。中国共产党一再提出停止内战的要求，但这些反动派不但不理睬，反而更加疯狂进攻。解放区军民被迫实行了自卫反击，经过几个月的自卫战争，给了这些反动派很大打击。同时，蒋介石在全国人民反对内战的压力下，只好签订了停战协议。可是这些反动派暗里还在调动军队，而且就在下了停战令以后，还抢占了解放区的好几座城镇。本县的开栅镇就是在停战以后被阎匪军抢占了的。看样子这些反动派决心要和人民为敌。因此解放区军民必须时时提高警惕，做好一切准备，以便彻底粉碎反动派的阴谋……

胡兰讲得很激动，妇女们听了也很气愤，连金香、玉莲也气得涨红了脸。其实，胡兰讲的这些内容，她们零零碎碎也听区干部们讲过一些，在报纸上也看到过一些。可是没想到胡兰讲得这样有条理。

胡兰讲完了形势，这才说到做军鞋的事情。最后又讲了个在报上看到的故事，她说，在抗战时期，有一支游击队和敌人碰了头，打开了交手战。有一个战士和敌人拼刺刀的时候，一脚踩在了高粱茬子上，因为鞋的质量不好，茬子捅破鞋底，扎到了脚心里，结果那个战士被敌人刺死了。

妇女们听了这件事，七嘴八舌地议论开了。最后都说我们决不能做那样不结实的鞋，保证把军鞋做得合乎标准。并当场规定下每双鞋要达到一斤重，底子要一指厚，一只底子上至少要纳五百个针码。

这时候，也有些妇女提出了困难：有的不会搓麻绳，有的不会绱，还有的不会剪样子。胡兰她们觉得这倒是个实际问题。

后来，她们和有经验的妇女研究了一下，找了两个巧手专门给大家剪样子，又组织妇女自找对象，变工互助：会纳底的纳底，会绱鞋的绱鞋。并且还发动干部们带头动手，加工细做。这一来，只用了七八天工夫，大部分军鞋都做好了。

那几天，胡兰、金香她们也都忙坏了，一面要验收做好的鞋，一面又要督促没做起的赶快做。一双双军鞋送到了庙上办公室。一双双军鞋都经过胡兰她们详细检查。军鞋做得质量都很好，有的不仅结实，样子也很好看。胡兰她们看见妇女们觉悟这么高，军鞋完成得这么好，心里很高兴。可是在最后一天，却发现了问题。

这天傍晚，好多妇女都跑到庙上来交鞋。二寡妇也来了。她像走亲戚一样，衣服穿得很干净，头发梳得光溜光，身上发散出一股油油粉粉的香味。她一进门就妖声妖气地说道：

"哟，胡兰子，你们可真辛苦呀，把咱们云周西妇女领导得再好也不能了。你看这军鞋做得多好，一双赛一双，没有一双坏的。"

刘胡兰传

胡兰她们只顾忙着称分量，数针码，没有顾得上理她。二寡妇趁人们不注意，解开手巾包，把一双鞋往鞋堆里一塞，笑着向胡兰说道：

"胡兰子，我的鞋可交上了，你们可给我打上个收字。"说着转身就要往外走。

胡兰忙抬起头来说："二婶子，你先坐一会儿。等我们检查完，还要给你开收条。"

二寡妇转回身来说："哟，这还要检查吗？咱们云周西的妇女，一个赛一个的进步，一个赛一个的提高，一个赛一个的胜利，不会有含糊。你快给我开个收条吧，我家里还有事呢。"

胡兰笑着说道："二婶子，你先坐一下。再忙也不在乎这一会儿时间，我们很快就检查完了。"

二寡妇见胡兰她们不给她开收条，只好坐在板凳上，和那些等着交鞋的妇女，东扯葫芦西扯瓢地扯起闲话来了。正说着，忽听玉莲惊叫道：

"这是谁的鞋？怎么这样轻飘飘的？"

二寡妇抬起头来扫了一眼，看见玉莲拿的正是她交的那双鞋。她假装没听见，继续和身边妇女们扯闲篇，想马马虎虎蒙混过去哩。可是这时候，金香、玉莲一块儿查考起来。交鞋的妇女们各人都认识各人的鞋，而且鞋上都写着名字，查来查去就查到二寡妇名下了。胡兰不满地问道：

"二婶子，这就是你做的军鞋？"

二寡妇看见没办法，只好承认是她的。并且嬉皮笑脸地说道：

"你看样子还不错吧？穿鞋就是穿个样子。你觉着轻吧，可底子里边一层一层都是新布咧！……"

胡兰打断她的话道："这样的鞋我们不能收。你自己看看吧，这怎么能交给队伍穿呢？"

二寡妇一见胡兰不收鞋，就咋呼开了：

"哟！别人的收，我的就不收？别人的是铁打的，我的是纸糊的？我看你们就是看人下菜碟哩，专门欺侮我这孤儿寡妇。你们又不是不知道，我家里里外外就我一个人，为做这双鞋，累得我两三黑夜没睡觉。"

二寡妇觉得胡兰她们几个年轻姑娘懂得甚？又是刚上任的新干部，给她们点硬的尝尝，也许就收下了。可谁知胡兰她们不吃这一套。胡兰拿着那双鞋，板起脸说道：

"二婶子，你别在这儿瞎吵嚷。不怕不识货，就怕货比货，你看看你做的这是什么东西？针线稀不要说，底子软得能扭成麻花。让大家看看，这样的鞋能不能交给咱们的军队穿？"

这时妇女们拿起那双鞋来，这个看看，那个瞅瞅，有的冷笑，有的撇嘴。有个巧嘴妇女笑着说道：

"这么结实的鞋，怎舍得拿出来？"

也有人气呼呼地说："这简直是给咱云周西妇女们脸上抹黑哩。"

二寡妇恼羞成怒，故意放声嚷道：

"你们还要把我说成反革命哩。你做一双，我也没做一只，我哪一点落在你们后边啦？我看你们就是吃柿子挑软的哩！欺侮人也不是这么欺侮法。找你们那大干部来评评理。"

话音未落，石五则从东屋跑过来了，问是怎回事。胡兰连忙把刚才发生的事情对他讲了一遍，又把那双鞋递给他说：

"五则叔，你看看这能收吗！"

石五则接过鞋左看右看。这时二寡妇催促道：

"你是大干部，你看这鞋怎么样？哪一点不合适？为纳这双底子，把我的手指头都勒破了，你看看。"说着走过去，把手指头伸到石五则鼻子下边，顺便还瞪了他一眼。

石五则笑了笑，又像对众人又像对二寡妇说：

刘
胡
兰
传

"这鞋不算太好，不过也不算太坏，看起来样子嘛，倒还时兴；质量嘛，好像差点，不过也差不多。"他回头又向胡兰说道："不要和她捣麻烦啦，马马虎虎收下算了。扔给张收条让她走吧！"

胡兰一向对石五则很尊敬，觉得他是抗日时期的老干部，现在又是农会秘书，她以为石五则看了鞋，一定会批评二寡妇一顿，谁知他说出这种和稀泥的话来，这不明明是给二寡妇撑腰吗？以前胡兰就听人们说过石五则和二寡妇不清楚，她真没想到石五则竟在这件事情上袒护二寡妇。她压了压心中的火气，向石五则问道：

"五则叔，这样的鞋怎能交上去？"

石五则说："二百多双鞋，夹在里边也显不出来。唉，十个指头都不一般齐，怎么干净的米里也难免夹杂几粒谷子！"

屋子里没有一个人说话。妇女们都眼睁睁望着胡兰。

石五则以为他这样一说，胡兰就会把鞋收下。他顺手把鞋往桌子上一扔，扭头就往外走去。可是只听背后胡兰说道：

"五则叔，这鞋我不能收！我不能办这种马虎事情。"

石五则愣住了，他真没想到胡兰不给他留这点面子。他转回身来，气得一口一口咽唾沫，却说不出一句话。

二寡妇趁机煽风点火道："哟，这村里就是胡兰一个人主事哩。别的干部都是聋子的耳朵？"

石五则的脸"腾"一下子红了，大声向胡兰喝道：

"我说的，收下！"

"这样的鞋，我不能收！"

"我做主，收下。"

"我不收。"

"为甚？"

"这鞋底子里有假。"

二寡妇立时向胡兰嚷嚷道："你红嘴白牙不能血口喷人！你怎么知道我鞋里有假？"她见石五则给她撑腰，胆子更大了，"谁敢说有假？谁敢说有假？谁说我这鞋有假，叫她烂了舌头……"

胡兰忙打断她的话说道："你别骂街。有假没假，咱们割开看看就知道了。"

玉莲早就气得不行了，一听胡兰的话，赶快跑出去找来把菜刀，抓住鞋就要剁。石五则也看出那双鞋底子里不像是布，他怕万一割出假来，自己也下不了台，于是说道：

"好好的鞋，剁烂了谁负责？"

"我负责。"胡兰说着拿过玉莲手里的菜刀，一下子把鞋剁开了。

大家一看，鞋底里垫的都是草纸。在场的妇女们气得低声骂开了。

石五则脸色铁青，简直气炸啦。他倒不是气二寡妇鞋里掺了假，而是气胡兰她们不给他留一点面子。他看见当场丢了丑，也不好再说话，嘴里不知骂了句什么，恼悻悻地扭身跑出去了。

石五则一走，妇女们就高声嘈嘈开了。这个说："没有良心，八路军给我们打走了日本鬼子，这会儿又打阎匪军，就拿出这样鞋来给人家穿？"那个说："这号人不能马虎放过，不给她点厉害的，以后还要干这丧良心的事哩。"也有人建议开斗争会斗争二寡妇。

二寡妇见给她撑腰的人走了，众人的目标都指向她，知道再待下去更没好下场，就站起来，气呼呼地说道：

"大权在你们手里，你们愿怎么就怎么吧，我候着。没有犯下死罪，量你们也砍不了我的脑袋。"说着走了。

妇女们议论了一阵，交了鞋，都陆续走了。胡兰和金香、玉莲把鞋收藏好，也相随着走了出来。胡兰刚走出庙门，石五则从东房里出来把她喊住了。胡兰转回身来站在庙门口，看见石五则脸上和和平平，好像刚才并没有发生争吵似的。石五则一只脚踏着门槛，一只手扶着门

框说：

"唉，真没想到二寡妇这么落后。唉，我这人脾气也不好，心直口快，火气一上来什么也不顾了。"

胡兰没有开口，她猜不透石五则的用意。

石五则继续说："听说你们要开斗争会？这有什么斗头？罚她重做一双鞋算了。为这点事还值得敲锣打鼓乱折腾？"

胡兰听出了石五则话里的意思，心里气极了。但她不动声色地说：

"五则叔，你也知道我们初做工作，没有经验。这件事情怎么处理，我还得征求妇女们的意见。回头咱们再研究吧。"说完便转身走了。

观音庙里剁军鞋的事，很快就在村里传开了。当胡兰回到家的时候，家里人也正在议论这件事。本来爷爷往常不大干涉胡兰的行动，今天也说话了。他向胡兰说道：

"你奶奶死了，没人管教你啦，就由你在外边瞎胡闹哩？人常说，出头椽子先烂，你充甚好汉？"

大爷接着说道："要说吧，你那个想法也不能说不对。"

"谁办公不想把事情办好呢？可是众人的事情难办呀！戥子称都有个头高头低哩。公事公事，有公就有私，有私就有弊。大体上差不多就行了，何必事事顶真？只要我们自己行得正就对了。这样才能行得通，走得远。"

胡兰听了大爷这番话，觉得又对又不对。她虽然一时找不出合适的话来回答大爷，可是她觉得无论说到哪里，也不能收二寡妇那样的鞋。

爷爷又责备她说："你惹得起二寡妇？人家是有后台的人。你一个姑娘家懂得什么。"

胡兰知道爷爷说的二寡妇的后台就是石五则。她心里想：难道有干部给二寡妇撑腰，就马马虎虎算了？群众会怎么说呢？以后的工作该怎么进行呢？可是二寡妇的问题究竟怎么处理，她心里一时也没个准稿子。她觉得这件事情牵扯着好多问题，应该向上级请示一下。她知道世芳叔今天从区上回来了。她想最好找世芳叔谈谈，于是吃完饭就跑到了他家。

去的时候，只见区水利干部陈六儿和村长石远贵、民兵指导员石仁举等几个村干部也在那里。她们见胡兰来了，都向她打问下午发生的事情。胡兰从头到尾讲了一遍。干部们听完，都说石五则不对，不能让他徇私舞弊，偏袒二寡妇。应该向二寡妇进行斗争，通过这件事情可以教育广大妇女。世芳叔也鼓励胡兰说，一个革命干部就应该是这样的，对于坏人坏事决不留情。胡兰听了，肚里才有了个主心骨。她连忙找到金香、玉莲，还找了另外几个妇联委员和妇女积极分子，把这件事情研究了一番。

第二天，她们召开了个全村妇女大会，把二寡妇做的军鞋拿到会场给大家看。人们看了都很气愤，都批评二寡妇，说她是一块臭肉坏了满锅汤，都要求严重处分她。二寡妇在事实面前，也只好低头认错。最后她答应另做几双合乎标准的军鞋，这件事才算结束了。

开完会，胡兰和村干部们商量了一下，决定把已做好的这一百九十九双军鞋，先缴到区上去，罚下二寡妇的鞋，以后做好再补缴，免得为她一个人，耽误了公家的事。

刘胡兰传

见义勇为

第二天早饭后，村公所派了一个民夫，和胡兰一块到区上去缴军鞋。民夫是个三十岁左右的中年人，名字叫石六儿。这人身个长得又高又大，宽肩膀，粗胳膊，看起来浑身是劲。他推着满满一推车鞋子，足有二百多斤，可好像推着辆空车一样，一点也不显得吃力。胡兰空着手紧步走才能跟上他。

胡兰和石六儿不太熟悉，虽然胡兰知道他抗日时期是村里的暗民兵，做过许多抗日工作；石六儿也知道胡兰的底细，但两个人从来都没交过言。这天，他们相跟着走了好一阵，谁也没有说话。后来胡兰忽然发现推车手把上吊着个小竹篮，里边放着一些饼子和麻花。她忍不住向石六儿问道：

"六儿哥，就五六里路，你怎么还带干粮哩？"

石六儿忙说道："不是干粮，送了鞋我要到我妹妹家去看看，给小孩子们带的。"

"你这是送军鞋捎带走亲戚！"

"不，我这是走亲戚捎带送军鞋。"

石六儿接着告胡兰说，今天本来不轮他支差。他在街上听石三槐说要派民夫送军鞋，正好他要去大象妹妹家，就把这任务揽下了。他觉得自己空着手也是走路，捎带就能把这事办了，省得专门派人。

胡兰听了，心里说："要是遇上个旁人，才不待管这些闲事哩！"

他们这么说开头，接着就闲谈起来了。石六儿很称赞胡兰她们斗争二寡妇。他对石五则包庇二寡妇也很不满。他说抗日时期，石五则工作很积极，能吃苦，能耐劳，对人也很和气。可是自从日本投降，当了农会秘书，态度一下子就变了。特别是和二寡妇勾搭上以后，一天一天走下坡路，处处摆官架子……

胡兰觉得背后议论干部不大好，她忙用别的话岔开了。这时正是春耕时期，地里到处是送粪、耕地的人。有些驻在附近村里的队伍，也在地里帮人们劳动。胡兰感慨地说：

"你看咱们的队伍，和老百姓真像是一家人一样！"

"是啊，我看这样的队伍，世界上也少有。"

一说起队伍，两个人的话头都多了。一路上说说道道，不知不觉已到了大象。进村走了不远，忽见有家门前停着辆破轿车，门口站着很多婆姨小孩。人们边吱吱喳喳议论，边探头探脑朝院里瞭望。院里传出一片乱哄哄的吵闹声、叫骂声，中间还夹杂着一个女人的嚎哭声。胡兰觉得很奇怪，不知道这里发生了什么事情。她向看热闹的人们打听。有几个年轻妇女七嘴八舌地告她说，这家有个姑娘嫁到下曲镇，和丈夫不对脾胃，公婆又常虐待她，整天挨打受气。这姑娘受不下去，只好躲回娘家。婆家叫了几次也没回去。今天婆家派来了几个男人，说是非要把她弄回去不可。

这时，只听院里传出一个女人的哭喊声：

"我死也不走……你们杀了我吧！你们剐了我吧……"

胡兰听她哭喊得很凄惨，忙跑了进去。一进院子，只见一个老太婆坐在房门口低声哭泣。一个年轻媳妇披头散发坐在地上，两手抱着柱子，又哭又喊。旁边围着三个男人，一个在劝说，一个在威吓，另一个抓着她的头发，边用力拉扯，边气势汹汹地骂道：

刘胡兰传

"你就是立刻死下，也得把尸首弄回去！"

胡兰见这情景，忍不住大声说道：

"放手！你们这是干吗？"

那个抓头发的男人听见有人干涉，忙松开了手；别的人也都愣住了，不知所措地望着胡兰。这时一个中年人向胡兰问道：

"请问，你是区上的还是县里的？"

胡兰道："不管我是哪儿的。如今是新社会，你们不能这么随便欺侮人！"

那几个男人大约看出胡兰不是什么要紧干部，也就不把她放在眼里了，乱纷纷地向胡兰说道：

"娶到的媳妇买到的马，由人骑来由人打。你不让她回婆家？你把彩礼退出来！"

"你算哪个庙的神像！这才是狗扑耗子——多管闲事！"

他们说着又去围攻拉扯那个年轻媳妇。胡兰当时气得脸都白了，她知道自己再拦阻也不抵什么事，扭头出了院子，一口气就跑到村公所。找到村长李秀永，匆匆向他讲了讲刚才发生的事情。李秀永听了很生气，说了声：

"走！看看去。简直胡来！"

当他们相随着跑到那家门口时，只见那几个男人把那媳妇捆绑着抬出来了。那媳妇拼命挣扎，两腿乱蹬，把一只鞋也甩掉了。她嘶哑着嗓子哭喊道：

"……救命呀！我回去就活不成了……救命呀……"

李秀永大踏步跑过去，厉声喝道：

"放下！"

那媳妇扭头看见李秀永，一面拼命挣扎，一面大声哭喊道：

"村长呀！救命呀……"

那几个男人一听说来的是村长，忙把那媳妇放在地上。李秀永脸红脖子粗地向那几个男人训斥道：

"你们这是干什么？如今是民主政权，你们怎么敢来抢人？"

那个中年男人装出一副笑脸，说道：

"村长，是这么回事，我们要媳妇回去，她不回，好话说了千千万，百劝不听，所以……只好……"

胡兰打断他的话说道："那你们也不能动手捆人抢人呀！如今男女平等，女人也不是牛马！"

那媳妇见有人给她撑腰做主，接着就哭诉开婆家虐待她的一些情形。李秀永把那些人训斥了一顿，然后又开导了一番。说夫妻争吵，家庭不和，应该是设法调解，万不得已，也只能是找政府解决，决不能用这种违法手段捆人抢人。那些人自知理亏，无可奈何地赶上空车走了。那媳妇见婆家人走了，忙止住哭声，向李秀永道谢。李秀永指了指胡兰说：

"要谢，你谢她。要不我还不知道这码事哩！"

这一说，那媳妇认出了这就是先前在院里替她抱不平的那姑娘。她忙抓住胡兰的手，激动地说：

"我要是叫他们捆回去，只有死路一条！"

这时，那些看热闹的婆姨、娃娃们也都围了过来，乱纷纷地说，她们当时都很气愤，也很着急，可就是不知道该怎办才好。多亏这姑娘把村长请来。接着她们又问胡兰是哪个村的？叫什么名字？胡兰只好告了她们。那个年轻媳妇拉着胡兰，非让到家里去不可。胡兰说她还有点要紧事，不去了。她向四处扫了一眼，看不到六儿和推车，猜想他一定已去了区公所。于是连忙离开这里向区公所跑去。跑到区公所门口，见石六儿坐在台阶上抽烟。他一见胡兰就有点不满地说道：

"我等你老半天啦！只顾看热闹，把正事都忘了！"

胡兰没有解释，笑了笑说：

刘
胡
兰
传

"我这不是来了!"

石六儿没有再说什么,连忙把推车推进院里。胡兰找到民政助理员。民政助理员听说是来缴军鞋的,赞扬说这是全区第一份。及至验收鞋子的时候,更是赞不绝口,说真是一双赛一双,双双都像铁打的。缴完鞋,六儿到他妹妹家去了。胡兰拿上收据,忙跑到隔壁院里,打算找区妇联秘书苗林之汇报一下情况,没想到门上吊着把锁。她转身进了东屋,向宣传干事小杜一打听,才知道苗林之前两天就陪同吕梅到各村检查、督促做军鞋去了。

小杜是个二十来岁的小伙子,去年才从外地调到这个区上来,搞宣传、写材料都有两下子,算得上区里的"小秀才"。他听说胡兰是来缴军鞋的,也连声称赞这是全区第一份,立时就要胡兰谈经验。胡兰笑了笑说:

"经验我可说不来。我就向你汇报一下情况吧。"

接着胡兰就起根由头把做军鞋的经过讲了一遍。小杜听得很有兴趣,不停地在小本子上记录。特别是听到和二寡妇的斗争,小杜更是赞不绝口。汇报完,胡兰临走的时候,小杜给了她两期新出版的《晋绥大众报》①。

出了大象村,走不多远,迎头碰到一个年轻媳妇朝这里走来。胡兰一眼就认出了她是东堡妇联秘书霍兰兰。霍兰兰老远就向胡兰打招呼,问她到哪里去来。胡兰告她说到区上去缴军鞋。霍兰兰紧步走过来,惊问道:

"怎么?你们二百双的任务倒完成啦?"

"没有,还有一双没做成。"

"哦,一双算甚。我们五十双的任务,连一双都还没做起哩!"

胡兰忙问道:"那是怎回事?"

---

① 晋绥边区的通俗报纸,五日刊。

霍兰兰叹了口气说道："唉！说不来是怎回事，反正困难很多。"

她边说，边迈步要走。胡兰问她急急忙忙要去哪里。她说要到区上去找苗林之帮助想办法。胡兰忙告诉她说苗林之不在，不知和吕梅下乡到哪村去了。霍兰兰听了，泄气地说：

"唉！真不巧！那我也只好不去了。"

她一面返身随着胡兰走，一面又愁苦地向胡兰诉说道：

"眼看限期快到了，五十双军鞋还没个影哩！就是上级不催，也不能这么拖下去呀！"

胡兰问道："任务分到户了没有？"

"早分下去啦！可就是都还没动手哩。催一遍不抵事，催两遍还是白不怎。唉！真没办法，真能把人愁死。看看你们村，看看我们村。相距不到三里地，一个天上，一个地下。你可真有本事，我要能拾上你的个脚后跟就好啦！"

"快别这么说了。我有甚本事？任务又不是我一个人完成的。"

"不管怎么说，反正你比我强。强将手下无弱兵。件件工作你们都是跑到前头。"霍兰兰忽又叹了口气，说道，"唉！这五十双军鞋就把人愁死了。愁得吃不下睡不着，不知道该怎办才好！"

胡兰见她愁成那个样子，也很替她着急。很想帮她点忙，可是一时又不知从何帮起。她问霍兰兰分派军鞋的时候，开动员会来没有？霍兰兰摇了摇头，说没顾得上开。胡兰又问她自己的军鞋做起了没有？霍兰兰又摇了摇头，并且说道：

"整天东家进西家出，忙着催人们动手，哪儿有时间做呢？只要大家动起手来，我的快，到时候熬夜也能做起。"

胡兰听了，觉得她分派任务前既没做思想动员，分派任务后干部又没带头动手。这是个很大的缺点。她很想向霍兰兰提出来，话到口边又咽回去了。她和霍兰兰并不熟悉，只是在区上开会见过两回面，怎好直

截了当批评人家呢？她低着头默默地走了一会儿，忽然抬起头来向霍兰兰说道：

"工作是困难啊！你刚才还说我有本事哩。其实我也碰过钉子，也作过难！"

胡兰接着就给她讲开了上次纺线时候的一些情况，并着重说了说自己的缺点。她说自己当时把这任务看得太简单，既没有调查各家的情况，又没有开会动员，只是硬往下分任务，结果连棉花都没全分出去。要不是后来设法补救，差点连任务也完不成。

这时她们正走到一个三岔路口，马上就该分手各回各村了。两个人不约而同地都站住了。胡兰见霍兰兰听得很感兴趣，于是又给她讲开了这次做军鞋的经过。说由于接受了上次的教训，这回她们首先进行思想动员：召开妇女座谈会，给大伙讲当前形势，讲做军鞋的意义和重要性，发动大家自由讨论。妇女们认清了为什么要做军鞋，都乐意接受这一任务，并且自动定出了军鞋质量标准……

没等胡兰讲完，霍兰兰就抢着说道：

"你这一说，我心里也亮了。我看我们坏就坏在没做思想动员，糊里糊涂往下分任务。人们还当是派差哩！"

胡兰道："是啊，那回纺线，我们就是犯了这个毛病。我看，你回去再动员动员。人常说，话是开心的钥匙。只要打通大家的思想，事情就会好办得多。"

霍兰兰拍着手说道："对，对，对，人常说，话不说不透，砂锅不打不漏。"她忽然叹了口气，说道："唉！可是怎个动员呢？该给大家说些甚？"她皱着眉头想了想，向胡兰说道："胡兰，要不你帮帮我的忙吧！到我们村去给妇女们讲一讲，开导开导，行不行？"

胡兰真没想到霍兰兰会提出这样的要求，这可把她难住了。说是去吧，上级并没给自己这样的任务。再说，自己是云周西的妇女干部，平白无故跑到东堡去动员做军鞋，这算怎回事，要是有人说几句风凉话，可怎下台呀！要说不去吧，又见霍兰兰说得很恳切，看样子她确实有困难，人家真心实意要求帮助，怎好拒绝呢？再说不管哪村做军鞋，都是给自己的队伍穿。真要能帮助人家完成了任务，有什么不好呢？胡兰想到这里，主意已定。心里说："别人爱说甚，由他们说去好了。"于是向霍兰兰说道：

"我去倒可以，就怕说不好，反而坏了事哩！"

霍兰兰见胡兰答应了，喜得说：

"不管怎么说，你受过训，学习过，道理比我知道得多，总能说出个理来。"她边说，边拉着胡兰向东堡走去。

路上，胡兰又向霍兰兰讲了讲她们这次做军鞋的一些具体安排，诸如组织巧手剪鞋样，干部带头先动手，发动不会搓麻绳、不会绱鞋的妇女和别人变工，等等。霍兰兰听得津津有味，连声说：

"我要早去你们村领领教就好啦！"

她们谈谈说说来到了东堡。霍兰兰热情地把胡兰领到她家。没想到她们前脚刚进门，后脚苗林之和吕梅就来了。霍兰兰见一下子来了三个帮手，高兴极了。她边忙着烧水沏茶，边向她们说道：

"老苗呀！我正要找你哩！这些天可把人愁死了。到如今连一双鞋还没做起。你看看人家云周西，——你知道不？人家的军鞋已经缴啦！"

苗林之点了点头说："我们刚从云周西来。"她见胡兰在这里，觉得有点奇怪，问道："你不是去区上缴军鞋？怎跑到这里了？"

霍兰兰抢着回答道："是我半路上请来的。"

接着她就起根由头说了起来。当她说到胡兰是来帮她做思想动员的时候，胡兰红着脸说道：

"这不是区上、县上的同志都来啦……"

苗林之忙笑着说道："我们来也坏不了你们的事。"

刘胡兰传

227

　　吕梅本来对胡兰印象就很好。云周西做军鞋的前后经过，她已经知道了。她觉得这姑娘不只工作积极，而且能坚持原则，敢于和坏人坏事进行斗争——这一点很使她满意。如今又听说胡兰是来帮霍兰兰工作的，更加引起了她对胡兰的喜爱。这时她见胡兰有点局促不安的样子，连忙说道：

　　"你今天来得非常对。革命同志之间就应当是这样：互相帮助，互相支援……"

　　没等吕梅说完，霍兰兰就插嘴说道：

　　"老吕呀！要是胡兰能常来帮助我点就好了。"

　　胡兰不好意思地推了她一把说：

　　"你别胡扯了。我懂个甚？我还要人帮助哩！"

　　吕梅道："说真的，连我在内，咱们工作经验都不多，可是如果能常在一块交流交流，互相学习，取长补短，对谁都会有好处。"停了一下又向她们说道："你们俩离得很近。我看有些工作倒是可以在一起研究研究。"

　　霍兰兰喜得连声说道："那太好了，那太好了。"

　　胡兰听吕梅说得很有道理，当然也就同意了。

　　这天，胡兰和吕梅、苗林之就在霍兰兰家吃了午饭。下午又参加了妇女座谈会，会上她们都讲了话。胡兰还把《晋绥大众报》上登的有关支前的文章，给大家读了读。直到天黑，胡兰才回到村里。可是心里老是放不下东堡做军鞋这件事。隔了两天，她忍不住又跑去找霍兰兰，想问问情况。霍兰兰一见面就高兴地告她说，自那天开了座谈会，好些人连明彻夜在赶着做，估计再有三五天就可全部完成。胡兰这才算放下了一桩心事。

　　从此以后，霍兰兰每逢遇到难题就来找胡兰，胡兰也断不了去东堡。特别是后来胡兰被调到区妇联以后，更是常常去东堡帮助霍兰兰。

当了区干部以后

　　1946年初夏，区上决定调胡兰到区妇联当干事。调她的原因：一方面是因为区妇联人少事多，忙不过来，需要增加帮手；另一方面是区干部们都认为胡兰不只工作积极负责，而且品质好，思想开展，有培养前途。

　　胡兰乍一听吕梅说要调她到区上去工作，心里感到很恐慌，她觉得自己文化又低，经验又少，当村干部都很吃力，怎么能当得了区干部呢？那不是白吃公家的一斤二两小米①吗？她再三请求吕梅不要调她。后来经吕梅说服动员了老半天，并告她说这不是她个人的意见，而是组织上的决定。胡兰听了，虽然对这工作还是有点怵阵，但觉得既是组织调动，自己不好再讲价钱，也就只好同意了。好在上级并没有让她独当一面去工作，她还兼任云周西原来的职务，仍旧住在家里，工作重点还是在本村，只是让她抽时间到附近几个村跑跑，了解点情况，和妇女干部们交流交流经验，而且多半是跟着吕梅或苗林之一块去。胡兰觉得这倒是个学习的好机会。她处处都留心向吕梅和苗林之学习，而吕梅也在有意识地帮助她。平素除了谈些工作问题，也常常给她讲一些革命道理。这期间，吕梅还辅导她读了一本油印小册子《怎样做一个共产党

刘胡兰传

---

　　① 当时是供给制，凡区干部以上，生活均由公家供给，每人每天一斤二两小米（包括副食在内），一年一套单衣，三年一套棉衣。

员》。这本油印小册子，给了胡兰很大启示。她觉得自己的眼睛都好像亮了，觉得活得也更有意义了。

6月间，全区在大象进行土地改革试点，大部分区干部都集中到了大象，胡兰也去了。在轰轰烈烈的土地改革运动中，胡兰受到了一次更加实际的阶级教育。可惜在土改快结束的时候，胡兰害眼了，两只眼肿得像红桃一样。干部们都忙着搞分配，整顿组织，顾不上照顾她，就决定先让她回家去休养。

家里人见她害着眼回来，都很关心。妹妹忙给她收拾开西下房。妈妈张罗着要给她熬绿豆汤，说是败败火就好了。爷爷要她多睡觉，说是"睡好的眼，挣扎好的病"，多睡睡就会见轻。爹不声不响地用破席子在她窗前搭了个小凉棚，挡住太阳，晒不进去，屋里也显得凉快了。

胡兰吃过午饭，刚睡了不多一会儿，就听见院里有个男人大声问道：

"听说胡兰子回来了？"

只听在院里洗衣服的妈妈小声说道："嗯，害眼哩。睡着了。快进来坐会儿吧。"

"不坐了，回头我再来看她吧。"

胡兰听见说话的声音像是石五则，忙起来向院里招呼道：

"是五则叔吗？"

"嗯，怎么？把你吵醒啦？"石五则说着走进屋来，看着胡兰，关切地说道："哟，看样子还不轻哩！"说着从口袋里掏出个小玻璃瓶来，又道："我给你送来点眼药。这是我以前害眼时候用剩下的，还是日本占领时期托人在城里买的哩！"

胡兰奇怪地问道："五则叔，你怎知道我害着眼回来？"

石五则忙说道："我听街上人们说的。来，来，我给你点点药……你自己点也行。这样，把这个小皮头拔了，对在眼上，按后边这个大皮头……对，对，就是这样。"

胡兰点过眼药，只觉得眼里凉飕飕的，非常舒服，心里不由得想起了她和石五则之间的一些事情：以前石五则对她倒也不错，自从为军鞋的事闹了一场之后，听说区上批评了石五则，他也做了检讨。可是胡兰总感到他对自己的态度和以前不一样了，见了面非常冷淡，工作上碰到一些问题找他商量，他也是爱理不理。如今石五则忽然这样关心她，胡兰感到有点奇怪。暗自想道："也许五则叔以前根本没把那件事放在心上，是自己太多心了。"这时只听石五则说道：

"这药很灵，点上几回就会好。你留着用吧！"

胡兰忙说了几句感谢的话。石五则连声说道：

"没啥，又是街邻街坊，又是革命同志，阶级友爱嘛。小意思，没啥。"他说着坐在炕沿上，一面掏出烟袋来点火抽烟；一面向胡兰问道："大象土改结束了？"

胡兰道："没有哩。这几天正在搞分配，最后结束大概还得十来天。"说到土改，胡兰的情绪也高了，她激动地向石五则说道："五则叔，这回参加土改，我觉得受到了很大教育，真正是上了最深刻的一课。这些封建地主，真是可恶极了，要不把这些剥削分子打倒，贫苦农民一辈子也翻不了身。"

接着胡兰就对石五则讲开了土改开始后，她怎样跟着石世芳和吕梅他们访贫问苦，怎样打通他们的思想，怎样组织贫农团，向地主算账诉苦。胡兰讲得很兴奋，可是石五则好像不感兴趣似的，不住地抽烟，有时也"嗯嗯"两声。后来他忽然打断胡兰的话问道：

"你在区上听说来没有，咱们村搞不搞土改？"

"那还能不搞？要彻底打垮封建地主，迟迟早早哪个村也得搞。"

"你听说了没有，咱村啥时候开始？"

胡兰摇了摇头说："不知道，我看也快。"接着她又说开了大象土

刘胡兰传

231

改的事，说斗出了多少土地，多少金银财宝，多少粮食。她兴奋地说道："这一下，贫雇农把自己的血汗钱都收回来了。我正盼不得咱们村里马上就土改哩。"

石五则忙说道："咱们村土改不土改也扯淡。大象是个肥村子，有的是大老财。咱们村有啥？把首户挑出来也比不上大象的中农。"

"石玉璞家还不算大地主？"

"地主倒是地主。不过说老实话，也是徒有个虚名。树大荫凉大，出项多，进项少，这些年家里也空了。"

"这样说，咱村就没有斗争对象了？"

"要在筷子里选旗杆，也能选出几根来。不过像石玉璞这样的地主，斗争也是白费气力，不会弄出多少油水来。"

胡兰本来想问问石五则，大象土改后本村地主的动向，可是听石五则这么说，她觉得他的看法不对头，就不再问他了。这时只听石五则叹了口气，又说道：

"你进步快，几个月工夫就熬成区干部了。"

"这也是打着鸭子上架哩！我应名是区干部，实际上能力又差，水平又低……"

"那没啥，慢慢锻炼提高嘛，再有几年就上去啦。"石五则停了一下，又笑着说道："你从训练班回来的时候，代理妇联秘书还是我提的哩。不是五叔当面捧你，那时我就看出你是个好材料，我常常向区里反映你的工作成绩，总想培养你提高。"

胡兰听了他的话，心里觉得很别扭，一时也想不出合适的话回答他。石五则说了一阵他对胡兰的关心，又嘱咐她好好休养，然后就走了。他一走，爱兰忙跑进来催促姐姐睡觉。胡兰要妹妹去叫玉莲来，想问问村里的情况。但是爱兰不去，她说：

"你养不好病，我哪也不让你去。我在门口守着，谁也不让来。"

胡兰没办法，笑了笑，只好躺下睡了。她在家里躺了一天一夜，上了几次药，喝了些甘草水、绿豆汤。第二天眼睛就大大见轻。吃完早饭，妈妈和妹妹又逼着她睡觉。她躺在炕上翻来覆去怎么也睡不着。后来实在忍不住了，便爬起来，悄悄溜了出来。她本来打算去找陈玉莲，一出街门，只听井台那里有两个人热情地向她招呼道：

"哟，胡兰，甚时回来的?"

"怎么? 害眼啦?"

胡兰听出了说话的是金香和她妈。她一面和她们答话，一面走了过去。当她走到井台跟前的时候，才看清金香和她妈正在井上打水哩。胡兰觉得非常奇怪。素平常，一般人家的女人都不挑水，怎么金香母女俩忽然干起这活来了? 她正要问问她们，只听李蕙芳叹着气抢先说道：

"唉! 胡兰，你大概还不知道吧? 那个挨刀子的把我母女们撵出来了!"

胡兰惊问道："真的?"

金香忙说道："我们已经离开他家，搬到后街里啦。前天把手续都办了: 一刀两断!"

胡兰问她们是怎回事? 李蕙芳又叹了口气说道：

"唉! 说起来话长。走吧，到家里再慢慢和你念叨。"说完，和金香抬起水桶，一摇三晃地向后街里走去。

胡兰用两手护着眼睛，一面跟着她们走，一面暗自思忖: 以前她就很讨厌金香这个家; 不过那时候她只是觉得她这个本家哥哥不是个好人，行为不好，心眼也不好。自从读了《怎样分析农村阶级》那本小册子之后，特别是参加了大象土改试点，她对刘树旺的认识也更加清楚了。她觉得刘树旺不仅仅是个流氓、赌棍，而且是个地主，至少也是富农。他家养着牲口，雇着长工。刘树旺一年四季横草不拿，竖草不拈，全靠坑、蒙、拐、骗，剥削别人过日子，还能不是地主富农? 昨天她还

刘
胡
兰
传

233

想到过这码事，自然也就连想到了金香身上。金香是妇女干部，又是从小的好朋友，她了解金香母女俩在这个家庭中的地位，也很同情她们的遭遇，可是不管怎么说，金香总是地主家的女儿。在即将开始的土地改革斗争中，金香究竟会怎样呢？还有，现在应该对金香采取什么态度呢？这两天，胡兰正为这事发愁，没想到金香家发生了这么大的变化。她虽然还没弄清楚其中的原因，但她觉得她们和刘树旺脱离了关系，总是件好事情，无论对金香还是对李薏芳，都有好处。

胡兰边走边想，不知不觉已经走到了金香家。

金香和妈妈住在后街坐北朝南的一座院子里，这是临时租赁的一间北屋。屋里没有什么陈设，只是放着一些日常用具。地上堆着几个破旧的米面缸，灶台上摆着一些锅、瓢、碗、筷，炕上扔着两卷行李和几个包袱。东西不多，可是放得乱七八糟，看样子一切都还没有整理就绪。

李薏芳一进屋，放下水桶，也顾不得让胡兰坐，一把拉住胡兰就喘着气哭诉道：

"胡兰子呀！你走了二十多天，我可活得不像个人了。你那个挨刀子的本家哥哥，真正是坏了良心啦！把我母女们逼得简直走投无路了！"

金香忙说道："妈，你说的是些甚？你就不看胡兰害着眼？也让人家坐下歇一歇呀！"

她边说，边灌了一串壶水，提着出去了。李薏芳苦笑着向胡兰说道：

"唉！这些天真把我气糊涂了。"

她忙把炕扫了扫，让胡兰坐下。她自己也坐在了锅台上，一面用手揉肩膀，一面就向胡兰诉说开了。她告胡兰说，最近一个时期，刘树旺在外村勾搭上了个年轻女人，对她母女俩比以前更坏了，整天起来故意找岔子，指名道姓骂她，指鸡指狗骂金香，骂得要多难听有多难听，一天不骂三五次黑不了天。金香受不了这份气，和他吵了几场。刘树旺就要赶上她们走。有回把她母女俩的行李也扔到院里了。她们看看实在过活不下去了，这才告到庙上。她原打算要和刘树旺分家产，刘树旺则是要空身子赶上她们走，而且还要向金香算饭钱。后来经过石五则调解，算是给了几亩坏地，拿了点日用家具和行李衣服，就这样算是一刀两断了。

李薏芳哭着说道："这可算称了他的心，如了他的意啦！那个不得好死的，就是要逼着我母女们离开那个家哩！"

胡兰劝道："你别那么伤心。我看和他脱离了关系倒很好，早该这么办了。"

李薏芳道："好多人也都这么说。唉！可是各人有各人的难处呀！金香要是个男的，我也不愁……以后这日子可怎过呀？"

这时金香正好提着一串壶开水进来，接着她妈的话说道：

"人活得要有点骨气！以后就是讨吃要饭，也要隔过他那个门门！"

胡兰听金香这么说，心里感到很高兴。她忙向李薏芳劝道：

"金香说得对，人活得要有点志气。你们新安家立户，困难一定很多，生活也一定比以前苦。不过，靠自己劳动过日子，就是天天喝米汤，也是光荣的，心里也是舒畅的。"胡兰用手绢揩了揩眼，继续说道："你们在他家的时候，倒是不愁吃不愁穿。可是过的那是种什么生活呀！村里人背后谁不骂那是个赌博场、是非坑？以前，要不是有咱的地下工作人员隐蔽在那里，好人谁去啊！我奶奶活着的时候，为我常去你家，不知生过多少回气了。你们的苦处我知道，在家受刘树旺的气不要说，出来，村里人都小看三分哩！刘树旺家生活过得是好，可他的钱是从哪儿来的？还不都是坑、蒙、拐、骗、剥削来的？与其跟上他受气吃剥削饭，当剥削阶级，倒不如这样清清利利过活好。树旺……"

她本来想称"树旺嫂"，一想不对，忙把"嫂"字咽回去了。她接

过金香递给她的一碗开水，喝了两口水。然后这才又向李薏芳说道：

"你别犯愁，把心放宽些，不要只看眼下困难，要往前看。如今咱们是活在解放区，在共产党、毛主席的领导下，只要好好劳动，生活总会一天比一天好起来的。那些靠剥削过日子的寄生虫，以后再也吃不开了，迟迟早早都得把他们打倒。你们和刘树旺脱离了关系，我看是再好也没有了。不光生活上和他一刀两断，思想上也应当和他划清界限……"

不等胡兰讲完，李薏芳就抢着说道：

"胡兰子呀！你这一席话，可算给我开了窍啦！这些天，我简直像闭着眼瞎活一样，分不开个东南西北……"

金香打断她妈的话说道："胡兰，你说得太好了。对，一定要和狗日的刘树旺划清界限。咱们村甚时开始土改？非好好斗争狗日的不可！"

胡兰忙向她说："土地改革并不是报私仇，而是要打倒整个封建剥削，让所有的贫苦农民翻身做主。"

接着她就讲开了为什么要进行土地改革等问题。正说着，爱兰猛然撞进来了，一进门就抱怨姐姐偷跑出来，非拉上她回去睡觉不可。李薏芳和金香也劝胡兰回去休息。胡兰笑着向妹妹骂道：

"你呀！你简直要把我禁闭起来了。"

胡兰和妹妹走到院里的时候，只听李薏芳感叹地说道：

"你看人家胡兰，进步多快，怪不得当区干部哩！"

难忘的一天

胡兰初回来养病的那几天，怎么也安不下心来。老是挂念着大象土改的事：不知道分配果实进行得怎么样了？也不知道整顿组织的工作开始了没有？她没有能够参加最后这一阶段的工作，心里总觉得像缺了点什么似的。她常常想起在访贫问苦中结识的那些贫雇农朋友，也常常想起自己在土改中受到的深刻教育。另外还有一件事，她更是念念不忘：这就是在土改中她曾提出了入党申请……

胡兰自调到区上以后，党组织就把她作为培养发展的对象，并分工让石世芳和吕梅具体负责，有意识地向她进行共产主义教育，胡兰自己也很想参加党组织，作一个共产主义的战士。在大象土改后期，她鼓起勇气向石世芳和吕梅提出了入党的要求，并填写了入党申请书。可是过了没多久，她就害着眼回来了。

现在，胡兰一想起这件事来，心里就觉得很不平静，说不来是着急还是担心。不知道党组织讨论了她的申请没有？也不知道能不能批准？她多么希望能成为一个共产党员啊！她知道入了党就可以经常受到党的监督和教育，可以使自己在思想上政治上更快地提高，为革命做更多的工作。可是能批准吗？难说。有时候她自问自道："要是批不准怎办呢？"她觉得就是批不准，也不能有一点灰心失望。批不准，说明自己条件还不够，以后应当更加努力工作，加强政治学习，从各方面锻炼提

高,一年不行两年,两年不行三年……一定要争取达到一个共产党员的水平。后来她又想:"不应该老是想批准批不准这件事。不管批准批不准,自己处处都应该像党员一样严格要求自己。"她下定了这样的决心,心里也就平静了。

胡兰在家休养了十来天,眼睛渐渐好了。这期间,说是休养,实际上并没有闲着。金香、玉莲们经常来找她研究村里妇女工作当中的一些问题;她自己也经常出去找人谈话,了解村里地主、富农们的一些动向,以及贫雇农们对大象土改的反应——她估计云周西很快也会进行土改,事先掌握一些材料,对将来的工作总是有好处的。

有天下午,胡兰正在玉莲家和陈大爷聊天,谈论过去村里地主、富农们的剥削行为。爱兰跑来告她说,村里来了好几个区干部,吕梅和石世芳也来了。胡兰听妹妹这一说,猜定是区上派来的土改工作组,心里感到很高兴。她忙告别陈大爷,匆匆走了出来。正不知该到哪家去找吕梅,忽见石三槐走了过来,忙向他问道:

"三槐叔,区上来的人住在哪儿了?"

石三槐道:"哪儿?咳!现成的空房子不住,专门往穷苦人家圪挤。吃饭也让只往穷人家派①,真说不来。"

胡兰向他问清了吕梅住的地方。石三槐忙着派饭去了。她也连忙去找吕梅。

吕梅住在村西口一家贫农的空房里。胡兰去的时候,只见吕梅正在忙着打扫。她一见胡兰就高兴地叫道:

"呀!胡兰,眼好啦?我正打算待会儿找你去哩!"

胡兰笑着点了点头。她见到吕梅,心里有一种说不出的高兴,她有好多话要和她说,有好多问题要向她问,可是又不知从何说起。她只问

---

① 抗日战争和解放战争时期,所有下乡干部和过往的零星部队,都是在农户家派饭吃,和农民吃一样的饭,按规定付给粮票、菜金。

了句"大象工作结束了？"便动手帮她拾掇屋里的那些破盆罐、乱柴草。吕梅应了一声，边忙着扫地，边告胡兰说，大象土改前几天就结束了，他们连着开了三天总结会，如今分了几个工作组，分赴各村领导土改。区委决定让胡兰就参加他们这个组工作。胡兰喜得说：

"我早就盼上云周西土改啦。"

接着她就把这些天来所了解到的那些情况——地主、富农们的动向，贫雇农们的反应等等，统统向吕梅汇报了一番。吕梅听完赞道："啊！你已经开始工作了。"

胡兰忙说道："我没做什么工作，只是了解了点情况。"

吕梅道："了解情况就是很重要的工作。毛主席说过：'没有调查就没有发言权。'调查就是了解情况。"

这时她们已把屋子收拾打扫干净，拍打了身上的尘土。胡兰从房东家里打来一盆水，两个人洗了手脸。刚刚收拾完毕，恰好有一个小孩子跑来叫吕梅吃晚饭，两个人便相随着走了出来。路上吕梅向胡兰说道：

"今晚上工作组要在这里开个会，石世芳同志还可能要和你谈一谈。你也赶快回家吃饭去吧。"

胡兰应了一声，匆匆忙忙跑回家去了。

这天晚上，工作组开完会后，人们逐渐散了。胡兰正要走，石世芳叫住她说：

"你等一等，咱们相跟着走。"

石世芳扭头和吕梅交谈了几句，这才和胡兰相随着走了出来。这时正是农历六月中旬，月亮照耀得如同白昼，一眼望去，只见街上有好些乘凉的人，三三五五围在一起；旁边煨着一小堆熏蚊子的麦糠火，烟雾缭绕，发散出一股麦糠的香味。人们有的在抽烟，有的在谈闲话。从他们谈话的一言半语中，可以听得出来是在议论土改的事情。石世芳没有朝街里走，他信步向村西口走去。胡兰跟着他走到村外，走上了护村

堰。他们沿着护村堰向前走去。野外满眼是绿油油的庄稼，远处水渠那里传来一阵阵青蛙的叫声。石世芳忽然向胡兰说道：

"你提出的入党申请，前几天党组织开会已经讨论过了。"

胡兰心情不由得紧张起来，她不安地望着石世芳，等待他说下文。石世芳停住了脚步，一字一板地说道：

"党组织已经批准了你的入党申请。"

石世芳见胡兰听了这句话，非常激动。月光下，只见她两眼湿润，好像要哭的样子。石世芳一直等她平静下来之后，这才又告她说，党组织考虑到她不够入党年龄，因此只批准她作"候补党员"①，待等年满十八岁以后再转正。接着又给她讲了党员的义务和权利，以及党的纪律等问题。最后说道：

"村里没有党旗和毛主席的像，你就朝着延安，朝着毛主席住的地方宣誓吧！"

胡兰转向西南方肃立，举起了右拳头，庄严地说道：

"我向毛主席宣誓：我志愿参加中国共产党，为无产阶级革命事业奋斗终生！我坚决遵守党的纪律，保守党的秘密。努力学习，努力工作，争取做一个真正的共产党员！"

胡兰宣完誓，石世芳紧紧地和她握了握手，并热情地说道：

"刘胡兰同志，从今天起，你就是一名共产主义战士了！"

胡兰激动得热泪盈眶，一句话也说不出来，只是紧紧地握了握石世芳的手。

两个人肩并肩在护村堰上默默地走着。两个人都坠入了沉思中。过了好大一阵，石世芳忽然打破沉默问道：

"你记得顾永田同志吗？就是顾县长。"

① 当时没有共青团的组织，年龄不满十八岁的优秀青年，可做候补党员。

胡兰连忙答道："我一辈子也不会忘记。"不知为什么，原来她也正在怀念顾县长。

顾永田同志——这位年轻的共产党员，深深地印在了文水县人民的心田。一直到如今，每逢人们提起顾县长来，仍然充满了深情厚谊。

石世芳感慨地说道："顾永田同志给咱文水人民办了多少好事啊！实行合理负担，打破旧水规，发放'流通券'……他为什么对穷人那么好？因为他是共产党员啊！"他不等胡兰答话，接着又说道："你以为那些办法是他个人想出来的吗？不，那是党的政策，是毛主席的主意！文水的劳动人民能够得到那么大的利益，就是由于顾县长忠实贯彻了党和毛主席指示的结果。"

胡兰也感慨地说道："可惜顾县长早早牺牲了，要不，为革命能做多少事情啊！"

石世芳颇有同感地点头说："是啊！"

他们边走边谈，从顾县长说到了李贯三同志，又从李贯三谈到了张有义区长。……

石世芳做结论似的说道："为了革命，多少优秀的共产党员献出了宝贵的生命。他们永远是我们学习的榜样！我们活着的人，一定要继承他们的遗志，把革命进行到底！"

胡兰像宣誓似的说道："我坚决革命到底，坚决听党的话！"

石世芳道："对，对。作为一个共产党员，最要紧的就是要听党的话，经常要记着自己是个共产党员，是闹革命的。不管遇到什么样的困难，只要记着这一条，就能有勇气战胜困难。"接着他又给胡兰指出了今后努力的方向，然后就把她送到了家门口。

这天夜里，胡兰躺在炕上半夜都没有睡着。这是她有生以来最难忘的一天。她好像觉得从今天起，自己已不再是这个家庭的成员，而是完全属于党的了。她暗下决心说："今后一定要努力作一个好的共产党员！"

发动老长工

　　土改工作组来到云周西的第二天，石世芳他们召集村里的干部和积极分子开了个会。胡兰当然参加了。会后就分头去访贫问苦，串联群众。胡兰负责发动刘马儿和另外两家贫雇农。吕梅让胡兰带着金香和玉莲一块去访贫问苦。金香和玉莲很高兴，觉得胡兰在大象参加过土改，知道怎么搞，他们可以向胡兰学习发动群众的办法。

　　胡兰她们访问的这三户贫雇农当中，首数刘马儿穷苦，也首数他受的压迫剥削厉害。她们几个都觉得发动刘马儿一定比发动别人容易些，谁知第一次谈话就碰了个软钉子。那天，午饭以后，她们在村边一棵大树下找到了他。刘马儿枕着块破砖头，手里拿着根树枝轰着蝇子，正在那里歇晌。他听见脚步声，睁眼一看，是胡兰她们走到跟前，便忙坐起来问胡兰道：

　　"你不是害眼吗？好了？"

　　胡兰忙说道："好了。马儿大爷，我们惊了你的觉啦？"

　　刘马儿忙说道："没的事，我只躺一会儿。"

　　刘马儿年纪不到四十，可看人样子简直像个五六十岁的老头。瘦长脸上布满了很深的皱纹，两只粗糙的手背上暴起一楞楞的青筋。腿有点弯了，背也有点驼了。他坐在那里，一面用手捶腰，一面问道：

　　"胡兰，你们找我有事吗？"

胡兰正要开口，玉莲抢着说道：

"你给石玉璞家当了多少年长工？"

刘马儿道："少说也有七八年了。"

金香接嘴说道："我看全村最有钱的是石玉璞，最穷的就数上你了。"

刘马儿道："这话也不假。"

胡兰问道："马儿大爷，你说说，你一年到头起五更睡半夜，风里雨里的死受，为什么还穷成这样子？石玉璞家的人腰不弯，手不动，粮食打得大囤子圪堆小囤子满，你说这是怎回事？"

刘马儿早就听说大象在闹土改，如今见胡兰他们三个姑娘在歇晌的时候来和他拉扯这些事情，心里就料到是怎回事儿了。他一面掏出破烟袋来打着火镰吸烟，一面不冷不热地说道：

"全怪咱命不好，生就的受凄惶命！是个没造化的人！"

玉莲抢着说道："什么命，全都是封建迷信。你穷就是让石玉璞压迫剥削的。你给他当了七八年长工，他就剥削了你七八年。你要坚决起来和他算剥削账！"

刘马儿不以为然地说道："当长工是咱愿意的，这会儿和人家找啥后账？人家富咱不眼红，自家穷咱也不抱怨。俗话说，外财不扶命穷人，知命君子不怨天呀！"

胡兰正打算给他讲讲命运是欺骗人的话，只见刘马儿站起来拍了拍屁股上的土，说了句："该上地啦。"扛上锄头就走了。

胡兰望着刘马儿的背影，像是自言自语，又像是和她们两个说道：

"马儿大爷中封建迷信的毒还很深呢，看样子可要花点工夫哩。"

玉莲忍不住说道："真是个胶泥脑袋。我要有他那么多苦水，早和石玉璞算账去了！"

胡兰说："咱们再找些年纪大的人，问问刘马儿大爷过去受的苦，

等黑夜他下地回来，再找他好好谈谈。咱们先找别人去吧。"

于是她们相跟上去了陈虎德家。

吃过晚饭以后，她们来到刘马儿家里。刘马儿家住着一间破破烂烂的房子。屋里什么摆设也没有，炕上铺着半张破席子，放着两卷破行李，四面墙壁因为常年烟熏火燎，都变成黑的了，顶棚也掉下来一大块。刘马儿的瞎眼妈串门去了，他女人正在刷锅，刚满一岁的独生儿子，光着屁股摇摇晃晃在地上学走路。胡兰叫了声大娘，走进屋里，把娃娃抱在胳膊上，亲了亲他的小脸儿。刘马儿大娘看见胡兰她们进来，忙停下手里的活计，披了一件露肩膀的破褂子说：

"哟，你们这些闺女来了。胡兰子快放下他，看他把你的衣服弄脏了。是为公家的事吧？黑夜了还忙？"她接过孩子又说："你们看我这屋里，哪有你们坐的地方。走，咱到外边坐着说话去，外边凉快。"

胡兰她们说洗完锅再坐。刘马儿老婆说：

"我的锅碗好刷。放着吧，咱到外边凉快着去。"

她给胡兰她们拿来几个草墩，坐在当院。胡兰说：

"大娘，你家原来卖了的房子比这大多了吧？"

一句话引起刘马儿大娘一大堆抱怨，她抱怨丈夫把房子卖了，抱怨自己命不好，嫁了个没出息的穷男人。正说着，刘马儿回来了。她指着丈夫向胡兰她们说道：

"你们问问他，我嫁了他十多年，好活过一天没有？穿过一件新衣服没有？吃喝穿戴没我的份儿，受苦受罪就全落到我身上了。担水是我，搂柴是我，夏天拾麦子，秋天拾杂粮，跑趷一年还吃不上顿饱饭，我受了多大苦哇……"

刘马儿老婆诉说了半天她的苦处。胡兰向在旁边的刘马儿故意问道：

"马儿大爷，你看大娘受苦受穷的，吃不上穿不上，是不是你一点儿也不管家呀?"

刘马儿抽了一口烟,气呼呼地说道:

"天地良心,我要背着她花过一个麻钱,让天打五雷轰。"他转身向老婆说道:"你跟上我受了十来年罪,这我知道。你受穷,你受罪,可我也没享福呀?"

说到这里,刘马儿一口接一口地抽烟,一句话也不说了。烟袋锅里的火星,时明时暗。胡兰模模糊糊看到刘马儿大爷眼里含着两汪泪。停了好大一阵,他才说道:

"说到九九归一,怨咱们命不好。"

马儿大娘叹了口气说:"是啊,命就把人制死了。"

胡兰听到刘马儿夫妻俩一口一个命不好,忙说道:

"什么命好命不好,都是骗人话。地主家的钱财、土地也不是从胎里带出来的。光有土地,没有穷苦人给他们劳动,也长不出庄稼来。其实世界上最值钱最宝贵的还是劳动。"

接着胡兰就给他们讲开了劳动创造世界,地主依靠剥削穷人发财,然后又用命运等等的迷信思想欺骗人民等道理。又说土地改革打倒封建,和地主进行清算斗争,是往回要自己的东西,要土地回老家。他见刘马儿夫妻两个都很注意听,于是就说到了本村要进行土改的事情。

玉莲插嘴说道:"咱村要闹土改,你们敢不敢去和石玉璞斗争?"

刘马儿老婆说道:"咱随大流吧,村里众人敢,咱就跟上人家……"

刘马儿打断他女人的话说道:"村里人都去寻死,你也跟上人去上吊?"说完提着烟袋走出去了。

胡兰她们又和马儿大娘谈了一会就离开了。路上玉莲说道:

"这才是白费唾沫哩,好话说给聋和尚,白不怎。"

金香叹了口气说道:"依我说,公家下道命令,让地主把土地财产交出来,分给穷人不就行了,又省事,又快当。何必这么说服呀,动员

呀，麻麻烦烦的！"

胡兰笑着说道："你倒说了个简单。大象土改时，开头我也有这种想法，后来世芳叔给我讲了好几回，我才弄清楚，那样做一点好处也没有。"

接着她说要打倒地主封建不是个简单事情，不把群众发动起来，地主的气焰就打不下去；只有群众觉悟了，弄清了剥削和被剥削的道理，自己起来斗倒地主，有了当家做主的思想，才敢把地主手里的财产夺回来。金香和玉莲默默地听着，寻思着。胡兰又说道：

"发动群众要有耐心，谈一次不行再谈一次，多谈几回他就会想通的。"

连着几天，她们东家进西家出地发动贫雇农，有时找陈虎德和段全熬，有时找刘马儿。陈虎德和段全熬家的人思想都比较活动些，揭露了地主剥削、压迫、诈骗他们的一些事实；就连刘马儿的瞎眼妈和女人也有了进步，只有刘马儿一个人还是老样子。她们和他左说右说，道理讲的堆成山，他还是一字不吐。有次还给了她们个难堪。那天他们从陈虎德家出来，迎头碰上刘马儿拉着牲口扛着犁，收工回来了。胡兰热情地叫他大爷，玉莲截住他说：

"吃完饭你回家去，我们再和你说说。"

刘马儿板着脸道："你们还是要说斗争那事吧，那就不要说了。"

一扭身闪开玉莲，抬起脚来走了。

三个人望着刘马儿的背影愣住了。玉莲气得把脚一跺说：

"我再也不找他谈了！真正是胶泥脑袋！"

金香也说："真是头号落后分子。他就甘心给人家当一辈子长工？他还害怕什么呢！"

胡兰道："咱们掏不出他的心里话，是道理讲得不到家呀。工夫下得还不够，还得谈。"她回头又对金香和玉莲道："咱们先回家吃饭吧，想想办法再说。"

玉莲和金香生气地说："咱不找他了。他愿意当落后尾巴让他当去吧!"

这天下午,工作组开会汇报。胡兰把发动刘马儿的情况也说了说。石世芳说:

"越是这些受苦受罪,受剥削最厉害的老实农民,觉悟总是慢些,不过这种人真正觉悟了以后,就是贫农团的骨干分子。"

胡兰嘴里没说什么,心里可打定主意:一定要把刘马儿发动起来。

第二天上午,胡兰跑到地里去找刘马儿。他正在锄谷子。胡兰叫了声:

"马儿大爷。"

刘马儿扭头一看是胡兰,很是惊奇,说道:

"你怎么还跑到地里来找我?太阳这么毒,你就不怕中了暑?"

胡兰笑着说:"你整天在地里都晒不病,我来一会儿就能病了?"

她一边蹲下来帮刘马儿拔草,一边谈话。这回胡兰没和他讲什么道理,而是和他谈家长里短,偶尔也说说她在大象土改时了解的事情,地主剥削的办法,贫雇农们受的痛苦。开头刘马儿只是听着,慢慢他也插话了,也讲开了他当长工受的苦。这天胡兰整整陪着他锄了一上午地。从这以后,胡兰天天跟着刘马儿,刘马儿上地她上地,刘马儿出圈她出圈。这中间胡兰也给他讲了些劳动创造世界的道理。刘马儿很爱听,可是话头一转到斗争石玉璞,他就摇摇头不吭声了。

有天下午,胡兰跟着刘马儿在地里打掐棉花,又说到了清算石玉璞的事。刘马儿激动地说道:

"胡兰子,说真心话,你这么天天跟着我讲来讲去,一片好心想帮我翻身过好日子,这我都明白。石玉璞是我的仇人,我早就知道。这些年来,石玉璞给我受的那气,三天三夜也说不完。"

接着他就说开了石玉璞欺压他的事情。

原来刘马儿家从前有三间正房，老坟上有四亩地。当然靠这点家业维持不了他一家人的生活。他经常出外给人家打短工。石玉璞看见他是个好劳动力，托人劝刘马儿到他家揽长工。刘马儿心里想：谁不知道石玉璞外号叫"一只虎"，给他家揽长工，一天到晚就不用吃饭，光吃气就饱了。他坚决不干，宁愿到外村当短工，也不和他来往。谁知那年天旱，刘马儿那四亩地的小麦打的连种子都不够。他想再种些小绿豆，好给秋天准备口吃的，但跑遍全村也找不下小绿豆种子。打听到石玉璞家有，托人去借。石玉璞说："要借种子不难，只要他答应给我揽长工就行。"可是刘马儿是个犟脾气，宁愿不种小绿豆，也不给他揽长工。石玉璞并不息心，他说："好，三年等你个闰腊月，哪怕你不找上门儿来。"到了第二个春天，刘马儿家里眼看断了粮，老娘病在炕上起不来，老婆怀着大肚子，天天到地里去挑野菜，又累又饿，孩子八个月上就生下来。大人吃不上饭，孩子没有奶，不到满月就饿死了。左邻右舍劝刘马儿道："胳膊扭不过大腿，你还是给石玉璞揽上个长工吧，先把眼前度过再说。"刘马儿只好点头。经中人说定，在自己家吃饭，在石玉璞家上工；石玉璞除了先给刘马儿一斗玉茭子外，每月八十元省银行票子的工钱，到年底总算账。刘马儿低头上了工，谁知到秋后日本鬼子来了，阎锡山的票子不值钱了，年底一结算账目，票子倒是赚得不少，可是石玉璞按票子的行市折合成粮食，才给了他三斤豆子一篓豆面。刘马儿把这点粮食拿回家去，老婆气得哭成个泪人儿。街坊邻舍也觉得这太欺侮人了，领上刘马儿去找石玉璞。石玉璞把字据拿出来，往桌上一放说："乡亲们，你们的理说在纸下说不在纸上。刘马儿给我当长工是经中人说合，双方同意的，全年工资我如数付给，怎么说我亏了他呢？"刘马儿把脚一跺说："我惹不起你！明年咱们一刀两断，你找你的长工，我找我的主雇。"说完转身出来。石玉璞冷笑一声说："你不干了？

三年等你个闰腊月。”刘马儿一狠心把三间正房卖了，一家人才度过了冬天，为这事，他老娘气得整天啼哭，后来把眼也哭瞎了。从此刘马儿就这家待一月，那家待十天，给人家做零活糊口。这样闹腾了两年，石玉璞觉得这么一个好劳力白白放跑了多可惜。就又找中人说合，答应当月工资当月清算，一半粮食一半钱。刘马儿深深感到鸡蛋不能再去碰碌碡，就答应下来。他在石玉璞家，一年一年老老实实从春受到冬，无论石玉璞怎么欺侮他，再也不吭一声了。

刘马儿说到这里，叹口气道：

“胡兰子，你年轻，没受过苦，经的世事少，做人的难处你可不知道呀！”

胡兰以前也听人们说过刘马儿这些事情，可从来也没像今天亲自听刘马儿讲得这么感动人。胡兰越听越恨石玉璞，越听越要下决心帮刘马儿大爷翻身。她说：

“马儿大爷，有共产党给你撑腰，把你的苦水都倒出来，和石玉璞算算他的剥削账！”

可是刘马儿摇了摇头道：“斗争好说呀，可是弄不好砸了饭碗，我一家人喝西北风吗？”

胡兰很是惊奇，说道：“斗倒地主，把自己的土地要回来，你根本用不着当长工了，怎么会把饭碗砸了呢？”

刘马儿叹了口气说道：“你还年轻呀。我看斗争别的地主还容易，要斗倒石玉璞？唉，办不到。谁不知道人家是咱村难斗的一只虎哩！”

胡兰坚决地说：“不管他是虎是豹，都要斗倒，这你不用担心。”

刘马儿道：“胡兰子，我实话对你说吧。朝里有人好做官。人家石玉璞在你们干部里有靠山，有人替人家说话，你想这还能斗倒？”

胡兰听他这么说，非常吃惊，问他这个人是谁。刘马儿不肯说，只是叹气。胡兰觉得这是个很重要的情况，就再三追问。刘马儿还是不肯

说。胡兰早就风言风语听说过石五则和石玉璞有来往，可她没抓住事实，总不能肯定。刘马儿是不是说的石五则呢？胡兰心里疑疑惑惑，她试探地问道：

"你说的是石五则吗？"

刘马儿看了胡兰一眼，点了点头说：

"是他。前天夜里，石玉璞还把他叫到家去喝酒吃肉哩。昨天黑夜，石玉璞叫我给他送了一篓子肉和点心。石玉璞还指着我的鼻子说：'明人不做暗事，告你说吧，这是送给石五则的东西，谁要是告给外人，我要亲手割他的舌头？第二天一早，我扫院子的时候，还听见石玉璞对他老婆说：'他是农会主任，有他给做主，哪个穷小子敢来斗我？'"

刘马儿又讲了好多石五则和石玉璞的事儿。最后他说：

"胡兰子，今天我把心里的话都倒给你了。你看我这辈子还能翻了身？"

胡兰听刘马儿讲完，气得心直跳。她大声说：

"眼下就能翻身！"

说完，她站起来就走。在路上她想起从大象害眼回来的时候，石五则特意给她去送眼药时说的那些话。当时胡兰还弄不清楚他是什么意思，现在她一下子明白了，石五则是有意在她面前替石玉璞说话，有意打听土改情况。胡兰觉得这事情关系重大，应该马上向工作组汇报。她立刻就找石世芳去了。

在第一次党员会议上

胡兰跑到工作组住的地方，一个人也没找到。后来又跑到石世芳家里，也没找到。那些天工作组的人都是忙着和贫雇农们谈话，有时候三更半夜都不着家门。

胡兰正不知道该到哪里去找他们，恰好在街上碰上了陈林德。陈林德就是玉莲家六哥，六儿在日本投降以后就调到区水利委员会，这次土改又调回村来。他一见胡兰就说：

"我到处找你，今晚上在工作组住的地方开会。你吃过晚饭了没有？还没有？快回去吃饭，吃了饭就来。"

他说完匆匆忙忙又不知找谁去了。

胡兰想：工作组开会一定是研究发动贫雇农情况。她又找金香和玉莲，问了问她们和那两家贫雇农谈话的情况，才回家去吃饭。吃完饭连忙跑到工作组。

工作组住的屋里，除了区上来的石世芳、吕梅、陈林德以外，还有村里的几个干部。他们抽着烟在闲聊天，说的都是他们在贫雇农家里见到的事情。

不多一会儿，石五则也来了，他一来就坐到胡兰跟前。胡兰心里又是厌恶又是愤怒，把身子向后挪了挪，不愿意挨近他。

石世芳满屋子扫了一眼，看见人都来齐了，就宣布开会。他说今天

刘胡兰传

开的是党员干部会。他刚说了这么一句，就听见屋子里有人窃窃私语，惊奇地望着胡兰。石世芳忙向大家介绍说：

"胡兰是最近刚入党的候补党员。"

这一说众人才明白了。

胡兰今天是第一次参加党内召开的会议，心情非常激动。

这时坐在她旁边的石五则，低声称赞胡兰道：

"我早就看出来你是个好材料。这回可好了，入了党，咱们好好摽在一起干吧。"

胡兰没理他，只是在注意听石世芳讲话。石世芳说，根据每个同志的汇报来看，发动群众的工作已经差不多了，虽然有个别贫雇农的觉悟还不够，但在斗争当中他们就会慢慢跟上来。三五天之内，应该召开贫雇农会议，整理扩大队伍，转入清算斗争。今天党内开会，先初步研究一下斗争对象。

石世芳的话音刚蒋，众人就吵吵开了。

有人说："这还要研究吗？秃子头上的虱子，明摆着哩。第一个就该是石玉璞。"

有的说："捉贼先擒王，当然是先斗石玉璞。只要把他的威风打下去，别人也就好办啦。"

这时石五则说道："依我看，闹土改搞清算，是要见实的，光是哄哄哄乱斗一场，没啥意思。依我看首先应该斗争段占喜。"

人们惊奇地问道："怎么？放下石玉璞斗争段占喜？"

石五则胸有成竹地说道："按名望说，当然要算石玉璞了。可是一个村里，咱们还不知道谁家的匙大碗小？石玉璞也不过徒有个虚名儿。地种得多，出项也大，抗战一开始就搞合理负担，后来又搞减租减息，一年公粮、水费要出多少钱啊！"

陈林德一听，气得说道："按你这样说，石玉璞该划成贫雇农了。"

石五则不动声色地说道："我又没说他是贫雇农，我说的是实际。斗上半天，弄不出点油水来，贫雇农还是不能翻身……"

他还没说完，人们就纷纷议论开了。石世芳和吕梅从石五则的话里听出了问题，他俩低声交换了下意见。石世芳就对大家说道：

"大家别吵，让五则把话说完。"他又回头向石五则说道："五则，你说吧，把你的意见都说出来，咱们再来研究。"

石五则咳嗽了一声说道："我这全是从革命的利益考虑，闹土改为了个甚？为的是叫咱贫雇农翻身。斗那些空架子地主，斗上半天，白费力气白误工夫，除了几亩地，啥也弄不出来。所以我说要斗就挑肥户，所以我说段占喜应当是第一号斗争对象。这二年他日子过得锦上添花，要粮有粮，要钱有钱，在村里民愤也大。我不是红口白牙说空话，你们到村里访一访，哪个人对他没意见？我的话完了。"

陈林德气呼呼地站起来说道："土地改革是要打倒地主封建剥削，不是乱斗争。段占喜日子过得是不错，可人家一不出租地，二不雇长工，只能算是富裕中农。他的为人小气一些，和街坊邻居的关系不大好，可这也不能当地主斗人家呀！再说，十个段占喜也顶不上一个石玉璞。石玉璞几辈子的大地主，雇长工雇短工，出租放账，这些事你不知道？我不知道你为什么要替他说话！"

石五则一听这话就火了，大声说道：

"谁替他说话？他又不是我儿子我孙子！咱们共产党讲究实事求是，我说的是实际！你为啥替段占喜说话？"

这一说，惹得大家都生了气，乱纷纷和他争吵起来。

有的说："段占喜明明是富裕中农，怎么能不按政策办事？"

有的说："谁不知道，你和段占喜有私怨，你这不是公报私仇是什么？故意转移斗争目标！"

还有的说："我看你这就是包庇地主！"

刘胡兰传

253

石五则气愤地站起来，脸红脖子粗地叫嚷道：

"你们不要乱扣帽子！我在会议上发表意见，就是包庇地主？党内是讲民主的，你们为什么不让人说话？"

吕梅说道："谁不让你说话？你的意见刚才不是都讲了？你有发表意见的权利，别人有批评的自由。你也不能不让别人说话呀！"

石五则道："他们怎么能随便说我是包庇地主？这不是故意给我脸上抹黑吗？"

胡兰坐在那里一直没有说话。她是个新党员，又是第一次参加党的会议，心情挺紧张，又有点拘束。她本来想把刘马儿向她讲的那些事儿，单独向石世芳和吕梅汇报，可是现在眼看着石五则满口瞎话，欺骗大家，心里又气又恨，再也忍耐不下去了。

她站起来，面对面地向石五则问道：

"我先问你一件事：六月十一晚上，石玉璞给你送过……"

石五则急忙打断了胡兰的话，说道：

"你要胡说什么？这是开党的会，说话你要负责任！六月十一我就没见过石玉璞。你别没根没据地胡乱说！"

众人都看得出来，石五则是要压制胡兰，不让她说下去。胡兰也看出了石五则的用意，她理直气壮地向石五则说道：

"我的话我负责任，说错了该受啥处分我接受。六月十一晚上，石玉璞打发刘马儿给你送过一篓子羊肉、点心没有？你到他家喝过酒吃过肉没有？"

胡兰这一说，屋里空气立刻紧张起来了。人们脸上的表情，有的惊奇，有的愤怒。

石五则涨红的脸"刷"的一下白了。他咽了一口唾沫，恶狠狠地向胡兰叫道：

"这纯粹是造谣！血口喷人！你这不知道是受了什么人的骗，成心

刘胡兰传

要和我过不去！你看见了？你抓住了？"

他一声比一声高，唾沫星子乱飞，好像要一口把胡兰吃掉似的。

人们气愤不过，都和他吵起来。

石五则恼羞成怒地吼道："你们这是成心整我！我他妈的革命这么些年啦，你们不信我的话，倒听信这个毛丫头的话！这不是成心拆我的台是啥，这是他妈的开会还是斗争我哩？"

他说完就地跺了一脚，转身跑出去了。石世芳叫了好几声，他也没回来。

石五则一走，众人都问胡兰，这些事是听谁说的，可靠不可靠？于是胡兰就把刘马儿说的话，一字不落地说了一遍。最后还说了她从大象回来，石五则给她送眼药，替石玉璞哭穷，有意替地主打掩护等等事情。

胡兰讲完，别的村干部也接着讲开了。他们说，自从大象土改开始以后，石五则就到处散布云周西没地主，地主都是空架子，土改不土改没意思。他常去二寡妇家，石玉璞也常去二寡妇家，还有人碰到过他们俩一块在二寡妇家喝过酒。看样子这家伙是给地主拉过去了。

吕梅说："日本投降以后，领导上也看到石五则生活上、作风上有些不对头的地方，也曾批评过他，教育过他。看起来他只是口头上承认错误，实际上并没有改。"

石世芳接着说道："我看不只是没有改，是愈走愈远了。看来石五则的问题相当严重。领导骨干里有了问题，不弄清楚，斗争怎么能搞好？群众怎么能发动起来？依我看得先搞这个问题。"

于是他和大家商量了一下，决定会后就分头去调查石五则和地主的关系。

经过几天调查，情况闹清楚了：刘马儿反映的事情完全属实，石五则不单接受过地主的酒肉吃食，还接受过石玉璞的一百二十块现款。拿了人家的手短，吃了人家的嘴软。石五则拉拢了一部分落后群众，要在土改运动中替石玉璞说话，转移斗争目标。

石世芳和吕梅把这些情况汇报了区委，区委认为这是蜕化叛变行为，决定开除石五则的党籍，撤销他农会主任的职务。

刘胡兰传

爱护伤病员

土地改革胜利结束了。石玉璞和其他地主富农都搬倒了，贫雇农们要回了自己的土地，多年的梦想实现了。这一年雨水调匀，庄稼长得很好，群众生产情绪非常高涨。就在这时，敌人又猖狂起来，驻在文水县城的敌人不断向周围各村窜扰，不是抓兵就是抢粮。为了保卫群众的胜利果实，我们的队伍也开到了文水平川。正是 8 月间，驻在祁县的阎匪三十七师二团，扑向云周西一带"扫荡"，被我十二团包围在北贤村。那天，吕梅来云周西动员担架。翻了身的农民们热情支援，立时就有二十多人报名。胡兰也跟着担架队去了大象前线指挥所，帮着烧开水，给从火线上抬下来的伤号喂水喂饭……

战斗从早打到晚，终于把敌人的一个团全部消灭了。

战斗结束以后，刘胡兰又急忙回到云周西来。她知道村里一定住下了伤员。那时，在平川里活动的队伍没有后方医院，重伤号送到山里老根据地去治疗，轻伤号分到各村老百姓家疗养。胡兰回到村里就径直奔村公所。她想了解一下伤员安置的情况。刚走到村公所门口，就碰见石三槐从里边出来。胡兰忙问：

"给咱村分配来伤员了吗?"

石三槐说："分配来五个，都安置好了。四个伤员，一个病号。那病号是个连长，叫王根固，住在甲午子家了。"

胡兰听罢，就扭转身去找上金香、玉莲，她们一家一家看了伤员们，检查了安置情况，最后只剩下甲年子家没有去。她觉得天太晚了，决定明天一早再去。

第二天吃过早饭，胡兰就去甲年子家看王连长。她一进院子，就看见东屋门口站着一个有二十五六岁的军人，高高的个子，黧黑的脸色，一口雪白的牙齿衬得脸更黑了。身上穿着又脏又旧的军装。胡兰觉得这人好面熟，可又一时想不起在哪里见过。胡兰问道：

"你是王连长吗？"

"是。你是这村的？"

"我是这村妇联会的，来看看你有什么需要帮忙的。你住在这屋？"

王连长点点头，笑着说："嗯，我们住在村里，可给你们添了不少麻烦。"

胡兰说："王连长，你这么说可就见外了。你们消灭了那么多勾子军[①]，为老百姓除了害。我们只怕照顾不到，让同志们受制哩。"说着，胡兰就往东屋走，想看看王连长住的屋子收拾得怎么样。

王连长急忙拦住说："你不能进屋去。我长了一身疥疮。疥疮传染！"

胡兰停住脚步，看见王连长伸出的手上，红鲜鲜的长满了疥疮，问道：

"你的疥疮这么严重，想法治过没有？"

王连长说："现在这种病没什么好办法，卫生所给了些硫黄膏。"

胡兰说："我大爷从前也害过这种病，我回去问问他，看怎么治好的。"说完，她拔脚就走了。

不一会儿，胡兰抱来一些木柴。王连长没防住，她就进了屋。胡兰把木柴放到炕沿下，说：

---

① "勾子军"，原系指阎锡山的十九军而言。抗日战争时期，十九军盘踞孝义一带，与日军勾结，专一反共反人民。群众恨之入骨。因十九军的"九"字带一勾，又因其与日军勾结，故称其为"勾子军'。天长日久，"勾子军"就成为所有阎锡山军队的代名词。

刘胡兰传

259

"我大爷说擦上硫黄膏还得烤火，不烤火药膏不起作用。还得勤换洗衣服。你把身上的衣服换下来，我给你洗洗。"

王连长摇摇头说："不用不用，这衣服也传染，得下锅煮。我自己来吧。"

胡兰说："同志，你就别客气了，你满手疥疮怎么洗呢？我先下锅煮煮，消了毒就不传染了。我去拿点柴火烧水，你赶快把衣服换下来。"

王连长觉得这个姑娘说话、办事，直截了当，认真干脆，他很喜欢这种人。

等刘胡兰抱来柴火，王连长也把脏衣服换下了。他一边抓痒，一边问胡兰道：

"你家在哪儿住？我怎么不记得你了？"

胡兰道："你什么时候来过这村？"

王根固道："抗日时期来过三四回，就住在观音庙北边那家。"

胡兰恍然大悟地说："怪不得我看着你面熟，你不记得我，我可记得你。你就是那个王排长吧？"

王根固惊奇地望着刘胡兰笑了。

刘胡兰见他两手不住地伸进衣服里抓痒，还不时皱起眉头，很难受的样子，就说道：

"你甚时长了这一身疥，怎不早点看看？"

王根固道："早就长上了，不过从前没这么厉害，这回在北贤村打仗，在洼地上趴了一夜就不能走动了。长上这东西真是痒得人难受。"

胡兰又把她大爷对她说的长疥应该注意的事情，讲给王连长听。王根固连声呵呵答应着。

胡兰洗好了衣服，又帮王根固点着木柴让他烤疥，这才关好门出来。

照顾伤病员是妇联会的一项重要工作。胡兰和妇女们经常到这些伤病员住的家里去看望，问寒问暖，洗洗缝缝。有些妇女觉得王根固是害的传染病，不愿意给他洗衣服。刘胡兰就揽了下来，她隔上几天就来给他洗一次衣服，顺便也送些劈柴来让他烤疥疮。在闲谈当中，胡兰知道了王根固是河北人，家里是个中农，小时候念过高小，十六岁就参加了八路军，跟着部队来到山西。这些年来，一直在晋中平川活动。打过仗，也负过伤。从战士一直被提升为连长。他常给胡兰讲战斗故事，也常讲自己工作当中的经验教训。胡兰很羡慕他，羡慕他参加革命早，羡慕他斗争经验丰富。胡兰有时工作中遇到一些问题，也常找他研究研究。王根固虽然对地方工作不太熟悉，但他总是耐心地帮助分析，帮她出主意。胡兰很感激他，他对胡兰也很感激。那时候，村里人们还很封建，一男一女接近的多了，难免背后引起了人们的一些议论，风言风语慢慢也就传到了胡兰的耳朵里。胡兰听了非常生气，简直想哭一场。这事要落到别的年轻姑娘头上，以后再也不会到王根固那里去了。但胡兰却没有这样做，她觉得决不能因为这些闲言淡语就扔开伤病员不管了。心里说："身正不怕影儿歪。反正肚里没病死不了人。"

这期间，胡兰常到附近各村去工作，每次回到村里来，除了看望别的伤病员，还是像过去一样照护王根固，该帮他做什么就做什么。王根固的疥疮由于经常上药烤火，又经常换洗衣服，好的很快，不到一个月，已经快好清利了。

有天下午，胡兰从东堡回来，远远就瞭见王根固在护村堰上站着，好像在等待什么。当胡兰走近的时候，王根固迫不及待地说道：

"我早就等上你了。"

"有事吗？"

"今天晚上我们所有的伤病员都要走了。"

胡兰惊问道："怎走得这样急，你们还没完全好呀。"

王根固道："这是上级的命令！"

刘胡兰传

261

　　他约胡兰到他住的地方去，说是有点东西要交给她。他们相随着向甲年子家走来。路上王根固低声告胡兰说：情况不太好，根据上级的估计，阎匪军可能要向晋中平川进攻，上级要他们赶快撤到山上去，他自己也早就想归队了。他们说说道道来到了王根固住的地方。胡兰只见他已经把一切东西都收拾好了。王根固一进门，忙从挎包里拿出一块折叠得整整齐齐的旧手帕来，然后向胡兰说道：

　　"我们住在这里，给你们增加了不少负担……"

　　胡兰忙说道："都是革命同志，用不着说客气话，照顾伤病员是我们的责任。可惜我们工作做得不好，还有好多缺点……"

　　王根固笑着说道："这不是，你也说起客气话来了。"他说着把那块小手帕递给胡兰道："送给你作个纪念吧。"他见胡兰有点犹豫，于是又说道："这不是什么值钱东西，不过倒是一件宝贵的纪念品。"

　　接着他告胡兰说，这块手帕不是他的，而是他们营长临死时候送给他的。那位营长是他的老战友，也是他的老上级，后来在一次战斗中英勇牺牲了。王根固有点激动地说道：

　　"我把这块手帕转送给你，这是表示我们军民之间的战斗友谊！"

　　胡兰听他这样一讲，忙把手帕接过来，认真地说道：

　　"我一定好好保存它！"

　　正说着，石三槐跑进来说：

　　"已经都准备好了，这阵就走还是等一会儿？"

　　王根固朝门外望了望西沉的太阳说："该动身了。"

　　胡兰和石三槐忙帮他拿上背包、挎包走出房门。房东听说王连长马上要走，也跟着送了出来。街上有好些送行的人，那几位伤病员早已等在那里了，正在和送行的人们依依话别。石六儿等几个民兵忙把他们的行李捆绑在驴背上。一切收拾停当，胡兰跟着众人，一直把他们送到村外。

留在困难的岗位上

王根固走了不久，情况一天比一天紧张起来了。阎匪军七十二师的二一四、二一五、二一六三个团，先后都开到了文水境内，在孝义镇、开栅、石侯等处扎下据点，看样子是要向解放区大举进攻！

这时候，区里的干部们也都忙乱起来，分头到各村去动员群众，进行备战。平时，胡兰常常跟着吕梅到各村去工作，这时候也单独出去活动了。她有时去东堡，有时去成子村，有时去保贤村。她的职务是区妇联会干事，不过区干部们到了村里，并不只管本部门的事，村里的一切工作都得插手，有时候连交公粮搞水利，村干部们也去请示她。好在离区公所近，她有拿不定主意的事情，就跑回区上找人商量。有时候清早出去晚上回来，有时候也在外边住。

11月初，胡兰去保贤协助村干部们动员新战士。她本来打算在那里住几天，没想到工作进行得很顺利，头一天去，第二天就顺利地完成了任务。回到家的时候天已经黑了。妈妈正在灯下缝补旧棉衣，一见面就向她问道：

"怎么，你已经看见吕梅了？"

胡兰摇了摇头。她说她是从保贤村回来的，没有去信贤村。

那几天，县里正在信贤村召开县委扩大会，吕梅也在那里参加会议。

妈妈说道："我看见你那高兴的样子，当是你见到她了。你还不知道哇？"

"什么事？"

"听说要派你到西山里去。"

胡兰惊问道："真的？你听谁说？"

在一旁搓棉花卷的爱兰抢着告她说：

"傍黑时候吕梅来咱家找你，她和妈说的，我也听见了。"

胡兰听妹妹这么一说，知道是信贤的会议开完了。她想会上一定有什么重要决议，很想找吕梅去听听传达，同时也问问派她到山上去究竟是怎回事。胡兰喝了两口水，把毛巾罩在头上，正要往外走，妈妈把她叫住了，说道：

"你是要找吕梅去吗？她说她今晚住到大象，明天上午不来下午来。她让你在家等她。"

胡兰听了妈妈的话就不再走了。她把包头手巾取下来，又从口袋里掏出小日记本和破水笔，凑在灯下，想把保贤动员新战士的经验总结一下。可是她怎么也安不下心来，老是想着派她到山里去的事。很早以前她就向往着山区，向往那个老抗日根据地，这回可算达到目的了。她估计可能是派她到老根据地去学习，要不平白无故打发她到山上去干什么呢？她早就听人们说，老根据地有好多学校和训练班，听说有的学校还专门吸收像她这样的文化不高又缺乏工作经验的地方干部。她想要是能够去学习两年，那该有多好哇。胡兰越想越高兴，好像她马上就要到老根据地进学校了。可是妹妹老打断她的思想，一会儿问她山上离家多远，一会儿又问她山里好不好，山里人吃什么饭，山里人穿什么衣服，山里的石头有多大，山里有没有老虎、豹子……开头胡兰还把自己知道的告诉她，后来，问得胡兰实在回答不上来了，就只好说：

"我也没有去过山里，谁知道是个什么样子。"

妈妈认真问她道："他们派你去，你去不去呢？"

胡兰说："争取都争取不到哩，当然去。"

妹妹听说她要走，很不高兴。但她知道姐姐现在是干公事的人，不应该拦挡。她噘着嘴问姐姐什么时候走？什么时候回来？妈妈也问需要带什么东西，是不是去告爷爷和大爷一声。胡兰笑了笑说：

"这事还不忙，等我弄清情况再说吧。"

第二天早饭以后，胡兰打算到大象去找吕梅。刚出村口就看见吕梅骑着自行车来了。吕梅也说正是找她来的。于是两个人就坐在村边上谈了起来。胡兰先把保贤动员新战士的情况向吕梅汇报了一番。吕梅听完，就向她传达信贤会议的精神。吕梅告她说，蒋介石决心要发动内战，调集了大批兵力，准备进攻延安。我们的主力部队，可能要调到黄河西面去，保卫延安，保卫党中央。上级估计阎锡山很可能利用我主力部队撤走的机会，向文水平川进行残酷的屠杀，妄想彻底摧毁民主政权和党的组织。为了事先做好准备，应付这一残酷斗争，县委扩大会议根据地委的指示和要求，准备把县、区、村各级机关进行一番整顿，抽出一些有武装斗争经验的同志，组织武工队，挑出一些年轻力壮的人在地方上坚持工作；其余老弱病残和"红"了的一些村干部，一同转移到山上老根据地去。吕梅最后又说，昨天下午区里也开了会，研究了哪些人组织武工队，哪些人留下来工作，哪些人转移到山上去。转移到山上去的人里边，就有组织委员石世芳和刘胡兰。

胡兰听吕梅讲完，坐在那里一句话也没说，拿着根干树枝不住地在地上划来划去。过了好一阵，才抬起头来向吕梅说道：

"我想还是把我留下吧。我身体很结实，能跑能跳。我能力是不大，可是不能多做也能少做一点。形势这么紧，更需要有人做工作。"

"你知道今后的环境会越来越紧张，越来越残酷。区委考虑到你年纪轻，斗争经验也少……"

"你不是常说在斗争中锻炼吗?"

"可你是个年轻闺女呀……"

"你也不是老太婆呀!"胡兰笑了笑说道,"吃苦我不怕,你能坚持我就能坚持。再说我人熟地熟,也是个有利条件。"

吕梅说了半天也没把胡兰说服。后来只好说道:

"你的意见倒也值得考虑。不过这是区委会的决定,我自己也不能改变。你的意见,我可以转达给区委。"

胡兰听吕梅这么说,才不吭声了。

当天下午,吕梅回到大象区公所,只见区委王书记正坐在炕上擦手枪。王书记一见她进来,就问道:

"你和那些人都谈过话了吗?"

"都谈过了,其他人都同意区委决定,就是胡兰有些意见,她要求留下来。"

"为什么?舍不得离开家?"

吕梅摇了摇头。王书记又说道:

"你是不是把当前的形势给她讲清楚了?"

吕梅说她都讲了,然后就把胡兰要求留下的理由陈述了一遍。王书记听了,惊喜地说道:

"啊,想不到胡兰真是个不简单的姑娘哩,一个年轻的新党员,在紧要关头能从大处着眼,不考虑个人得失,是不容易的。"他回头又问吕梅道,"你的意见哩?"

吕梅说:"我觉得胡兰的意见有道理。"

王书记道:"是啊,是有道理。等晚上开区委会的时候,咱们共同研究一下吧。"

这天晚上,区委在开会讨论工作的时候,大家也把胡兰的请求研究了一下,觉得胡兰人熟地熟,她虽然是区干部,但还兼任村干部,更多

的时间是在村子里；她刚入党不久，一般人还不知道她是党员，不会引起敌人的注意。同时也考虑到留下来的人不多，这样就决定批准她留下坚持工作。

当吕梅把区委的决定告诉给胡兰的时候，胡兰微微笑了笑，没说什么，但心里却很激动，她知道这是党对自己的信任，她也知道这是一副沉重的担子。她暗下决心说，一定要把工作搞好！

情况越来越紧张了。决定撤到山上去的人陆续都走了，最后石世芳也要走了。石世芳正在害病。临走时，他躺在担架上，握着胡兰的手说：

"胡兰子，你的任务是艰巨的，既要做好工作，又要注意隐蔽自己，以后的环境可不同从前了……"

胡兰点点头说："世芳叔，你放心走吧。"

在黎明前

留下来坚持工作的区干部，编成了几个小组，分头进行活动。胡兰和吕梅算是一个组，他们的主要任务是到各村督促、检查备战工作；动员群众埋藏公粮；说服"红"了的干部往山上撤退；安排坚持地下斗争的一套人马……工作很多，任务很重，而这时情况也一天比一天更紧张了。敌人不断往文水平川调兵遣将。除了原先的七十二师之外，又调来三十七师的一部分，另外还调来了保安一团和保安六团。11月中旬，敌人"水漫式的进军"①开始了，驻在平遥的四十四师，驻在汾阳的七十四师，也向文水平川漫过来了。

胡兰和吕梅她们，开头还可以公开露面，今天这里，明天那里，在各村进行工作，和区上的负责同志也可以取得联系。在敌人开始"水漫平川"那几天，就和区上失掉联系了。这时候，一些暗藏的特务分子、反动地主富农、流氓地痞也都活跃起来了。他们和阎匪军互相勾结，成立起反动武装，到处作威作福，搜索革命干部。环境虽然这样恶劣，胡兰她们仍然坚持工作，白天躲在野外，黑夜摸到村里去找村干部们了解情况，研究对付敌人的办法。

---

① "水漫式的进军"系阎锡山提出的口号。意思就是要集中大批兵力，同时行动，像洪水漫灌一样，企图一举"淹没"解放区。与此同时，阎锡山还提出要在解放区建立"满天星的地下组织"，"河塌式的人心政权"。

刘胡兰传

有天夜里，她们在去南庄的路上，和小杜他们那个小组碰上了。小杜他们也和区上失掉联系了。小杜劝她俩赶快撤到山上去，留下的工作由他们负责。吕梅和胡兰商议了一下，觉得只要再坚持三五日，就可以把任务搞完；如果把自己的这副担子也压在小杜他们身上，工作时间必然要拉长，对应付当前的紧急情况不利。她们谢绝了小杜的好意，继续坚持到各村去进行工作。

11月15日晚上，她们到了贯家堡，事先就打听到这村没驻着敌人，农会秘书李宝荣还在村里坚持工作。她们进村后，直扑到李宝荣家里。

李宝荣年纪有五十多岁，一条腿有点跛，走起路来一瘸一拐的。他是抗日时期的地下党员，多年来一直担任农会秘书，并兼任党支部书记，是个忠心耿耿的好同志。他的家庭也算是个革命家庭。他家里人口不多，除了老两口，只有一个大儿子和一个四岁的小女儿。儿子叫李明则，是个年轻党员，在村里当基干民兵。老伴叫韩桂英，是抗日时期的老党员。那时候，她常常装着走亲戚，进西庄、信贤敌据点去侦察敌情，给部队送情报传消息。这一家人，胡兰去年在贯家堡学习时候就认识了，并且还听过李宝荣的报告。今年夏天在区上开会，也见过几次。至于吕梅，和他当然更熟悉了。

这天，李宝荣忽见来了区上的两个女同志，真个是又惊又喜。一见面就连声说道：

"哎呀呀，真没想到！情况这么坏，你俩还没上山？从哪里来？一定是野地里，对吧？冻坏了吧？快，快先到炕头上暖和暖和。"

他老婆韩桂英寡言少语，却是个热心肠人。她不等丈夫吩咐，就忙着烧水做饭。李宝荣笑着向吕梅她们说道：

"你们是检查备战工作来了，是吧？"接着他就汇报开了情况。他说公粮、账簿已经埋藏了；地下斗争的一套人马都配备好了；应该撤走的

"红"干部，也都打发走了。

吕梅质问道："为什么你还在这里？"

李宝荣不慌不忙地说道："我吗，还有些工作没搞完哩！撤走吗，来得及。"

胡兰道："老李同志，你是这村的第一个'红'干部，情况愈来愈坏，我看还是早点撤到山上去好。"

李宝荣笑着反问道："怎么你们还在这里，嗯？难道说村干部的命比区干部的还值钱？老实向你们坦白吧！我根本就没打算上山。多走一个人，就少一个人在这里坚持工作。勾子军还没来村里，地主富农们倒挺着脖子走路了。再说，我要一走，群众情绪也会受影响啊！"

吕梅和胡兰劝他说，坚持工作当然重要，可是保存干部也重要，他的名声大，行动又不方便，还是早点上山去好。两个人你一句我一句，说服动员了好半天，李宝荣还是抱着个老主意。他说他早已盘算好了，敌人来时出去躲上两天，在村里实在待不住的时候，就领上民兵去打游击。总之一定要坚持到底！

李宝荣是个非常风趣的人物，谈笑风生，好像对他个人的安全一点都不放在心上。可是当他知道吕梅她们和区上失掉联系的时候，却不由得担起忧来。他皱着眉头沉思了半天，然后认真地说道：

"情况这么坏，你们不能到处去跑了，万一跑出个事来，这损失就大了。我不能放你们走，你们暂时先住在这里，我给咱派人出去打探一下？先和区里联系上，然后看该回区里，该回县里，还是该到哪个村，咱们再说。说老实话，你们是区上的，担负的是全区工作。你们不同我，我是个村干部，即使出点事，关系也不大。"

胡兰听了李宝荣的话，心里感到热乎乎的，她深深地体会到这才是真正同志的热爱。

李宝荣招呼她们吃完饭以后，又向她们说道：

刘胡兰传

271

"你们今晚就先住在我家吧，反正我父子们也不在家睡觉。"

他说近几天来，他和他儿子李明则都是白天睡觉，晚上和民兵去巡夜。他说完，披了件皮袄一跛一拐地走了。

鸡叫时分，胡兰忽然被一阵低低的讲话声惊醒了，忙睁眼一看，只见屋里点着灯，李大嫂站在炕沿跟前，正在和吕梅说话。看样子吕梅也是刚醒来，揉着惺忪的睡眼，边下炕穿鞋边问道：

"听得清楚吗？"

李大嫂说："隐隐忽忽能听见。"

胡兰急忙爬起来问道："怎么样，有情况了？"

李大嫂道："说不来。刚才我在院里好像听到南面响枪了。响了好几阵子。"

吕梅一面从枕头底下摸出手枪来，插到腰里；一面向胡兰说道：

"你先把东西收拾一下。我到外边去看看。"说完跳下炕来跑出去了。

胡兰连忙收拾东西。其实也没什么可收拾的，除了几本文件和随身换洗的几件衣服之外，再就没什么了。这时李大嫂一面捅开火烧水，一面嘟嘟哝哝地骂道：

"唉，这个老不死的卖国奸臣呀，打日本鬼子的时候没见到你的一兵一卒，如今刚刚太平了，就又回来糟害老百姓来啦！害得人白明黑夜不得安生。啊哈！"她说着连连打了几个哈欠。

胡兰扭头一看，只见小女孩睡得很熟，李大嫂的那卷行李却根本没有打开，看样子，李大嫂为了她们的安全，一夜都没有睡觉。胡兰心里很感动，也很有些过意不去。她想向李大嫂说几句感谢的话，话到嘴边又咽回去了。她觉得说几句空话有啥意思？很显然，李大嫂并不是和她两人有什么私人感情才这样做，而这是对革命干部的关怀，是出于对党的爱护。

胡兰正想得出神，忽听院里传来一阵沉重的脚步声和低低的讲话声。李大嫂忙向窗外问道：

"谁?"

"我，还有老李。"

吕梅说着走进屋里。跟在她身后进来的是李宝荣。

李宝荣脸冻得通红，胡子上结着白霜。他一拐一拐地走到炉灶跟前，边伸出两只大手烤火边说道：

"昨天晚上我就派人出去和区上联系，找了几个地方都没有，都说前几天来过，不知道转移到哪里了。"他说着搓了搓手，又有点不安地说道："情况有点不大好，刚才派出去的人回来说，祁县的敌人半夜偷偷过河来了，如今正在南胡家堡做饭吃哩。弄不清这狗日的们要作甚?"

屋子里的空气立时紧张起来。李大嫂急得满地乱转，拍着手说道：

"南胡家堡离这儿七八里地，敌人抬腿就来了。这可怎呀?"她对吕梅和胡兰说道："我看你们还是快躲躲吧。"她转身又向李宝荣说道："孩子他爹，要不让她们躲到套间里吧?"

李宝荣笑了笑说道："别忙，来得及。"

吕梅沉思了片刻，忽然向李宝荣说道：

"你说敌人到南胡家堡企图是什么? 是要扎据点还是有别的阴谋?"

李宝荣道："这事就说不清了。半夜时分，咱们的文交支队①来了两个侦察员找我。我给他们派了个向导到前边去啦。刚才打枪，也许是和敌人的哨兵接火了。"

吕梅一听说有文交支队的侦察员，忙问道：

"你没问他们吗? 文交支队在哪个村子?"

李宝荣道："听侦察员说，如今在南白家庄。"

---

① 文水、交城两县联合组成的地方武装。

　　吕梅觉得在这种混乱情况下，一时和区上联系不上，不如先跟上文交支队活动好些。他们共同研究了一下，觉得这倒是个办法。怕走得迟了，文交支队又转移地方，于是她们决定马上动身去南白家庄。李宝荣要派民兵去送她们，吕梅婉言谢绝了。李大嫂见她们立意要走，连忙拿出几个干饼来，让她们带在路上吃。她们没有推辞，把干粮包到包袱里，告别李大嫂，然后匆匆走了出来。李宝荣一直把她们送到村外，指给她们去南白家庄的道路。她们顺着小路往北走去。

　　这时虽然是初冬时候，但夜里天气十分冷。天快明了，可是夜色反而更暗，这正是所谓"黎明前的黑暗时期"。天空没有一颗星星，四周也看不到一点灯光，到处是黑乎乎一片。好在吕梅对这条路并不太生疏。而且前几天落的一场雪还未消净，借着雪光，模模糊糊还能辨清道路。

　　夜很静，可以听到东边汾河里的流水声，偶尔还可以听到同蒲路上火车的长鸣声；车头上的灯光像萤火虫似的，有的往南飞，有的向北窜。那是阎锡山在连夜调动队伍的兵车。

　　一路上她们谁也没有讲话，只是快步赶路。正走着，忽听身后隐隐传来一片紧密的枪声。两个人不由得都扭头看了看，只见天边升起一颗蓝色的信号弹，看样子是在南胡家堡一带上空，许是南胡家堡的敌人出发了。她们不由得更加快了脚步。这时胡兰忍不住向吕梅问道：

　　"老吕，万一找不到队伍怎么办？"

　　吕梅不假思索地说道："找不到也没关系，只要能找到村干部，能找到咱们的基本群众，就有工作可做。"

　　胡兰没有再吭声。她觉得吕梅同志讲得很对，她们并不是为找队伍而找队伍，主要任务是工作，找到队伍只不过工作更方便一些罢了。

　　她们快走到南白家庄的时候，天已亮了。临进村，吕梅迟疑不决地停下来。她们向村里望了半天，望不见一个人影。吕梅像自言自语，又像对胡兰说道：

"怎么看不见队伍上的哨兵呢？"

情况这么复杂，她们不得不提高警惕啊！两个人坐在路旁土堰上，一面休息，一面等村里有人出来好问问情况，可是等了好一阵也看不见个人影。吕梅把小包袱递给胡兰说道：

"你在这里等一等，我进村去看看。"

胡兰争着要去，她不愿意让自己的上级去冒险。可是吕梅说这村的情况她熟悉，大小干部她都认识。说完她就大踏步走进村里去了。

吕梅走了不多久，就听见村北边响起一片枪声。枪声愈来愈密，喊杀连天。胡兰不由得吃了一惊，忙站起来向村中张望，隐隐看见街道上有人奔跑，接着就看见有些人跑出村来，有男有女，有的提着包袱，有的拉着小孩。胡兰忙迎上去，急忙向他们打问是怎回事。人们一面惊慌失措地向南跑，一面告她说勾子军来了。她又问文交支队在不在村里，人们告她说文交支队昨天后半夜就转移走了。胡兰听了，心里急得直跳。她不顾一切地向村里跑去，想赶快找到吕梅。跑了没多远，迎头又碰上几个逃难的群众，内中有个老汉，气喘吁吁地向她喊道：

"你是想找死呀！怎么故意往浪里扑哩！"

其余的人们也乱纷纷地告她说，勾子军已经进村了，劝她赶快走。胡兰没了办法，只好转身跟着人们跑出村来，躲到了一片坟茔里。

这是一座古老的大坟茔，有大大小小成群的坟堆，长着高高矮矮许多树木，有粗壮的松柏，也有落掉叶子的其他杂树。坟墓和树木之间罗列着许多石碑、石桌，看来这是大户人家的老坟。在平川里，这就是最好的隐蔽场所了。

胡兰向所有的人打听吕梅的下落，谁都说不清楚。胡兰急得真不知该怎么才好。她趴在一个最大的坟头上，两眼一眨不眨地向村里瞭望着，她多么希望看到吕梅从村里跑出来啊！可是望了好半天，也看不到

刘
胡
兰
传

275

吕梅的影子。后来看到村边上站上敌人的哨兵了。胡兰心里不由得凉了半截。她一扭头，忽然瞭见从南边开来一批队伍，虽然离的较远看不真切，但从服装的颜色上也能认出那是勾子军。紧接着，西边大路上也发现了敌人。这两股敌人，都向南白家庄奔跑。这时忽听南白家庄村里响起了号音。号音刚落，路上的敌人也吹起号来，大概是在联络。看样子敌人是企图围歼文交支队。胡兰知道文交支队已经转移了，不由得暗自庆幸。后来的两股敌人都进了村。一会儿村里冒起一股股浓烟，不知道敌人是在烧房子还是在烤火。

这片坟茔离村不太远，躲在坟地里的人们都不敢行动，怕暴露目标引来敌人。太阳已近正午，还不见敌人有啥行动。胡兰跑了半夜路，直到现在还未吃东西，肚里早就饿了。她解开包袱，拿出昨夜李大嫂给她们的干饼，刚咬了几口，忽见几个小孩子眼睁睁地望着她，还有的倒在妈妈怀里直喊饿。胡兰再也吃不下去了，就把几个干饼取出来，全都分给了孩子们。大人们谁也没说什么感谢的话，可是每个人都用尊敬的眼光望着她。

胡兰惦记吕梅的心情，使她坐卧不安。她躺在乱草中，想睡一会儿，脑子里乱极了，一会儿出现吕梅被敌人捉住拷问的情形，一会儿又出现吕梅相随老乡躲出村去的影子。有时她想起了石世芳，不知他病好了没有；有时又想起了王根固，要是他带着队伍在这里多好。

半下午，有个老汉装着拾粪来到这里，说敌人保安六团在村里驻下了。胡兰问他见到一个大个子妇女没有？老汉说敌人进村的时候，她混在老百姓当中跑了。

大家听了这情况，有些老老少少准备回村，有些外村有亲戚的年轻人就投奔亲戚去了。胡兰考虑了好久，决定先回云周西再说。

挑起千斤重担

胡兰快走到村边的时候，天色已经黑下来了。她弄不清村里的情况，不敢贸然进去。她站在村口想了想，然后就绕着护村堰向南走去，一面慢慢走，一面观察村子里的动静。走了没多远，忽然瞭见前边护村堰上有个人影，不时弯下腰来拣拾什么东西。胡兰立时收住脚步，细细看了半天，这才看清那人是张年成，正在拣地上的干树枝。紧张的心情也就平静下来了。

张年成有三十来岁，过去是村里的个二流子，春不掌犁把，秋不拿镰刀，整天起来东游西串，大吃二喝。几年工夫，把不多的点土地房产，卖了个净光。后来，家里穷得锅里简直没煮的了。有次村里驻下八路军十二团的一部分队伍。他闹着非要跟人家走不行。队伍上开头不想要他，至后见他参军的决心很大，于是就收留了他。张年成在十二团干了三年多，日本投降那一年，他因为负伤落下个残疾，便退伍回来了。这时的张年成完全变成了另外一个人，烟也戒了，酒也戒了，见人说话也有礼有貌了。当时村里给他调剂了几亩土地，他每天起来不是拣柴就是拾粪，庄稼作务得也很好。村里人人称赞他是浪子回头金不换，

刘胡兰边向张年成走去，边低声问道：

"年成哥，咱村有啥情况没有？"

张年成抬头一看是胡兰，忙说道：

"没什么情况。前几天勾子军来过几回，如今只是大象驻着二一五团一个营，还有一个机枪连。附近村里都没敌人。"

胡兰听他这么一说，这才放放心心走回村里。走到家门口，只见大门紧关着。她轻轻地拍了几下。等了不多一会儿，听见爹的声音问道：

"谁？"

胡兰应了一声。大门"吱呀"一声打开了。胡兰走进去，爹慌忙关上门问道：

"你怎么这时候回来啦？"

胡兰只"嗯"了一声，便走进了西屋里。

爱兰一看见姐姐进来，高兴得眼睛都亮了。她一下扑到胡兰身上，又叫又喊，不知该怎么好了。妈妈又惊又喜地问道：

"这几天你在哪里来？我正和爱兰念叨你哩。"

胡兰随口说道："在贯家堡一带。有什么吃的东西没有？"

胡文秀见女儿说话都少气无力，知道是饿坏了。可巧家里又没现成干粮，于是连忙收拾做饭。她边洗手和面，边向胡兰说道：

"你走了这些天，勾子军来了好几回。有天来了上千人，家家都住满了。翻箱倒柜，明抢暗偷，开口就骂，举手就打，真和日本鬼子来时候差不多。可把人们吓死了。"

胡兰也正想了解村里的情况。她接过爱兰递来的一碗开水，边喝水边问道：

"勾子军在村里扣捕人来没有？"

"那倒还没有。不过这几天大象的勾子军三天两头到村里来，不是要吃的，就是要花的……"

正说着，大爷进来了。二十多天不见，大爷显得老了，满脸络腮胡，额头上的皱纹也更深了。大爷一见胡兰，也不问长问短，劈头就说道：

"这日子简直不能过啦！"

他说着坐在箱子上，告侄女儿说，自从勾子军在大象扎下了据点以后，地方上的一些蛇、蝎、蛤蟆都出洞了。石玉璞家女婿——大象镇的恶霸地主吕德芳，纠集了一伙地富子弟和流氓地痞，插起了"奋斗复仇自卫队"的旗号。这条地头蛇，整天领着这伙地主武装，在附近村里为非作恶。大象镇的勾子军，把云周西的一个坏家伙石佩怀(小名石狗子)，委成村长了。这家伙整天在村里替敌人催粮要款，和勾子军称兄道弟，你来我往，拉扯得挺近乎。大爷气愤愤地说了一阵，然后叹了口气，向胡兰说道：

"眼看天下变成勾子军的啦！你说我该怎办？"他不等胡兰回答，接着说道："我向石狗子辞过职。去他娘的，我决不干这个间长了。你猜石狗子怎么说？他说：'这么多年你都干了，为甚偏偏在这个时候你要辞职呢？你看着办吧！'看样子我要硬不干，这家伙说不定要和我翻脸。可是不辞掉怎么办？难道让我给阎锡山办事情？当反动派！"

大爷越说越有气，好像和谁吵架似的。

胡兰明白大爷的心情，也了解大爷的脾气。她知道大爷说的都是实情话，大爷一定为这事很作难，可是她一时也想不出什么好主意来——究竟辞掉间长好还是不辞掉对？

这时妈妈和爱兰已经把饭做好了。胡兰一面狼吞虎咽地吃饭，一面考虑着大爷出的这道难题。她知道村里留下了我们的地下党员，有我们安排下的暗村长，可是公开的敌人政权里却没有我们的人。她忽然觉得这是个漏洞。如果在敌人的政权里有自己的人，工作不是会更方便一些吗？想到这里忙向大爷说道：

"大爷，依我看，间长不用辞掉，还是干着好。"

大爷气呼呼地说道："什么？这就是你区干部说的话？让我去给阎锡山干事，跟上石狗子坑害村里的人？我对不起自己的良心，也对不起

279

八路军！”

胡兰没有吭声。她等大爷的火气下去之后，这才心平气和地说道：

"大爷，你硬要不干，石狗子和你翻脸不要说，重要的是换上个坏人，真心真意地给石狗子帮忙，那不更坏事啦？"胡兰见大爷很注意听她的话，接着说道："再说，咱们的人并没离开这里，游击队和武工队还都在这一带活动，万一来到咱村要吃饭，去找谁？还能去找石狗子吗？"

大爷没吭声。过了好一阵，这才说道：

"是呀，是呀，这倒是个事！"

胡兰忙又说道："日本鬼子统治时期，名义上你还是伪村公所的闾长哩。可是人们也并没把你当汉奸看待。依我说，你不要再向石狗子提辞职的事。我看，倒是表面上应该和他靠得近点。"

大爷低着头抽着烟，沉思了一会儿，忽然问道：

"咱们的大部队，什么时候才来把这些瘟神恶煞赶走哇？"

"总有这么一天哩。"

大爷关心地问道："你打算怎么办？还走不走了？"

胡兰告他说暂时不走了。

大爷道："那要小心呀，白天没事最好不要出去。小心没大差！"说完，提上烟袋走了。

胡兰自清早和吕梅失掉联系后，心里一直没有平静过。她一面担心吕梅的安全，一面又因为自己失掉了依靠，无主无意，好像是航行在大海里的帆船，突然折断了桅杆，不知道往哪里漂了。直到她走回村里来的时候，还不知道今后该怎么办才好。经过刚才和大爷这段谈话，头脑反而觉得清亮了。自从奶奶死后，大爷就成了全家的当家主事人，家里的大小事情，都是大爷拿主意，不管什么事，都是大爷说了才算数；可是刚才大爷辞不辞闾长的事竟和她商量。胡兰明白，大爷并不是和她这个侄女儿来商量，而是觉得她是区干部，是向区的领导讨主意来的。她想到这件事，又想到村里的情况，忽然觉得自己的责任非常重大。有许多工作需要人去做，自己应当挺起腰来迎上前去！

胡兰吃完饭，把带回来的文件藏到南棚下干草堆里，然后又去北屋看了看爷爷和大娘。看看天气还早，便决定趁黑到村里找找自己的人，了解一下村里的详细情况。她本来打算先去看金香，走到路上忽然又改变了主意，觉得还是应当先找郝一丑谈谈才对。于是便转身向杂姓街郝一丑家走去。

郝一丑是个中年农民，在全村说来也算是数一数二的好劳动。村里人们编的顺口溜里有这么两句道："享福比不过石玉璞，受苦（劳动）比不过郝一丑。"郝一丑为人很老实，很正派，一句话：好人。他是抗日时期的地下党员，暗里做过不少工作。但从来没担任过公开职务，他自己从来也没向别人吹嘘过自己的那些汗马功劳。因此一般人都当他是个普普通通的老百姓。在敌人开始"水漫平川"之前，村里"红"了的干部都撤走了，组织上便指定他当暗村长，在村中坚持工作。他老婆梁桃桃，原是妇联会委员，胡兰担任妇联会秘书的时候，平常断不了去他家。可是胡兰真正知道郝一丑是怎样的个人，却是在入党以后。

这天晚上，胡兰走到郝一丑家的时候，只见大门虚掩着，往里一推，门铃"叮当"响了两声，屋里有人问道："谁?"胡兰应声走进了北房。房里除了他们夫妻两个，石三槐和石六儿也在这里。小孩子们已经睡了。他们几个人围在灯下，正在剥棉花核桃。他们见进来的是胡兰，都很高兴，热情地招呼她上炕坐，问她从哪里回来? 甚时到家? 胡兰一一回答了他们的问话。郝一丑边拿起烟袋来装烟，边向他妻子梁桃枕努了努嘴。梁桃桃忙跑出去把大门关了。他们几个人没等胡兰询问，就你一言他一语地抢着向胡兰讲开了村里的情况。他们讲到敌人在大象扎据点，讲到吕德芳成立地主武装复仇队，也讲到石狗子当村长的

事……这些情况虽然胡兰已听大爷讲过了，但他们讲得更详细，更具体。石三槐说：

"石狗子可抖起来了，吃香的喝辣的，仗上勾子军的势力在村里抖威风，整天起来诈唬老百姓。在街上拍着胸脯大喊大叫说：'凡是给八路军办过事的人，只要到我名下自投案，我石某人就担保……'"

郝一丑打断他的话说道："要紧的是，这家伙威胁干部家属。要各家赶快把在外边的人叫回来，或是告诉他出去的人在什么地方，只要给他透个风，他就保证身家财产不受损失，要不然他就报告勾子军。"

石三槐接上说道："这狗杂种，前天到我照德家威胁说：'哼，别看我只是个村长，只要我在国军面前说一声你家是叛八家属，就够你家吃喝的。我把话说到头里，到时候可别怨我石某人翻脸不认人。'你看这狗杂种坏不坏？"

胡兰听了非常气愤，她觉得这是个很重要的情况。她忙问石狗子威胁了哪些家属？于是他们几个人就一家一家念叨开了。什么时候，去的谁家，说了些什么话。数来数去，石狗子前后去过八家，差不多凡是转移走的干部家属他都去过了，就是没去威胁过胡兰家。石六儿开玩笑地说：

"这狗日的还有点封建思想，瞧不起妇女。"

这话要在平常情况下，一定会引得人们发笑，可是这时候人们都板着脸，没有表示什么。胡兰忽然问道：

"石玉璞怎样？村里那些地主、富农呢？有什么动静没有？"

石三槐忙说道："表面上还看不出什么来。石玉璞这家伙是个老滑头，整天钻在家里不出大门。"

郝一丑接上说道："俗话说，咬人的狗不露牙！反正有他女婿替他打天下哩！他在背后当军师。一个唱红，一个唱黑！"他连着抽了几口烟，又说道："还有就是刘树旺走了。究竟去了哪里，想要干甚？如今还闹不清楚!"

石六儿说道: "不管怎么样, 咱村的地主、富农, 要想在咱村拉反动武装, 办不到!"

石三槐道: "暂时村里还平静无事, 就是这狗日的石狗子搅害得不行。"

胡兰向郝一丑问道: "这些情况向区上反映了没有?"

郝一丑吞吞吐吐地说道: "这个……这不是正好你回来了, 你看怎办? 村里好多人要求镇压石狗子哩!"

石六儿道: "依我看趁早把狗日的悄悄收拾了, 要不, 以后非坏大事不行。"

胡兰坚决地说道: "那可不行。不经政府批准, 咱们不能乱来。" 她回头又向郝一丑说道: "我看是需要把这些材料赶快整理出来, 报到区上。看看区上的意见再说。"

郝一丑 "嗯" 了一声, 点了点头, 没有再说什么。

这天晚上, 胡兰在郝一丑家一直谈到二更天才离开。临起身, 郝一丑说天晚了要送她。胡兰猜想他一定有什么话要和她说, 就点了点头。两个人相随着走了出来。路上, 郝一丑低声向胡兰说道:

"你让我向区上汇报, 找不下个地方啊。"

接着他告胡兰说, 自从敌人 "水漫平川" 以后, 他就和区上失掉了联系, 已经有二十多天, 地下交通员都没来过了。也不知道区公所是撤走了, 还是出事了。郝一丑最后向胡兰问道:

"区上的情况大概你知道吧?"

胡兰低着头慢慢走着, 没有吭声。过了一会儿才叹了口气说道:

"实告你说吧, 我和你一样。"

接着她就把先和区上失掉联系, 后来又和吕梅被敌人冲散的事说了一遍。

两个人在黑暗的街道上默默地走着。夜很静。村子里到处都显得死气沉沉。

郝一丑忽然打破沉默说道："你说吧，该怎办？你怎说，我怎做。反正我听你的！"

胡兰不好意思地说道："一丑哥看你说的……"

郝一丑认真地说道："你别多心。我说的这是实情话。论年岁，我比你大；论入党，我比你早。可是不管怎么说，你总是区上的人，特别是在如今这种情况下，你就是上级。"

胡兰知道郝一丑讲的是真心实话，她也知道自己是个缺少经验的年轻干部，在目前这样严重的情况下，工作上的任何一点小缺点，都可能给党造成损失，自己怎么能负起这么大的责任呢？可是回头又一想，觉得这艰巨的任务义不容辞。一个共产党员，越是在困难的情况下，越应该挺身而出。就是一副千斤重担，也要敢于挑起来！

这时他们已走到胡兰家门口。胡兰很诚恳地向郝一丑说道：

"一丑哥，你是看着我长大的，你也知道我有多大本事。反正咱们商量着办吧！"

郝一丑忙说道："这个你放心。"

他们站在大门口，悄悄地商量了一阵。最后决定一面在村里继续坚持工作，注意敌人动静，搜集石狗子的材料；一面派人出去探听区公所在什么地方，和吕梅的情况。胡兰觉得石三槐当了多年村公所公人，在外边眼熟，虽然不是党员，但是忠实可靠，最好把这个任务委托给他。郝一丑也同意，事情就这样决定了。

第二天上午，胡兰去看金香。金香母女两个见到胡兰，真正是悲喜交集，说了没几句话，金香就诉苦似的说开她的困难了。她说：

"如今村里完全变成敌人的天下啦！好久都没看见咱们的人。两眼墨黑，心里乱糟糟，不知道该怎么才好。干部们都撤上走了。你不在，玉莲也走了。"

"玉莲到哪儿去了？"

"和她二嫂一块去找她二哥。唉，也不知道找到了没有？"

李蕙芳接上说道："石狗子去她家跑了好几回。吕德芳的复仇队也去她家搜过一回。玉莲和芳秀整天东藏西躲，夜里也不敢在家睡，这家住一宿，那家住一夜，后来就找她二哥去了。"

金香又道："唉，真没想到，一下子形势就变成了个乱糟糟。眼看着勾子军到村里横行霸道，眼看着石狗子在村里抖威风，心里气得不行，可就是不知道怎么办才好，你又不在，连个商量的人也没有。"

胡兰见金香情绪很不安，劝她说：

"别看勾子军现在耀武扬威，迟早他们是要垮台的。现在情况是很不好，我们困难很多，不过一个闹革命的人，越是在困难的时候，就越要起来斗争。吕梅同志常说，干革命就是要和困难作斗争。"

金香母女忙问吕梅在什么地方。胡兰怕说了真实情况影响金香的情绪，只是含含糊糊地说在别的地方工作。接着她又告金香说：

"我们应该向妇女们进行宣传，让大家咬住牙熬过这一个时期的困难，发动大家监视坏人的活动，特别应该查访石狗子的一些罪行。"

金香听胡兰说完，情绪似乎好起来，笑了笑说：

"你一回来，我就有个主心骨了。反正你让我做啥，我做就对了。"

连着几天，胡兰和金香装着去串门，分头访问了好些人家。人们背后都在骂石狗子，特别是那些干部家属们，都担心石狗子翻了脸坑害人，一致要求把这个祸害除掉。在访问中，胡兰还发现了一个重要情况：石狗子在暗里查访公粮埋在什么地方。看起来这家伙要死心塌地为敌人卖力。

这期间，胡兰和郝一丑暗中接过几次头。把这些情况汇总在一起，写成了材料。可巧石三槐也打听到了陈区长的下落——他带着武工队

刘胡兰传

在南面一带活动。胡兰和郝一丑研究了一下，决定由郝一丑带着这些材料，假借走亲戚，到区上去请示行动。同时胡兰还给陈区长写了一封信。

过了两天，郝一丑回来了。他告胡兰说，材料已经亲手交给了陈区长。陈区长说这事他也无权处理，要等向县里请示以后才能决定。他还告胡兰说，陈区长看了她的信之后，很高兴，同意她暂时留在村里坚持工作。

给敌人以打击

　　12 月 21 日晚上，胡兰和妹妹正在灯下给爷爷缝补衣服，石六儿来了，对爷爷说是要借条口袋用用。胡兰觉得很奇怪，石六儿从来不到他家借东西，说不定是有什么事情来找她的。她忙点起纸灯笼，让爱兰去给爷爷照明。胡兰猜得果然不错，当爷爷和爱兰出去之后，石六儿低声向她说道：

　　"陈区长回来了。"

　　胡兰又惊又喜地问道：

　　"在哪儿？"

　　"在他家。"

　　"就他一个人吗？"

　　"不，带着武工队。他要你去一下。"

　　正说到这里，爷爷拿着条口袋进来了。六儿接过口袋来说了声：

　　"明天我就送来。"说完走了。

　　胡兰忙把炕上的营生收拾起，给爷爷把被褥铺下。随即跑到西屋里告爹妈说，她有点事出去一下，替她留着门。胡文秀猜想女儿一定是为了公事，不便询问，也不便拦阻。

　　她拿了条围脖递给女儿说：

　　"小心着了凉！"

胡兰应了一声，忙跑到南棚下，从干草堆里把前些天藏的文件取出来，揣到怀里。正想往外走，忽然又想到应该给同志们带点什么？想来想去最好带点旱烟，她听王根固说过，队伍上的同志们遇到没烟抽的时候，有的还抽豆叶子哩！她想到这里，忙又回到屋里，拿手巾包了一包烟叶子。这才匆匆走了出来。摸着黑快步向玉莲家走去。

她心里很激动。好久都没见到区上的同志了，她有多少话要和同志们说啊！有多少事情要和上级研究啊！她恨不得一步走到陈区长跟前。她家距玉莲家本来并不远，可是她觉得路子太长了。走到玉莲家门口，碰到了石六儿。六儿低声说道：

"他们正等你哩！"

胡兰进了院子，看见正屋里有灯亮，就走了进去。屋里有好多人，有的躺在炕上，有的坐在板凳上、箱子上，有的在擦枪，有的在补鞋，也有人靠着墙睡着了。这些人胡兰大都认得，他们从前都是附近各村的村干部和民兵。区上的通讯员在烧火。陈大爷和三槐叔在忙着和面做饭。大家一见胡兰进来，都亲热地和她打招呼。胡兰忽然一下见到这么多同志，心里感到热乎乎地，好像见到了多年未见的亲人一样，说不来是一种什么感觉，不知是想笑还是想哭。她本来有很多话想和同志们说，可是这时简直不知该说什么好了。她傻笑着，揉了揉湿润的眼睛，然后解开手巾包，把旱烟叶子全都倒在了桌子上。人们看到了烟叶子，一窝蜂拥了过来，连打瞌睡的人也醒了。胡兰见自己带来的礼物受到同志们的欢迎，心里感到很大的安慰。这时她满屋子看了半天，单单没有陈区长。她正要发问，区上通讯员告他说，陈区长在陈大爷屋里。胡兰连忙跑到小西屋，原来陈区长和郝一丑正在这里谈话。陈区长头发和胡子长得老长，衣服上有好几处露着棉花，乍一看真不敢认了。他一见胡兰就连声说道：

"胡兰子，快坐下，我们正等你哩！区上和你们失掉联系以后，大家都很挂念你们。看到你的信和材料，我们才放了心。"

胡兰忙问道："吕梅同志有下落了没有？"

陈区长摇了摇头说道："暂时还没有联系上。老吕人熟地熟，我估计不会出什么大问题。要出了事的话，人们早传开了。"

胡兰听了，这才算稍稍放了点心。她又问玉莲和芳秀的情况。陈区长说她们都上山去了。陈区长用满意的眼光望着胡兰说：

"你回到村里来坚持工作很好，做得很对。这些日子够艰苦了吧？"

胡兰见陈区长忽然表扬起她来，不由得红了脸，忙说道：

"你和同志们的工作才算艰苦哩，重担子在你们身上。比起大家来，我做的那点事情还值得提？"她随即转了话头问道："照德哥，石狗子……"

陈区长忙说道："县里已经批准镇压石狗子了。我们今夜就是来执行这个任务的。"

胡兰听了，高兴地看了郝一丑一眼。陈区长接着说：

"镇压石狗子是为了打一儆百，警告那些地主、富农和投靠敌人的人，谁要死心塌地和人民作对，只有死路一条！同时这也是给群众撑腰打气，让群众知道：咱们的人还在这里！"

正说到这儿，通讯员给陈区长端来一小盆饭。他也没向胡兰和郝一丑请让，端起小盆来一面吃喝，一面和他们继续谈论。他告胡兰和郝一丑说，前些时我军在晋西南解放了永和、大宁两县。最近又打了个大胜仗，解放了蒲县、隰县、石楼三座县城，俘虏敌人上将总指挥以下二千五百多人。全国形势也很好，11月份消灭了蒋介石的六个旅，连上以前被消灭的，就是三十九个旅了。蒋介石用来打内仗的兵力总共是二百个旅，现在已经被消灭将近五分之一了。

陈区长越说越兴奋，他眼睛里闪射着炯炯的光芒。这时胡兰才感觉到陈区长仍然像从前那样年轻，充满活力，她向陈区长说道：

"照德哥，你把棉袄脱下来，我给你缝缝。"

陈区长没有推辞，他把破棉袄脱下来扔给胡兰，随即端着饭盆坐到炉台跟前，继续说道：

"前些时，《解放日报》发表了一篇社论，说我们已经快爬到了山头上，再消灭蒋介石一些实力，就可以进入全面反攻。蒋介石和阎锡山垮台的日子已经不远了。"

胡兰和郝一丑听了，都感到很兴奋。胡兰说：

"我们把这些好消息告诉群众好不好？让大家也都高兴高兴。"

陈区长道："好，你们可以向群众说道说道。"接着他又说道："不要看全国的形势很好，咱们这里敌人的气焰还很盛哩！说不定以后咱们这里的情况会变得更坏，工作会更艰苦！"

郝一丑道："只要全国形势好，咱们就是再苦点，心里也是高兴的。"

陈区长微笑着点了点头。他放下饭盆，接过胡兰缝好的棉袄，一面穿衣，一面向走进来的通讯员说道：

"你去叫两个队员，把石狗子押来。"

通讯员问道："押来这里？"

"不，押到村西口。你们去了就说二区人民政府请他。"

郝一丑忙说："不行，那么一说，他家里人就会猜到是你叫出去枪毙的。"

陈区长笑着说道："就是让他知道哩！"

胡兰和郝一丑惊奇地望着陈区长，不明白他为什么要这样做。

陈区长见他们不明白他的用意，就解释说：

"如果悄悄把石狗子镇压了，敌人一定要怀疑村里有我们的人。让他们知道石狗子是我枪毙的，就会引开敌人的注意。"

胡兰和郝一丑听了陈区长的话，都很感动，到底是上级考虑问题周到。这时只听陈区长又说道：

"镇压了石狗子以后，你们要注意搜集群众的反应，同时也要注意一下敌人的动静。另外一点是关于今后的联系问题，我看就让我三舅跑地下交通吧！"

胡兰应了一声，随即从怀里掏出一些文件来递给陈区长说：

"这是吕梅同志的文件，你看怎处理？"

陈区长接过文件来说："等我翻一翻，该烧的就烧了它！你们手头有什么文件之类的东西，也把它销毁了。好了，你们都回去吧，我们现在要执行任务去啦！"

胡兰回到家的时候，除了替她等着门的爹之外，全家人早已都睡了。她回到房里，躺在炕上，心情仍然很激动。从陈区长的谈话里，她了解了整个解放战争的形势：我们已经快爬到了山顶上，很快就会转入反攻，全中国解放的日子也已经不远了。想到这些事情，怎么能不激动呢？她从全国的形势又联想到了本地的情况。她很赞赏郝一丑说的那句话："只要全国形势好，咱们就是再苦点，心里也是高兴的。"

这天夜里，胡兰翻来倒去好久都没有入睡。一时回想陈区长谈话的内容；一时又盘算镇压石狗子以后的工作；一时又静听外边的动静。可是听了好久，也没听到镇压石狗子的枪声。

第二天一清早，出去拾粪的爷爷跑回来说，大街上贴出了政府的布告，石狗子被咱们政府镇压了，枪毙在村西口外。她老婆刚才哭着到大象镇向勾子军报告去了。

家里人听到这消息，都说死得活该，政府可算给村里除了个后患。大爷悄悄向胡兰问道：

"昨天咱的人回来啦？"

胡兰点了点头，告大爷说，是陈区长亲自带着武工队回来的。接着她又向他说道：

刘胡兰传

"大爷，石狗子死了，你是不是出去张罗一下，看是该埋哩，还是……"

大爷没等胡兰说完，气愤愤地瞪了胡兰一眼，朝地上吐了一口道："呸！我倒给他跪灵去哩！"

胡兰忙向大爷解释道："大爷你先别生气，你如今表面上总还是勾子军的间长，村长出了事，间长还能不管一管？面子上总得要过得去才好。另外也可以了解一下人们对这事的反应。"

大爷的脸逐渐缓和了。最后用赞许的眼光望了望侄女儿，一声不吭地走出去了。

敌人的报复

镇压了石狗子之后，真个是人心大快。人们暗里高兴地说："这可是给村里除了个大害！"过去有点悲观失望的人，如今情绪也变过来了，知道自己的人并没有都撤走，这里还不全是敌人的天下。连附近村里一些伪人员，也不敢像从前那样为非作歹了。可是就在镇压了石狗子的第五天，大象的敌人到云周西报复来了。

这天恰好胡兰不在村，一清早她就到了东堡去找霍兰兰，一方面了解情况；一方面是去传达陈区长讲的那些胜利消息。半晌午时分，她正打算回家，听东堡村里的人们传说，大象的敌人到了云周西。后来又听说敌人在云周西放火了。胡兰爬到高处一瞭望，果然见云周西村里冒起一大股浓烟，看样子是在村西头她家那一带，但弄不清究竟是点了谁家的房子。胡兰看到这情景，又是急又是气，也不敢马上回村去了。这天她就在霍兰兰家吃了午饭，一直等到太阳快落山的时候，打听到敌人已经走了，这才离开东堡，一步步向村里走去。

快到村的时候，远远看到有个老乡拉着两只绵羊，蹲在村边一片麦地里放青。胡兰快走到跟前的时候，才认出这人是石五则。胡兰看到石五则，觉得奇怪，忍不住问道：

"五则叔，你不是转移到山上去了？"

石五则叹了口气说："倒霉！临上山被敌人冲散啦，在朋友家躲了

刘胡兰传

些日子。后来打听到咱村不住着敌人，躲在朋友家也不是个办法，昨天就回来了。"

其实石五则说的全是假话，他是嫌山里生活苦，又挂念二寡妇，偷跑回来的。

胡兰向他说道："咱这里环境不好，你还是在外边躲躲好！"

石五则平心静气地说道："反正如今咱也不担任啥职务，我看没甚要紧！倒是你应当小心点！"

石五则这几句说的倒是真心话。以前他虽然怀恨胡兰，可是现在却没什么了。他觉得因为包庇地主被开除了党籍，撤销了农会秘书职务，没啥了不起。从现在的情况来看，反倒有好处。这也是他敢于从山上跑回来的原因之一。

胡兰向他问询今天敌人来村的情况。石五则一字一板地告她说：今天来村的不是勾子军，而是吕德芳带的"奋斗复仇自卫队"，是来给石狗子报仇的。烧了陈照德家的房子，抢走了一些粮食和衣物。还委任了个新的村长，是大象人，叫孟永安。他跟着敌人来召集群众训了一顿话，然后又跟着敌人走了。

胡兰进村后，首先跑到了玉莲家。一进大门，只见房倒屋塌。火早救灭了，不过那些烧焦的椽子、烧毁的家具还在冒烟，满院子一股焦煳味。到处是破砖烂瓦。陈大爷和石三槐，另外还有几个邻居正忙着在瓦砾堆中搜捡没烧完的东西。陈大爷满脸黑污，脸色恼得怕人。胡兰本意是来安慰陈大爷的，可是陈大爷一看见她，就瞪着血红的眼珠子，气汹汹地说道：

"让狗日的们烧吧！房子能烧了，心可烧不了！"他拍着胸脯说："狗日的们以为烧了房子就完啦？完不了！迟早总有算总账的一天哩！"

胡兰听了陈大爷的话，觉得用不着再说什么多余的话了。她默默地帮他们把东西清理完，然后就找郝一丑去了。

连着十余日，敌人没有到村里来。大象据点里也没有什么动静。表面上看起来好像很平静，实际上敌人暗里正在进行阴谋勾当。事情是这样的：那天"奋斗复仇自卫队"烧了陈照德家的房子，回去之后，勾子军营特派员张全宝把吕德芳训斥了一番，认为这种做法是打草惊蛇，重要的不是烧房子，而是要设法肃清共产党的地下组织。张全宝当时交给吕德芳一项特别任务，要他通过他丈人，首先摸清云周西有哪些可疑分子，然后再一网打尽。敌人为了麻痹我方，因此这些天故意不到云周西来骚扰了。

1947 年 1 月 8 日清晨，胡兰起来正在梳头，出去挑水的爹，挑着一副空桶跑回来了。他把桶担往院里一扔，慌慌张张跑到屋里说道：

"坏了，勾子军来啦！"

妈妈忙问道："在哪儿？"

爹跌嘴拌舌地说道："在街上。我看见捆着张申儿、二痨气从东头过来了。"

胡兰听了，又是吃惊又是奇怪。她知道张申儿和二痨气既不是党员又不是干部，不知道敌人为什么要抓这么两个普通老百姓。她忙问爹道：

"你还见抓住谁了？"

爹摇了摇头说："就看见这两个。"

正说着，大爷和爷爷跑了过来，听说勾子军在村里抓人，都吓了一跳。这时忽听街上传来一阵叫骂声和杂乱的脚步声，家里人都慌成了一团。妈妈要胡兰赶快躲出去。爹说街上尽勾子军，不能出去。爷爷急得叫快关街门。大爷说敌人要是来，关了街门也不顶事。爱兰脸色吓得煞白，紧紧拉住姐姐的手。胡兰却显得很镇静。她安慰家里人说：

"敌人不一定是来抓我的。要是敌人真的来抓我，就藏到箱子里柜子里，他们也会打开搜的。就是吓得发抖，敌人也不会饶你。"

刘
胡
兰
传

大爷说："你们先不要慌，我先出去看看。"

他仗着自己是闾长，觉得勾子军不会抓他。说完忙到街上去了。

大爷出去不多一会儿就回来了，低着头叹着气，告家里人说，敌人已经走了，共捆走了五个人。

胡兰急忙问道："捆走了哪些人？"

大爷道："除张申儿和二瘸气，还有石三槐、石六儿、石五则三个。"

胡兰听到这些名字，不由得"啊"了一声。忙又向大爷问道："来的是复仇队还是勾子军？"

大爷道："勾子军。是二连连长许得胜带着人来的。看样子狗日的们天不明就来了。"

家里人听说敌人已经走了，都松了一口气。虽然听到勾子军抓走了人，都觉得不是滋味，但是自己家里没出事，也就放心了。随即各人干各人的事情去了。

胡兰却紧紧地皱起了双眉，心里又是愤怒，又是难过。一早晨都没讲一句话。她一面猜测敌人的阴谋；一面苦思对策。眼看村里出了大问题，自己是区上的干部，怎能不焦急呢？

吃完早饭，她决定去找郝一丑。正要动身，恰好郝一丑来了。妈妈不知道郝一丑是干什么的，不过她见郝一丑来找女儿，猜想一定是有什么事要商量，说了几句应酬话就躲到北屋去了。爱兰也自动跑到门口去瞭哨。郝一丑见屋里只留下胡兰一个人，这才用低沉的声调说道："勾子军抓人的事你知道了吧？下一步棋怎走？"

"我看得赶快把这些新情况向区上报告。另外要想法打听被捕人的消息。"

"这可难了，大象据点里没咱们的人呀！"

胡兰忙提醒他道："六儿家妹妹贞贞不是嫁在大象吗？我想通过她

也许能探听到点什么。"

郝一丑连声说道："对，对，是条线，你想的比我周到。回头我到六儿家去说说。"

胡兰连忙说道："我看这样吧，咱们分分工，你去找区上汇报，家里的事我来办。"接着她又很诚恳地说道："一丑哥，以后你别到我家里来找我，有事托个人叫我好了。"

"怎?"

"免得引起别人的怀疑。我担任过公开职务，你和我不同。现在情况愈来愈不好，说不定村里有敌人的眼线，你还是要多注意自己。"

郝一丑听了很感动。他向胡兰说：

"你也得小心呀。"

胡兰笑了笑说："这个我知道。"

胡兰送走郝一丑。妈妈见她把毛巾包在头上，好像要出去。忙劝说道：

"胡兰子，你看看，村里刚出了事，不要出去乱跑了。万一有个好歹可怎呀？有什么事让爱兰去替你跑跑腿不行吗？"

胡兰说："这事爱兰办不了，爱兰只能替找办点别的事情。"说完她让爱兰先到街上看了看，然后就偷偷溜到了石六儿家。

石六儿被敌人抓走，家里人愁的没办法，正在啼啼哭哭。胡兰劝慰了一顿，又问他们石六儿当时被捕的情况，是什么人引着勾子军来的？他家里人说，没看见谁引着，勾子军一直就冲到屋里，抓上人走了。他们都哭哭啼啼让胡兰给想办法。胡兰说先让贞贞打听一下石六儿的消息，然后再想法搭救。六儿妈这才忽然想起女儿贞贞来。立刻收拾穿戴，到大象女儿家去了。

胡兰离开六儿家，又去被捕的那几家看了看，一面安慰他们，一面了解当时被捕情况。在查访当中，她发现张申儿和二瘆气是敌人在街上

刘胡兰传

碰见的，不问青红皂白就捆上走了。另外三个则是敌人直接到家里抓的人。胡兰心里不住猜测："要没有人指引，敌人怎么会知道这三个人住的地方呢？敌人为什么要抓二瘪气和张申儿呢？为了凑数还是另有什么企图？"她越想越觉得有点不对头，说不定是敌人的什么花招！

胡兰猜想得不错，敌人确实是在玩花招。这事还得从头说起。原来吕德芳通过他丈人石玉璞。在村里活动了好多天，并没有发现我方的地下组织，只是觉得石三槐当了多年公人，又是陈区长的舅舅。石六儿当过民兵。两人过去和我方关系密切，可能从他们身上找到线索。而石五则以前是农会秘书，在共产党里干过事，也可能了解点情况。其实，开头石玉璞并不知道石五则回了村里，而是他自己出卖了自己。他认为如今是阎锡山的天下，要想平平安安过日子，就得找个靠山，万一有个风吹草动，也好有人庇护庇护。他知道石玉璞家女婿如今是勾子军的红人，土改时候自己包庇过石玉璞，这正好是条路子。于是就亲自找石玉璞拉交情去了。当时石玉璞也拍着胸口说了几句"一切都由兄弟担保"之类的话，可是事后很快就报告给敌人。本来，今天勾子军计划就逮捕这三个人，临出发的时候，特派员张全宝让再多抓两个老百姓，目的是使我方造成一种错觉，好像他们是随便抓了五个人。

以上这些错综复杂的情况，胡兰当然不可能知道了。

这天，胡兰心事重重，茶不思，饭不想。又担心被捕的人的安全；又要考虑下一步可能发生的情况。他觉得张申儿和二瘪气不了解内情，即使经不起拷问，也不会坏多大事。可是另外三个人能经得起这个考验吗？她特别担心石五则，他在敌人面前会不会下软蛋呢？不过好在石五则不知道党组织安排下郝一丑在村里坚持工作，她心里多少轻松了一些。

做最坏的准备

　　胡兰盼星星盼月亮似的，盼六儿妈能带回点消息来。可是叫爱兰去跑了好几趟，也没个音讯。直到第二天下午，六儿妈才从大象回来。她一回到村就来找胡兰。她告胡兰说，被抓去的人都关在武家祠堂里，已经审问了两回。除了石五则，全都挨打了。特别是石三槐和六儿，敌人拷打得特别厉害，吊打、压杠子、坐老虎凳，把各种刑罚都用上了，要他们说出村里哪些人是共产党，以及共产党的活动情况。可是他们什么也没有说。六儿妈哭着告胡兰说：

　　"贞贞今晌午给她哥送饭去的时候，六儿让她给你和郝一丑捎话，说是：'看样子活着出不去了，我和三槐叔已经商量好，我们横了心啦，死也不投降。就怕石五则靠不住，敌人一吓唬，他就爷爷奶奶地求告，把他做过的事全说了。别的倒还没露，就怕敌人用刑审问哩。'"

　　胡兰听到这些情况，心里感到很沉重，同时又对石三槐和石六儿产生了一种尊敬的感情。她送走六儿妈，忙又打发爱兰去看郝一丑回来了没有，想把这一情况赶快和郝一丑研究一下，也想听听区上的指示。爱兰白跑了一趟，郝一丑没有回来。

　　第二天，郝一丑仍然没有回来。他家里的人很着急，胡兰也不由得为郝一丑担起心来，是找不到陈区长呢还是出了什么岔子？

　　胡兰一面焦急地等待着郝一丑；一面做着最坏的打算。她把自己的

东西都清理了一遍，把笔记本和一些信件都烧毁了。然后又偷偷召集以前的妇女干部们开了个小会，嘱咐大家准备口供，万一被捕，应该怎样对付敌人。并且动员远处有亲戚的人，最好出去躲几天。这期间，村里一些积极分子们，暗里替她巡风瞭哨。她自己也提高了警惕，白天就到可靠的人家去串门，夜里也不在家住了，东家睡一天，西家住一夜。为的是防备敌人突然来逮捕。1月11日晚上，她住在了金香家。

自从敌人在村里捕了五个人以后，李薏芳很恐慌，整天为金香提心吊胆。这天，李薏芳到信贤去找一家远房亲戚，想商量商量让女儿去躲避几天。金香不敢一个人睡，胡兰就和她做伴来了。两个人都无心纺花做针线。为了解除烦闷，她们炒了些黄豆、瓜子，边吃边闲聊天。胡兰想给金香宽心，就故意讲些有趣的事情，可是说着说着，金香又扯到敌人身上了。她向胡兰问道：

"胡兰子，你说敌人会不会来抓咱们？"

胡兰道："你最好不要老想这些。"

金香苦笑了一下说："由不得就想到这事上了。"停了停，又关切地问道："胡兰，情况这么坏，我看你也不如出去躲几天。"

胡兰道："我妈也和我说过好几次了，不过我得先和区上取得联系再说。村里实在待不住了，也只好找个地方先避避风头。"

两个人都陷入了沉思中。过了一会儿，金香忽又说道：

"胡兰子，万一敌人把咱们抓去可怎办呀？"

胡兰直截了当地回答道："没有别的办法，只有两条路：一条是出卖革命，出卖同志，当叛徒；另一条就是坚持到底，豁出来光荣牺牲。要杀要剐由他好了！"停了一下又说道："唉！谁不愿意活着，可是为了革命……"

胡兰本来想说，从她入党那一天起，就已经下定了为革命牺牲一切的决心，可是她觉得不好对金香说这样的话，所以把下半截话咽回去了，换了句话说道：

"要革命就要不怕流血，为革命牺牲了也是光荣的！"

接着她就说开了那些为革命牺牲的烈士们的故事。她说到王占魁和武士信，说到张区长和武艾年……当她说到这些人的时候，情绪显得很激动，脸上流露出敬佩的神情。金香也受到了这种情绪的感染，也不像刚才那么萎萎缩缩了。她情不自禁地向胡兰说道，

"不知怎么的，一说起这些事情来，心里就觉得有了劲，好像天塌下来也不怕了，好像马上让我去死也没甚了不起。"

胡兰笑着说道："谁让你马上去死来。谁也不会故意拿脑袋往刀刃上碰。我只是说，既是参加革命，就应该有这么个决心。当然要争取最好的前途，不过也应该做最坏的准备。"

这天晚上，她们一直谈到二更多天。正打算睡觉，忽听外边有人打门。两个人不觉一愣，互相看了一眼。胡兰镇静了一下，忙跳下炕来，走出屋门。金香也随着出来。她们到了院里，只见院邻老汉站在街门跟前向外问道：

"谁？"

门外答道："我。"

胡兰她们听见声音很熟，可一时又想不起是谁。只听老汉又问道：

"你是谁？"

门外答道："听不出来吗？我是陈照德。"

胡兰和金香一听是陈区长，高兴得什么也不顾了，三脚两步跑到老汉前边，开了街门。

月光下，她们看见门外除了陈区长，还有五六个武工队员。陈区长留了一个人在门口放哨，然后大家都拥进屋里来。

胡兰跟着他们回到屋里。只见陈区长他们一个个冻得脸色发紫，有的人胡髭上、眉毛上都结了一层白霜。她慌忙把炉火捅开，同时又迫不

及待地向陈区长问道：

"一丑哥找到你了没有？"

陈区长点点头说道：

"昨天晚上才见到。有什么吃的东西没有？"

胡兰和金香一听这话，忙张罗要做饭。陈区长道：

"来不及了，我们马上要走。"

金香连忙把她家所有能吃的东西全找出来。胡兰也忙灌了一串壶水，插到灶火里。陈区长一面烤着冻僵的手，一面向胡兰说道：

"情况很不好，听说敌人要搞什么'自白转生'①，看样子就是要来一场大屠杀。区里决定让你赶快撤上山去。"他扭头又向金香问道："你妈哩？"

金香告他说到亲戚家去了。

陈区长接着说道："刘树旺跑到勾子军七十四师当了侦察排长啦，恐怕你在村里待下去也危险。我看不如和胡兰一块儿到山上去，过了这一阵再说。"

金香忙问道："什么时候走？"

陈区长道："越快越好。今晚上我们有重要任务，不能带你们，我们是绕道来先通知你们一声。明天你们到北齐村找安厚常，他会派人把你们送到山上去的。我已经给你们安排好了。"

胡兰问道："村里的工作呢？一丑哥和你们一块回来了没有？"

陈区长点点头说道："一切我都交代给他了。你放放心心走吧！这

---

① "自白转生"是阎锡山实行血腥统治的手段之一，办法是假借群众名义召开大会，用毒打、屠杀，胁逼共产党员、革命干部，以及军属、干属和积极分子们自首投降。凡不自首投降的，当场即用乱棍打死。口号是："不'自白'者，乱棍处死；'自白'不彻底者，乱棍处死；只'自白'自己不'自白'别人者，乱棍处死。"所谓"乱棍处死"，就是强迫群众用棍棒乱打至死。阎锡山规定："凡不愿乱棍处人者，乱棍处死。"

是组织的决定。"

胡兰问道："抓到大象去的那些人怎办？能不能想法救他们？"

陈区长叹了口气说道："唉！办法都想过了，劫狱和偷袭都不行。敌人有一个营的兵力，还有一个机枪连。咱武工队只有一二十个人，硬打硬拼只能牺牲更多的同志。"陈区长说完低下了头。看得出来他心里很难过。他沉思了一会儿，又抬起头来说道："你们放心走吧，我们想尽一切办法营救他们。"

胡兰问他吕梅有消息了没有。陈区长说道：

"哦，我差点忘了告你。老吕已经转移到山上去了。"

胡兰听到这消息，才算一块石头落了地。

陈区长他们吃了点干粮，喝了点开水，匆匆忙忙走了。

胡兰、金香送走陈区长他们，赶忙熄灯睡觉，想在第二天打个早起，准备走的事情。可是两个人躺在炕上，谁也睡不着。今天晚上是他们留在村里的最后一夜了，两人心里都很不平静。金香心里很高兴，她真想马上告诉妈妈这一好消息，她不用躲到亲戚家去了。她和胡兰上了山，比到亲戚家去保险得多。可是她一想到马上就要离开妈妈，心里又一阵惆怅。前年在妇女训练班时候，夜里常常梦见妈妈。这回上了山，不知道什么时候才能回来哩……

胡兰心情很复杂，她很感激党对她的关怀，党对一个同志是这样爱护，考虑得比自己都周到。她真觉得党比自己的亲人还亲。可是她一想到被捕的那些人，心里又觉得很难过，她一时想到石三槐、石六儿；一时又想到郝一丑和陈区长他们。她想，今后这里的环境会更坏，更残酷，留下来坚持工作的那些同志们，不知会遇到多大的困难呢！后来她又想到了家里人……这时忽听金香问道：

"胡兰，你睡着了？"

"没有。"

金香道："不知怎么的，我今天怎么也睡不着。胡兰，你说咱们到了山上，会让咱们干什么？"

"不知道。反正听从组织分配吧！我希望是去学习学习。"

金香爬起来，伏在枕头上说道：

"我也是这样想，要能住几年学校该有多好！"

她们就这样一递一句说开了，从上山去学习，说到什么时候能回来；从目前的情况，又说到将来形势开展以后的情形。胡兰忽然向金香问道：

"金香我问你个问题：全国解放以后，你打算做甚？"

"全国解放以后？做甚？呀！我没想过这事。你等等，让我想一想。"金香想了一会儿，说道，"就像吕梅姐那样，好好工作。唉，就怕我干不了哩！胡兰，你想干甚？"

"以前我想将来最好当大夫。"

"大夫？就是当看病先生吧？你怎么想下个干这？"

"我自己都觉得有点失笑人哩！你猜我怎就想干这？今年，不，已经过阳历年啦，应该说是去年。去年秋天北贤战斗以后，不是给咱们村分来五个伤病员吗？我看见他们那么痛苦，心里真不好过，可就是插不上手。当时我就想，将来一定要学的当大夫……"

金香打断她的话说道："对，对！当大夫好。要不，将来我也跟上你学这事吧！"

胡兰道："后来我又想，将来最好是开拖拉机。有回报社来了个新闻记者，晚上住在了区上，他和大伙谈闲话的时候说，晋中平川这么好的土地，这么平，等全国解放以后，要是用拖拉机耕种的话，一定能打很多很多粮食。"

金香忙问道："拖拉机？什么是个拖拉机？你就没问了问他？"

"我问来，他说他也没见过，他是从书上看到的，大概和汽车差不多，不用牲口，一个人开上就能跑，一天就能耕种好几百亩地……"

金香不等胡兰说完，就兴奋地说道：

"啊！那太好了。胡兰，要不将来咱们一块学开拖拉机吧！"

远处传来了几声驴叫，已经是半夜了。胡兰道：

"咳！咱们扯到哪儿去了。快睡吧，明天还要早起哩！"

两个人都不说话了。屋子里静得可以听到两个人的呼吸声。好像都已经睡着了，可是没过了一袋烟工夫，胡兰忽然问金香道：

"你妈明天要是回不来，你走不走？"

金香立时接嘴道："她上午不回来，我下午就找她去。唉，我这个妈呀，迟不去早不去，就挑中今天走了……咳！怎么又说开了，快睡吧。"

过了不多一会，金香又向胡兰问道：

"咱们到了山上，一定会见到吕梅姐和玉莲、芳秀吧？"

"我也正在想她们哩！大概总会见到。别说了，快睡吧！"

两个人就这样静一会儿，说一会儿，一直到了后半夜，这才算真的睡着了。

就在这天晚上，大象据点里的敌人，正密谋第二天要在云周西进行一次集体大屠杀！

原来被捕的那五个人当中，有人投降了，向敌人告密了！这个人就是以前的农会秘书石五则。在敌人第一、二次审讯的时候，石五则就下了软蛋，把他前前后后干过的事全讲了，不过那次他还没有供出别的人。可是在第三次审讯的时候，这个败类把他所知道的秘密彻底向敌人"自白"了。把刘胡兰出卖了！把村里那些干部家属们也出卖了！敌人得到这一口供，如获金宝，立即写成报告，派骑兵传令兵送到了扎在文水城的团部。

11日下午，大象勾子军接到了团部的指令。当天晚上，营长冯效

刘胡兰传

翼召开了个紧急会议。参加会议的人除了副营长侯雨寅、营特派员张全宝、各连连长之外，还有复仇队长吕德芳和新委任的云周西村长孟永安两人。会上冯效翼宣读了团部的指令：

"一月十日报告悉，业已转呈师部，顷接师部指令：对你营此次破获云周西共匪地下组织刘胡兰等一案，深为赞许。同时指责你营以往工作不力，地区开展缓慢，显系做法太软。今后要去掉书生习气，勿存妇人之仁。'宁可错杀一百，切勿放过一个。'速乘此良机，在云周西开展'自白转生'，做出榜样。以逸待劳，彻底肃清共匪'伪装分子'①。切切此令。"

接着，这些匪徒们就开始研究行动计划和部署，决定拂晓突击包围云周西，由机枪连长李国卿负责警戒，二连长许得胜负责扣捕石五则供出来的那些人，云周西村长孟永安负责召集全村民众开会，复仇队长吕德芳负责乱棍处死石三槐等人。特派员张全宝除负责总指挥之外，要不惜一切手段，亲自促使刘胡兰"自白"。

---

① 这是阎锡山对我地下工作人员、革命干部、革命群众的一种污蔑称呼。对其军政人员中有嫌疑的人，亦称之为"伪装分子"。

阴暗的早晨

1947 年 1 月 12 日，天刚黎明。胡兰和金香睡得正香甜，忽听一阵敲打房门的声音。两个人立时惊醒了，同时问道：

"谁?!"

她们从门外人答话的声音，听出是李薏芳回来了。两个人立即爬起来穿好衣服，开开门。

李薏芳一进门，带进来一股冷气。她脸上冻得通红，呼出来的热气把眉毛和唇边的围巾都染成白色。她冷得又是搓手，又是跺脚，嘴里嘟哝道：

"真冷死了，快冻僵啦！脚都不像自己的啦！"

胡兰问道："你怎这么早就往回跑?"

李薏芳说，她是后半夜搭拉炭车赶回来的。

金香和胡兰一面忙着生火烧水，一面告诉李薏芳说，昨天晚上陈照德带着武工队路过这里，说形势愈来愈坏，要让她们赶快撤到山上去。李薏芳问道：

"什么时候走?"

金香告她说，打算今下午就走，先到北齐村去，陈区长已经给安排好了，那里有人往山上送。

李薏芳说："罢罢罢，快走吧。这年月，在村里担惊受怕的真不好

活！上了山我也就息心啦！"随即又说道："山上比咱这地方冷，你们一定要多带点衣服。"

她们说说道道，水已经热了。胡兰洗完脸，梳了梳头，急着要走。李蕙芳留她在这儿吃饭。胡兰说要赶快回家收拾东西去，回头又对金香说：

"你可别带好多东西。爬山走路，东西多了你可背不动。"说完走了出来。

街上冷冷清清，看不到一个人影。天空阴沉沉的，像是一块铅板，低低地压在头上。西北风吹得干树枝"哗啦啦啦"响。天气冷得厉害，风吹到脸上，像刀割一样。胡兰把手藏在袖筒里，急急忙忙跑回家。

回到家的时候，家里人也刚刚起来生火做饭。她把要走的消息告诉给妈妈。妈妈长出了口气说：

"对，早点到山上去就安生了。"

家里人听说胡兰要上山，也都赞成她快点走。只有妹妹心里有点不乐意。她见姐姐忙着收拾东西，噘着嘴问道：

"你走了还回来不回来？"

胡兰笑着说道："当然回来。等环境好了些就回来。"

爱兰发愁地说："到处都是勾子军，什么时候环境才能变好呢？"

胡兰说："别看敌人现在张牙舞爪，他们的日子长不了；就像今天的天气一样，太阳总会出来的。"

接着她又嘱咐妹妹，还要像过去那样多帮妈妈做活，多照顾点爷爷。爷爷那么大岁数了，每天还是照样搂柴拾粪，一天到晚不识闲。衣服脏了破了，都想不到脱下来让家里人缝洗一下。人老了就像小孩子一样，生活上的事也要别人替他多操点心。爱兰听了姐姐的话，不住地点头，她说这些事她能做了。

早饭以后，胡兰烧了一锅热水，打算把换下来的脏衣服洗一洗，带到山上去。她刚把衣服泡到盆里，揉搓了几下，刘马儿大爷慌慌张张跑进来了，一进门就上气不接下气地说：

"坏事，勾子军又来了！"

胡兰急忙问道："来了多少？在哪儿？"

刘马儿喘着气说："不知道。我只看见敌人把村口把了，只准进不准出。不知道狗日的们要干啥呀！胡兰子，我看你躲躲吧！"说完急急忙忙走了。

爱兰不等姐姐说话就往外跑，一面跑一面说：

"我出去看看去。"

爱兰越来越懂事，胆子也大起来了。每当有了敌情，她总是像侦察员一样到处跑着探听消息。这天她跑出去不多一会儿，就跑回来报告姐姐说，有一伙子敌人，捆绑着前几天被抓去的石三槐、石六儿他们到庙上去了。胡兰听了不由得一惊，猜不透敌人要搞什么名堂。她知道石三槐、石六儿两个人在敌人的监狱里表现得非常好，没有暴露一点秘密，也没有下软蛋。敌人把他们押解回来，是要干什么呢？她不由得替他们担起心来。正在这时，爷爷和大爷慌慌急急跑回来了。大爷本来是个遇事最能沉得住气的人，可这回也显得有些手忙脚乱了，一进屋差点踏到洗衣盆里。他告胡兰说，如今勾子军正在村里抓人哩！他在街上看见把玉莲大爷陈树荣老汉，石世芳哥哥石世辉，还有退伍军人张年成都抓起来了。大爷说：

"我看你还是躲一躲吧！小心没大差！"

胡兰觉得大爷说的对，应当避避风险。她忙擦了擦湿手，正打算到双牛大娘家去，就听街上响起了紧急的锣声，接着是叫喊声：

"全村民众，不分男女老少，赶快到观音庙上去开会。无故不到，查出来要按私通'共匪'办理！"

全家人听到锣声和叫喊户，都替胡兰担着心思，都劝她赶快躲一

躲。可是究竟躲到哪里才合适呢？万一敌人要挨门挨户搜查，躲到别人家也不保险呀！胡文秀好像想起了什么似的，向胡兰说道：

"到你金忠嫂家躲一下去吧。我看那倒是个好地方，她刚生下小孩四五天。万一敌人要查问，就说是侍候坐月子的。"

胡兰忙点了点头，她觉得妈这个主意倒是不错。爱兰见姐姐要到金忠嫂家去，慌忙跑到街上去看风色。胡兰走出街门的时候，只见爹蹲在门口风地里抽烟。胡兰一看就明白了，爹是看到情况紧急，在门口为她放哨哩。胡兰心里很激动，但她什么话也没说。她向街上望了望，街上到处是三三五五的阎匪军。有的端着枪，有的握着皮带，敲门击户在赶人。胡兰三步两步跑到了南场里，她看见爱兰在墙豁口那儿向她招手，连忙跑过去，跳过豁口。看见这面街上没有敌人，赶快奔到金忠嫂家。

金忠嫂家屋门环上挂着一块红布条，房门紧闭着。胡兰轻轻敲了敲窗棂，问道：

"金忠嫂，我进去行吗？"

只听金忠嫂在屋里说道：

"是胡兰子吗？不要紧，进来吧。"

胡兰推门进去的时候，只见屋里除了金忠嫂和婴儿之外，还有几个女人，一个是金忠嫂的外甥女儿黄梅子，另外几个看样子也是来这里躲避的。胡兰进来刚和金忠嫂说了几句话，从门外又跑进一个二十多岁的女人来。胡兰认得这是白模的姨姨。她一进来就说道：

"你看这不得好死的勾子军，又召集人开会了。昨天下午，勾子军在大象开会，用铡刀铡了两个人，差点没把我吓死。我只说连夜跑到这儿来躲几天，没想从狼窝里跳到了虎窝里。这些狗日的们又扑到这里来了。"

接着她就说开昨天大象铡人的情景……

昨天在大象铡了的这两个人，一个是曾在我区政府当过通讯员的贺二和；另一个是县游击队员牛二则。他两个都是南辛店人，因身体不好，在家养病。被复仇队抓来大象，百般拷打，宁死不屈。这村地主石庆华害着噎食病，不知听谁说吃上人血馒头就能治好，于是便来找吕德芳给想办法。他儿媳妇是吕德芳的姐姐。吕德芳当然满口答应了。立时决定刀砍牛二则和贺二和，以便能弄到人血馒头。这天下午，他强迫大象群众开大会，在会上宣布了牛二则和贺二和的死刑。吕德芳用筷子扎着热腾腾的馒头准备蘸人血。可是复仇队员们你推我靠，没一个敢出来用刀砍人。吕德芳急了，看见旁边干草垛后搁着副铡草刀，便逼着复仇队员们一齐动手，用铡刀把这两位革命战士铡了……

白模姨姨变脸失色地说："呀呀，像铡草一样铡人，把好多看的人都吓软瘫了……"

正说着，只听街上响起了第二遍锣声，叫喊人们马上到观音庙上去开会。说是谁家要是躲着不去，或隐藏外人，查出来立刻处死。这一来，满屋子妇女都慌成一团，白模姨姨抢着说：

"我可是死也不敢再去开会了。我就在这里侍候坐月子的。"

众人你看看我，我看看你，都不知道该怎么办才好了。

胡兰刚进来的时候，见有这么多人都想在这里躲藏，就觉得自己在这里不太合适，万一敌人来搜查，不是要连累好多人吗？刚才听到敌人又敲锣三令五申，不准私藏外人，更觉得自己躲在这里不合适了。她见人们都不说话，就站起来说道：

"金忠嫂，我走了，我另找个地方去。"说完抬脚走了出来。

她想还是躲到双牛大娘家去，可是谁知道当她走出街来的时候，这条街已经满是勾子军了，有的正挨家挨户搜查人，有的正赶着一群男女走过来了。勾子军们看到胡兰，不问青红皂白，挥着皮带吼喊着，要她也去开会。这时胡兰无法走脱，只好挤进走过来的人群中，和大家一起朝观音庙那里走去。

刘胡兰传

311

当他们走到观音庙跟前的时候，只见庙前边的空场子上站了好多人，有男有女，有老有少，场子四周站满了端着刺刀的勾子军。护村堰上摆着两挺机关枪。一些穿着便衣的复仇队员们，在人群中穿来穿去，东瞅西看，不知道他们在寻找什么。胡兰忽然在人群中发现爹、妈和大娘、大爷也被赶来了。她忙从人群中挤过去，站在自家人跟前。家里人看见她都很吃惊。妈妈低声问道：

"你怎么也来了？勾子军到你金忠嫂家搜查去了？"

胡兰说："躲在她家的人太多，我想另换个地方，已经来不及了。"

妹妹拉着她的手低声说："姐，你站到爹后边来吧。"

正在这时，有一个复仇队员分开众人，照直向她这边走来。胡兰一眼就认出了这人是金川子。金川子原是大象的民兵，胡兰在大象土改时见过他，没想到这家伙现在叛变了，竟然当了地主的狗腿子，当了复仇队员。胡兰心里暗暗骂道："叛徒！"

这时金川子已经挤到她跟前，假惺惺地向胡兰说道：

"胡兰，我跟你说点事。等一会儿，要开'自白转生'大会，到时候你上台去把给八路军办过些什么事都说说。说了就算'自白'啦！"

胡兰狠狠盯了他一眼说："我没什么可说的。"

金川子道："反正你不说人家也都知道。不'自白'就要乱棍处死，你听见了没有？要乱棍处死！'自白'了也就没事啦！你看看我，不是啥事也没……"

胡兰打断他的话说道："我的骨头没那么贱！"

金川子的脸"呼"一下红了。他是奉命来劝降胡兰的，满以为一说就成，自己可以在吕德芳面前立一功，没想到一来就碰了一鼻子灰。他见胡兰扭过头去连看都不看他。于是恼羞成怒地说道：

"咱们认识，所以我来给你透个信。哼！等着瞧吧，到时候吃不了兜着走！"说完气冲冲地从人堆里挤出去，跑到观音庙里去了。

勾子军不断把村里的人三三五五地赶到这里来，把抱着吃奶娃娃的妇女、拄着拐杖的老太太都赶来了。躲在金忠嫂家的那几个女人，也被赶来了。正在这时，人群中忽然有人大声号哭起来，附近有人低声惊叫道：

"呀！金香。"

胡兰抬头看了看，只见复仇队员白占林和温乐德，一人扯着金香的领口，一人拉着金香的胳膊，从人群中拉出去了。这两个人胡兰都认识：白占林是大象的小流氓，温乐德也是个叛变了的民兵。他们叫骂着把金香一直拉到观音庙去了。李蕙芳披头散发，跟在后边哭喊着扑到庙门口，一到门口就被站岗的勾子军拦住了。她就爬在庙门口不住声地号哭起来。

胡兰家里的人看到敌人抓走金香，知道敌人也一定会来抓胡兰。一个个都吓得心慌意乱，真不知怎办才好，只是紧紧地围在胡兰四周。这时胡文秀忽然觉得胡兰两手好像在鼓捣什么，低头一看，只见女儿慢慢脱下手上的银戒指，又从口袋里掏出一个万金油盒子和一块手帕。她把这三件小东西一件件拿在眼前细看，看看这件，又看看那件。胡文秀真不明白，在这么紧急的关头，胡兰怎么玩起这些东西来了。

这是三件不值钱的小东西，然而却是胡兰宝贵的纪念品。万金油盒是她的入党介绍人石世芳送给她的，虽然万金油早就用完了，可是她舍不得把这个盒子扔掉，特别是世芳叔生着病转移到山上以后，她更觉得这是一件纪念品了。手帕是王连长临归队时送给她的，而戒指则是奶奶临死前几天给她戴上的。

胡文秀看着女儿把戒指和万金油盒，用手帕包成个小包，亲手递到她手里。胡文秀更觉得奇怪了，不知道女儿打的是什么主意。但她抬头一看，心里就明白了。

这时人群乱了，都向两旁拥挤。只见刚才和胡兰说过话的那个复仇

刘胡兰传

队员金川子，引着两个端枪的勾子军走了过来。金川子指了指胡兰说：

"这就是刘胡兰。"

一个勾子军自言自语地说道："嗬，好漂亮。"

家里人见敌人来抓胡兰，都着慌了，都往胡兰跟前拥挤。爱兰吓得哭起来。胡兰拍了拍爱兰的肩膀说：

"不要怕，别哭。"

她见勾子军推开家里人要动手拉她，胡兰瞪了他们一眼，严肃地说：

"别拉扯，我自己会走。"说完把头一扬，大踏步向观音庙里走去。

两个来抓胡兰的勾子军和金川子先是惊奇地愣了一下，然后就端着枪紧紧跟着胡兰，好像生怕她长上翅膀飞了似的。

胡兰走上观音庙的台阶，向爬在那儿号哭的李蕙芳说道：

"别哭了，敌人不会可怜你。"边说边走进门去。

一进庙院，押解她的敌人让她站住。金川子抢先跑进西房去了。胡兰站在院里一看，只见正殿廊檐下，坐着几个先后被捕的人，有蹲着的，有坐着的，有的耷拉着脑袋，有的怒视着端着枪监视他们的勾子军。石三槐和石六儿也在里边，他俩都被五花大绑着。石三槐的头发、胡子长得老长，身上的衣服被扯得条条缕缕。石六儿满脸血污，有一只脚上鞋袜都没有了。胡兰见他们都用吃惊的眼光望着她，她向石三槐和石六儿微微笑了笑，两眼中充满了敬佩的神情。

东房里传出拍桌子打板凳的声音，和敌人的叫喊声。金香哭喊道：

"我不知道，我实在不知道呀！"

"不知道，枪毙你！"这是敌人的声音。

胡兰朝东屋望了一眼，她多么希望金香坚强点，能经得住这个考验！……

这时，金川子从西屋走出来了，他拉开风门对胡兰说：

"特派员请你进去。"接着他又向胡兰低声说道："他问甚，你说甚，保你没事。反正你不说，人家也都知道。石五则全都'自白'了。"

胡兰没有答理他，站在门口定了神，然后迈步走进西屋去了。

在敌人面前

观音庙的西厢房，原是村里各团体联合办公的地方，如今却变成阎匪军的临时审讯室了。说是审讯室，其实房里既没摆着刑具，也没站着打手，一切摆设也还是过去那个老样子。外间大炕上堆着两卷行李，里间靠窗台放着张破旧的办公桌，桌上摆着块打了角的砚台，旁边扔着几只秃了头的毛笔，另外还放着几个粗瓷茶碗。桌子后边放着张古老的圈椅，靠近门口的地方，摆着一条长板凳。

屋里只有阎匪军特派员张全宝一个人。这人岁数不大，却留着长长的大胡子，胡子油光黑亮，拖在胸前。左腮上有指头大一块黑痣，上边长着一撮黑毛。他挺着腰板，坐在圈椅里，故意装出一种威风凛凛、杀气腾腾的样子。他看见刘胡兰稳步走进来，不由得愣了一下，他真没想到刘胡兰是这么个文文雅雅的大姑娘。只见她脸上没有一点点恐惧的表情，一进门就直挺挺地站在办公桌前面，两只黑亮的眼睛一眨不眨地盯着他，盯得大胡子心里都有点发毛了。大胡子本来打算一见面就给胡兰个下马威，他一见胡兰这个样子，觉得拍桌子瞪眼睛不会起什么好作用，说不定反而会把事情弄糟。可是一时又不知该怎样开头才好。他点着一支香烟吸了几口，这才向胡兰明知故问道：

"你叫什么名字？"

胡兰站在那里，没有吭声。

大胡子抽了两口烟，接着又问道：

"你是叫个胡兰子?"

"我叫刘胡兰。"

"嗯。你是八路军的区妇女干部?"

"不，我是民主政府区妇联干事。"

大胡子叼着烟卷望着刘胡兰，似笑非笑地说道：

"反正都一样。有人供出来你是共产党，是吗?"

"是。中国共产党候补党员。"

大胡子听了，简直有点欣喜若狂。他真没想到胡兰回答得这样干脆、这样确切，他也没料到审讯开头进行得这么顺利。大胡子忍不住站了起来，笑嘻嘻地说道：

"好，好，我就喜欢这种痛快人。"他随即指了指摆在门口的板凳说："请坐，请坐，咱们坐下来谈。"他见胡兰直挺挺地站在那里没动一下，又说道："我只是奉命找你来聊聊，没啥大不了的事。别怕，别怕。"

"我根本就不害怕。"

"那好，那好。"大胡子说着，一屁股坐在圈椅里，继续问道，"你给共匪……"他见胡兰愤怒的眼光盯着他，忙改口说道："你给共产党做过些什么事?"

"什么都做过。"

"嗯，你们区上除了你，还留下哪些人暗藏在这里? 不，不，拿你们的话说，就是还有哪些人留在这里坚持工作?"

"就我一个。"

"你们村里还有谁是共产党?"

"就我一个。"

"不能，不能。"大胡子好像胸有成竹地说道，"共产党的事我清

317

楚，有小组，有支部。还能就你一个人，我明告你说吧，有人已经向我们'自白'了，谁是共产党，我们全知道。"

"你们全知道何必问我。"

大胡子咽了一口唾沫，又转了话头：

"你最近和区上通过信没有？"

"通过要怎？没通要怎？"

"你和他们见过面没有？"

"见过我也不会告诉你。"

大胡子"呼"一下离开圈椅站了起来，扔掉烟头，从腰里拔出手枪来，"啪"的一声搁在桌子上，大声吼道：

"你他妈别给脸不要脸。你再他妈嘴硬，老子毙了你！"

"随便！"

大胡子气得脸色铁青，拖在胸前的胡子都不住地抖动，两只充满血丝的眼睛瞪着胡兰，恨不得把她吃掉。可是很快他就安静下来了。他又点着一支烟，抽了几口，然后说道：

"好吧，你不想告诉我，我也就不问你了。"他又坐在圈椅里，慢腾腾地说道："其实你不说，我们也都知道。真的，我不是诈唬你！你做过的事，我背都能背下来。"

接着他就真的背开了胡兰的历史。什么时候去的妇女训练班，什么时候当了村妇联秘书，什么时候调到区上，什么时候入的党……说得头头是道，大体不错。后来大胡子又说道：

"你的罪恶很大，你给八路军办了不少事情，要碰在别人头上，枪毙一百次也够上了。不过看你很年轻，正是活人的时候，只要你能改恶向善，我们既往不咎。这都是阎主任的恩典。"

他一面说，一面用眼睛不住地窥探着胡兰。只见胡兰的脸上还是那样平平静静。大胡子偏着头想了想，又说道：

"我们决不为难你，等一会儿开民众会，只要你向民众'自白'，就是承认你是共产党员——这一点你开头已经承认了。你再向民众'自白'，你受了共产党的欺骗，误入歧途，而今而后……用你们的话说，就是保证今后不再给共产党做事。人事一桩就算完了……"

"咻？办不到！"

"别那么执拗。"大胡子好像知心朋友一样劝说道，"你是个聪明人，你想想看，不'自白'能过得去吗，'自白'才能'转生'，不'自白'只有死路一条。"

胡兰好像根本没听见他说什么，两眼望着顶棚，一句话也没说。

大胡子继续说道："你知道什么是共产党？共产党是穷小子们的党，尽干缺德事情，分人家的房，分人家的地……你家的境况还不错，不缺吃，不缺穿，何必跟上那些穷小子们胡捣乱？何必跟上他们受这些连累？你看看，我们一来，你们当官的，不，不，你们的领导干部全跑到山里去了，留下你当替死鬼。你替他们白送命，这何苦？这何苦？你好好想想，两条路由你挑。"

胡兰还是两眼望着顶棚，一声没吭。

大胡子站了起来，好像热锅上的蚂蚁一样，在房子里走来走去，满脸焦急的神色，可是仍旧用和平的声调继续说道：

"你年轻，不懂事，全是受共产党的欺骗宣传。共产党就是能说，什么事一到他们嘴里都是说得天花乱坠，什么闹革命啦，土地改革啦，等等。其实，都是胡扯淡。其实，阎会长提倡的'按劳分配'，'兵农合一'，把这些意思都包括进去了。"

接着他就长篇大论地说起来，一面污蔑共产党，一面吹捧阎锡山。后来又劝胡兰说，只要她能向民众"自白"，不仅是不咎既往，而且在实行"兵农合一"、"编组分地"的时候，专门分给她一份土地。村里可以派人耕耘，收下的粮食完全由她自由支配，可以荣华富贵地过活一

辈子。最后又说道：

"你看看这还不够便宜？这多便宜！这是盖上十八床被子也梦不到的好事！"

在大胡子劝降胡兰的时候，二连连长许得胜进来了，一屁股坐在板凳上，拿着皮带，轻轻拍打着自己的两腿。他见大胡子说完，胡兰不吭气。于是气汹汹地站起来吼道：

"你他妈哑啦？你他妈以为不开口就没事啦？"他回头又向大胡子说道："你别和她白磨牙了，趁早拉出去铡了算啦！来人！"

话音刚落，押解胡兰的那两个勾子军随声走进来，拿着绳子就要动手捆胡兰。

大胡子喝道："别动手。"随即又向许得胜说道："许连长别上火，你让她好好想一想嘛。这姑娘是个聪明人，会想清楚的。"

他问许得胜开会的事准备好了没有。许得胜说准备好了。大胡子转过身对胡兰笑了笑说：

"我刚才的话全是为你好，为你着想，你好好想一想。好啦！咱们现在先开民众会吧。"他说完，向那两个勾子军摆了摆手。胡兰就被带出去了。

胡兰出去之后，许得胜不满地向张全宝说道：

"特派员，用得着和她那样磨牙费嘴吗？她愿意'自白'就去'自白'，不愿意，吃嚓一刀完了。让石五则去'自白'还不一样？"

张全宝忙说道："当然不一样。石五则在民众当中，已经是身败名裂，让他去'自白'起不了号召作用。师部之所以对此案重视，兄弟认为刘胡兰是目前唯一能够抓到的区干部，并且又是共匪党员。如能促其'自白'，则可在这一带抖臭共匪。从而提高我方之威望，在政治上打个大胜仗！你想想，一个共匪的区干部'自白'了，各村那些'伪装分子'势必效法。这一来，就会造成一种'自白'之风，而我方则可收事半功倍之效。这也就是师部指示英明之处。”

许得胜若有所悟地说道："哦，是这样！到底是你们玩政治的，肚里道道就是多。"停了一下又问道："你看她能在大会上'自白'吗?"

大胡子很有把握地说道："我看没问题。这么一个姑娘家，她大概还不知道血是红的，还是黑的哩！到时候铡那几个人让她瞧瞧，不说软话才怪哩。"他像对许得胜，又像自言自语地说道："他妈的！共产党员！共产党员也不是铁打的、钢铸的！我就不信能翻出我的手心去！"

大胡子完全自信，他一定能够使胡兰屈服。

光荣之死

胡兰被两个勾子军押着，从观音庙里走出来的时候，会场已经布置好了。"烘炉台"①设在庙门左边的土堰上。那里摆着一张桌子和几条板凳！地上堆着胳膊粗的几十根木棒。先后被捕的那些人站在"烘炉台"的西边，有些绳索已解开了，有的仍旧五花大绑着。十几个勾子军端着上了刺刀的枪，监督着他们。被赶来开会的群众，比刚才更多了，男东女西分站在"烘炉台"前边的那块空地上。四周，三步一岗，五步一哨，布满了荷枪实弹的勾子军。不远处的护村堰上，架着四挺轻机枪，枪口正对着广场上的群众。人们忐忑不安地面面相觑，猜不透敌人究竟要干什么？

整个会场上，笼罩着一片恐怖的气氛。

胡兰被单独押在"烘炉台"东边，敌人不准她到西边被捕的那些人中间去。她随随便便地站在那里，用冷静的眼光扫视了全场一遍，然后就偏着头凝视着天空，好像在思索什么，又好像一切都置之度外了。

不一时，勾子军特派员张全宝、二连连长许得胜、机枪连长李国卿，还有新上任不久的云周西村长孟永安，相随着从庙里走了出来。他们走上"烘炉台"，凑在一起嘀咕了一阵，然后就由孟永安宣布开会。

---

① 阎匪军召开"自白转生"大会时，会场上设主席台，名之曰"烘炉台"。

孟永安可着嗓子叫喊道：

"现在咱们就来开会。今天的民众会很是重要，就是要'自自转生'，不'自白'的就要乱棍处理！现在，咱们大家，热烈欢迎张特派员给大家训话！"

他说完，使劲地拍着两手，两眼不住地扫视群众，意思是要大家鼓掌欢迎。可是人群中没有一点响声。只有站在台前的十来个复仇队员跟着他拍了几下。

二连连长许得胜看到这个情形，气得脸色都变了。他跺着脚向会场里大骂道：

"你们他妈的，手心里都长上贴骨疔疮啦！手都烂掉啦！我看他妈云周西没个好东西，都他妈应该……"

许得胜没有骂完，张全宝摆了摆手，把他的话打断了。张全宝装出一副宽宏大量的样子，好像对鼓不鼓掌毫不在意。他微笑着走到台前，咳嗽了一声，然后就开始了长篇大论的训话。他首先向群众表示问候，接着就大骂开了共产党、八路军。他污蔑共产党、八路军是奸党奸军，是共匪赤祸，是祸国殃民的凶手。杀人放火，共产共妻，晋中平川在共产党统治下，人神共愤，民不聊生……

张全宝一口气骂了一个多钟头，把他从《阎百川言论集》①里学来的那些陈词滥调，全都用上了。他骂得很起劲，可是群众却十分冷淡，这些话，早在1936年红军东征时候人们就听"好人团"说过了。谁都知道这是在胡说八道。

天气很冷。太阳躲在云层里不露面，小西北风无声无息地吹着。人们的手脚都快冻麻木了。开始有人往手上哈气，有人轻轻地跺脚，很快满场子就响起了一片哈气声和跺脚声，声音愈来愈响，把张全宝的讲话

①　阎锡山号百川，《阎百川言论集》就是他反共反人民的言论集。

323

刘
胡
兰
传

声都压下去了。许得胜气呼呼地叫骂了一阵，人群这才安静下来。张全宝接着又讲开了。他自夸勾子军是仁义之师，要救民于水火之中，解民于倒悬。要彻底铲除共产党，肃清"伪装分子"，开展地区，建立人心政权……

在他讲话当中，复仇队员们从村里抬来三副铡草刀，放置在观音庙西墙附近的荒草滩里。——昨天，敌人在大象用铡刀铡了牛二则和贺二和，看到给群众的威胁很大，于是决定今天在云周西也用这办法胁逼刘胡兰'自白'。——人们看到抬来三副铡刀，会场里又骚动起来了，有的人惶惶不安地东张西望，有的人交头接耳窃窃私语，会场里发出一片"嗡嗡"的声响。许得胜又叫骂了一气，人们这才又安静下来。张全宝最后说道：

"凡是过去给共产党、八路军办过事的人，不论本人有多大的罪，只要能够改恶向善，彻底'自白'，一律不咎既往；不'自白'，就处死！'自白'就能'转生'，'自白'就是'自救'！"

张全宝讲完话，当场就把石五则、张申儿、二痨气三个人释放了，让他们站到了人群中去。接着，许得胜就开始宣读先后被捕的那些人的罪状。读完之后，他向场子里大声问道：

"这些人是好人，还是坏人？"

会场里雷鸣般地吼道：

"好人！"

许得胜着慌了，后悔不该问这句话。他恼羞成怒地叫骂道：

"老子就知道云周西没个好东西。他妈的，好人！老子偏要你们出来，乱棍处死这些好人！"

他立时命令三排长申灶胜强迫群众出来打人、铡人。

申灶胜领着几个勾子军向人群扑过去。人们叫喊着往里挤，向后退。他们从东边扑过去，人们向西躲；他们从西面赶过来，人们又向东躲。刚拉出这个来，那个跑回人堆里去了；拉出那个来，这个又跑了。结果最后从人群中只赶出三个人来。这三个人就是刚才释放了的石五则、张申儿和二痨气。

原来这都是张全宝事先布置好的。他就怕到时候没人出来动手，今天一到云周西，就把这三个人叫在一起，告他们说今天就释放他们，不过要他们在开会时候出来打人、铡人，否则也轻饶不了他们。这三个怕死鬼，当时就点头答应了。如今果然照着张全宝的吩咐走出来了。他们走到"烘炉台"前，一人抄起一根木棒。复仇队员们也人人拿起了木棒。

一场血腥的大屠杀开始了！

第一个拉出来的是石三槐。他脸色铁青，两只眼里燃烧着两团怒火。他向群众大声说道：

"我要发表两句：今天我石三槐死了，可是我知道……"

石三槐的话没说完，石五则照着他耳根后打了一棒。血水立刻顺着脖子流下来。石三槐叫喊着摔倒了。张申儿、二痨气和复仇队员们，挥舞着棍棒，照石三槐浑身乱打。石三槐被打得昏过去了。许得胜指挥这伙人，把石三槐拖到放铡刀的乱草滩里，拖到了铡刀床上。石三槐好像清醒过来了，他一面挣扎着往起爬，一面断断续续地喊道：

"我……我知道，是谁出卖了……"

许得胜一声口令，铡刀落下来了……

这个普普通通的老百姓，这个曾经在抗日战争时期出生入死、立过汗马功劳的地下交通员，就这样被万恶的敌人残害了，英勇、壮烈地牺牲了！

这时，会场里哭声四起，石三槐的家属，石三槐的同事和朋友们，石三槐的邻居和亲戚们，全都悲愤地失声痛哭了。

大胡子张全宝刚一训完话，就站在了刘胡兰身旁。当刽子手们乱棍打石三槐的时候，用铡草刀铡石三槐的时候，大胡子命令那两个押胡兰的勾子军，把胡兰的头扭过来，让她看着。胡兰看了，她清清楚楚地看

刘
胡
兰
传

到了石三槐英勇牺牲的经过。接着她又看到敌人把石六儿拉出来了。石六儿又叫又骂。他两手被五花大绑着，他用脚乱蹬乱踢。敌人同样用乱棍把他打昏，然后拖到铡草刀上，把他的头铡下来了。

铡了石六儿之后，张全宝故意向胡兰问道：

"你看见了吗！"

这种残酷的屠杀，这种灭绝人性的暴行，怎么会看不到呢？全云周西的人都看到了，亲眼看到了。

大胡子声色俱厉地向胡兰说道：

"你要是不'自白'……"他忽然煞住了。停了一下，又换了腔调说道："我想你是个聪明人。俗话说，识时务者为俊杰。你去向民众们说几句，就说你是受了共匪——就说共产党也可以——受了他们的欺骗，误入歧途，参加了共产党，残害人民，罪恶深重。从今以后要革面洗心……"

大胡子边说边注视着胡兰脸上的表情。他见胡兰听了他的话好像无动于衷，或者是根本就没有听到耳朵里。大胡子正在为难之际，许得胜跑过来低声向他问道：

"怎么样，她'自白'不'自白'？"

大胡子皱了皱眉头，一句话也没有说。许得胜又问道：

"那几个犯人怎办？现在铡还是等一会儿？"

大胡子还是没有吭声。过了半天才从牙缝里挤出一个字来：

"铡！"

许得胜立时跑到刑场上，指挥那伙刽子手们继续铡人，继续进行疯狂的屠杀！

第三个被铡的是区委组织部长石世芳的哥哥石世辉。

第四个被铡的是八路军十二团的战士，退伍军人张年成。

第五个被铡的是云周西党支部书记的伯父刘树山。

第六个被铡的是区长陈照德的伯父，七十二岁的老人陈树荣。

这些普通的老百姓，这些勤劳勇敢的中国农民，在日寇进攻时期，在阎锡山逃到晋南地区以后，在那些最艰苦的年代里，他们在共产党领导下，曾经拿起武器和日本帝国主义英勇地战斗过；曾经冒着性命危险掩护过抗日干部；曾经风里来雨里去送过公粮，抬过担架，转递过情报……他们是中华民族的优秀儿女，是中国人民的有功之臣。可是如今一个个被阎锡山的队伍残杀了。勾子军把他们铡死在自己的家门口，铡死在亲属和全村人的面前。一具具的尸体扔在乱草滩里，头颅抛在一旁。六个烈士的鲜血染红了铡刀，染红了枯草，染红了土地。

在场的群众都悲愤地失声痛哭了，哭声惊天动地。人们早就不忍心看下去了，纷纷向四处跑开，可是一次又一次被勾子军堵了回来。勾子军们叫骂着，挥舞着皮带，端着上了刺刀的枪，把这些手无寸铁的男女老少赶回原地，强迫他们继续看这一场惨无人道的屠杀！

现在被捕的人当中，只留下胡兰和金香两个了。胡兰像一尊钢铁的巨人，纹丝不动地站在原地方，站在大胡子和两个勾子军的中间，态度显得很从容。她默默地望着场子里的人群，好像是在和家人们告别，和云周西的乡亲们告别！

这时大胡子猛然推了胡兰一把，说道：

"现在轮到你了！你是要死还是要活，两条路子由你挑！"

胡兰没有理睬他，仍然望着群众，好像在说："乡亲们，永别了！"

大胡子接着又用央求的口气，小声说道：

"只要你向民众们说一句话，就说：'我从今以后，再不当共产党了！'就说这么一句，就算没你的事了。我马上放你，马上放你回家！"

胡兰用鄙视的眼光扫了他一眼。从她的眼神中可以看得出，她早已看穿了敌人的阴谋：他们企图用血腥的屠杀，在广大群众面前，使一个共产党员屈服……为了保持一个共产党员的气节，给敌人以打击，她早已把生死置之度外了。

大胡子大声问道："难道你就不怕死？"

胡兰斩钉截铁地说："怕死就不当共产党！"

大胡子气急败坏地说："你，你……"

胡兰用愤怒的眼光盯着大胡子，喝问道：

"我是怎个死法？"

大胡子听了，真像当头挨了一棒，脸上红了又白，白了又红。他万没料到，这个年轻的农村姑娘是如此的倔强，如此的难以降服。他简直把所有的花招都使完了，可是仍然没有结果。大胡子恼羞成怒，立时现出了本来面目，凶狠狠地吼道：

"怎个死法？一个样！"

胡兰理了理两鬓的头发，重新包了包头上的毛巾，昂首阔步向刑场上走去。她从六位烈士的遗体前走过去，踏着他们的鲜血，走到了铡刀跟前。

这时那些铡人的刽子手们，都吓得发抖了，有的畏畏缩缩地躲到了一旁，有的溜到人群中去了。张全宝下令让勾子军又把这些人赶回来，逼着他们撑起血淋淋的铡刀。胡兰最后向乡亲们望了一眼，然后从从容容地躺在了刀床上。

人群中有人惊叫起来，有人哭喊起来，全场骚动了，许多男人们向铡刀跟前拥去。敌人着慌了，许得胜立刻命令所有的勾子军准备射击。机枪连长李国卿把护村堰上的轻机枪也调过来了，射手都伏在地上，机枪瞄准着群众。拥过去的人又被逼着退回到了原来的地方。而这时候，会场上女人堆里的哭喊声也更高了。

爱兰哭得最悲痛。躺在刀床上的是她一母同胞的亲姐姐。姐姐从小把她带大，像小保姆一样关怀她，爱护她，她觉得世上再没有比姐姐更亲她的了。以前姐姐短期出去工作，她都舍不得让离开，夜里做梦也梦到姐姐，现在亲眼看着姐姐就要被敌人杀害了，从此以后，再也见不到

姐姐了，永远永远也见不到了！爱兰觉得真像是摘自己的心、割自己的肉一样。她抱着妈妈，声嘶力竭地号啕痛哭。而胡文秀这时也早已哭得像泪人一样了。胡兰不是她的亲生女儿，但却是她从小抚养大的，她教她认过字，教她做过针线活，给她缝过衣服，做过鞋袜。而胡兰对她也很尊敬，很孝顺，从来没有说过一句不入耳的话，从来也没伤过她这个继母的心，如今在这生离死别的关头，怎能不叫人下泪呢？不要说胡文秀，连一些邻居的婶子大娘们也都失声痛哭了。

在男人堆里，最悲伤的莫过于胡兰爹刘景谦了。这个勤勤恳恳的老实农民，万没想到塌天大祸会落在自己身上。敌人马上就要铡的是自己的亲女儿，是自己的亲骨肉，真个是万箭穿胸，心如刀绞！他不忍看女儿惨死，两手抱着头蹲在地上，眼泪向肚里倒流。站在他跟前的是胡兰的大爷刘广谦。刘广谦脸色铁青，一双愤怒的眼睛死盯着刑场，死盯着那伙杀人的凶犯，好像要把他们的相貌刻在心里一样。

在人群中还有一个人，也是像刘广谦一样，用一双愤怒的眼睛死盯着那伙杀人凶手，这人就是暗村长郝一丑。郝一丑心中燃烧着一团怒火，恨不得冲过去，用铁拳把那些凶手们捣烂。但他明白这是根本办不到的事。而且他也了解自己肩负的重任。他一声不响地站在那里，两手握成拳头，死劲握着，指甲都快扎到手心里了。当他看到胡兰从从容容躺在刀床上的时候，不由得产生了一种崇敬的心情。心里暗暗说："好样的，像个党员！"可是不管怎么说，亲眼看着自己的同志、自己的战友被敌人杀害，也不能不感到痛苦，不能不感到难过。郝一丑望着胡兰，眼里忍不住滚出了豆大的两颗泪珠，泪珠顺着他饱经风霜的脸流下来，滴在胸前，很快就结成冰了。

这时人们看见大胡子张全宝，大踏步向刑场那里走去。

张全宝走到了胡兰躺着的铡刀跟前，弯下腰来，气势汹汹地喝道："你要愿意'自白'，愿意投降，就滚起来！"

胡兰静静地躺着，睁大两只眼睛盯着他。大胡子随手抓了一把干草，盖在胡兰脸上。胡兰把头一摇，干草甩掉了。她仍然用两只大眼盯着大胡子，嘴角里浮起一丝冷笑，好像在说："看你还有什么花招！"大胡子腿都有点哆嗦了，声嘶力竭地喊道：

"给我铡！"

铡刀落下来了，鲜血像火山喷射出来的岩浆，直冲霄汉……

鲜血像一朵朵艳红的小花，溅落到四方……

刘胡兰同志从容就义了！光荣牺牲了！

大胡子忽然像得了急症一样，脸色变得灰白灰白，头上直冒冷汗，站都有点站不住了。他心里明白：失败了。从师部到团部，从团部到营部，筹谋划策费了那么多时间，调动了两个连的兵力，使用了三副铡刀，施展出了软的硬的各种花招……可是结果却没有降服这样一个年轻的女共产党员。昨天晚上，他们还在兴高采烈，预计从此以后，将会在这一带展开一个"自白转生"的新局面。而现在完了，彻底失败了！

这时已到了下午五点多钟。天色更加阴暗，天气也更加寒冷。勾子军匆忙吹号集合，押着金香，在人们的哭喊声中，在人们的咒骂声中，一个个垂头丧气地溜了，完全像是从战场上败退下来的溃兵一样。

刘胡兰英勇地牺牲了！

这个年轻的农村姑娘，这个普通的共产党员，她用自己宝贵的生命，挫败了敌人的罪恶阴谋；她以自己青春的热血，保持了一个共产党员的革命气节。她的鲜血洒在了故乡的土地上，她的光辉形象将永远活在千百万人的心里！

刘胡兰烈士永垂不朽！

1964 年二稿

1977 年 9 月改于太原

刘胡兰传

《刘胡兰传》附录

一

刘胡兰同志和其他六位烈士牺牲后的第九天，二区区长陈照德领着一支地方武装，从南面打过来了。这是由三个区联合组织起来的参战队，各区的区委书记和区长都参加了，总共有一百多人。他们已经知道了刘胡兰七烈士遇害的消息。人们都是悲愤交加，一心要为烈士报仇雪恨。

1月21日傍晚，参战队来到了云周西。这时驻扎在大象镇的阎匪军，正在保贤庄抢粮。参战队连口水都没喝，立时兵分两路，赶到保贤庄去袭击敌人。阎匪军受到突然袭击，扔下粮食边打边退，慌忙逃回了大象镇。参战队随即把敌人这一据点包围起来。双方激战数小时，终因敌众我寡，一时攻不进去，参战队只好连夜撤走。

过了不多几天，我主力部队开到了文水平川。大象、西社的敌人慌作一团，急急忙忙连夜撤走。临走时候连抢劫下的粮食，以及扣捕了的我方人员都没顾得带走。金香这才算逃出了虎口。

1月30日，我军独立第二旅的一部分队伍进驻大象镇。宣传科一位姓黄的同志，听到刘胡兰七烈士英勇就义的事迹，深为感动。立刻向旅首长做了汇报。旅首长们派他率领各连的七十多名战士为代表，前往云周西祭奠刘胡兰七烈士。代表们怀着悲愤的心情来到云周西。他们首先慰问了七烈士家属，然后在烈士家属们的陪同下，在村里群众的陪同下，迈着沉重的步子，来到了烈士们就义的地方。

烈士们的遗体早已安葬了，烈士们的鲜血仍然留在地上。这时正是阴历腊月下旬，天寒地冻，滴水成冰。烈士们的鲜血，沾满血迹的干草，和云周西的泥土已经凝结在了一起。战士们一来到这里，都默默地摘下帽子，默默地低下了头。烈士家属和乡亲们一来到这里，都忍不住失声痛哭了。人们要求战士们为烈士们报仇。

祭奠过后，战士们默默地跪下来，每个人都用手刨了一块渗透着烈士鲜血的冻土，有的用纸包起来，有的用手绢包起来，揣在怀里，装在了口袋里。他们带着这块血土，胸中燃烧着复仇的火焰，各自回到了自己的连队……

三天以后——2月2日下午二时——总攻文水城的战斗开始了。一支由三十多名战士组成的突击队，担负了爆破城垣的艰巨任务。这三十多个人当中，绝大部分都是去云周西祭奠刘胡兰七烈士的代表。他们在炮火掩护下，运动到城垣附近。第一爆破组的三个突击队员，抱着炸药包勇敢地向城垣冲去。在敌人猛烈的炮火面前，第一个战士倒下去了，第二个战士抱起炸药向前冲；第二个战士又倒下去了，第三个战士抱起炸药继续向前冲去。炸药包终于送到了城垣下，爆炸了。

紧接着，第二爆破组也冲了上去……

在连连不断的爆炸声中，城垣被炸开了一个缺口。在迷雾般的硝烟中，整个突击队冲上去了。

冲锋号响了。战场上到处响起"为刘胡兰烈士报仇！"的呼喊声。战士们端着雪亮的刺刀，猛虎般地向敌人猛扑……

战斗进行得非常顺利，敌人很快就缴械投降了。总共生俘阎匪七十

二师政治部副主任兼文水县长唐剑秋以下一千五百余人。战斗结束后，在俘虏当中却没有查出杀害刘胡兰七烈士的凶手来；只是在被打死的敌人中，找到大象复仇队队长吕德芳的一具死尸。其余那些主要凶犯潜逃了。部队总指挥部立即向所属各部发出了通缉令，不论这些凶手们逃到天涯海角，也要追捕归案，为死难烈士申冤报仇！

刘胡兰烈士从容就义的事迹，很快就在《晋绥日报》上刊登了，那醒目的标题是：《十七岁①的女英雄刘胡兰慷慨就义》；同时还刊登了《中共晋绥分局关于追认刘胡兰同志为中共正式党员的决定》；《晋绥日报》并以《向刘胡兰同志致敬》为题，发表了评论，对刘胡兰烈士坚贞不屈、视死如归的英雄气概，给予了崇高的评价。当时一二〇师"战斗剧社"以刘胡兰烈士的光辉事迹为题材，在一个多月时间内即创作了歌剧《刘胡兰》，先在晋绥解放区上演，继而各个解放区也上演了这个剧目，每场演出都给予了观众很大教育。解放区军民为刘胡兰烈士的光辉形象所激动，人们化悲痛为力量，誓为刘胡兰烈士报仇，为解放全中国英勇战斗！

二

1947年3月下旬，我主力部队根据"以歼灭敌人有生力量为目标"的战略方针，暂时撤离晋中平川。文水县城又被阎匪军侵占了。阎匪军在文水县，在整个晋中平川，继续推行"自白转生"等恐怖政策，对人民进行更残酷的迫害和屠杀。一时间，整个晋中平川完全变成了人间地狱，成千上万的人被敌人逮捕了，成百成千的人被敌人乱棍处死了。在这血腥恐怖的岁月里，刘胡兰烈士视死如归的精神，藐视敌人的英雄气

---

① 当时按旧习惯，以虚岁计算年龄。

概，鼓舞了成千上万的革命群众。许多被捕的人，宁可抛头颅洒热血，也不愿背叛革命，出卖同志。宁可站着死，也不愿跪着生。在这许多死难烈士当中，有刘胡兰生前的战友、同志，也有她的亲属。刘胡兰同志的大爷刘广谦，在"自白转生"的暴政下，被敌人用乱棍打死了。他秉承着侄女儿的遗志，宁死不屈，在残酷的乱棍下，至死都没说一句软话。

云周西的地下党员郝一丑，壮烈牺牲了。郝一丑刚被敌人抓到大象据点，就下定了牺牲的决心。他托人给他的妻子捎回话来说："我反正不会活着出去了。我死了以后，也不要买棺材请响工，随便埋了就算啦，省下点钱过日子吧！无论多么困苦，多么艰难，也想法把四个孩子拉扯成人，告诉他们，我们是为什么死的！让他们永远不要忘记这血海深仇！"这个朴实的中年农民，这个普通的共产党员，在给妻子捎回话来的第三天，就被万恶的刽子手们残杀了。

贯家堡农会秘书李宝荣——刘胡兰最钦佩的这位村干部，这位老支部书记，还有他的儿子和妻子都壮烈牺牲了。那是在 1947 年秋天的时候，情况一天比一天恶劣，但李宝荣仍然在村里坚持工作，继续进行秘密活动。狡猾的敌人经过长期侦察，终于发现了他的行踪。敌人调了大批兵力，包围了村子，在村里大肆搜索。李宝荣拐着一条腿无法突围，他为了保守党的秘密，决心不当俘虏，在敌人追捕时，跳井殉难了。

李宝荣牺牲后，他儿子李明则决心为父报仇。他领着游击小组，到处袭击敌人。因为经常在野外睡觉，不幸得了伤寒，后来只好偷偷回到村里来养病。他家里无法隐蔽，他母亲韩桂英就把他藏在了共产党员武茂功的一个空院子里。隔了没几天，敌人突然包围了这个破院子。那天李明则正发高烧，只有一个六岁的妹妹在照护他。他听见敌人在房上叫喊，于是拿起了身边的两颗手榴弹，挣扎着爬到院里，拉开一颗手榴弹的导火线，竭尽全身力气向房上的敌人扔去，终因身体极度衰弱，手榴

刘胡兰传

335

弹没有扔到房上，在院子里爆炸了。他自知逃不出敌人的魔掌，誓死不当俘虏，于是便拉开了第二颗手榴弹的导火线，打算采取最后的措施。正在这时，他的小妹妹哭着跑出来，要拉他回屋。李明则慌忙把妹妹按倒在地，用身子掩护着她。在手榴弹的爆炸声中，李明则同志壮烈牺牲了。

李明则的母亲韩桂英，听到儿子牺牲的消息后，悲痛万分。正在这时，敌人来到了她家，妄想从她口里掏点秘密。韩桂英趁敌人疏忽，偷偷服了毒，然后一头就栽到了水缸里。敌人忙把她抢救过来，继续进行审问。韩桂英只承认她自己是共产党员，把一切事情都揽在自己身上，把敌人认为有嫌疑的人，洗刷得干干净净。敌人从她身上没有得到任何一点材料。过了一夜，这位农村女共产党员便与世长辞了。

后来敌人就把武茂功抓去（李明则住过的那个空院子的主人，共产党员）想从他身上寻找一点线索。敌人把武茂功拷打了六天六夜，把他的两条腿都打断了。但武茂功没有吐露任何一点秘密。最后敌人又把他用小车推回村里来，在他家人面前继续拷问。武茂功仍然一字未吐，结果被敌人乱棍处死了。

……

在这血腥恐怖的岁月里，许许多多的英雄们壮烈牺牲了，他们用自己的鲜血，写成了许多悲壮的诗篇。

三

1948 年夏天，我华北野战军以秋风扫落叶之势，迅速解放了晋中平川各县。盘踞在文水城的阎匪军六十九师，于 6 月 11 日弃城逃回太原。文水重新又回到了人民手里。

解放战争在继续胜利前进，广大群众热烈地展开了支援前线运动。

云周西村组织了一支二百多人的支前队伍，动员了三十多辆大车开赴前线，运送粮食、弹药，抬担架，筑工事……1949年4月24日，解放了阎锡山的老巢——山西省最后一个据点太原。从此，刘胡兰同志所经历的那些黑暗年代，一去不复返了。

在解放晋中平川的战役中，又有两名参与杀害刘胡兰七烈士的凶手被击毙，一名是二一五团团长吴其华；另一名就是一营营长冯效翼。可是直接杀害刘胡兰七烈士的凶手——特派员张全宝，二连连长许得胜，还有副营长侯雨寅，却仍无下落。

1951年，在全国人民大张旗鼓镇压反革命运动中，广大群众到处在追查杀害刘胡兰七烈士的那些凶手。许得胜、张全宝、侯雨寅等三个匪徒，先后终于落网了。

第一个落网的是许得胜。许犯在杀害刘胡兰七烈士之后，因为杀人有功，不久就被提升为营长。1947年2月2日文水解放时，他化装逃回了原籍祁县，1948年祁县城解放后，许犯又逃到贾令镇，改名换姓，潜伏在"万和堂"药铺当了炊事员，暗中组织反动会道门，继续进行反革命活动。在镇压反革命运动中，群众把他检举出来。经过多方调查，证明他就是直接杀害刘胡兰七烈士的凶手。群情激愤，要求政府立即镇压。于是就在本县枪决了（没有拉到烈士墓前镇压，是一憾事）。

第二个落网的是大胡子张全宝。张全宝在1948年晋中战役中被击伤，逃回太原，在医院住了几个月，后来就当了阎匪追击炮师三团五连上尉连长。太原解放后，张犯被俘。他自知罪恶深重，化名为张生吴，隐瞒了杀害刘胡兰七烈士的罪恶历史，被当做一般俘虏送到察哈尔农垦大队劳动改造。一年之后获释，回到了原籍运城。这时他已剃掉了惹人注目的大胡子，并割掉腮上长着长毛的那颗黑痣，在运城街上摆了个纸烟摊，做起了小买卖。歌剧《刘胡兰》在运城上演时，张全宝吓得心惊胆跳。后来听看过戏的人们传说：杀害刘胡兰的是个长着大胡子的许连

刘胡兰传

337

长。张全宝有点狐疑不定，最后他壮着胆子，捏着一把汗偷偷看戏去了。果然戏里杀害刘胡兰烈士的那个凶手长着满脸胡子，人称许连长，也称大胡子。戏里根本没有提到张全宝的名字。张全宝看完戏，这才放了心。后来又听说许得胜已被镇压，不由得暗自庆幸，以为从此以后就没他的事了。

但是雪地里埋不住死人，人民法网难逃。在镇反运动中，万泉县（今已与荣河县合并为万荣县）有两个被释放回家的俘虏，向公安机关检举了张全宝杀害刘胡兰七烈士的血腥罪行……

5月8日，运城公安局包围了张全宝的住宅。公安人员拿着逮捕证对他说："你被逮捕了！"

张全宝故作镇静地质问道："我犯什么法？为什么逮捕我？"

公安人员直截了当对他说："你就是杀害刘胡兰七烈士的凶手——大胡子张全宝！"

张全宝的脸色立时变得和死人一样，自知无法抵赖，只好束手就擒。运城公安局把他逮捕后，很快就押解到万泉县。

三天以后，稷山县公安局，把另一名参与杀害刘胡兰七烈士的罪犯，副营长侯雨寅也捕获了。

侯雨寅在1947年交城战役中被生俘。侯雨寅隐瞒了密谋杀害刘胡兰七烈士的全部经过，在训练大队受训一个多月被释放，回到了原籍稷山县宝泉庄。回家后贼心未死，暗里勾结反革命分子和土匪、歹徒，组织反革命地下武装——"汾南游击队"。自任大队长，妄图待机暴动，颠覆人民政权。他的这一罪恶阴谋，很快就被广大人民揭发了。侯雨寅被捕后，也被押解到万泉县公安机关。在审讯中，尽管侯匪百般狡赖，但在大量人证物证下，不得不承认他的滔天罪行。

1951年5月19日，万泉县长上书毛主席，报告逮捕张全宝和侯雨寅的喜讯，同时把这一喜讯通知了刘胡兰七烈士的家属。这个消息在报纸上刊出后，全国各地要求在刘胡兰烈士墓前镇压这两个凶手的信件，从四面八方雪片般飞来。人民政府接受了广大人民的这一正义要求。

6月24日，公审张、侯两犯的大会在云周西举行。参加大会的有省、专、县各界人士和周围七个县的代表一万多人。

这天一清早，各地的代表就从四面八方陆续来到了云周西。他们排着整齐的队伍，抬着花圈，拿着挽联，有的人胸前戴着白花，有的人臂上缠着黑纱。人们怀着崇敬的心情，走到了烈士墓前。在烈士墓前举行了隆重的公祭仪式。然后开始公审罪犯。

公审大会的会场，就设在刘胡兰七烈士就义的地方。

公审开始了，凶犯被带来了。会场里一万多愤怒的群众"呼"一下都站了起来，人们高举着拳头，呼喊着口号。拳头像一片树林，口号声震天动地。在震天动地的口号声中，两个凶手被押到了公审台上。一万多群众立时高呼道：

"跪下！"

"让他们跪下！"

张全宝和侯雨寅跪在了台前。这两个杀人不眨眼的凶手，早已吓得软瘫热化，头也抬不起来了。

审判人员宣布开庭以后，第一个上台控诉的是刘胡兰烈士的母亲胡文秀，接着上台控诉的是其他六位烈士的家属——他们的妻子、弟兄、子女们。一个个都是悲愤交加，声泪俱下。他们详细讲述了刘胡兰七烈士就义时的情景，控诉了这些刽子手们的滔天罪行。他们的控诉更加点起了人们复仇的火焰，一万多愤怒的群众，挥着有力的拳头，一致要求镇压张全宝和侯雨寅，为死难烈士报仇。

人民法庭对两个凶犯进行了公开审讯，最后审判人员庄严地宣读了对张全宝和侯雨寅的判决书。在震彻云霄的口号声中，这两个血债累累的杀人凶手被枪决了。

刘胡兰传

　　杀害刘胡兰七烈士的那些凶手们，有的被镇压了，有的在战场上被击毙了。还有一些直接或间接参与这一血腥屠杀的罪犯们，以及出卖刘胡兰七烈士的叛徒石五则，指引敌人扣捕刘胡兰同志的金川子等人，先后也都被逮捕。人民政府根据各个人犯罪的轻重，都给予了应得的惩罚。

后 记

这本书初稿完成于 1964 年。当时，中国青年出版社曾排印了数百册样本，分送给刘胡兰烈士的家乡云周西党支部、文水县委会、山西省委、原晋绥边区的领导人，以及刘胡兰烈士生前好友和有关单位征询意见。各级领导和熟悉刘胡兰烈士生平的同志们，在百忙中对该书进行了审阅，提出了许多宝贵的意见。根据这些意见，我进行了修改。

……

在写作和修改过程中，我遇到过一些难题，也有一些个人的看法和体会，趁此机会一并写出来求教于读者和同志们。

一、本书题名《刘胡兰传》。严格地说来，不能算是真正的传记，而只能算是一本传记体小说。事实上，我也是按传记体小说来写的。虽然大的事件，甚至一些主要情节基本上都是真实的。但不少生活细节、风俗习惯、场景、对话，等等，则是依据人物性格、情节的需要，可能性和现实性加以安排的。我认为在写真人真事的作品时，进行这种必要的艺术加工是允许的。至于加工的好坏，艺术性的高低，那是另一码事了。要求"完全真实"、"绝对准确"，看来是任何人也难以办到的。就连和刘胡兰烈士一起工作、战斗过的那些同志们，在回忆同一件事情的时候，虽然大意相同，说法也并不完全一样。何况我是作为传记体小说

来写呢？"完全真实"、"绝对准确"，不仅不可能办到，也无此必要。就是对一些真正发生过的事件，也不能不有所取舍；表现手法上，不能不有疏有密。

二、刘胡兰烈士是伟大领袖毛主席加以肯定的英雄人物，毛主席对刘胡兰的一生，给予了高度评价，亲笔题了"生的伟大，死的光荣"八个大字。凡是描写刘胡兰的文艺作品，理应充分表现毛主席题字的精神。一般地说来，"死的光荣"，比较容易表现，因为刘胡兰烈士英勇就义本身就说明了一切，但如何表现"生的伟大'呢？这就比较困难了。尽管烈士生前为党为人民做了不少有益的事情，充分显示了她忠于党、忠于人民的高贵品质。但毕竟由于她年龄有限，所处的岗位不同，她不可能持枪跃马、冲锋陷阵，也不可能"筑台点将"、"运筹帷幄"。而作者又不能，也不应该离开当时的事实本身去杜撰一些轰轰烈烈、离奇曲折的故事。我认为在这个问题上，首先是如何理解这四个字的含意。我的理解是："生的伟大"除了指刘胡兰本身之外，同时也指她生在了一个伟大的时代。刘胡兰短短的一生中，不仅度过了艰苦卓绝的八年抗日战争，而且经历了解放战争初期急风暴雨的岁月。在这两次性质不同的革命战争中，由于有伟大领袖毛主席和中国共产党的正确领导，发动了亿万人民群众，决心彻底掀掉压在中国人民头上的三座大山。这是一个翻天覆地的时代，也是一个英雄辈出的时代。刘胡兰同志就生长在这样一个伟大的时代里。而且她本身就是这一股革命洪流中的一朵浪花。她尝到了胜利的欢乐，也经受了困难的考验。可以说，战争的过程也是她成长的过程。没有这样一个伟大的时代，也就不可能出现刘胡兰这样的英雄人物。基于以上这一理解，我在写作当中，除了尽可能发掘刘胡兰生平事迹本身的深刻意义外，对于当时的战争形势、客观环境等也花了不少笔墨。这样的理解是否正确？作品本身是否体现了这一意图？这就很难说了。

三、在写作中遇到的另外一个难题是：如何处理刘胡兰烈士周围的一些人物。和刘胡兰一起工作、战斗过的人很多，就以区一级的干部来说，自新政权建立至刘胡兰就义的近十年当中，文水县云周西村一时划归二区，一时划归五区，一时二、五区又合并了，由于建制经常改变，因而干部的调动相当频繁。而这些同志绝大多数又都去云周西工作过，和刘胡兰都有过接触，或多或少都对她进行过一些教育或给过她一些影响。但作品中不能把这些人和事都罗列上，只能是挑选一些和刘胡兰关系较多的人，加以描写，把一些必要的情节适当集中。对本村一些群众和其他一些干部，也只能采取这种办法，否则就变成"名贤录"或"流水账"了。

其次是如何表现这些人？其中有的人已牺牲或病故，属于盖棺论定者。这比较好办。其余的人中，有的当时表现好，现在也不错；有的当时表现不错，后来变坏了；亦有的是当时平平，现在表现积极……总而言之，情况错综复杂。就这个问题，我曾和不少同志交换过意见。结果是："众说纷纭，莫衷一是。"思之再三，我觉得还是应当按照当时的实际情况，给予那些人以一定的历史评价为好。虽然有些人后来表现不怎么样，但当时总是起过一些好作用的。总的目的，我是为了写刘胡兰，而不是给某个人作全面鉴定。我力图用辩证唯物主义与历史唯物主义的观点处理这些问题。是否做到了这一点，自己毫无把握。

另外还要说明的一点是：在写作当中，我把活着的这些人的名字多少做了一点改变，使其似是而非。这算是一种尝试，不一定妥当。但又想不出更好的办法，暂且只好如此。

四、我为了写这本书，在搜集材料的时候，曾得到过烈士家属、战友、邻居们的热情帮助，他们详尽地介绍了有关刘胡兰的一切情况；除此之外，"刘胡兰烈士纪念馆"、山西团省委"刘胡兰生平事迹调查组"等单位，还把他们所保存的许多历史资料、档案材料无私地供我阅读、

后记

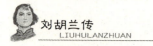

摘录；在写作过程中，多次受到领导和同志们的支持和鼓励。在此特表谢意。

五、由于个人政治水平和艺术水平的局限，加之写这种传记体小说又是第一次尝试，错误、缺点以及不足之处一定很多。诚恳地希望同志们读后提出批评指正，以待将来有机会时做进一步的修改。

作　者

1977 年 9 月